영재 이건창 평전

500년의 양심, 천년의 문장, 갈림길에 선 암행어사

지은이

이은영 李恩英, Lee Eun-young

성균관대학교 한문학과에서 「20세기 초 유교지식인의 망명과 한문학-서간도 망명을 중심으로」로 문학박사학위를 취득하였다. 『요동의 학이 되어-일제강점기 서간도 망명 우국지사 이건승·안효제·노상익·노상직·예대희·조정규와 안창제를 중심으로』, 『한국 독립운동과 암호』, 『미주에서 쏘아 올린 자유전쟁의 주역 장인환(평전)』 등의 저서가 있다. 현재 성균관대학교 초빙교수, 성균관대학교 인문학연구원 선임 연구원 등을 맡고 있다.

한말 사대가 평전 2

영재 이건창 평전 500년의 양심, 천년의 문장, 갈림길에 선 암행어사
초판인쇄 2024년 2월 1일 **초판발행** 2024년 2월 10일
지은이 이은영
펴낸이 박성모 **펴낸곳** 소명출판 **출판등록** 제1998-000017호
주소 서울시 서초구 사임당로14길 15 서광빌딩 2층
전화 02-585-7840 **팩스** 02-585-7848
전자우편 somyungbooks@daum.net **홈페이지** www.somyong.co.kr

값 29,000원
ISBN 979-11-5905-868-4 04810
　　　979-11-5905-870-7 (세트)
ⓒ 이은영, 2024

이 저서는 2015년 대한민국 교육부와 한국학중앙연구원(한국학진흥사업단)의 한국학총서사업의 지원을 받아 수행된 연구임.(AKS-2015-KSS-1230008)

한말
사대가
평전

2

이은영 지음

영재 이건창 평전

500년의 양심, 천년의 문장,
갈림길에 선 암행어사

이건창 평전을 펴내며

2021년 8월 28일 토요일 이른 아침, 안개가 자욱한 거리를 뚫고 나는 인천광역시 옹진군 북도면에 소속된 아주 작은 섬 모도茅島로 향했다. 설레는 마음을 그득 안고 배를 타기 위해 도착한 곳은 영종도 삼목항. 나는 삼목항에서 모도가 아니라, 신도新島로 향하는 표를 끊었다. 모도로 가기 위해서는 배를 타고 10분 거리에 있는 신도 선착장에서 내린 후, 연결된 다리를 이용해서 건너가야 했기 때문이다.

내가 이건창 평전 원고 마감일을 앞두고 급히 모도로 향한 데는 이유가 있다. 바로 1885년에 모도 백성들이 암행어사 이건창의 은혜를 기리기 위해 세운 영세불망비가 존재한다는 사실을 며칠 전에 알았기 때문이다. 삼목항에서 배가 출발하기를 기다리는 동안 나는 그동안 이건창 평전을 쓰면서 만난 그를 떠올리며 많은 생각을 했다.

조선 500년 최연소 문과 급제자.

두 차례의 암행어사를 지내면서 어떠한 이끗과 권세에도 굴하지 않는 양심을 지닌 관료였음에도 불구하고 세 차례나 유배를 다녀온 사람.

관료로서의 명성보다는 조선 500년 최고의 문장가가 되기를 기약했던 사람.

왕족에 가까운 양반 가문 출신이지만 상인 집안의 김택영金澤榮, 무반 집안의 강위姜瑋, 시골 출신의 황현黃玹을 신분 차별 없이 대해주며 한말사대가의 구심점에 있던 사람.

평생 익힌 양명학의 아는 것을 행동으로 옮겨야 한다는 '지행합일^{知行合一}' 사상을 몸소 실천한 사람.

고생이 직업이 되어 버린 민초들의 삶을 누구보다 아파하고 괴로워했던 사람.

무너져가는 조선왕조의 운명에 대해 누구보다 깊이 고뇌했던 사람.

47년이라는 길지 않은 생을 사는 동안 스스로 세운 약속을 모두 지켜낸 사람.

모도 초입에서 차로 1분 거리에 '암행어사 이공건창 영세불망비'가 서 있었다. 바닷가 마을은 참으로 평화로웠다. 이건창 불망비 옆에서 새빨갛게 열이 오른 고추를 말리던 남자분이 다가와서 말을 걸었다. 예전에 모도에서 이장을 지냈던 분이었다.

이건창 불망비는 원래 지금 있는 자리에서 1분 정도 더 간 곳에 있었다고 한다. 그것을 모도 초입으로 옮겼는데, 2000년 산사태 때 깨졌다고 한다. 현재의 위치로 옮겨서 깨진 불망비를 포개놓았는데 자꾸 떨어졌다고 한다. 그래서 불망비를 새로 제작해서 세우고, 깨진 불망비는 새로 세운 불망비 아래에 묻었다고 한다. 그런데 아무래도 예전 것만 못해서 새로 만든 불망비를 땅에 묻고, 땅에 묻었던 불망비를 다시 꺼내서 잘 이어붙인 것이 지금 내 눈앞에 보이는 불망비라는 것이었다.

갔던 길을 되돌아 신도 선착장에 도착했다. 그곳에서 배를 타고 10분 만에 삼목항에 도착할 때까지 나는 또다시 생각에 잠겼다.

내가 모도까지 큰 배와 차로 쉽게 갔던 이 길을 암행어사 이건창은 작은 나룻배로 건너갔으리라. 그는 육지뿐만 아니라 혹시라도 빼놓고 돌아보지 못한 섬이 있을세라 뱃사공의 노질을 독촉하고, 자신의 발걸음을 독촉했으리라. 풍랑에 목숨을 걸고 고기잡이 하는 어부들의 삶이 너무도 가여워 차마 눈 뜨고 볼 수 없을 지경임을 확인하고 돌아서는 그의 발걸음은 그 어느 때보다 무거웠으리라. 작은 나룻배에 몸을 싣고 풍랑을 헤쳐나오는 자신의 안위보다 섬 백성들에게 더 많은 도움을 주지 못하는 자신의 무능에 마음이 몹시 아팠으리라.

이건창이 오늘날 살아 있다면 어떤 양심을 드러내고 어떠한 문장을 남겼을까? 집으로 돌아와서도 이 질문은 머릿속을 떠나지 않았다.

출간에 앞서 한 가지 고백을 하고자 한다. 사실 영재 이건창에 대한 연구는 나의 스승이신 성균관대학교 한문학과 이희목 선생님의 평생 전공이다. 부족한 저자가 선생님께서 평생 연구하신 이건창의 평전을 쓸 기회를 갖게 되었노라 말씀드렸을 때 선생님께서는 흔쾌하게 격려의 말씀까지 해주셨다. 내가 아무리 애를 쓴들 선생님께서 평생 연구하신 업적을 제대로 표출해내지 못할 것임은 불 보듯 환하다. 그런데도 선생님께서는 그동안 연구하시면서 정리 번역만 하시고 아직 출간하지 않은 번역문 사용까지 선뜻 허락해주셨다. 그로 인해 이 책에 실린 이건창의 작품 대다수의 번역문은 선생님의 번역문을 재인용 또는 선생님의 번역문을 기저로 일반인들이 이해하기 쉬운 언어로 재번역되었음을 밝혀둔다. 또 선생님께서는 부족한 이 책을 감수까지 해주셨다. 이번에도 선생님의 크나큰 은혜를 입었다. 지면을 빌어 선생님께 진심으로 감사의 말씀을 전하고 또 전한다.

어떠한 이끗에도 굴하지 않고 조선왕조 500년의 근대적 양심을 지켜낸 사람. 스스로는 조선 500년 최고의 문장가를 기약했지만, 천년의 과거에 이어 미래 천년의 명성을 이어갈 최고의 문장가. 구한말 어지러운 정세 속에서 관료로 남아 개화로 달려갈 것인가, 강화도에서 천년의 문장을 지켜낼 것인가의 갈림길에서 고뇌하던 사람. 이처럼 이건창의 삶은 한마디로 정의되지 않기에 이 책의 부제를 "500년의 양심, 천년의 문장, 갈림길에 선 암행어사"라고 했다. 이러한 영재 이건창 평전이 대중들에게 널리 알려지고, 나아가 지식인 중 한 사람이라도 이 책을 읽고 귀감으로 삼는다면 6년간 나의 수고가 결코 헛되지 않으리라 생각한다.

삼가 영재 이건창의 영전에 술 한 잔 바치며 글을 마친다.

이은영 근지

2021년 8월 28일 '이건창의 평전을 펴내며'라는 위의 글을 쓴 그날로부터 오랜 시간이 지난 오늘은 2024년 1월 24일이다. 이건창의 굴곡진 삶만큼이나 책이 출간되기까지 여러 가지 우여곡절이 있었다. 극심한 산통 끝에 간행되는 이 책에 대한 남다른 애정을 새삼 느끼며 이제는 정말 글을 마친다.

이은영 재차 근지

차례

조선 500년 최연소 문과 급제자에서

최고의 문장가로

1. 이건창이 걸어간 길

한말사대가韓末四大家 중 한 사람인 이건창李建昌, 1852~1898의 자는 봉조鳳朝·鳳藻이고, 호는 영재寧齋·명미당明美堂·담녕재澹寧齋·결당거사潔堂居士이며, 아명兒名은 송열松悅이고, 본관은 전주全州이다. 그는 1852년 강화에서 조부 증 영의정 이시원李是遠의 장손이자, 부친 증 이조참판贈吏曹參判 이상학李象學과 모친 윤자구尹滋九의 따님이신 파평 윤씨坡平尹氏 사이에서 3남 중 장남으로 태어났다.

이건창의 가문은 정종의 별자別子 덕천군파德泉君派의 후손으로, 소론少論의 명문가로 자리 잡았다. 그러나 18세기 중엽에 일어난 나주괘서사건羅州掛書事件을 계기로 화를 피하고자 강화로 옮겨와 세거世居하게 되었다. 그의 5대조인 이광명李匡明이 조선 양명학陽明學의 태두인 하곡霞谷 정제두鄭齊斗의 제자에서 손녀사위가 되면서부터 집안은 양명학과 일정 연관을 가지게 되었다. 그는 조부 이시원과 종조부 이지원李止遠으로부터 가학인 양명학을 이어받았다. 그러나 조부와 종조부는 1866년 병인양요 때 유소遺疏를 올리고 함께 음독자결하였다. 그가 가학으로 익힌 양명학의 지행합일知行合一 사상은 그의 평생 삶 속에 녹아들었다. 그것은 때로는 정치적으로, 때로는 문학으로 꽃피었다.

그가 살던 구한말 조선은 내부적으로는 500년을 지내오면서 고여 있던 부패들이 더 이상 악취를 감추지 못하고 곳곳에서 더러운 냄새를 풍기고 있었다. 외부적으로는 제국주의帝國主義에 물든 서양의 각국으로부터 개항을 요구받으면서 조선은 외세에 의해 강제적 개항을 하게 되었다. 그 결과 세계정세 변화에 무지했던 관료들은 정신없이 휘둘렸다. 그로 인한 상처는 고스란히 백성들의 몫이 되었다.

이러한 격변기에 태어나 조선 500년 최연소 문과 급제자로 관직에 나아간 이건창은 관료로서의 명성이 아닌, 조선 500년 최고의 문장가가 되기를 기약하였다. 한편 관직에 나온 후, 그는 두 번의 암행어사를 지냈다. 영예로운 암행어사를 지냈음에도 불구하고 그는 세 번의 유배를 다녀왔다. 모함으로 떠난 평안도 벽동 유배, 충심으로 올린 상소문으로 인해 떠난 전라도 보성 유배, 명예로운 관찰사직을 세 번이나 고사했다가 자처해서 떠난 전라도 고군산도 유배가 그것이다.

그 밖에 그는 함흥 안핵사로 나가 난민들을 잘 다스리기도 하였으며, 1874년에는 동지사冬至使 서장관書狀官으로서 연경燕京에 사행을 다녀오기도 했다. 1891년에는 화폐 유통의 폐단과 외국인의 조선의 가옥과 토지 구입을 금지해야 한다는 상소를 올렸다. 또 1893년에는 호남과 호서의 사비邪匪를 토벌할 것 등을 청하는 상소를 올렸다. 이처럼 애민정신을 바탕으로 국사國事를 바로잡기 위해 관료 이건창은 노력했다. 그러나 그는 1894년 갑오개혁으로 국사가 나날이 잘못되어 가고 있는데, 난역배亂逆輩들까지 날뛰는 것을 보았다. 나아가 언로가 막혀 자신의 충언도 받아들여지지 않고, 더 이상 자신의 능력으로는 잘못되어 가는 국사를 바로잡을 길이 없다고 판단한 그는 즉시, 강화로 돌아가 은둔 생활을 시작했다. 더욱이 갑오개혁에 맞춰 새 관제까지 시행되면서 그는 더더욱 관직에 나아갈 뜻을 접었고, 그 후 다시는 서울에 들어오지 않았다.

그는 충청우도 암행어사 시절 당대 실세 중 한 사람인 조병식趙秉式을 탄핵했다. 조병식은 고부군수 조병갑趙秉甲과 사촌 간이자, 영의정을 지낸 조두순趙斗淳의 조카이다. 이처럼 권력을 손에 쥐고 있던 조병식은 이건창의 암행으로 드러난 자신의 가렴주구부터 온갖 과오가 조정에 전해질 것이 두려웠다. 이에 조병식은 자신이 가진 이끗과 온갖 권세로 이건창을 회유하고 위협하다 받아들여지지 않자 오히려 이건창을 궁지에 몰아넣고자 했다. 그러나 이건창은 어떠한 회유와 위협에 조금의 흔들림도 없이 그의 죄과를 낱낱이 조정에 알렸다. 그 결과 조병식은 유배되었다. 한마디로 이건창은 강직불요剛直不撓로 점철된 관직 생활을 이어갔다. 이건창이 관료들의 부패를 눈감아주지 않은 것은 그가 선조로부터 물려받은 가문의 성향이 그랬고, 그가 익힌 학문이 그랬고, 그가 가진 타고난 심성이 그랬다. 그러나 무엇보다 그의 조부 이시원이 경기 암행어사 시절 암행을 나가 풍속 교화와 백성들의 궁핍함을 해결해 주면서 보여준 강직함과 청렴결백으로 명성을 드날렸던 영향이 가장 컸다.

　격변기를 맞이한 조선 조정의 관료들은 쇄국과 개화 사이에서 갈등을 하다 자신들의 이익에 따라 그중 하나를 지지했다. 그러나 병인양요 때 조부를 잃었음에도 불구하고 이건창은 쇄국이 아닌, 개화를 지지했다. 그가 지지한 개화는 일반 관료들이 개화를 지지한 것과는 사뭇 달랐다. 그는 조정의 분별없는 개화파를 강도 높게 비판했다. 그는 급변하는 국제 정세 속에서 실력만이 살길이라는 생각으로 다른 나라와 동등하게 겨룰 수 있는 실력을 갖춘 후 조선이 자주적으로 개항할 것을 주장하였다. 즉 부국강병富國强兵을 추구하는 자주적 개항을 지지한 것이다. 그러나 그는 단발령이나 복식제도 및 새로운 관직 제도 등의 변화에 대해서는 거부감을 드러냈다. 단발이나 복식제도 및 새로운 관직 제도 등과 같은 외면적 변화는 부국 강병과 아무런 관련이 없고, 상투나 선비들이 입는 심의深衣 등의 복식제도 는 유구한 역사 속에서 자리 잡은 우리의 문화요, 전통으로 지속시켜나가 야 할 정신적 유산으로 판단했기 때문이다. 이처럼 그는 개화를 통해 부국 강병을 이루는 것에는 찬성을 했으나, 선조들의 정신을 훼손시키는 것에 는 반대 입장을 취했다. 현재 세상에서는 이건창을 수구파로 규정하고 있 는 것이 사실이다. 그러나 그는 수구파도 아니고, 개화파도 아니고, 자주적 주체성을 지닌 균형 잡힌 관료였다.

그는 또 동학농민을 난민亂民 세력으로 규정하고 토벌해야 할 대상으로 보았다. 격변하는 해외 정세 속에서 갈팡질팡하는 판에 국내에서의 소란 까지 이어지면 나라를 제대로 추스를 경황이 없을 것으로 판단했기 때문 이다. 이건창은 가렴주구를 견디다 못한 농민들이 반란을 일으킨 사실은 충분히 이해했다. 그러나 수만 명이 모여서 일으킨 동학농민의 난으로 인 해 죄없이 피해를 보는 주변 백성들의 안위를 먼저 걱정했다. 한마디로 그 가 동학농민을 난으로 규정한 것은 그의 기본적인 애민정신 때문이었다. 아울러 그는 갑오개혁 후에는 은둔 생활에 들어가 더 이상 제도권 안에서 새로운 시도를 해 보고자 하는 노력을 기울이지 않았다. 언로도 막혔고, 자 신의 능력으로 어찌해볼 수 없다는 판단 때문이었다. 또 그가 은둔 생활 이 후 보다 적극적이지 못한 행보를 보인 이유 중 하나는 건강이 나날이 나빠 진 것도 한몫했다.

이처럼 수차례 관직의 진퇴와 세 차례의 유배, 갑오개혁 이후 은둔 생활 을 걸치는 동안에도 그는 조선 500년 최고의 문장가가 되겠다는 자신의 기약대로 문장가로서의 본업을 접은 일이 없었다. 현재 그는 구한말 격변기 때 47년이라는 짧은 생을 살다 간 관료이자, 양명학자이자, 문장가로 이름이 알려져 있다. 그중에서도 조선 500년 최고의 문장가가 되기 위해 각고의 노력을 기울인 결과 그는 한말사대가 중 한 사람이자, 창강滄江 김택영金澤榮, 1850~1927이 선정한 여한구가麗韓九家 중 한 사람으로, 생전에는 물론 사후에도 문장가로서의 명성을 이어갔다.

2. 한말사대가로서의 이건창

한말사대가는 이건창을 포함해 구한말 당대 문학을 주름잡던 문학가 추금秋琴 강위姜瑋, 1820~1884, 창강 김택영, 매천梅泉 황현黃玹, 1855~1910 네 사람을 일컫는 말이다. 그리고 이들 네 사람을 이어주는 연결고리의 정점에 바로 이건창이 있다. 이건창으로 인해 김택영과 황현은 문단에서 주목받기 시작했고, 강위는 더욱 주목받게 되었기 때문이다.

이건창과 강위 집안은 세교世交가 있었는데, 이건창이 1870년 강위의 『청추각수초聽秋閣收艸』의 발문을 지어 준 것으로 보아 두 사람의 교유는 이전부터였을 것으로 파악된다. 이건창은 자신보다 32세나 많은 경기도 광주廣州 출신의 강위를 남촌시사南村詩社 동인同人들에게 소개하고 그들과 활발하게 어울릴 수 있도록 도왔다. 그는 강위와 연경 사행을 함께 다녀온 일을 평생의 즐거움으로 여겼다. 이에 더해 이건창 스스로 강위의 시詩 제자弟子로 자처하면서 그의 위상을 높여주며 나이를 뛰어넘는 교유를 했다.

이건창과 경기도 개성開城 출신의 김택영은 1866년 과거 시험장에서 처음 대면한 후 처음에는 편지로 교유했다. 1873년 이건창이 경기도 개성을 지나던 길에 김택영을 방문한 후 두 사람은 보다 적극적인 교유를 가지게 되었다. 그 후 김택영은 이건창의 소개로 남촌시사 동인이 되었다. 그런데 김택영이 구사하던 문장은 당시 유행하던 풍이 아니었기 때문에 동인들 사이에서 그리 환영받지 못했다. 그러나 이건창은 김택영의 문장은 우리와 다를 뿐이지, 그것이 잘못된 것은 아니라며 그를 옹호해주었다. 김택영은 훗날 자신의 망명지인 중국 남통에서 이건창의 문집인 『명미당집』을 간행되도록 돕는 것으로 우정을 과시했다.

이건창과 전라도 광양光陽 출신인 황현과의 만남은 황현이 이건창을 찾아갔던 1878년에 이루어질 뻔했다. 그러나 조정의 처벌을 기다리고 있던 이건창의 거부로 두 사람의 만남은 불발이 되었다. 그 후 이건창은 유배를 떠났고, 두 사람의 만남은 이건창이 유배에서 풀려난 1879년에서야 이루어졌다. 황현 또한 이건창의 소개로 남촌시사 동인으로 활약하게 되었다. 황현은 한때 서울에 거주지를 정해놓고 참여할 정도로 시사 활동에 적극적이었다. 그러나 황현이 부패한 과거 시험의 피해자가 된 후 당시 거주지가 있는 전라도 구례求禮로 돌아가자 이건창은 그를 구례에만 머물게 만든 것은 현직 관료들의 잘못이라며 끝까지 그를 인정해주면서 우정을 이어갔다.

이렇게 한말사대가는 출신지도, 출신 가문도 달랐다. 그러나 다르면서도 닮은 그들의 성품으로 인해, 이건창보다 앞서 사망한 강위를 제외한 나머지 세 사람의 불우한 생의 여정은 너무도 닮아 있다. 관직에 나와서나 은둔해서나 나라 걱정을 놓지 못하던 이건창은 병으로 일찍 죽었다. 황현은

1910년 경술국치 때 인간 세상에서 식자 노릇하기 어렵다는 말을 남기고 자결했다. 을사늑약 직전 나라가 망했음을 인식하고 중국으로 망명한 김택영은 망명지에서 출판업에 종사하며 조선 문장가들의 문집 간행에 힘쓰다 망명지에서 자결했다. 그렇다고 강위의 삶이 평온했다는 이야기는 아니다. 강위 또한 생전에 자신이 가진 능력에 비해 세상으로부터 받은 터무니없는 대우를 시로 풀어내며 곤궁하게 살다 죽었다. 이처럼 이들 한말사대가는 구한말 격변기 때 범상치 않은 삶을 추구하며 그에 따른 고뇌와 번민을 글로 남기는 것으로 일관하다 불우하게 생을 마감했다. 그러나 이들 한말사대가가 남긴 문장은 오늘날 우리들의 심금을 울리고 있다.

한마디로 청렴강직으로 명성이 높았던 이건창은 모범적으로 관료 생활을 하였다. 이에 더해 그는 개항기라는 역사적 전환기에 자아각성自我覺醒을 외치며, 자아를 상실한 채 내실內實 없이 무분별하게 외세를 끌어들이는 근대화 추진을 반대하고, 명名이 아닌 실實을 주장하였다. 이를 토대로 문학 활동을 전개한 이건창의 시문詩文과 상소문 등의 작품을 통해 오늘날 우리는 그의 정치적 사상은 물론 환곡제도의 실상 등 당대 사회의 제반적 문제까지 아울러 살펴볼 수 있게 되었다. 이러한 의미에서 그의 작품은 가치를 더한다.

특히 조선 500년 최고의 문장가가 되기 위해 그는 문장을 씀에 있어 자신만의 원칙이 있었다. 그는 자신의 마음에 흡족하면 그뿐, 남의 평가에 마음을 쓰지 않을 문장을 쓰기 위한 기법으로 다음과 같은 틀을 제공하였다. 첫째, 뚜렷한 주제 의식을 통해 전개되는 논지를 펼 것, 둘째, 논지를 전개

하되 말을 조화롭고 아름답게 꾸밀 것과 말을 깨끗하고 정밀하게 할 것, 셋째, 세상에서 통용되는 격식에서 벗어나 알맞은 형식으로 자유롭게 문장을 쓸 것, 넷째, 한 작품을 많이 수정하고, 수정을 마친 작품들 가운데 많이 삭제해 버리는 과정을 통해 몇 작품만 남기는 것이다. 그로 인해 이건창의 문집『명미당집』에는 모두 그 자신이 세운 원칙에 따라 남겨진 뛰어난 작품들만 수록되어 있다.

이건창은 문장가로서의 명성이 뛰어난 것은 사실이다. 그러나 그의 시詩 또한 문장 못지않게 뛰어나다. 그럼에도 이건창을 유독 문장가로 기억하는 이유는 문장이 너무 뛰어나기 때문이지, 시가 문장보다 못해서가 아니다. 문장가로서의 명성에 가려 시인으로서의 평가를 제대로 받을 기회를 갖지 못했다는 표현이 맞을 것이다.

그의 유고로는 시문집인『명미당집』과 자기 시대를 자기 시대의 시각에서 본 것이 아니라, 거대한 역사의 흐름으로 보고 붕당 정치의 원인을 균형 있게 밝힌『당의통략黨議通略』, 그리고 만년에『주역周易』을 읽으면서 연구·기록한『독역수기讀易隨記』가 전한다.

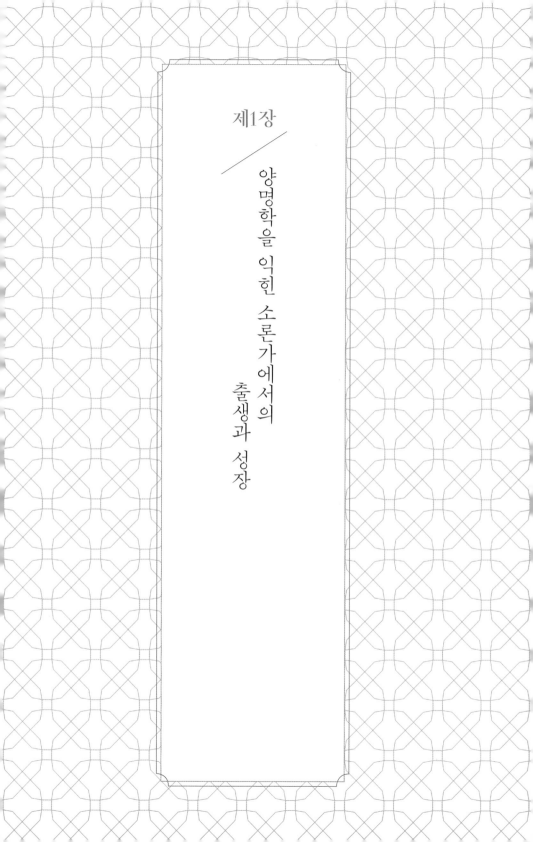

제1장

양명학을 익힌 소론가에서의

출생과 성장

1. 마니산의 정기를 받고 출생

이건창은 1852년 5월 26일 마니산摩尼山이 지적인 강화도 사곡沙谷 : 사기리 (沙器里)에서 양산군수梁山郡守를 지낸 부친 증 이조판서贈吏曹判書 이상학李象學, 1829~1888과 모친 진사進士 윤자구尹滋九의 따님인 파평 윤씨坡平尹氏, 1828~1884 사이에서 3남 중 장남이자, 조부 이조판서吏曹判書 증 영의정贈領議政으로 시호가 충정忠貞인 이시원李是遠, 1790~1866의 장손으로 태어났다.

마니산은 강화도에서 가장 높은 산으로 마리산摩利山, 또는 머리산이라고 불린다. 마리라는 이름은 『고려사』 지리지地理誌와 『세종실록』 지리지에 보인다. 마리는 옛말로 머리를 뜻하는데, 이는 마니산이 강화도에서 가장 높은 곳에 위치하고 있어 붙여진 이름이다. 마니산에는 기원전 51년 단군왕검이 하늘에 제사를 지내기 위해 쌓은 참성단塹星壇이 있다. 그곳은 하늘에 제를 지내는 곳일 뿐 아니라, 한반도 북쪽의 최고 산인 백두산과 남쪽의 최고 산인 한라산 사이의 딱 중간에 위치한 산으로 한반도 전체의 머리 부분에 해당된다는 뜻을 지니고 있다. 따라서 한반도의 머리를 상징하는 마니산은 민족의 영산으로써 한민족에게 오래도록 추앙을 받았다. 그래서 그곳에서는 단군왕검 때부터 조선시대 때까지 하늘에 제를 올리는 의식이 치러졌고, 오늘날에는 전국체육대회뿐 아니라 88서울올림픽이 치러졌을 때 성화聖火가 채화되고 경기 일정 내내 성화가 피워지기도 했다.

이처럼 이건창은 하늘의 정기가 그득 서린 마니산의 정기를 받고 강화도의 조용한 바닷가 마을에서 태어났다. 그런데 현재 인천기념물 제30호로 지정된 이건창의 생가 '명미당明美堂'에 가보면 사방을 둘러봐도 바다가

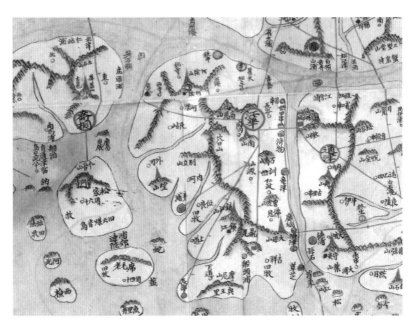

〈그림 1〉 19세기 중엽 김정호(金正浩) 『동여도(東輿圖)』 속의 강화[1]

보이지 않아, 바닷가 마을임을 실감할 수가 없다. 원래 강화도에는 광활한 갯벌이 있었다. 이는 한강과 임진강, 그리고 예성강의 강물이 육지로부터 강화도를 통해 바다로 빠져나갈 때 강화까지 흘러오는 동안 휩쓸고 온 토사들이 해안가에 고스란히 쌓여서 이루어진 갯벌이다. 그런데 6·25전쟁이 끝난 후 인구수가 늘어나면서 1960년대에 식량 부족 현상이 일어났다. 그러자 부족한 식량 생산 증대를 위해 전국적으로 대규모 간척사업이 진행되었는데, 이때 강화도 갯벌 또한 간척사업 대상에 선정되면서 육지로 메워졌다. 그로 인해 오늘날 '명미당'에서는 더 이상 바다를 볼 수 없게 되었다.

이건창의 가문은 조선의 2대 임금인 정종定宗의 열 번째 아들 덕천군德泉

〈그림 2〉 이건창 생가 복원 전 전경
출처 : 이건창의 고손자 이용걸

〈그림 3〉 이건창 생가 복원 후 전경
출처 : 이은영

제1장 _ 양명학을 익힌 소론가에서의 출생과 성장 27

君 이후생李厚生의 후손으로부터 분파한 소론少論의 명문가이다. 대대로 높은 관직에 나아가면서 명문가로서의 지위를 유지하던 그의 가문은 1721년과 1722년에 벌어진 신축옥사辛丑獄事와 임인옥사壬寅獄事, 그리고 1755년에 있던 나주벽서사건羅州壁書事件, 일명 나주괘서사건羅州掛書事件 때 노론老論과의 당쟁에서 밀리면서 큰 타격을 받았다. 나주벽서사건은 당시 소론의 윤지尹志, 1688~1755가 선라도 나주 색사홈솜에다 노론을 표적으로 삼아 산신들이 소정에 가득하여 백성들이 도탄에 빠진 삶을 살고 있다는 내용을 적은 종이를 붙인 사건이다. 윤지는 노론을 제거하기 위해 이 일을 벌였지만, 이때 전세가 뒤집히지 않으면서 소론은 완전히 궁지에 몰리게 되었다. 그러자 이건창 집안은 화를 피하기 위해 강화도로 옮겨가 살기 시작했다.

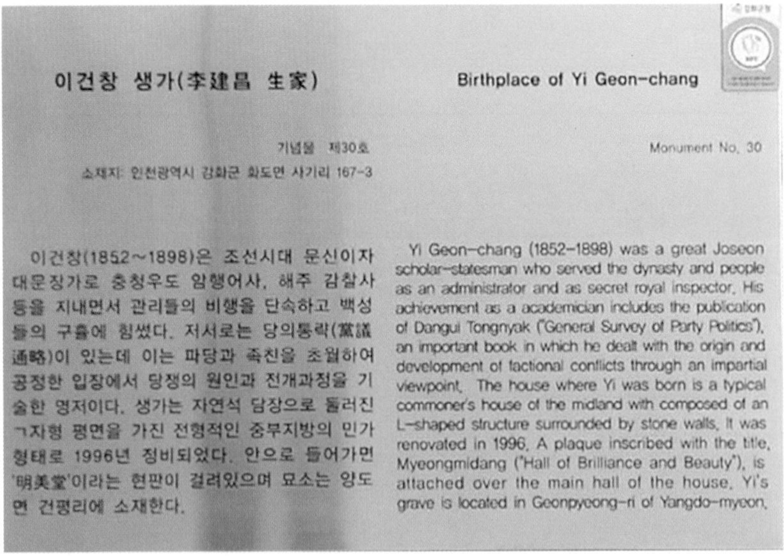

이건창 생가(李建昌 生家)　　　　　　　Birthplace of Yi Geon-chang

기념물 제30호　　　　　　　　　　　　　Monument No. 30
소재지: 인천광역시 강화군 화도면 사기리 167-3

이건창(1852~1898)은 조선시대 문신이자 대문장가로 충청우도 암행어사, 해주 감찰사 등을 지내면서 관리들의 비행을 단속하고 백성들의 구휼에 힘썼다. 저서로는 당의통략(黨議通略)이 있는데 이는 파당과 족친을 초월하여 공정한 입장에서 당정의 원인과 전개과정을 기술한 명저이다. 생가는 자연석 담장으로 둘러진 ㄱ자형 평면을 가진 전형적인 중부지방의 민가 형태로 1996년 정비되었다. 안으로 들어가면 '明美堂'이라는 현판이 걸려있으며 묘소는 양도면 건평리에 소재한다.

Yi Geon-chang (1852-1898) was a great Joseon scholar-statesman who served the dynasty and people as an administrator and as secret royal inspector. His achievement as a academician includes the publication of Dangui Tongnyak ('General Survey of Party Politics'), an important book in which he dealt with the origin and development of factional conflicts through an impartial viewpoint. The house where Yi was born is a typical commoner's house of the midland with composed of an L-shaped structure surrounded by stone walls. It was renovated in 1996. A plaque inscribed with the title, Myeongmidang ('Hall of Brilliance and Beauty'), is attached over the main hall of the house. Yi's grave is located in Geonpyeong-ri of Yangdo-myeon.

〈그림 4〉 이건창 생가 안내문
출처 : 이은영

그즈음 이건창의 5대조인 이광명李匡明, 1701~1778이 강화에 살고 있던 조선 양명학陽明學의 태두泰斗인 하곡霞谷 정제두鄭齊斗, 1649~1736로부터 제자로서 사랑을 듬뿍 받으며 그의 손녀사위가 되었다. 그로부터 이건창 집안은 양명학과 일정 연관을 갖게 되었다.[2] 이처럼 이건창의 가문은 당시 조선의 학문 경향이 주자의 성리학性理學 일색이었던 것과는 달리 양명학을 가학家學으로 삼았다.

한편 노론으로부터 밀려나면서 이건창 집안은 더 이상 관직에 진출하지 않았다. 이건창의 고조는 강화도 양명학파의 거봉인 이충익李忠翊, 1744~1816이고, 증조는 진사 이면백李勉伯, 1767~1830이다. 이건창의 증조는 진사시에 합격했지만 관직에 나아갈 뜻을 접고 학문연구에 매진했다. 벼슬길에 나가지 않고 가학인 양명학에만 전념하는 것이 이건창 가문의 가헌家憲이었기 때문이다.[3] 그러나 몇 대에 걸쳐 관직에 나아가지 않으면서 집안 살림은 점점 기울어갔다. 그러자 그의 가문은 양반가였지만 이에 아랑곳하지 않고 봄소 화분석을 짜서 장터에 내다 팔며 생계를 유지하였다. 그러나 곤궁함 속에서도 낙을 찾으며 독서와 글 짓는 일에 전념하기를 그치지 않아 그의 집안은 여전히 사대부 가문으로서의 명성을 이어갔다.

그 후 이건창의 조부 이시원이 1815년 정시문과에 급제하면서 그의 집안은 다시 관직에 나아가기 시작했다. 그러나 이시원의 조부 이충익은 당쟁黨爭의 폐해를 너무도 잘 알고 있었기 때문에 손자가 정치적으로 어려움에 처할까 싶어 손자의 급제 소식을 마뜩잖게 여겼다. 이러한 사실을 잘 알고 있던 이시원은 조부에게 염려를 끼치고 싶지 않았다. 그래서 이시원은 관직에 나아가서는 매사 언행을 조심하며 최선을 다했고, 특히 암행어사로 나가서는 어사로서의 책임을 다하며 청렴결백으로 이름을 드날렸다. 그로 인해 이시원의 관직은 이조판서에까지 올랐다. 이처럼 이건창의 조부 이시원이 관직에 나아가면서부터 그의 가문은 과거 명문가로서의 명성을 세상에 다시 알리게 되었다.

한편 이건창의 모친 파평 윤씨는 우계牛溪 성혼成渾, 1535~1598의 사위이자 문정공文正公 윤황尹煌, 1571~1639의 손사 되는 소론의 영수 명재明齋 윤증尹拯, 1629~1714의 후손인 상은처사祥隱處士 윤자구의 따님이다. 가문의 유풍을 이은 모친은 뛰어난 효성과 아름다운 성품을 갖추었다.[4]

이처럼 이건창은 양명학을 가학으로 삼은 소론 명문가 출신의 부친과 혁혁한 외가의 유풍을 이어받은 모친과의 사이에서 강화도 마니산의 정기를 받고 태어났다. 마니산의 의미대로 훗날 이건창은 조선 500년 문장의 으뜸이 되었으며, 그로 인해 한말사대가韓末四大家 중 한 사람으로 우뚝 섰다.

2. 조부로부터 익힌 가학家學

이건창에게는 두 동생 경재耕齋 이건승李建昇, 1855~1924과 겸산謙山 이건면李建冕, 1862~1894, 재종제 난곡蘭谷 이건방李建芳, 1861~1939이 있었다. 1866년 병인양요로 강화도가 함락되었을 때 조부 이시원과 종조부 이지원李止遠, 1800~1866이 유소遺疏를 올리고 음독자결[5]하기 전까지 이건창은 동생들과 함께 두 조부로부터 가학인 '양명학'을 전수받았다.[6]

그의 조부 이시원은 1815년 정시문과에 급제한 후 청요직을 두루 역임하였다. 관직에 나아간 후 성균관전적成均館典籍·사간원정언司諫院正言 등을 역임하고, 1824년에는 외직인 태천현감泰川縣監으로 나가 치적을 쌓았다. 그 후 다시 내직으로 들어와 홍문관교리弘文館校理·성균관사성成均館司成·사헌부장령司憲府掌令·통례원상례通禮院相禮 등을 역임하였다. 이어서 1833년 경기 암행어사로 나가 경기도지역 곳곳을 누비며 거칠어진 풍속을 교화시키고 백성들의 궁핍함을 해결하기 위해 애썼다. 1835년에 동부승지同副承旨에 제수되었으나 나아가지 않자 조정에서는 춘천부사春川府使에 다시 제수하였다. 극구 사양하던 이시원은 조선의 23대 임금인 순조純祖의 비妃 순원왕후純元王后의 명이 있자 어쩔 수 없이 부임하였다. 그런데 때마침 춘천에 큰 흉년이 들었다. 이에 이시원은 관가官家의 돈을 내어 쌀을 팔다 굶주린 백성들 구제에 힘썼다. 그 후 이시원은 10여 년간 관직에 나아가지 않았다. 그러나 1849년 품계가 가선대부嘉善大夫에 오르고, 오늘날 서울 부시장급에 해당하는 한성부우윤漢城府右尹에 제수되자 나아갔다가 다음 해에 개성부유수開城府留守로 부임하였다. 이때 이시원은 당시 역인驛人들이 개성 인삼을 쪄서 홍삼으로 만들어 팔던 포소包所에서 세금을 포탈한 사실을 알고 엄히 다스렸다. 그 후 내직으로 들어와 승정원좌승지承政院左承旨·동지경연의금부춘추관사同知經筵義禁府春秋館事·도총부도총관都摠府都摠管에 제수되고 품계는 자헌대부資憲大夫에 올랐다. 이어서 형조판서刑曹判書·지경연춘추관사知經筵春秋館事에 제수되었다가 다음 해 함경도관찰사로 부임하였다. 이때 이시원은 전 병마절도사前兵馬節度使 이근영李根永의 탐학을 탄핵하였다. 그 후 1864년에 지종정경부사知宗正卿府事에 제수되었고 이어서 대사헌·예조판서·이조판서·홍문관제학·예문관제학을 지내고, 동지성균관사를 끝으로 관직에서 물러났다. 1866년에는 임금의 특명으로 품계가 정헌대부正憲大夫에 올랐다.

이렇게 높은 벼슬을 오랜 기간 역임했음에도 불구하고 이건창의 조부는 비바람이나 간신히 가릴 정도의 조그마한 초가집에서 살았다. 또 어쩌다 밭에 나갈 때면 도롱이에 삿갓을 쓴 채 다녔다. 그래서 마을 사람들조차 재상을 지낸 사람이라고는 짐작도 못 할 정도로 그의 조부는 검소한 생활을 하였다.

이건창은 가문의 배경으로 인해 조부로부터 자연스럽게 '양명학'으로 일컬어지는 일명 '강화학'을 익히면서 양명학적 성향을 띠게 되었다. '양명학'은 유학儒學의 한 갈래로, 양명학의 주창자인 명나라 왕수인王守仁, 1472~1592의 호가 양명陽明인 것으로 인해 일컬어지게 된 학문 이름이다. '양명학'이 조선에서는 강화도를 중심으로 이루어졌기 때문에 '강화학'으로 불리게 되었다. 기실 '강화학'이라는 명칭은 서여西餘 민영규閔泳珪, 1915~2005가 명명한 것이다. 그러나 양명학을 익힌 사람들 스스로는 왕수인이 강학하던 서원書院의 이름을 따서 계산지학稽山之學, 또는 정백자성명지학程伯子性命之學이라고 불렀으며, 때에 따라서는 '실학實學'이라고도 불렀다.[7]

양명학은 사람의 마음속 양심을 도덕적 판단 기준으로 삼을 것심즉리(心卽理), 반성적 성찰을 통해 본래부터 갖고 태어난 선과 악을 알고 판단하는양지(良知) 능력을 자각하고 실천할 것치양지(致良知), 그리고 이것을 알면 행동으로 옮겨 실천할 것지행합일(知行合一)을 중시하는 학문이다.

당시 조선의 학문은 주자朱子의 학문적 이론을 중심으로 한 성리학性理學, 곧 도학道學이 주도권을 잡고 있었다. 성리학은 이론을 중시하는 학문이고,

이건창이 익힌 양명학은 '지행합일知行合一'로 이론의 지식과 행동의 일치를 지향하는 학문이다. 이는 사람들이 아는 것을 행동으로 실천하지 않고, 자신에게 이익이 되는대로 움직이는 것에 대한 경계이기도 하다. 그러나 조선 학문의 주도권을 잡고 있던 성리학자들로부터 성리학의 지나친 이론 논쟁을 깨트리는 주장을 펼치는 양명학은 이단시되었다. 그로 인해 이론을 중시하기보다는 사람이 원래부터 마음속 양심에 따른 반성적 성찰을 자각하고, 그에 따라 실천할 것을 요구하는 '지행합일' 사상은 전국으로 퍼지지 못하고 강화도를 중심으로 충청북도 진천鎭川 등 일부 지역 학자들에게만 전파되었다. 사실 조선 후기 실학이 추구하던 실사구시實事求是, 이용후생利用厚生, 경세치용經世致用을 중시한 것은 양명학의 '지행합일' 사상이나 실實과 진眞을 강조한 '양지설養知說'과 관련성이 많다.[8] 조선에서 이단시했던 것과는 달리 당시 중국에서는 이러한 양명학이 보편적 학문 경향이었다. 조선이 주자의 성리학에서 일찍 벗어나 양명학을 적극적으로 수용하였다면 구한말 조선의 역사가 판이하게 달라졌을 것이라는 일부 학자들의 견해가 있는 것도 이 때문이다. 이는 근대에 들어 항일 구국운동을 전개한 민족주의 학자 이능화李能和, 박은식朴殷植, 정인보鄭寅普 등에 의해 양명학이 연구되고 새로운 경지가 개척된 것으로써 확인된다.[9]

한편 이건창은 어려서부터 가학인 양명학을 전수해준 조부로부터 책을 받아 공부를 하였는데 말보다 글자를 먼저 익혔다. 그는 다섯 살 때 이미 문장의 이치를 깨달아 주변에 신동으로 알려지기 시작했다. 이어서 10세 때는 어른들도 깨우치기 힘들다는 사서오경四書五經 : 논어·맹자·중용·대학과 시경·서경·역경·예기·춘추에 모두 통달하면서 신동으로서의 명성을 널리 알렸다.[10]

이처럼 이건창은 어려서부터 '지행합일'을 모토로 삼아 외실外實보다 내실內實을 더 중시하는 양명학을 계승한 학자이자 암행어사로 명성을 드날린 조부로부터 가학을 전수받았다.

3. 부친과 모친의 가르침

한 사람의 운명을 좌우하는 원인은 여러 가지가 있다. 스승과 벗도 빼놓을 수 없는 중요한 원인 중 하나이다. 그러나 어떤 부모를 만나느냐가 가장 큰 원인이 된다. 그렇다면 이건창의 부모님은 어떤 분들이었을까?

이건창의 부친 이상학[11]은 나라에서 주는 녹봉祿俸이나 자리를 이용한 이권利權에는 전혀 마음을 두지 않던 인물이다. 부친이 고을 수령으로 있을 때였다. 당시 고을 수령들은 임금에게 재물을 바치고 높은 자리로 이직하는 은택을 구하는 일이 일상이었다. 어떤 사람이 부친에게 재물을 바치고 은택을 구할 것을 권유했다. 그러나 부친은 명분 없이 임금에게 바치는 재물이 있다면, 그것은 명분 없이 아랫사람에게서 취한 것을 바치는 것으로 생각했다. 더욱이 재물로 은택을 구하는 일은 뇌물죄에 해당되고, 또 뇌물을 바치는 사람은 반드시 뇌물로써 망하게 될 것이므로, 부친은 재물로 은택을 구하는 일을 매우 부끄럽고 두려운 일로 여기고 하지 않았다.

당시에는 고을 수령이 세시歲時 명절 때 서울의 조정에 선물을 보내는 풍습도 있었다. 이때 부친은 최소한의 선물만 보냈다. 어떤 사람이 양이 너무 적다고 하자, 부친은 자신의 손이 적어서 어쩔 수 없다며 말을 돌렸다. 조정에 보내는 많은 양의 세시 선물은 고을 백성들로부터 나오는 것이었기 때문이다. 이처럼 그의 부친은 고을 백성들을 괴롭혀서 조정에 많은 양의 선물을 보내 자신의 이권을 챙기는 것은 옳지 않다고 여겼다.

부친이 백성들을 다스릴 때는 언제나 고집스러우리만큼 공평하게 업무를 처리하였으며, 일을 처리함에 있어서는 누구보다 민첩하였다. 평소 부친은 재판에 신중을 기해야 한다는 생각에 형법과 관련된 내용으로 구성된 정약용丁若鏞의 『흠흠신서欽欽新書』를 암송할 정도로 즐겨 읽었다. 그 결과 부친은 백성들의 송사訟事에 억울한 사람이 없도록 하는 등 옥사를 다스림에 있어 익숙하고도 신속 정확하게 일 처리를 했다. 그러던 어느 날 부친은 오래된 죄수들의 죄목을 적은 죄안罪案을 살펴보다가 억울하게 구속된 한 죄인을 풀어주었다. 감옥에서 풀려난 죄인이 부친에게 감사의 인사를 하러 왔다. 그 사람이 돌아간 후 부친은 이건창에게 탄식하며 말했다.

"억울하게 갇혀 있다 풀려난 사람은 와서 고맙다는 인사를 하지만, 억울하게 죽은 자가 죽을 때 품었던 원망은 알기 어렵다. 내가 수많은 옥사를 처리했다만, 과연 지하에서 원한을 품고 있는 자가 없게 하였을까?"

이처럼 부친은 누구보다 옥사를 잘 처리하였으면서도 늘 억울하게 누명을 쓰고 옥에 갇히거나 죽은 자가 없는지 두려워했다.

이건창이 충청도지역에 암행어사로 나갔을 때의 일이다. 충청감사 조병식趙秉式, 1823~1907이 이건창의 강직함 때문에 자신의 잘못이 조정에 알려져 탄핵을 당할까 두려운 나머지 이건창에 대해 음모를 꾸몄고, 그 말은 조정에까지 이르게 되었다. 그러자 높은 지위에 있던 어떤 관리가 그의 부친을 찾아와서 말했다.

"당신의 아들 이건창에게 장차 화가 미칠 것이오. 그런데 어찌 아들에게 화가 미치지 않을 방법을 강구하게 하지 않는단 말이오."

이때 이건창의 부친이 답했다.

"내 자식이 비록 어리석긴 하지만 지금은 임금의 명을 받든 몸입니다. 그러니 바깥일에 전념하기를 바랄 뿐, 자식이 하는 일에 간섭할 수는 없는 일입니다."

그런데 정말 이건창에게 화가 미쳐 평안도 벽동으로 유배를 가게 되었다. 부친의 입장에서 아들이 억울하게 당한 화를 마냥 지켜볼 수만은 없었다. 이에 부친은 조정에다 수차례에 걸쳐 아들을 유배에서 풀어줄 것을 청하는 소장訴狀을 올렸다. 보통 때는 근엄한 부친이었지만 아들을 위해 수차례에 걸친 상소도 마다하지 않았던 것은 그만큼 아들의 강직함을 믿고 아끼는 마음이 컸다는 반증이다.

언젠가 부친은 이건창에게 편지를 보내면서 '무슨 일이든 결정하기 전에 잘 헤아려야 한다. 그리고 이미 결정했으면 중간에 흔들려서는 안 된다'라고 하였다. 또 부친은 관직에 나아간 이건창에게 백성들이 낸 세금을 공적인 일이 아닌 사적인 여행 경비나 유흥비 등으로 사용치 못하도록 경계하였다. 이러한 부친의 가르침을 받은 이건창은 관직에 나아간 후 백성들이 낸 세금을 허투루 쓰는 일이 없었다.

이건창 부친의 표정은 언제나 온화했고, 큰소리를 내는 법이 없었다. 또 자신에게 청탁을 해오는 친척이나 친구들의 부탁은 일언지하에 거절하는가 하면 아전衙前들이 망령되게 굴지나 않는지 늘 단속하였다. 이에 더해 고을 백성들이 굶주리지나 않는지 항상 따스한 마음으로 보살폈다. 그로 인해 고을 백성들은 부친을 진심으로 따랐다. 이는 모두 부친 이상학의 천성적인 성품에서 기인한 것이다.

이건창의 모친 숙인淑人 파평 윤씨[12]는 13살에 부친에게 시집을 왔다. 워낙 살림이 가난하여 먹을 것이라고는 콩죽뿐이었는데, 그마저도 배불리 먹을 수준은 아니었다. 1년이면 제사가 수십 번이고, 거기다 매일같이 손님들이 드나들었기 때문에 모친의 손에는 물 마를 날이 없었다.

아들 셋을 낳은 모친은 어느 날 계단을 내려가던 시아버지 이시원의 걸음걸이가 시원찮은 것을 보고 눈물을 글썽일 정도로 효심이 깊었다. 이런 며느리를 아끼던 시아버지가 병인양요 때 음독자결을 하였다. 당시 조정에서 정승을 보내 시아버지의 제祭를 지내도록 하면서 조문객이 끊임없이 이어졌다. 그러나 모친은 수많은 조문객 접대를 혼자서 해냈다. 큰일을 혼자 다 해낸 모친은 결국 병이 들고 말았고, 그 후 점점 여위어 갔다.

모친은 글을 잘하지는 못했지만 대의大義가 무엇인지, 절개節槪가 무엇인지, 부끄러움이 무엇인지를 아는 분이었다. 또 아녀자가 굳이 알 필요가 없는 일에는 일체 마음을 두는 법이 없었다. 그러나 의리상 마땅히 해야 할 일은 언제나 신속하고 정확하게 처리했다. 집 안에 먹거리라고 해야 콩죽에 거친 나물뿐이었지만 모친은 어려운 이웃들에게 나눠주기를 흔쾌하면서도 후하게 했다.

자식들에 대한 사랑도 지극했다. 그중 큰아들 이건창에 대한 사랑이 더욱 지극했다. 모친은 평소 다른 아들들에 비해 이건창을 좀 더 사랑했던 이유에 대해 말했다.

"열 손가락 깨물어서 안 아픈 손가락이 없다. 다만 집안을 책임질 큰아들이라 좀 더 귀하게 대할 뿐이다."

모친이 큰아들인 이건창을 귀하게 대한 이유는 바로 그에게 가문에 대한 책임감을 갖도록 하기 위해서였다. 또 이건창이 어떤 일을 하겠다고 하면 모친은 다음과 같이 말했다.

"네가 하고 싶으면 그렇게 하도록 해라."

이처럼 모친은 언세나 이건창에 내한 믿음을 드러냈다. 모친의 이건창에 대한 믿음은 평소 그가 모친에게 신뢰를 받을 만한 언행을 했기 때문에 가능한 일이었다. 그렇지만 이건창이 관직에 나아갔다가 돌아오면 모친은 잊지 않고 그를 타이르며 말했다.

"모쪼록 할아버지를 생각하고 처신해라. 부모 때문에 소신을 접어서는 안 된다."

모친이 이건창에게 이런 말을 한 이유는 부모 봉양을 위해서 아들이 자신의 소신을 접는 것을 원치 않아서였다. 그리고 아들이 할아버지가 관직 생활 중에 소신 있게 행동하신 모습을 배워 매사 그대로 처신하기를 바라는 마음에서였다. 모친은 아들에게 본받게 하고 싶은 인물로 시아버지를 꼽을 정도로 시아버지를 존경했다. 그런데 이건창이 변방으로 유배를 가게 되자 모친은 아들을 향해 별일 아니라는 듯이 말했다.

"일을 하다 보면 나쁜 일도 생기게 마련이고, 좋은 일도 생기게 마련이다."

멀리 유배지로 떠나 언제 돌아올지도 모르는 아들을 향해 이런 말을 한다는 것은 일반적인 엄마들로서는 쉽지 않은 일이다. 그런데 모친은 아들을 유배지로 떠나보내면서 한 방울의 눈물도 보이지 않았다. 이에 더해 모친은 유배지에 있는 아들에게 보내는 편지에도 아들의 처지를 안타깝게 여기는 말 한마디가 없었다. 그런데 정작 아들이 유배에서 풀려나 집으로 돌아오자 모친은 그제야 말했다.

"내 피가 다 말라버렸다."

이처럼 이건창은 부친과 모친으로부터 올곧은 성품과 깊은 효심을 이어 받았다. 아울러 부모로부터 관직 생활에 임해서는 조부가 보여준 행실대로 처신할 것을 주문받았다. 이건창의 정치적 행보와 문학적 역량을 드러 냄에 있어 그 근저에 조부의 행보가 자리하고 있는 것은 이러한 부모님의 가르침이 있었기 때문이다.

4. 병인양요와 조부의 순절

강화도는 고려 고종 때인 1232년 몽고족이 침략해 왔을 때 임금이 천도遷都를 했던 곳이다. 강화도에는 고려조에서 몽고군의 강화도 재차 침입을 막기 위해 해안을 따라 길게 쌓은 성이 있다. 또 강화도는 조선 인조 때인 1636년 병자호란이 일어났을 때 종묘사직의 신주를 받들고 세자빈 강씨姜氏와 원손元孫을 비롯해 인조의 둘째·셋째 아들인 봉림대군鳳林大君과 인평대군麟坪大君이 몸을 피한 곳이기도 하다. 그 후 외세 침략에 대비하기 위해 효종 때인 1658년 강화부유수江華府留守 서원리徐元履가 광성보廣城堡를 쌓으면서 강화도는 요충지가 되었다. 이때 서원리는 강화도에 성을 쌓은 후 탱자나무를 심어 성 밖 울타리로 삼았다. 탱자나무에는 3~5cm 길이의 굵은 가시가 나는데 매우 날카롭고 억세서 외적들이 성으로 넘어오는 것을 원천

〈그림 5〉 사기리 탱자나무(천연기념물 제79호)
출처 : 이은영

적으로 차단시킬 수 있었기 때문이다. 현재 이건창 생가 지척의 화도면 사기리 135-10번지에는 외세 침략 저지에 한몫을 담당했던 400살 넘은 탱자나무가 서 있는데, 천연기념물 제79호로 지정되었다.

이처럼 국가적 요충지인 강화에서 1866년 병인양요丙寅洋擾가 일어났다. 병인양요란 병인년인 1866년, 프랑스에서 고종의 부친 흥선대원군興宣大院君이 프랑스인 천주교 선교사를 탄압한 것에 대한 보복으로 강화도로 군대를 보내 조선을 침략해온 난리이다.

그렇다면 병인양요는 왜 일어났던 것일까? 여기서 잠시 시대 상황을 엿보도록 하자.

당시는 서구의 제국주의帝國主義가 지배하던 세상이었다. 일반적으로 제국주의하면 우월한 군사력과 경쟁력을 바탕으로 다른 나라 또는 민족을 정복하여 대국가를 건설하려는 침략주의적 경향을 떠올린다. 그러나 19세기 제국주의는 강대국이 약소국을 대상으로 시장 개척과 문호 개방을 통한 통상을 요구하는 성격이 강했다. 곧, 이건창이 살던 시대는 서양의 강대국들이 약소국에 자국의 배가 출입하며 무역을 할 수 있도록 허가를 해달라며 개항開港을 요구하던 시절이다. 세계의 제국주의 질서 속에서 펼쳐지는 개항 요구에 조선 또한 예외일 수는 없었다. 약소국이었기 때문이다. 그런데 조선은 이에 대한 방비책이 전혀 없었다. 세계정세 흐름에 대한 무지와 개항에 대한 두려움으로 조정의 관료들조차 우왕좌왕하였으니, 그 아래 백성들은 영문도 모른 채 휘둘렸다. 그사이 관료들은 문호 개방에 대한 의견으로 문호를 개방해야 한다는 개화파와 개방해서는 안 된다는 수구파 사이에서 분열이 일어났고, 그에 대한 갈등은 나날이 깊어갔다. 그런 즈음에 프랑스에서 앞서 대원군이 천주교 선교사들을 탄압한 사건을 빌미로 군대를 보내 강화도로 침략해온 것이 바로 병인양요이다. 당시 프랑스군은 강화도를 점령한 후 포고문을 발표하였다. 내용은 프랑스 황제의 명을 받들어, 프랑스 선교사 9명을 학살한 대가로 조선인 9천 명을 죽이러 왔다는 것이었다.

한편 관직에서 물러나 있던 이건창의 조부 이시원은 1866년 조정으로부터 정헌대부 품계를 받았다. 그런데 바로 그해 가을 프랑스 함대가 강화도를 침략해오면서 하늘이 준 요충지로 알고 있던 강화도가 프랑스군에 함락되었다. 이때 강화유수江華留守 이하 대부분의 관원들은 제 목숨을 부지하기 위해 백성들을 버려둔 채 모두 달아나 숨어버렸다. 결국 무인지경의 상황에서 강화도 백성들은 프랑스군들로부터 온갖 노략질을 당하면서 도마 위의 생선 신세가 되어 버렸다. 당시 78세의 이시원은 몇 개월 동안 이질을 앓아 목숨마저 위태로운 상태였다. 그 상황에서 강화도가 프랑스군에 함락되자 이건창 이하 가족들은 조부를 모시고 잠시 피난을 떠나고자 하였다. 그러나 조부는 국가가 위급존망의 상황에 처했는데 자신이 할 수 있는 일이 없음에 대해 자괴감을 느꼈다. 이에 조부는 강화에 세거한 자신은 고을의 정치와 교육을 함께 담당했던 향대부鄕大夫에 해당하는 데, 이미 늙고 병들어 의병을 모아 적군과 접전을 벌일 수도 없으므로, 현재 할 수 있는 일은 오직 죽음으로 절개를 드러내는 길밖에는 없다며 순절의 길을 택했다.[13]

이시원에게는 군수를 지낸 66세 된 동생 이지원이 있었다. 당시 이지원은 평소 형의 인품으로 보아 형의 결심을 돌이킬 수 없다는 것을 알고 형에게 함께 순절하기를 거듭 청했다. 더 이상 동생을 말릴 수 없다는 것을 깨달은 이시원은 아픈 몸을 일으켜 동생과 함께 선영先塋에 하직 인사를 올리고 유소遺疏를 쓰면서 음독자결을 결심하였다. 사람이 죽음에 임하여 남기는 글은 유서遺書라고 한다. 유소란 죽음에 임하여 임금에게 올리는 상소上疏이다.

이건창의 조부가 당시 임금에게 올린 유소에는 백성을 사랑하고 선왕이 남겨준 법을 거울삼아 어진 정치를 행할 것을 청하는 내용이 실려 있다. 내용의 일부를 살펴보도록 하자.

지금 요망한 기운이 가득 차 다른 종족프랑스인-저자 주이 돌진하는 때를 당하여 의당 칼날이 부딪히고 화살과 돌이 날아다니는 속으로 뛰어들어가 목숨을 아끼지 말고 싸워야 할 텐데 신의 나이 지금 78세입니다. 사는 곳이 궁벽지고 병마저 점점 심해져, 여러 달 동안 설사병을 앓아 침상에 몸을 맡긴 채 조금도 움직이지 못하고 있었습니다. 아직 식지 않은 시체와 같은 몸을 메어들도록 하여 두 동생과 함께 선친先親의 분묘 앞으로 나아왔습니다. 온 집안의 늙은이 젊은이 할 것 없이 모두 북쪽을 바라보며 한 번 통곡을 하고 식솔들을 막냇동생과 자질子姪에게 맡겼습니다. 신은 전 군수郡守로 나이가 66세 된 중제仲弟 이지원과 함께 약을 마시고 자진自盡하기로 하였습니다. 이로써 나라에 보답하는 것이 이 무슨 분수에 맞는 도리란 말입니까. 단지 이 몸이 사나운 귀신이 되어 오랑캐들로 하여금 빛나는 하늘 환한 햇빛 아래에서 자멸하게 하고자 하는 것입니다.

신이 듣건대, 옛사람이 말하기를 '많은 어려움은 나라를 흥하게 하고 큰 근심은 임금의 밝은 지혜를 계도한다' 하였고, 또 말하기를 '외환外患이 되는 적국이 없는 나라는 항상 망해 왔다' 하였으니, 오늘날 저 오랑캐 선박의 침략이 우리나라를 다시 흥기시킬 기회가 될지 어찌 알겠습니까. (…중략…) 신이 또 듣건대, 『단서丹書』에 '삼가하는 마음이 게으름을 이길 때에는 길하고, 게으름이 삼가하는 마음을 이길 때에는 멸한다' 하였고, 『논어論語』에 '(백성들이 낸 세금의) 씀씀이를 절제하여 백성을 사랑해야 한다' 하였습니다. 나라를 다스리는 방도는 말을 많이 하는 데 달려 있는 것이 아니라 어떻게 힘써 행하느냐에 달려 있을 뿐입니다. (…중략…) 부디 전하께서는 한 번 염려하고 한 번 정령政令:정치상의 명령을 베푸는 데 있어서도 반드시 삼가함과 게으름의 경계를 충분히 생각하여 용도를 절제하여 백성을 사랑하는 것을 통치의 근본으로 삼고, 선왕의 성헌成憲:선왕이 정해놓은 법을 거울삼아 성학聖學을 밝혀 어진 정치를 행하소서.[14]

이시원의 유소의 내용을 간단히 정리하면 자신은 죽어서 나라를 지키는 힘센 혼령이 되어 프랑스군들로 하여금 자멸하게 만들 것이니, 임금은 이번 프랑스군의 침략을 나라가 다시 흥기하는 전화위복轉禍爲福의 계기로 삼고, 통치를 함에 있어서 모든 제도는 선왕이 만들어서 전해준 법령을 거울삼아 행하고, 세금을 아껴 써서 백성을 사랑하는 도를 실천하는 등 어진 정치를 이어나가라는 것이다.

그렇다면 이건창의 조부 이시원의 죽음이 시사하는 바는 무엇일까? 이시원의 죽음이 프랑스군을 물리치는 데 어떠한 도움을 준 것은 아니다. 그러나 평생 '지행합일'을 지향하는 양명학을 익힌 이시원은 외세 침략으로 나라가 위험에 처하자 죽음으로 지고지순하고도 결연한 절의를 드러냈다. 나라가 외세 침략을 당했는데 백성들을 책임져야 할 관료들은 먼저 달아나버렸다. 이에 이시원은 관료 출신이자 향대부로서 책임감으로 느끼고 자결을 택했다. 그는 누군가 자신의 죽음을 알아주기를 바라서 죽음을 택한 것이 아니다. 그는 죽음을 통해 의義를 이루고자 한 것이다. 이시원의 자결은 달아나버린 무책임한 관료들에게 양심의 가책을 느끼게 한다는 점에서 그의 죽음이 시사하는 의미는 각별하다 하겠다.

한편 이시원은 음독자결에 앞서 손자 이건창에게 유언을 남겼다. 바로 정자程子가 말한 "기질이 아름다운 사람은 밝게 깨닫기를 극진히 한다[質美者明得盡]"는 말이다. 유언은 짧지만 손자 이건창이 기질을 깨끗하게 하고 사람의 도리를 아는데 힘쓰는 사람이 되기를 바라는 조부의 깊은 사랑이 담겨 있다. 이로부터 이건창은 자신이 사는 집의 당호堂號를 '명미당明美堂'으로 명명하게 되었다.

현재 이건창의 생가 '명미당'에 있는 현판에는 '明美堂'이라고 글씨를 쓴 사람이 매천梅泉으로 되어 있다. 이를 보고 일부 사람들은 이건창과 교유했던 매천梅泉 황현黃玹, 1855~1910을 떠올린다. 그러나 명미당 현판을 쓴 사람은 매천 이왕재李旺載, 1928~2001이고, 그 사람의 호가 공교롭게도 한자까지 동일하여 황현이 쓴 것으로 오해하는 사람들이 더러 있다. 이건창은 1898

년에, 동생 이건면은 이건창보다 앞서서, 이건승은 1924년에 생을 마감하였고, 이왕재는 1928년에 출생하였다. 따라서 현재 보이는 '명미당'의 현판은 훗날 명미당을 보수할 때 쓴 것임을 알 수 있다.

〈그림 6〉 매천(梅泉) 이왕재(李旺載)가 쓴 명미당 현판
출처 : 이은영

한편 어린 손자 이건창에게 유언을 남긴 이시원은 동생 이지원과 마주 앉아 종이로 싼 약을 꺼내서 나누어 먹었다. 집안일에 대해서는 일체 언급하지 않고 프랑스군이 저절로 물러갈 테니 함부로 움직이지 말라는 당부를 남기고, 자리를 바로 하고 의관을 정제하고[15] 유소를 쓰고는 숨을 거두었다.

당시 이시원이 남긴 유소는 1866년 9월 21일 고종에게 전해졌다. 이시원의 유소를 읽은 고종은 승지承旨 조병세趙秉世에게 전교를 내렸다.

이시원의 올곧은 충성과 탁월한 절개가 늠름하게 살아 있는 듯하구나. 더구나 형제가 앞뒤로 제 몸을 버린 것은 오직 나라가 위태로움에 처하자 목숨을 바

제1장 _ 양명학을 익힌 소론가에서의 출생과 성장 **45**

치려 한 것이다. 인仁을 이루어 의義를 취하는 것은 평소 마음으로 강구한 바가 있는 자가 아니면 어찌 해낼 수 있겠는가. 한 글자씩 읽어내려갈 때마다 한 번씩 눈물을 흘리게 되니 슬프기 그지없다. 그 형에게는 상상上相을 특별히 증직하고, 그 동생에게는 아전亞銓을 특별히 증직하고, 아울러 정려旌閭의 은전을 시행하라. 또 장례에 필요한 물품을 종친부宗親府로 하여금 넉넉하게 거행하도록 하고, 사지嗣子:대를 이을 자손를 복제服制가 끝나기를 기다려 곧 관리로 등용하여 백대토록 전할 교훈을 세우도록 하라.[16]

고종의 전교로 조부 이시원에게는 영의정이 증직되고, 종조부 이지원에게는 이조참판이 증직되었다. 은전을 베풀어 증직을 해주고도 고종은 며칠을 두고 이시원과 이지원의 죽음에 대한 느꺼운 감정을 추스르기 어려웠다. 이에 특별히 종신宗臣을 보내 그들을 치제致祭하도록 하고, 국가의 문서 관련 일을 맡아보는 문임文任을 시켜 치제문致祭文까지 지어서 내려주었다.[17] 그로부터 5년 후인 1871년 이시원에게는 충정忠貞 시호諡號가 내려졌다.[18]

당시 조부에게 정려旌閭가 내려진 사실은 『승정원일기』를 통해 확인된다. 그러나 현재는 정려가 있던 위치만 확인되고, 정려는 찾아볼 수 없다. 언제 훼손되었는지도 확인되지 않는다.

한편 조선으로 오던 중국 사신이 의주義州에 이르러서 이시원과 이지원 형제의 음독자결 소식을 듣고는 칭송하며 "조선에 사람이 있으니 나라에 근심이 없으리라"[19]고 하였다.

이처럼 조선 말기 이건창의 조부는 외세 침입을 막지 못한 책임을 통감하며 음독자결하였다. 그로 인해 이시원은 송상도宋相燾, 1871~1946가 대한제

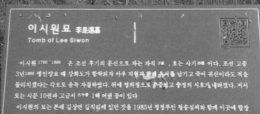

<그림 7> 이시원 묘 전경
출처 : 이은영

<그림 8> 이시원 묘 안내문
출처 : 이은영

국 말기부터 일제강점기에 걸친 애국지사들의 사적을 토대로 지은 『기려수필騎驢隨筆』에 첫 번째로 이름이 오르게 되었다.

이건창은 15세의 어린 나이로 병인양요 때 조부 이시원이 순절하는 행적을 고스란히 지켜보았다. 이때 이건창이 목격한 조부의 순절 명분과 음독자결하던 의연함은 평생 이건창의 가슴에 각인되었다. 그는 국가가 어려움에 처할 때마다 당시를 잊지 못할 장면으로 떠올렸을 것이다. 이에 더해 조부는 경기 암행어사 때 거칠어진 풍속을 교화시키고 백성들의 궁핍함을 해결해 주는 모습으로 명성을 드날렸다. 이러한 조부의 암행어사 시절의 행적 또한 이건창이 암행어사로 나갔을 때 애민愛民정신을 바탕으로 불의와 타협할 줄 모르는 강직한 성품으로 유감없이 발휘되었다.

병인양요 때 이건창은 자신을 누구보다 아끼고 사랑하던 조부만 잃은 것이 아니었다. 평생 가르침을 준 스승까지 동시에 잃었던 것이다. 이에 어린 이건창은 조부이자 스승의 유언에 따라 기질을 깨끗이 가꿔 사람의 도

〈그림 9〉 강화의 남성문
출처 : 이은영

리를 알고 아는 것을 실천하며 살고자 결심했다.

그런데 병인양요 때 강화에서 순절한 또 한 사람이 있다. 바로 강화읍에 사는 이춘일李春日이다. 그의 집은 매우 가난하였으며, 재주라고는 눈 씻고 찾아보려고 해도 없는 사람이다. 이춘일이 할 줄 아는 일은 오직 술을 마시는 것뿐이었다. 당시 이춘일은 강화에 있는 남성南城의 문지기였는데, 문지기를 통상 '문 문門' 자에 '장수 장將' 자를 써서 문장門將이라고 불렀다. 하는 일이 별로 없는 천한 직분이었지만 이춘일은 술에 취하면 언제나 큰 소리로 자신은 남성문의 장수라고 떠들었다. 이처럼 이춘일은 자신의 직분에 대해 대단한 자부심을 가진 인물이었다.

그러던 1866년 프랑스군이 강화도를 침략해오자 난리로 힘들어진 백성들을 진정시키고 어루만져 줘야 할 강화도의 진무사鎭撫使를 비롯한 아전衙前과 군사들부터 백성들에 이르기까지 모두 달아나기에 바빴다. 그사이 강화도에 오른 프랑스군은 북을 두드리고 함성을 지르며 전진해왔다. 바로 그때 남성문 누각에서 적들이 진군하는 모습을 내려다보던 이춘일은 성 아래 주막까지 지름길로 한달음에 달려가 주막에 있는 술을 모두 마셔 버렸다. 그리고는 돌아와 문장의 복장인 '더그레'를 갖춰 입고 허리에 칼을 차고 문 한가운데 떡하니 버티고 서 있었다. 늙은 병사 한 명이 지나가다가 그 모습을 보고 나무라며 말했다.

"지금이 어떤 상황인지도 모르고 또 술을 퍼마셨느냐? 적들이 더그레를 입은 너를 보면 분명히 죽일 텐데 얼른 그 옷을 벗고 달아나지 않고 무엇을 하고 있느냐?"

그러나 이춘일은 고개를 빳빳이 들고 눈을 크게 뜨고는 늙은 병사의 말은 들은 척도 하지 않았다. 그러자 늙은 병사가 비웃으며 말했다.

"술에 취해 곧 죽을 것도 모르는구나!"

마침내 늙은 병사는 이춘일의 더그레를 막무가내로 벗기고 가버렸다. 그럼에도 불구하고 이춘일은 움직일 줄을 몰랐다. 그런데 적들이 남성문 가까이 다가왔다. 이에 이춘일은 더그레를 다시 주워 입고는 칼을 뽑아 들었다. 그러자 적들은 그를 이상하게 쳐다보며 물었다.

"네 놈은 무엇을 하는 놈이길래 달아나지도 않고, 거기 서 있는 것이냐?"

그 말끝에 이춘일은 눈을 부라리고 호통을 치면서 답했다.

"나로 말할 것 같으면 남성문의 장수다. 내가 이 문을 지키고 있는 한, 네 놈들은 이 문을 통과할 수 없다. 그래도 기어이 들어오겠다면 나를 죽이고 들어와라."

이춘일이 말을 마치자마자 분노한 프랑스군은 순식간에 이춘일을 칼로 찔렀다. 칼에 맞은 이춘일의 뱃속에서는 술기운이 부글부글 끓어 올라왔다. 그러나 이춘일은 목숨이 끊어질 때까지 적들을 향한 욕설을 멈추지 않았다. 병인양요가 끝난 후 강화유수가 이 일을 조정에 장계로 올려 이춘일에게는 벼슬과 정려가 내려졌다.

이건창은 당시 한갓 문지기에 불과한 이춘일의 순절에 감동했다. 그래서 이건창은 그의 용기를 기리기 위해 「이춘일전李春日傳」을 지었다. 그런데 실상 이건창이 이춘일의 전을 지은 이유는 그가 순절을 했기 때문만은 아니었다. 사람들은 이춘일이 순절한 후 그에게 벼슬과 정려가 내려지자 이를 질투하였다. 그리고는 그가 평소 무식했기 때문에 술을 마시고 죽은 것뿐이라며, 그의 행동을 깎아내리기 바빴다. 만약 그가 술을 마시지 않았다면 그렇게 어이없게 죽지는 않았을 것이고, 그로 인해 벼슬과 정려는 내려지지 않았을 것이라는 말이었다. 이에 이건창은 자신들도 술을 마시고 이춘일처럼 적에게 저항하다 죽었다면 벼슬과 정려가 내려졌을 것인데 자신들은 이춘일처럼 하지도 못하면서 그가 조정으로부터 받은 은혜를 질투하고 폄훼하는 사람들의 어리석음을 질책하고자 「이춘일전」을 지었던 것이다.

이건창이 이춘일의 죽음에 관심을 기울인 것은 그의 조부의 죽음과도 일부 연관이 있어 보인다. 이춘일의 죽음이 프랑스군을 물리치는 데 있어 큰 공적을 세운 것은 아니다. 이건창 조부의 죽음이 어떠한 공적을 세운 것은 아닌 것처럼 말이다. 그러나 당시 순무사 이하 관리들이 백성들을 버리고 달아난 것과 달리 그의 조부는 향대부를 자처하며 자결을 택했다. '인仁을 이루어 의義를 취한' 조부의 자결이 시사하는 바가 크다고 판단한 조정에서는 그의 조부에게 여러 은혜를 베풀어주었다. 그러나 항간에 그에 대해 불만을 표시하는 자들이 있지 않았나 싶다. 그래서 이건창은 이춘일의 순절에도 큰 관심을 기울였지만, 이춘일의 예를 빌어 항간에 조부가 받은 은택에 대해 불만을 표시하는 자들에 대한 어리석음을 질책하고자 그에 대한 전까지 지은 것으로 보인다.

제2장

강직불요
剛直不撓
로

점철된 관직 생활

1. 조선 500년 최연소 문과 급제자

이건창은 어려서부터 영특했다. 그는 다섯 살 때 이미 문장의 이치를 깨달았고, 10세 때는 어른들도 깨우치기 힘든 사서오경四書五經에 모두 통달하여 신동으로 이름이 널리 알려졌다. 그런 그가 과거 시험에 응시할 기회가 왔다.

1866년 이건창의 조부 이시원이 병인양요 때 순절한 후, 조정에서는 조부의 죽음을 기리고자 특별히 강화별시江華別試를 시행하였다.[1] 별시란 나라에 경사가 있을 때나 인재 등용이 필요한 경우, 또는 병년丙年마다 보이던 문무文武의 과거 시험을 일컫는 말이다.

이건창은 조부를 잃은 슬픔에 너무 괴로워서 과거에 응시할 마음이 없었다. 그러나 주변에서 강권하여 응시하게 되었다. 이때 이건창은 우리 나이 15세, 만 14세의 나이로 문과에 급제하였다. 이로써 이건창은 조선 500년 역사상 최연소 문과 급제사가 되었고, 이건창은 순절한 조부와 함께 세상에 이름이 더 널리 알려지게 되었다. 그런데 이건창은 장성한 후, 당시 조부의 슬픔을 안고 과거 시험장에 나갔던 일을 줄곧 후회했다.[2]

이건창이 과거 시험에 응시한 일을 후회한 이유는 두 가지로 생각해볼 수 있다. 하나는 관직에 나아가기 위해 과거 시험 준비를 하느라 조부를 잃은 슬픔에 전념하지 못한 것에 대한 후회 때문으로 생각된다. 또 하나는 세속에 도가 행해지면 관직에 나아가 세속을 살피고 백성들을 살피는 일에 힘써야 하는데, 세상에 도가 행해지지 않아 자신의 포부를 펼치기 어렵자 차라리 관직에 나가는 길을 택하지 않고 가헌에 따라 가학인 양명학에만 전념했다면 무너져가는 조정을 목도하면서 생긴 근심이 덜하지 않았을까 하는 후회 때문으로 추정된다.

급제에 앞서 이건창은 서울로 과거 시험을 보러 왔다. 그 과거 시험장에서 이건창은 한말사대가 중 한 사람으로 이건창보다 두 살 위인 개성 출신의 창강滄江 김택영金澤榮, 1850~1927과 처음 대면을 하였다. 김택영은 자신보다 나이도 어린 이건창이 과거 시험에 필요한 과문科文에 익숙하다는 명성을 듣고 이건창의 숙소까지 찾아왔다. 이때 숙소로 찾아온 김택영이 이건창에게 말했다.

"나는 개성에 사는 김택영이라고 합니다. 그대와 문장에 대해 논해 보고 싶은데 허락해주겠습니까?"

처음 만난 김택영으로부터 이런 말을 들은 이건창은 김택영을 찬찬히 살펴보았는데 모습이 수려할 뿐 아니라 말투 또한 공손했다. 이에 이건창은 깜짝 놀라며 자신의 불민不敏함으로 문장에 대해 논할 수 없다며 사양했다. 그러자 김택영은 몇 마디를 더 나누더니 곧바로 인사를 하고 가버렸다. 이건창과 가까이 지내던 사람이 그 모습을 보고 말했다.

"비겁한 놈이로군요. 사귀어보지도 않고 도망을 가버리니 말입니다."

그러나 이건창은 잠깐 본 김택영이 한눈에 범상치 않은 인물임을 알아보았고, 스스로를 김택영에 비교하기에 부족하다고 여겼다. 이처럼 이건창은 신동으로, 조선 500년 최연소 급제자로 이름이 날 만큼 실력을 갖추었으면서도 겸손했다.

그 후 이건창이 문과에 최종 급제했다는 소식을 들은 김택영은 이건창이 곧 관직에 나아갈 것이라 생각하고 이건창에게 축하시를 지어 보냈다.

그런데 김택영이 보내준 시가 세속의 음 같지 않고 매우 어려웠기 때문에 이건창은 억지로라도 풀이를 해 보려고 했지만 할 수가 없었다. 이때부터 이건창은 옛 시문을 익히는 일에 전념했다. 이건창이 스스로 조선 최고의 문장가가 되기로 기약한 것은 이로부터이다.

통상적으로 과거에 급제하면 바로 관직에 나아간다. 그러나 이건창은 너무 어린 나이에 급제를 하는 바람에 즉시 관직에 나아가지 못하고 강화에 머물러 있었다. 그리고 17세 때인 1868년 이건창은 강화에서 「과설過說」이라는 작품을 지었다. 이 작품은 잘못을 저지르는 것에 대한 의견을 피력한 글이다. 내용은 이러하다.

사람들 중에 자신의 잘못을 뉘우치고 잘못을 고칠 방법을 생각하는 사람이 있는가를 스승에게 물었다. 스승이 말하기를, "좋은 질문이로다. 무릇 사람이란 잘못이 없기가 어려운데, 자신의 잘못을 아는 사람은 매우 드물다. 잘못을 알고서도 뉘우치는 사람은 더욱 드물고, 뉘우쳐서 그것을 고칠 방법을 생각하는 사람은 끊어져서 아예 없다. 자네는 다른 사람들과 같은 바가 있는 것을 부끄럽게 여기고, 잘못을 고쳐서 끊어버리고 아예 없는 것에 나아가기를 도모할 수 있겠는가?

자네가 잘못이 고쳐지기를 기다리지 않고 스스로 고친다면 내가 무슨 말을 더하랴. 비록 그렇더라도 자네가 여전히 자신의 잘못을 저지르지 않으려고 삼가해도, 세상 사람들이 (자네가) 자신들과 다른 것을 미워하는 것과 다른 사람이 (자신들과 다르게 자네가) 훌륭하게 되는 것을 미워하는 것은 자네가 지난날 저지른 잘못 때문으로, 헐뜯는 자가 진실로 많을 것이다. 그런데 오히려 같은 바가 있어

혈뜯음이 깊지 않을 거라 여기고, 자네가 지금 잘못을 고치고 싶다는 말을 하는 것인가? 자네는 희디희다며 스스로를 깨끗하다고 여기지 말고, 높디높다며 스스로를 높다고 여기지 말라. 자네는 자신의 잘못을 부끄럽게 여기는 사람이니, 말로만 떠들지 말아야 한다. 자네는 선善한 것에 나아가려는 사람이니, 불쾌함을 얼굴빛에 드러내지 말아야 한다. 군자의 도道는 어두워 보여도 날로 빛나고 있으며, 말투와 얼굴빛에 드러내지 않는 것을 귀하게 여긴다네. 다만 세상 사람들은 그 입술을 씰룩거리고, 그 치아를 기름지게 하고, 칼끝을 모아 자네를 함정에 떨어뜨리고 말하기를, "이 사람이 옛날에는 어떤 말을 했고, 어떤 일을 했으며, 그 잘못이 이와 같았으니, 지금 하는 짓은 위선일 뿐이다"라고 한다.

무릇 (사람들의 혈뜯음이) 이와 같을 것인데 자네가 그 잘못을 고친 것이 분명하게 밖으로 드러나지 않는다면 그 혈뜯는 사람은 열 배로 더 늘어날 것이네. 자네는 더욱 그것을 삼갈지어다. 자네가 나에게 묻는 이유는 자기 자신을 다스리기 위한 위기지학爲己之學인데, 나는 남에게 자신을 드러내기 위한 위인지학爲人之學으로써 답을 하고 있으니, 나는 자네의 스승이 되기에 부족하도다. 아!"[3]

세상 사람들 가운데 잘못이 없는 사람은 없는데도 자신의 잘못을 알고 고치는 사람은 세상에 더 이상 존재하지 않는다. 그런데 어느 날 자신의 잘못을 깨달은 사람이 그것을 고치려고 하면 세상 사람들의 질시를 받는다. 왜냐하면 여전히 잘못을 저지르고 있는 자신들과는 달리 개과천선改過遷善하려는 사람을 미워하기 때문이다. 조폭들이 더 이상 나쁜 짓을 하지 않기 위해 집단에서 탈퇴하려는 사람을 더욱 괴롭혀서 결국 탈퇴하지 못하게 만드는 경우와 같은 것이다. 그래서 그들은 잘못을 깨닫고 고치려는 사람을 향해 안 좋은 소문을 낸다. 바로 지난날의 허물을 들춰내면서 지금 잘못을 고쳤다고 보이는 것은 위선僞善이라면서 몰아세운다. 결국 허물을 고치려는 노력이 밖으로 분명하게 드러나지 않는다면 허물을 고치겠다는 사람을 향해 비난하는 자는 순식간에 열 배로 늘어나고 만다. 그러므로 과거의 잘못을 뉘우치고 허물을 고치고자 한다면 누구도 시비를 붙이지 못하도록 분명히 드러나게 고치라는 뜻이다. 이건창은 이 글을 지으면서 자신에게 있는 허물을 돌아보고, 평생 자신의 허물을 고치고자 부단히 노력하며 살고자 결심했을 것이 자명하다.

한편 나이가 어린 탓에 관직에 바로 나아가지 못한 이건창은 그에 아랑곳하지 않고 학문에 더욱 정진했다. 「과설」을 지은 그해 이건창은 17세의 나이로 가주서假注書에 제수되었다. 그러나 당시 이건창에게 탈이 있어 관직에 나아가지 못했다. 그로부터 2년 뒤인 1870년, 이건창의 나이 19세에 처음 관직에 나아갔다. 당시 이건창이 맡은 직임은 임금의 언행을 기록하는 기거주起居注였다.[4] 기거주는 춘추관春秋官의 기주관起注官을 가리키는 말로, 본래 임무는 역사를 기록하는 사관직史官職이다. 그러나 임금에게 충언을 할 수 있는 간관諫官으로서의 임무도 함께 수행할 수 있는 직임이다. 이건창의 능력을 알아본 조정에서는 이건창이 관직에 나아가자마자 간관으로서의 임무까지 수행할 수 있는 기거주에 제수를 한 것이다. 이로부터 이건창의 관직 생활이 시작되었다.

이건창이 처음 관직에 나아가보니 조정 신료들 가운데 나이가 가장 어렸다. 그러던 어느 날 휘장 안에 앉아 있던 고종이 멀리 앳되어 보이는 이건창을 발견했다. 그리고는 사람을 시켜 나이를 물었다.

"몇 살인가?"

이건창이 대답을 했다.

"열아홉 살입니다."

그러자 고종이 웃으면서 말했다.

"나랑 나이가 같구나."

그리고는 이어서 물었다.

"생일은 언제인가?"

이에 이건창이 답을 했다.

"5월 26일입니다."

그러자 생일이 7월 25일인 고종이 말했다.

"태어난 달이 나보다 빠르구나."

이렇게 이건창과 대면한 고종은 자신과 나이도 같고 자신의 뜻과 부합하는 점이 많은 이건창이 조정에 드나들 때마다 따뜻하게 대해주었다. 특히 고종은 글 잘하는 사람을 매우 좋아했다. 그러니 이건창에게 호감을 갖지 않을 이유는 하나도 없었다. 열두 살에 왕위에 오른 고종은 자신보다 나이가 훨씬 많은 조정 대신들과 마주 앉아 정사를 의논해야 했다. 이러한 고종에게는 마음을 나눌 수 있는 이건창 같은 또래 친구가 필요했을 것이다.

한편 병인양요가 일어나기 이전인 1862년 경상남도 진주晉州지역에서 민란이 일어났다. 백성들, 곧 아래로부터의 저항은 멈출 줄 모르고 전라북도 익산益山을 비롯해 바다 건너 제주濟州, 그리고 함경북도 함흥咸興 등지까지 들불처럼 번져갔다. 민란은 제주에서 함흥까지 한반도 전체로 번져 더이상 걷잡을 수 없을 정도가 되었다. 그러나 나라에서 녹을 받는 관료들은 민란이 일어난 원인을 파악해서 수습하려는 노력은 전혀 기울이지 않았다. 오로지 자신들의 권세 유지에만 혈안이 되어 있을 뿐이었다. 그 결과 조선은 내부적으로 더 이상 안정을 유지할 수 없는 상황에 놓였다. 이렇듯 내부적 위기가 감지되는 상황에서 이건창의 관직 생활이 시작되었던 것이다.

2. 신미양요의 충격과 예견되는 국가 재앙

이건창이 관직에 나아간 지 오래지 않아 신미년인 1871년 그의 고향 강화에서 신미양요가 일어났다. 병인양요가 프랑스 함대가 강화도를 침략해온 난리라면, 신미양요는 미국 군함이 강화도를 침략해온 난리이다.

신미양요는 이건창의 집에서 20리밖에 떨어지지 않은 광성보廣城堡에서

〈그림 1〉 광성보 앞바다
출처 : 이은영

〈그림 2〉 광성보 안내문
출처 : 이은영

도 벌어졌다. 이에 앞서 이건창은 1870년 11월부터 신병身病을 이유로 문신 겸 선전관文臣兼宣傳官 직에서 물러나 강화 집에서 몸조리를 하고 있었다.

미국이 신미양요를 일으키기 5년여 앞선 1866년 8월 미국의 상선商船 제너럴셔먼호가 평양의 대동강 유역까지 올라왔을 때 평양 군민軍民들이 제너럴셔먼호를 불태운 사건이 있었다. 그런데 미국이 뒤늦게 제너럴셔먼호가 불태워진 사건을 빌미로 조선에 개항을 요구하고자 무력을 앞세워 강화도를 침략해온 것이다.

미국 군함은 강화에 들어온 첫날인 6월 10일 초지진草芝鎭을 점령하고, 다음날에는 덕진진德津鎭을 점령했다. 그리고 마지막으로 광성보를 점령하고자 했다. 그런데 광성보를 침략하려던 미군은 그곳의 방비가 삼엄하다는 것을 알았다. 당시 광성보는 강화도 순무영巡撫營 소속의 진무중군鎭撫中軍 어재연魚在淵, 1823~1871이 조선 수비병 600여 명을 이끌고 지키고 있었기 때문이다. 결국 미국 군함은 진로를 바꾸어 광성진廣城鎭에서 덕진진으로 거슬러 올라간 후 그곳에서 마구 포탄을 쏘아댔다. 미군 군함에서 사정없이 쏘아대는 탄환이 사방에서 날아들었지만 어재연은 장대將臺에 꿋꿋하게 앉아 미동도 하지 않았다. 그리고 어재연은 장교들로 하여금 경영병京營兵을 나눠서 이끌고 성 뒤쪽의 요해처에 매복하도록 지시했다. 잠시 후 섬 위에 올라선 미군은 연이어 성 뒤쪽으로 잠입해왔다. 그런데 매복해 있던 조선의 복병들은 미리 겁을 먹고 달아나버렸다. 그러자 군함에 남아 이를 지켜보고 있던 미군이 벌 떼처럼 배에서 내린 후 성 둘레에 파놓은 참호塹壕를 따라 언덕으로 기어올랐다. 그 후 쌍방 간에 치열한 육박전이 벌어지는 가운데 미군은 계속 전진을 했다. 앞뒤에서 서로 공격을 해댔지만 돈대墩臺와 보루堡壘의 지세地勢가 접전을 벌이는 아군과 적군의 눈썹과 이마가 부딪칠 정도로 매우 비좁았기 때문에 양측 모두 어려움이 있었다. 이에 어재연과 강화부 천총千總 김현경金鉉暻, 1811~1871은 입에 피거품을 물고 다니면서, 죽을 때까지 미군을 몰아내기 위해 싸울 것을 군사들에게 맹세했다. 그러자 감히 도망가고자 마음먹는 자가 없었다. 그런데 병사 한 명이 갑자기 달아나기 시작했다. 이때 김현경은 일벌백계 차원에서 즉시 뒤쫓아가서 달아나는 병사의 등을 단칼에 찔렀다. 칼에 찔린 병사가 김현경을 향해 왜 자신을 죽이려고 하느냐며 욕설을 퍼부으면서 대들었다. 이에 어재연이 빙그레 웃으면서 말했다.

"죽음은 진실로 죽음일 뿐이다. 너희들이 군대에 편입된 지가 몇 년인데, 어찌 일생에 한 번의 죽음만 있다는 사실을 모른단 말이냐!"

사실 무과武科 출신인 어재연은 강화도로 오기 전에 함경북도의 회령도

호부사會寧都護府使를 지냈다. 워낙 청렴하고 유능한 데다 기골 또한 장대하였으며 팔 힘이 장사였던 어재연은 조정 대신들의 건의로 강화의 진무중군에 제수되었던 것이다. 그런데 어재연이 강화에 진무중군으로 재임한 지 아흐레 만에 신미양요가 발발했다. 당시 어재연이 이끌던 군사가 600명이라고는 하지만 미군을 대적하기에는 매우 적은 숫자였다. 그 600명 가운데 정예병은 절반도 채 되지 않았으니, 접전을 벌일 때마다 칼과 창은 부러져 내동댕이쳐지고, 피는 비처럼 쏟아져 지척을 분간할 수 없을 지경이므로 처참하기 그지없었다.

어재연은 비록 관료이긴 했지만 본래 강화 사람이 아니어서 강화 군민軍民으로부터 어떠한 은혜도 받은 사실이 없기 때문에 목숨을 걸고 그에 보답해야 할 이유가 있었던 것도 딱히 아니다. 또 다른 누군가가 어재연 군대를 도와줄 계획이 있어 두려움이 없었던 것도 아니다. 어재연은 오직 나라에 대한 충忠과 의義를 실천하고자 하는 마음 하나로 포탄이 우레처럼 쏟아지는 속을 맨몸으로 뛰어다녔다. 그 당시 어재연이 온종일 피가 비처럼 쏟아지는 전장에서 전투를 벌이며 죽인 적군의 수는 헤아릴 수 없이 많았다. 그러나 변변한 무기도 없이 신무기로 무장하고 수륙 양면으로 공격해오는 미군을 상대하기란 처음부터 역부족이었다. 그럼에도 어재연은 아침부터 한밤중까지 하루종일 조금도 태만한 모습을 보이지 않았다. 이에 더해 어재연은 군사들이 못 입은 갑옷을 자신만 입을 수는 없다고 생각했다. 그래서 그는 소매가 좁아 무기를 휘두르는 데 불편하지 않을 옷을 골라 입고, 검劍 하나를 손에 쥐고 적진 속에서 칼날을 번뜩였다. 또 총알은 왼쪽 소매에 감춰두고 오른손으로 총을 쏘았는데 쏘는 족족 쓰러져 죽지 않는 적군이 없었다. 그러나 한 시간가량 벌어진 전투 끝에 조선군 측에는 350명의 사망자와 20명의 부상자가 발생했다. 반 이상의 희생자가 발생한 것이다. 이때 적진에서 날아온 탄환이 어재연의 다리를 맞추면서 어재연은 끝내 쓰러지고 말았다. 그는 고작 수백 명의 오합지졸을 거느리고 실로 만 번 죽고 한 번도 살 수 없는 환경에서 전투에 임하다 장렬하게 전사했다.

　당시 어재연의 동생 어재순魚在淳, 1826~1871은 벼슬도 없는 일개 선비에 불과했지만 형을 따라 전투에 임했다. 형이 전사했다는 소식을 듣고 격분에 차 여러 명의 적군을 죽이던 중 그 역시 적군의 손에 죽임을 당하고 말았다. 그뿐이 아니었다. 어재연을 따라다니며 시중을 들던 종자從者조차 어재연을 따라 죽었다. 당시 강화 사람으로 강화부 천총이었던 김현경은 평소 "나라를 위해 죽겠다"는 말을 하곤 하였는데, 그는 자신의 말처럼 나라를 위해 싸우다 죽었다. 어재연을 따르던 비장裨將과 병졸들 또한 전투 중에 죽으면서 광성보는 결국 미군에게 점령을 당하고 말았다. 끝까지 고군분투하며 힘써 싸우던 어재연 때문에 매우 힘들었던 미군은 어재연이 너무 미웠던 나머지 그의 시신에 난도질을 해댔다. 적의 칼날에 찢기고 문드러진 어재연의 온몸은 멀쩡한 살갗이 없었다. 어재연의 부인 또한 어재연이 전사했다는 소식을 듣고 목을 매고 죽었다. 어재연은 훗날 조정으로부터 당시의 충절을 인정받아 충장忠壯 시호를 받았다.

　광성보에서 신미양요가 벌어지고 어재연이 지휘하는 군대가 처음 무너질 때 이건창은 집에 머물러 있다가 전투 상황이 궁금하여 나루터로 나갔다. 그곳에서 그는 피난 오는 사람들에게 어재연이 처한 상황을 물었다. 그런데 어떤 사람은 어재연이 사로잡혔다고 하고, 어떤 사람은 어재연이 달아났다고 하고, 또 어떤 사람은 끝까지 힘써 싸우다 죽었다고 하였다. 이에 더해 끝까지 힘껏 싸우다 죽었다는 말도 사람마다 제각기 달랐다. 그러나 이건창은 여러 가지 설 가운데 어재연이 장렬하게 전사했다는 것을 믿고 어재연의 죽음을 슬퍼하며 「진무중군 어공 애사鎭撫中軍魚公哀辭」를 지었다. 그리고 이때 이건창은 만약 어재연이 전사하지 않았다면 미군을 일부라도 되각시킬 수 있었을 것이고, 또 비록 오합지졸일망정 어재연이 이끄는 군대 또한 궤멸되지 않았을 것이라고 생각했다. 그래서 이건창은 어재연을 위해 술잔을 준비하고 제사를 지내며 곡哭까지 하였다. 나중에 알고 보니 이건창이 어재연의 애사를 지은 날은 실제 어재연이 죽은 지 사흘째 되던 날이었다.

그로부터 오래지 않아 적에게 포로로 잡혔던 무사장武士將 유예준劉禮俊, ?~? 등 열 명이 적진에서 석방되어 돌아왔다. 당시 유예준은 강화부 천총 김현경의 휘하를 떠나지 않고 있다가 적의 탄환에 맞았다. 상처가 매우 깊었지만 다행히 죽지 않고 살아 돌아왔는데 옷을 걸치지 않은 알몸이었다. 미군이 포로로 잡은 유예준을 석방할 때 그에게 입고 갈 옷을 주었으나, 그는 적군이 주는 옷을 입을 수 없다며 거절하고 알몸으로 기어왔기 때문이다. 유예준은 원래 뛰어난 무사로서 자신의 직분에 대한 자부심이 강했던 인물이다. 그런데 무사로서 전투 중에 살아 돌아온 것에 대한 죄의식을 느낀 그는 피가 나도록 이마를 땅에 짓찧으며 살아 돌아온 자신을 법대로 처결해줄 것을 간청했다. 이때 유예준은 적군을 격퇴시키기 위해 요해처에 숨어 있다가 달아난 복병의 죄를 언급하면서 자신과 달아난 복병을 함께 죽여 달라고 했다. 이는 유예준이 신미양요 때 순국한 자들에게 사죄를 하고

자 해서였다. 당시 강화유수는 유예준의 충심을 알아보고 특별히 용서를 해주는 한편, 달아난 복병들 또한 가련한 생각에 버려두고 더 이상 찾지 않았다. 이건창은 살아 돌아온 유예준 등에게 어재연의 죽음에 대한 진실을 물어보았는데, 과연 자신이 지은 애사와 매우 흡사하였다.

이건창은 평소 역사책에 이름이 오른 충신열사들의 사적을 많이 읽었다. 그런데 직접 눈으로 보고 귀로 들은 것을 기록했다는 사적들 가운데 후세에 종종 사실과 어긋난 것으로 확인되는 경우가 많았다. 세상에 완벽한 사람은 없기 때문에 누구나 공도 있고 허물도 있기 마련이다. 그런데 심할 때는 깃털 같은 공적을 황소만 하게 부풀려 포상을 크게 받아 후세 사람들을 속이는 경우도 있었다. 또 입으로 털을 불어가면서까지 남의 흉을 찾아내서 세상에 알려 비난을 받도록 하는 비열한 행위도 불사하며 후세 사람들을 기만하는 경우도 있었다. 그럴 때마다 이건창은 책을 덮고 깊은 생각에 잠겼었다.

그런데 어재연의 죽음에 대한 진실이 자신이 지은 애사와 크게 부합되자 이건창은 큰 자부심을 느꼈다. 강화에 미국 함대가 침략해오면서 신미양요가 일어나는 불행한 사태가 일어났을 때 어재연은 소수의 군대를 이끌고 출동했다. 그러나 결과적으로 많은 사상자가 발생하였고, 이때 장군 어재연과 함께 위험을 무릅쓰고 용기를 낸 군사들은 이미 죽어버렸다. 그리고 나머지 비겁한 자들은 패전의 기운을 느끼고 도망가 숨었다. 그들은 목숨을 부지하기 위해 전쟁 중에 달아나면서 국법까지 어긴 것이다. 그러므로 그들은 자신들이 살기 위해서는 못 할 짓이 없었다. 그래서 그들은 나라를 위해 목숨까지 내놓고 싸우다 죽은 자들의 잘못을 캐냈다. 아니 없는 죄라도 만들어서 뒤집어씌웠다. 그래야 자신들의 죄가 가벼워지고 목숨을 부지할 수 있었기 때문이다. 결국 그들은 사람들을 현혹시키는 온갖 말을 퍼트리고 다니면서 죽은 자들 스스로 죽을 상황을 만든 것처럼 만들었다. 그리고 자신들은 어쩔 수 없이 달아나 숨을 수밖에 없었다는 핑계를 대면서 죽은 자들을 매도했다. 그 옛날 사마천司馬遷이 "자신과 처자식을 온전히 보호하려는 신하들은 일마다 님의 단점을 퍼뜨리고 꾸며댄다"라고 밀한 대로 인간사가 그러하니, 이건창으로서는 역사서의 인물들과 관련한 글을 읽을 때마다 통탄치 않을 수가 없었다.[5]

죽은 자는 말이 없다고 만약 유예준이 살아 돌아오지 않았다면 복병을 설치했던 어재연의 공은 누가 밝혀주었을 것이며, 복병이 도망간 사실은 또 누가 알려주었겠는가. 이는 오로지 유예준이 정확하게 어재연의 활약 상을 증명해주었기 때문에 가능했던 일이다.

어재연의 활약이 문학으로 표현된 것은 현재 신득구申得求, 1850~1900의 『농산집農山集』에 실린 한시漢詩 1수[6]와 이건창의 글이 유일하다. 어재연에 대해 이건창이 매우 사실적으로 애사를 짓지 않았다면 어재연의 신미양요 때의 행적이 이처럼 확실하게 드러나지는 못했을 것이다. 이렇듯 이건창은 문장의 힘을 빌려 후대에 진실을 전하고자 노력했다.

특히 이건창이 지은 어재연 애사는 어재연의 죽음을 확인하기 전에 남긴 글이다. 나아가 어재연의 활약상을 증명해줄 유예준이 석방되어 돌아오기 전에 지은 글이다. 그런데도 이건창이 어재연의 죽음과 정황을 사실과 부합되게 표현했다는 것은 이건창이 사람들의 말을 가려듣는 안목을 갖춘 탁월한 문장가였음을 뜻한다.

한편 계속되는 통상요구에도 대원군의 요지부동 쇄국정책에 밀린 미국은 더 이상 개항을 요구해봤자 소용이 없다는 것을 알고 승승장구하던 1871년 7월 3일 마침내 철수했다. 비록 미군과의 전투는 패전으로 끝났지만, 통상을 요구하던 미국 함대가 무인지경의 강화도에서 떠나자 조선에서는 미군이 물러난 것은 어재연의 죽음을 무릅쓴 패기에 미군이 움츠러들었기 때문이라고 생각했다. 그로 인해 당시 아시아 여러 나라 가운데 조선만 미국과 통상조약을 맺지 않은 유일한 나라로 남게 되었다.

미군이 물러가면서 대외적으로 신미양요는 일단락 마무리된 것처럼 보였다. 그러나 실상 조선의 국내외 상황은 생각만큼 호락치 않은 상황으로 전개되어 갔다. 그러던 그해 가을 헌납獻納 재임 시절 이건창은 세거하던 강화를 떠나 서울에서 10리 거리의 호동湖垌으로 거주지를 옮겼다.[7] 이건창이 계속 서울에서 관직 생활을 할 것이라고 생각했기 때문에 내린 결정이었다. 거주지를 옮긴 그의 가족들은 서울 생활에 조금씩 익숙해져 갔다. 그러나 개항을 요구하는 서양 세력의 침범이라는 외세적 영향뿐 아니라 조선은 내부적으로도 불안한 상태가 지속되고 있었다. 조선의 국가적 재앙 또한 병인양요에 이은 신미양요의 충격에서 끝나지 않고, 거듭 이어질 것이 예견되었다.

3. 연행에서 떨친 국제적 문명文名, 그리고 견문

국내외 상황이 지속적으로 어려움이 예견된 가운데 1874년 이건창은 해마다 동지冬至를 전후해서 중국으로 사행을 가던 동지사冬至使의 서장관書狀官 자격으로 연경燕京으로 사행을 떠나게 되었다. 연경은 북경의 옛 이름이다. 이건창이 서장관으로 떠날 때는 대원군이 쇄국정책으로 일관하다 하야下野를 한 후, 고종이 친정親政을 시작하던 때이다. 처음 고종이 12세의 어린 나이로 즉위한 후 고종 대신 대원군이 집정하는 동안 개항을 요구하며 침입해 오는 외세 때문에 조정 대신들과 백성들의 불안감은 점점 더 커져갔다. 그중에서도 러시아로 인해 벌어질 불안이 가장 큰 문제였다. 당시 러시아는 제국주의 열강국인 영국·프랑스 등과 청나라와의 갈등을 교섭해주는 대가로 연해주지역을 차지하게 되었다. 그로 인해 조선은 강한 러시아와 국경을 마주하는 상황이 벌어졌고, 그에 따라 대원군은 물론 조정의 대신들 또한 매일이 좌불안석이었다. 불안은 현실이 되었다. 러시아는 조선에 통상을 요구해왔다. 그러자 영국은 일본을 이용해 러시아의 남하를 막고자 하였다. 그런데 대원군은 사태가 이 지경으로 돌아가는 것을 파악하고 국제 정세에 유연하게 대처해도 모자랄 판에 끝까지 쇄국정책만을 고집했다. 그런 가운데 병인양요와 신미양요가 일어났던 것이다. 갑자기 무력을 사용해서 침략해온 서양인들에 대해 조선인들은 거부감과 두려움을 동시에 느꼈다.

한편 대원군은 서양세력들이 무력 도발을 일으키는 원인 분석에 들어갔다. 조정에서는 국내에서 서양을 지지하는 세력이 있는데, 바로 천주교 신자들이라는 결론을 내렸다. 그로 인해 천주교 박해가 거세졌다. 실상 천주교 박해가 대원군 때 처음 시작된 것은 아니다. 순조 때부터 천주교 박해는 시작되었다. 그런데 1868년 독일의 상인商人 오페르트가 조선의 천주교 신자들을 인도하여 덕산德山 : 현 충청도 예산에 자리한 대원군의 부친 남연군南延君의 묘소 도굴을 시도했다. 대원군과 통상 교섭을 벌일 때 묘소에서 캐낸 남연군의 시신과 부장품이 좋은 협상 무기가 될 것이라는 판단 때문이었다. 그러나 무덤이 워낙 견고하게 만들어져 있어서 도굴에 실패하자 오페르트는 묘소에 불을 지르고 달아났다. 이것이 이른바 오페르트 도굴 사건이다. 1866년 병인박해丙寅迫害로부터 시작된 천주교 박해는 이 사건으로 천주교 박해 의지가 확고해진 대원군에 의해 더욱 거세졌다. 1872년까지 천주교 박해로 희생된 사람은 무려 8천여 명이나 된다. 그런데 신미양요가 발생하자 대원군은 전국에 '서양 오랑캐가 침략하는데, 싸우지 않으면 화친和親하는 것이요, 화친을 주장하는 것은 나라를 팔아먹는 것이다양이침법(洋夷侵犯), 비전즉화(非戰則和), 주화매국(主和賣國)'라는 문구를 넣은 척화비斥和碑를 종로를 비롯한 도회지 곳곳에 세웠다. 대원군이 상대국의 화친 제안을 거절하며 척화 정책에 열을 올린 이유 중 하나는 흉흉해진 민심을 하나로 모으고자 해서였다.

이렇듯 대원군의 일관된 쇄국정책은 세계정세의 급변함에 유연하게 대체하지 못하면서 조선을 더욱 고립시킴은 물론 무력화無力化시키는 결과를 낳고 말았다. 그러던 1873년 마침내 대원군의 섭정이 막을 내리고 고종이 직접 정사를 다스리게 되었다. 대원군의 섭정이 막을 내리게 된 것은 위정척사파衛正斥邪派 최익현崔益鉉이 올린 상소가 빌미가 되었다. 위정척사란 당대 유학자들이 신봉하고 있던 정학正學인 성리학性理學을 지키고, 성리학 이외의 모든 학문과 사상을 삿된 학문으로 보고 물리치자는 것이다. 따라서 당시 성리학자인 최익현은 대원군의 쇄국정책에는 깊이 공감했다. 그러나 대원군의 서원 철폐 등의 개혁에는 동조하지 않았다. 서원 철폐란 전국에 설립된 600여 개가 넘는 서원 가운데 47개만을 남기고 모두 철폐하는 정책이다. 서원이 처음 설치된 목적은 성리학의 근간을 세운 신현先賢들에 대한 제사와 교육 기능을 담당하는 데 있었다. 그러나 고인 물은 썩는다고 날이 갈수록 서원의 본래 기능보다는 조선 후기 분열의 원인인 붕당정치의 근거지가 되어 버렸다. 이에 더해 서원에서 소유한 드넓은 토지와 노비들, 그리고 세금을 감면받고 병역이나 부역을 면제받는 특권까지 누리게 되면서 서원이 처음 설치될 때의 기능은 점점 변질되어 갔다. 거기다 서원에서 제사를 지낸다는 명목으로 제 살기도 어려운 백성들로부터 수탈까지 하기에 이르렀다. 이러한 서원의 폐단에 대해 평소 생각이 남달랐던 대원군은 섭정을 시작하면서부터 서원 철폐를 밀어붙였다. 결국 서원이 소유하고 있던 토지와 노비는 모두 몰수당해 국고로 들어왔고, 그로 인해 국가 재정이 넉넉해지면서 민생 또한 안정되어갔다. 그러자 대다수 백성들은 대원군의 서원 철폐를 열렬히 환영했다. 그러나 양반과 유생들은 서울로 올라와 서원 철폐를 막으려고 시위를 벌이면서 대원군을 향해 품고 있던 불만을 쏟아내기 시작했다. 이러한 때 최익현은 대원군의 실정을 낱낱이 비판한 내용으로 가득 찬 상소를 올렸던 것이다. 최익현의 상소를 반긴 것은 다름 아닌 고종이었다. 부친인 대원군이 섭정하면서 부친이 시키는 대로만 정치를 해야 했던 고종은 부친을 비판하는 상소를 올린 최익현을 급기야

호조참판戶曹參判에 임명했다. 일종의 부친에 대한 도발이었다. 그러자 그동안 대원군의 세도정치에 불만을 품고 있던 양반과 왕실의 친척들까지 최익현을 지지하는 입장을 표명했다. 그에 힘입은 최익현은 또다시 대원군을 강력하게 비판하는 상소를 올렸다. 그 상소는 대원군의 하야를 촉구하는 상소였다. '권불십년權不十年 화무십일홍花無十日紅:십 년 가는 권세 없고, 열흘 이상 붉은 꽃은 없다'이라는 말이 있다. 1873년 12월, 오랜 세월 세도를 부리던 대원군은 마침내 실각하고 고종이 직접 정사를 다스리게 되었다.

이유는 정확히 확인되지 않으나 이건창이 처음 관직에 나왔을 때 남인에게 우호적이던 대원군은 소론 출신으로 어린 나이에 관직에 나온 이건창을 그리 탐탁지 않게 여겼다. 그럼에도 불구하고 이건창은 다른 관료들이 대원군을 비판한 최익현을 직언을 했다며 옹호한 것과는 달리 "춘추에 이르기를, 어버이된 자는 기휘忌諱한다고 하였으니, 최익현이 비록 곧기는 하지만 처벌하지 않을 수 없다"고 하면서 장관과 함께 소를 올려 최익현의 죄를 논했다. 이때부터 고종은 이건창이 처음 관직에 나왔을 때 친근하게 대해주던 것과는 많이 달라진 태도를 보였다. 최익현의 상소를 반긴 자신과는 다른 태도를 이건창이 취했기 때문이다. 이로부터 이건창의 관직 생활이 더욱 녹록지 않게 전개될 것임이 예견되었다.[8] 이처럼 이건창은 자신에게 돌아올 이익만을 생각하여 그른 것을 바르다고 하지 않았다. 또 자신에게 우호적이지 않던 사람이라도 옳은 것은 옳다고 말을 할 줄 아는 사람이었다.

대원군이 하야하고 고종의 친정이 시작되었다고는 하나, 그렇다고 국내 안팎으로 불안한 상황이 종료된 것은 아니었다. 지속적으로 불안한 국내외 정세가 펼쳐지던 상황에서 1874년 7월 12일 이회정李會正이 세폐사歲幣使의 동지 겸 사은정사冬至兼謝恩正使로, 심이택沈履澤이 동지 겸 사은부사冬至兼謝恩副使로 단부될 때 이건창은 동지사의 서장관으로 단부되어[9] 그들과 함께 그해 연경으로 떠나게 되었다.

사행을 떠나기에 앞선 10월 28일 이건창은 이회정·심이택과 함께 창덕궁의 희정당熙政堂으로 들어가 고종을 뵈었다.[10]

이들을 맞아들인 고종이 사신들과 인사말을 주고받았다. 이어서 고종이 말했다.

"중국에 가서 들을 만한 것이 있으면 자세히 탐문한 후 돌아와 아뢰도록 하라."

이에 떠나갈 사신들이 답했다.

"삼가 열심히 탐문한 후 돌아와 자세히 아뢰도록 하겠습니다."

그런데 고종은 특별히 서장관 이건창에게 당부의 말을 했다.

"서장관은 마땅히 널리 탐문해야 할 것이다."

이건창이 대답했다.

"다녀와 아뢸 때 견문見聞한 것을 아뢰는 규례가 있습니다만, 더 널리 탐문하고 돌아오겠습니다."

고종은 이건창에게 정확한 탐문을 요구하기 위해 말했다.

"보는 것은 듣는 것만큼 자세하지 못하다."

말을 마친 고종은 길을 떠날 사신들에게 담비 모피로 만든 모자와 부채를 비롯해 응급 상황 때 사용할 약물藥物 등을 내려주었다. 고종의 하사품을 받은 사신 일행은 임금에게 하직 인사를 올리고 물러나왔다.

당시 이건창은 처음 가는 연경 사행길이기도 해서였지만, 개인적으로 해외 정세에 대한 관심이 높았던 만큼 연경 사행에 매우 상기되어 있었다. 고향에서 두 차례 병인양요와 신미양요를 겪은 그는 세계정세의 급변 시기에 조선만 쇄국정책으로 일관할 수는 없다는 사실을 어느 정도 인지하고 있었기 때문이다. 그로 인해 조선에서는 이웃 나라 중국의 상황에 대한 관심이 고조되어갈 시기였으니, 연경을 방문하는 동지사 일행에 대한 고종의 기대 또한 높을 수밖에 없었다. 그래서 고종은 정사와 부사를 두고 이건창에게 중국에 들어가서 들을 만한 것이 있으면 자세히 탐문하고 돌아와 아뢰라고 한 것이다. 고종이 이건창에게 각별히 부탁한 것은 이건창의 직분이 사행 중에 일어난 사건이나 보고 들은 것을 매일 기록했다가 돌아와 임금에게 보고하는 서장관이기도 해서였지만, 평소 고종은 이건창에 대한 신뢰가 높았고, 그의 능력을 알아보았기 때문이었다. 비록 최익현의 상소 문제로 고종이 이건창을 대함에 있어 껄끄러워진 것도 사실이지만 그렇다고 고종이 그의 능력이나 신뢰까지 외면한 것은 아니었다. 이건창 또한 중국은 외국의 중추이므로 중국에 가서 세계정세를 살펴보면 외세에 대한 조선의 대응 방향을 명확히 규정지을 수 있을 것이라고 생각했다.

　　사신 일행은 1874년 11월 27, 28일경 압록강을 건너갔다가 다음 해 2월 초 북경에서 출발하여 3월 말일경 돌아와서 사행 결과를 보고할 계획이었다. 그래서 동지사 일행은 10월 28일 하직 인사를 올리고 궁궐을 나와 곧바로 사행길에 올랐다. 당시 이건창은 한말사대가로 일컬어지는 인물 중 한 사람인 추금秋琴 강위姜瑋, 1820~1884와 함께였다. 사신은 사행을 갈 때 자제군관子弟軍官 네댓 명을 데려갈 수가 있다. 자제군관은 주로 자제나 근친을 추천해서 조정의 허락을 받아야 한다. 이때 이건창이 강위를 자제군관 자격으로 추천을 해서 강위가 사행에 동참하게 되었다. 본래 이건창 집안과 강위 집안은 대대로 세교가 있었다. 왕족에 가까운 양반 가문의 이건창 집안과 한미한 무반武班 가문의 강위 집안이 언제부터 어떤 세교를 했는지는 알 수 없다. 그러나 이건창이 강위를 추천한 것은 세교 때문만은 아니 있다. 강위는 이미 지난해 동지사행冬至使行 정건조鄭健朝와 함께 수행원 자격으로 연경에 다녀온 경험이 있었기 때문이다. 이처럼 강위는 외국 경험이 있을 뿐 아니라, 국제 정세를 보는 안목 또한 남달랐다. 그러므로 이건창은 강위야 말로 이번 사행 때 반드시 데리고 가야 할 인물로 생각하고 자제군관으로 추천을 했던 것이다.

사행을 가는 도중에 이건창은 요동 벌판을 바라보며 「강위가 지은 「요동벌」의 운을 차운하여 짓다次古歡遼野韻」라는 시를 지었다.

외국사람 일찍이 보지 못한 곳 와보니
먼길 여정 중이라 매우 바쁨 한스럽네.
백학白鶴이 천년 만에 화표주華表柱 찾아든 곳이요
한사군漢四郡 영역 가운데 현토玄菟라는 곳이네.
들 물은 분간할 수 없게 안개 자욱하고
전진戰陣같은 구름 항상 드리워 햇빛 흐릿하네.
그대도 역대의 전쟁사를 읽어보았겠지만
이곳 땅은 비록 좁아도 사방으로 이어진다네.

海外人來見未嘗, 關河一路恨忽忙.

行尋白鶴千年柱, 指點玄菟四郡疆.

野水不分烟渺渺, 陣雲常帶日荒荒.

君看歷代干戈事, 此地雖編繫四方.[11]

요동 벌판은 중국 한나라 때의 요동 사람 정령위丁令威가 신선술을 익혀 학으로 변해 천년 만에 고향인 요동으로 돌아와 앉았다는 화표주華表柱가 있는 곳이다.[12] 따라서 화표주는 바로 고향을 의미한다. 한사군漢四郡은 BC 108년 중국 한나라 무제武帝가 위만조선衛滿朝鮮을 멸망시키고, 그 땅을 다스리기 위해 설치한 4군郡, 곧 낙랑군, 임둔군, 현도군, 진번군을 일컫는 말이다. 그중에 현도군은 요동 벌판에 있었고, 그곳은 후에 고구려 땅이 되었다. 요동 벌판이 매우 광활한 곳은 아니지만 지리적으로 사방과 연결되는 곳이라 역사적으로 수많은 전쟁이 치러진 장소이다. 이 요동 벌판을 차지하는 민족이 흥성했음을 상기하고 이건창은 위만조선 때 한나라에 빼앗겼던 우리 민족의 옛 영토인 요동 벌판을 다시 정벌한 고구려의 기상을 떠올리며 시를 지었던 것이다.[13]

당시 이건창이 사행한 여정을 살펴보면 다음과 같다. 홍제원弘濟院을 출발한 후 황주黃州의 월파루月波樓를 지나 기성箕城:현 평양에 도착했다. 이어서 순안順安의 안정관安定館을 거쳐 가산嘉山을 지나고 정주定州를 거쳐 용만龍灣:현 의주에 이르렀다. 그 후 압록강鴨綠江을 건너 금석산金石山에 갔다가, 중국의 관문인 책문柵門에 도달했다. 이어서 안시성安市城, 회령령會寧嶺, 청석령靑石嶺, 그리고 요야遼野:요동 벌판를 지나 고려보高麗堡, 태자하太子河, 요양遼陽을 지

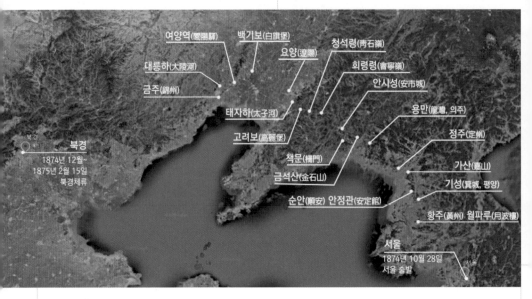

〈그림 3〉 이건창의 사행 여정 지도
출처 : 김진균

낯다. 또 백기보白旗堡를 지나고, 여양역閭陽驛을 지났다. 이후 석산참石山站 여
관에서 하룻밤을 묵고, 대릉하大凌河를 지나고 금주錦州 등을 거쳐 연경燕京까
지 갔다가 돌아왔다.

힘겹게 연경에 도착한 이건창은 당대 청나라의 한림명사翰林名士로 이름
난 황옥黃鈺, ?~? · 장가양張家驤, 1827~1885 · 서부徐郙, 1836~1907 등과 시문을 주고받
으며 국제적으로 문명文名을 떨쳤다. 여기서 잠깐 이건창이 교유한 청나라
한림명사의 신상을 살펴보도록 하자.

황옥의 자字는 효후孝侯이고, 정치인으로, 신안新安 사람이다. 형부시랑刑部
侍郎을 지냈으며, 강위의 문집인『고환당수초시고古歡堂收艸詩稿』의 서문序文을
지어 준 인물이다. 강위는 추금秋琴 이외에 추금秋錦 · 위염威髥 · 청추각聽秋閣
등 다양한 호를 사용했는데, 고환당은 그의 또 다른 호이다.

현재 이건창이 연경에 사행 갔을 때 지은 시들이 이건창의 문집『명미당집『明美堂集』에는 '북유시초北遊詩草'로 일괄 묶여서 실려 있다. 여기에는 이건창이 당시 조선의 형조참판에 해당하는 소사구少司寇로서 관리국管史局을 겸임하고 있던 황옥에게 지어 준 시가 수록되어 있다. 그런데 이건창은 연경에서 사행길에 지은 시들을 모은 '행대시집行臺詩集'을 황옥에게 보여준 후 서문序文을 청했고, 황옥은 그에 따라 서문을 써 주었다. 행대란 외방에 나가 대간臺諫의 역할을 수행하는 사람을 가리키는데, 서장관은 행대어사行臺御史 직임을 겸임했다. 그래서 이건창은 그때 지은 시집을 '행대시집'이라 명명했다. 그런데 이 '행대시집'은 후에 이건창이 자신의 문집을 편찬할 때 '북유시초'로 바꾸어 수록하였다.[14]

'행대시집' 서문에 황옥은 이건창의 시를 높이 칭송하면서 이건창의 조부가 병인양요 때 음독자결한 일을 가리켜 "반드시 죽지 않아도 되는데도 불구하고 평생 배운 바를 저버리지 않는 마음을 살렸다"며 조부의 숨은 덕까지 드러내주었다. 이에 이건창은 황옥에게 깊이 감사하는 마음에 7언율시[15]를 지어 주었다.

황옥이 이건창 조부의 행적을 알고 있었다는 것은 이시원의 순절이 청나라에까지 소문이 났기 때문이거나, 황옥과의 대화 과정 중에 이건창이 직접 밝혔기 때문일 수도 있다. 그런데 강위는 이번 연행의 1년 전인 1873년에 정건조 동지사 사행을 따라 연경에 다녀온 일이 있다. 당시 강위는 이건창은 물론, 종산鍾山 홍기주洪岐周, 1829~?, 이아당二雅堂 이중하李重夏, 1846~1917, 운재雲齋 정기우鄭基雨, 1832~1890의 시를 각각 백여 수씩 뽑아 베껴 가서 청나라 송각頌閣 서부에게 보여준 사실이 있다.[16] 강위가 조선의 당대 이름난 문인들의 작품을 중국의 명사들에게 소개하고 싶어서 연행을 떠나기에 앞서 준비를 해간 것이었다. 그때 강위가 서부에게 이건창의 시를 소개하면서 이건창 조부의 이야기를 했을 가능성이 훨씬 크다. 당시 강위를 통해 이건창의 시와 조부의 이야기를 들었던 서부가 이건창이 이번 동지사 사행 중 한 사람으로 온다는 소식을 듣고 황옥 등에게 이건창에 대한 여러 이야기를 하는 과정 속에 조부의 이야기가 전해진 것으로 보인다.

경위에 상관없이 당시 황옥을 비롯한 한림명사들은 이시원의 행적을 바탕으로 이건창을 지켜봤을 것이다. 이건창 또한 조부의 행적에 누가 되지 않을 행적을 남기고자 매사 조심하는 한편, 청나라에서 조부에 버금가는 충심을 드러내고자 노심초사했을 것임에 틀림없다.

장가양의 자字는 자등子騰이고, 정치인이다. 절강성浙江省 은현鄞縣 : 현 영파(寧波) 사람이다. 1885년 이부시랑吏部侍郞 재임 시절 병이 들어 죽었으며, 시호는 문장文莊이다. 역시 강위의 『고환당수초시고』의 제사題詞 : 책의 첫머리에 책과 관계되는 노래나 시 등을 적은 글를 지어 준 사실이 있다. 『명미당집』 '북유시초'에는 이건창이 장가양의 문집 『우존집偶存集』에 제사題詞한 7언율시[17]가 실려 있다.

또 한 사람 서부의 자는 수형壽蘅이고, 호는 송각頌閣이다. 현 상해시上海市 가정嘉定 사람이다. 1862년 장원급제로 관직에 나온 후, 한림원수찬翰林院修撰에 제수되어 국사國史를 책임졌고, 1874년에는 시독학사侍讀學士가 되었다. 관직은 예부상서禮部尙書 · 협판대학사協辦大學士에 이르렀다. 시를 잘 지었으며, 그림에도 뛰어났다. 서부는 강위의 『고환당수초시고』의 서문과 제사를 모두 지어 주었다. 그리고 『명미당집』의 '북유시초'에는 이건창이 서부에게 지어 준 7언절구[18] 시가 실려 있다. 이처럼 이건창은 당대 청나라에서 내로라하는 명사들과 어울리며 시문을 주고받으면서 국제적으로 문명을 떨쳤다.

한편 1874년 11월 압록강을 건넌 이건창 사신 일행은 당초 1875년 3월 말일경 귀국할 예정이었다. 그런데 예정일을 넘기고 4월에야 돌아왔다. 이들의 귀국이 예정보다 늦어진 이유는 청나라 목종穆宗 황제, 일명 동치제同治帝가 갑자기 붕어崩御하면서 귀국 일정이 조정되었기 때문이다.

이건창은 귀국 후 이회정·심이택과 함께 4월 12일 경희궁의 흥정당興政堂에서 고종에게 사행 다녀온 결과를 보고하였다. 고종은 사행을 다녀온 세 사람에게 먼길을 무사히 다녀온 것과 연경에서 청나라 목종 황제의 죽음으로 인해 다른 때 사행을 다녀온 사신들보다 장기간 많은 어려움을 겪은 것에 대한 노고를 치하했다. 이어서 고종은 목종 황제의 뒤를 이은 새 황제의 나이가 겨우 다섯 살에 불과하여 백성들의 소요가 있지나 않은지, 청나라 상황이 예전과 같이 평온한지에 대해 물었다. 이에 이회정이 목종 황제가 나라를 잘 다스리다가 승하하였기 때문에 백성들은 목종 황제를 추모하는 분위기이고, 조정과 재야 또한 모두 예선처럼 평온하다고 납했다.

목종의 뒤를 이을 새 황제의 나이가 다섯 살에 불과하지만, 목종 또한 여섯 살 때 황제 자리에 올랐었다. 직접 나라를 다스리기에는 터무니없이 어린 목종 대신 목종의 숙부 공충친왕恭忠親王과 전 황제인 함풍제咸豊帝의 정실부인 동태후東太后, 그리고 목종의 생모인 서태후西太后가 번갈아 가면서 섭정攝政과 수렴청정垂簾聽政을 했다. 섭정이나 수렴청정이나 새로운 황제나 임금이 직접 정치를 하지 못한다는 점에서는 동일하다. 수렴청정은 어린 임금이 즉위했을 때 어린 임금을 대신해 여자인 왕대비나 대왕대비 등이 국사를 돌보는 것을 지칭한다. 섭정은 어린 나이에 등극해서 직접 정무를 살

필 수 없을 때 국왕을 대신해서 남자가 정사를 돌보는 것을 지칭한다. 대원군의 섭정이 그 예이다.

목종의 뒤를 이은 어린 새 황제는 서태후의 여동생의 아들로 서태후에게는 외조카가 된다. 그는 곧 청나라 제11대 황제인 덕종德宗 광서제光緖帝이다. 사실 어린 새 황제는 도광道光의 일곱째 아들 순친왕醇親王 섭환變環의 아들이니, 바로 힘풍의 조카이자 목종 황제와 사촌 간이다. 그런데 재미있는 것은 목종의 소목昭穆 가운데 왕위를 계승할 직계자손이 있는데도 불구하고 사촌으로 대통을 이었다는 사실이다. 소목 가운데 왕위를 계승해야 할 사람은 돈친왕惇親王의 손자였다. 도광의 여덟 아들 가운데 다섯째가 함풍제이고, 돈친·공친恭親·순친醇親은 함풍의 형제들이다. 따라서 돈친왕의 손자로 대통을 이으면 될 것을 무슨 이유에서인지 목종의 사촌으로 대통을 이었던 것이다. 고종이 이에 대해 깊은 관심을 가진 것은 자신 또한 철종의 후사가 없어 직계 왕손이 부재한 가운데 종친인 흥선대원군 이하응李昰應의 둘째 아들로 어린 나이에 왕위를 계승했다는 사실을 상기했기 때문이다. 물론 고종이 왕위를 계승할 때는 직계 왕손이 부재했다. 그러므로 고종의 경우는 왕위를 계승할 사람이 있는데도 불구하고 사촌인데 새 황제에 오른 청나라의 새 황제와는 구분되기는 한다. 거기다 자신 또한 청나라의 새 황제보다는 많지만 12살 나이로 왕위에 올라 섭정을 겪었기 때문에 고종은 더더욱 새 황제에 대한 관심을 놓지 못했다.

설상가상으로 목종 황제의 죽음에 이어 목종의 황후까지 죽었다. 황후는 목종 황제가 죽자 음독자결을 하려고 약을 먹었으나 궁인宮人에게 발견되어 목숨을 구했다. 그런데 죽음을 결심한 황후는 끝내 곡기를 끊고 죽었다.

목종 사망 후 새 황제는 1874년 12월 8일 황제로 등극을 했다. 그러나 조서 반포와 황제 등극을 축하하는 진하進賀는 1875년 1월 20일에서야 거행되었다. 이런 연유로 이건창 사행 일행의 귀국이 늦어지게 되었던 것이다.

그 밖에 고종은 사행 일행이 연경에서 보고 들은 여러 가지 소식을 궁금해하면서 그에 대해 말하도록 하였다. 그러나 실상 당시 사신들이 견문한 것 가운데에는 특별히 임금에게 보고할 만한 것이 없었다. 연경으로 사행 가는 길에 견문한 것은 이미 이건창이 「견문록見聞錄」에다 자세히 기록하여 임금에게 올렸고, 임금은 이들을 만날 때 그것을 본 상태였기 때문이다. 그러나 고종은 「견문록」에 실린 것 외에 더 상세한 것을 알고자 물은 것이다.

고종은 사신들에게 청나라 농사에 대해서도 묻고, 새 황제를 만나 보았는지에 대해서도 물었다. 사신들은 황제를 직접 만나지는 못하고 멀리서 바라만 보았다고 답했다. 사행 일행은 청나라 조정에서 새 황제에 대한 조서를 반포할 때 사행 반열로 들어가기는 했다. 그러나 자신들이 있던 자리와 새 황제가 있던 자리는 거리가 제법 떨어져 있었다. 이에 더해 예선 황제들은 사행 일행을 편전으로 불러서 연회를 베풀어 주며 술도 따라주고 했기 때문에 황제를 만나볼 수 있었지만 이번에는 새 황제가 자신들을 부른 일이 없었기 때문에 직접 만나보지 못했던 것이다. 사신들의 답을 들은 고종은 새 황제가 어려서 그랬을 것이라고 말했다.

이어서 고종은 지난해에 청나라가 당한 영고탑성寧古塔城의 침략과 함께 서양인들과 일본인들이 청나라에서 함부로 구는 일은 없는지에 대해 물었다. 이에 이회정은 영고탑성을 침략한 것은 토적土賊들인데, 토적들이 침략해오자마자 바로 토벌했다고는 하나 자세한 내막은 알지 못한다고 답했다. 그리고 서양인들과 일본인들이 대궐 안팎을 수시로 드나드는 것은 맞지만 그들이 함부로 구는 일은 없다고 답했다. 고종이 개항에 대해 깊이 고민하고 있었기 때문에 나온 질문이었다.

이어 고종은 이건창에게 물었다.

"서장관은 훌륭한 구경거리를 많이 보았겠지?"

이에 이건창이 답했다.

"등극 조서를 반포하기 전에 정사와 부사는 관소 밖으로 나갈 수 없었습니다. 그러나 신은 직품이 정사나 부사와는 달랐기 때문에 더러 돌아다니며 둘러보았습니다. 그런데 임금께 아뢸 만큼 기이한 것들은 별로 없었습니다."

실상 이건창은 연경까지 오가는 길에, 또 연경에서 자신의 생각보다 볼만한 기이한 것들이 많지 않다는 사실에 놀라고 실망했다.

그러자 고종은 사신들에게 다시 물었다.

"저잣거리와 마을들도 조용하더냐?"

이에 이회정이 답을 했다.

"그렇습니다. 국상國喪 때문에 음력 대보름날 등불도 걸지 않고, 놀이 기구 등의 물건도 설치하지 않았습니다."

이회정의 답을 들은 고종이 또다시 물었다.

"길들인 코끼리를 보았느냐?"

당시 사신 일행은 연경에서 길들인 코끼리 두 마리를 보았다. 조선에도 원래 코끼리가 있었다. 태종 때인 1411년 일본 국왕 원의지源義持가 사자使者를 보내서 바친 길들인 코끼리이다. 그런데 그 코끼리는 왕성한 식욕으로 날마다 콩 4·5두斗씩을 소비하는 데다 못생기기까지 해서 큰 환영을 받지 못했다. 거기다 사람을 밟아서 죽이는 일까지 일어나자[19] 구박만 받다 오래지 않아 죽었다. 그래서 고종은 이름만 전해지고 실체를 보지 못한 코끼리에 대해 궁금해서 사신들에게 물은 것이다.

사신들은 자신들이 본 코끼리의 모습에 대해 설명했다.

"코끼리의 몸집은 높이가 두 길가량이나 되고, 타고 내릴 때 발돋움을 해주는 등자鐙子를 두 층으로 만들어야 할 정도로 큽니다."

이처럼 이건창은 1875년 운요호雲揚號 사건이 일어나기 직전, 쇄국정책으로 일관하던 국내 정치 상황 속에서 청나라 사행을 다녀왔다.

이건창은 사행을 떠나기 전에는 외국의 중추인 중국에 가서 잘 살펴보면 국제 정세의 정황을 정확히 알 수 있을 것이라고 생각했다. 그는 중국에 가서 국제 정세의 정황을 제대로 파악해온다면 그를 바탕으로 조선 또한 외국에 제대로 대응할 방법을 모색할 수 있을 것이라고 여겼다. 연경에 가기 전부터 이건창은 대원군처럼 무조건적인 쇄국정책은 문제가 있다고 생각했다. 그러나 무조건적인 개항에도 반대의 입장을 고수했다.

이건창은 병인양요 때 순절한 조부로부터 서구 열강은 섬멸되어야 할 적이며, 국가 위기인 외침外侵의 위기를 오히려 전화위복의 기회로 삼아야 한다는 유훈을 받았다. 그래서 조부의 죽음을 부른 서구 열강에 대한 이건창의 적대의식은 상상하기 어렵지 않다. 이에 더해 이건창은 1871년 강화에서 일어난 신미양요까지 겪었다. 이러한 점에서 본다면 그는 대원군의 쇄국정책을 적극적으로 찬성했어야 한다.[20] 그러나 이건창은 역시 달랐다. 매사를 균형 잡힌 시각에서 바라보던 그는 적을 이기기 위해서는 적을 알아야 한다고 생각했다.

　이건창은 개인적인 조부의 원한보다는 무엇이 국익에 도움이 되는가를 먼저 생각했다. 그래서 일부 개항을 지지하는 쪽으로 마음이 기운 상태에서 이건창은 연경에 다녀왔다. 그러나 생각과는 달리 그는 중국에서 조선에서 파악하고 있던 그 이상의 어떤 국제 정세의 정황 등에 대해 특별하게 보고 온 내용이 거의 없었다. 나아가 그는 중국이 곧 망할 것임을 직감했다. 이에 이건창은 중국은 너무 많이 변했고, 그러한 변화는 조만간 조선에도 밀려올 것이라는 걱정이 앞섰다. 이건창은 중국을 통해서는 더 이상 조선의 형세를 빗대어 앞날을 유추해볼 수 없다는 사실을 완연하게 인식하고 돌아왔다. 조선에서 외국의 중추라고 생각했던 중국의 정세가 생각보다 심각하게 망가져 있음을 알게 된 그의 실망은 이만저만이 아니었다.

　이에 더해 이건창은 개화를 지지하던 강위와 연경을 함께 오가면서 개화사상에 대해 많은 내용을 접했고, 그로부터 서구 열강에 대한 인식이 크게 변화되어갔다. 중국을 다녀오고 이건창은 서구 열강을 통상의 대상이며 부강富强을 다투는 경쟁 대상으로 보게 된 것이다. 강위는 평소 외국과의 통상을 통해 부강해져야 외국의 노예가 되지 않는다고 역설하던 인물이다. 강위는 조선을 개화시키는 데 주도적 역할을 할 사람을 이건창으로 보고 개화파 인사들에게 이건창을 추천하였다. 이에 이건창은 1870년대 초부터 민영익閔泳翊·김윤식金允植·어윤중魚允中·김옥균金玉均 등 개화파 인사들과 밀접하게 교류를 가지기도 했다. 그러나 이건창은 그들과 일정 거리를 유지했다. 그럴수록 개화파 인사들은 이건창에 대한 회유 노력을 그치지 않았다. 그럼에도 이건창이 개화파 인사들과 거리를 유지했던 이유는 당시 민씨 정권하에서 추진하던 개화정책에 대해 비판적 시각을 갖고 있었기 때문이다. 그에 따라 이건창은 개화와 쇄국 사이에서 엄청난 고민을 했다.[21]

> 귀국하자 일이 갑자기 모두 바뀌었다. 종횡으로 발 빠르게 움직이는 선비들이 공공연하게 천하의 일을 언급하니 막을 길이 없게 되었다. 내가 스스로 헤아려보니 어리석어 미치기에는 부족하여 가슴속에 오가던 바를 모두 다 보내버렸다. 이후 날이 갈수록 걷잡을 수 없이 괴로웠다.[22]

위의 글을 통해 이건창은 1876년 개항 이후 선비들 사이의 척화론이 졸지에 개화론으로 뒤바뀐 상황에 대해 매우 당혹스럽게 여겼음을 알 수 있다.[23] 그리고 그렇게 발 빠르게 급변하는 정세에 대응하지 못하는 자신의 능력을 탓하며 괴로워했다. 자신을 개화파에 참여시키려고 노력하던 강위의 뜻까지 거스르며 개화파에 가담하지 않은 이건창은 민씨 정권에서 추진하고 있던 개화정책의 문제점을 비판하고, 그에 대한 대안을 모색하고자 노력했다. 고민 끝에 이건창은 조선이 개항을 해도 외세에 휘둘리지 않을 만큼 우리의 실력을 갖춘 후, 조선의 필요에 의해 조선이 자주적으로 개항해야 한다는 결론을 내렸다.

4. 관직 생활 중에 가진 창강 김택영과의 교유

이건창은 김택영과 오래전 과거 시험장에서 헤어진 후 더 이상 만나지 못했다. 그러나 두 사람은 편지를 통해 꾸준히 교유를 이어왔다. 그런데 두 사람이 헤어진 지 7년 만인 1873년 이건창이 경기도 개성을 지나는 길에 송악산松嶽山 아래 있는 김택영의 집을 찾았다. 오늘날 개성은 황해도에 속하지만 당시는 경기도에 속했다. 두 사람은 김택영의 서재 견산당見山堂에

서 문장과 관련한 대화를 나누었다. 그런데 두 사람의 문장 실력이 워낙 뛰어나 짧은 만남으로는 실력의 우위를 가릴 수 없었다. 당시 이건창은 김택영이 심사숙고해서 지은 작품들을 모아놓은 책을 보았는데, 이해할 수 없는 곳들이 제법 있었다. 설령 이해가 가는 작품들 또한 너무 고풍스러웠다. 이에 이건창은 김택영의 작품을 논하기에는 자신의 실력이 너무 부족하니 그 책을 빌리고, 훗날을 기약하자는 말을 남기고 떠나왔다.

그 후 1874년 서장관 이건창은 연경을 오가는 길에 머물던 개성에

〈그림 4〉 창강 김택영의 만년 사진
출처 : 미상

서 김택영을 다시 만났다. 김택영의 문장은 예전보다 더욱 고풍스러워졌다. 그래도 다행인 것은 이건창이 이해하지 못하는 곳이 매우 적어졌다는 사실이다. 이때 그는 김택영의 학문의 깊이와 문장의 재주를 정확히 알게 되었다. 그리고 이건창은 김택영이 만약 저 멀리 천하의 선비들은 물론 수천 년 역사 속의 유명한 문장가들과 함께 문장에 대해 토론을 벌여도 결코 그들에게 뒤지지 않을 것이라고 생각했다.

그로부터 김택영은 서울을 자주 유람했는데 주로 이건창을 만나러 왔다. 서울에는 이건창 때문에 김택영을 알게 된 사람들이 많았다. 그런데 이건창을 찾아오는 김택영은 늘 가슴을 풀어헤친 채 활개를 치며 다녔다. 이에 더해 남의 이목 따위는 전혀 신경 쓰지 않고 다녔다. 그래서 김택영을 예의 없는 사람으로 보는 경우가 많았다. 그런데 평소 김택영은 화병을 앓고 있었다고 한다. 김택영은 화병 때문에 가슴이 답답하여 옷을 풀어헤치고 다녔던 것이 아닌가 싶다. 어떤 모습으로 찾아오든 이건창은 김택영이 찾아올 때마다 언제나 반갑게 맞아주었다. 실상 두 사람이 마주하면 이건창은 김택영과 담소를 나누기보다는 종이를 활짝 펼쳐놓고 붓을 손에 쥔 채 김택영을 쳐다보았다. 이건창이 하는 몸짓의 의미를 바로 알아차린 김택영은 이내 시를 지어 읊었다. 그러면 이건창은 김택영이 읊는 시를 재빠르게 받아 적었다. 그 후 이건창은 그 종이를 상 위에 펼쳐놓고 어깨를 들썩이며 엄정한 얼굴빛을 띠고 큰 소리로 읽어내려갔다. 그리고는 다시 붓을 쥐고 종이 위에 시구詩句 가운데 마음에 드는 구절에다 동그라미로 비점批點을 찍었다. 그런데 읽다가 거슬리는 구절이 있으면 김택영을 놀리는 기세로 장난스럽게 인상을 쓰면서 때리는 시늉을 취했다. 그러면 김택영은 마치 잘못한 어린아이처럼 고개를 움츠리고 뒤로 물러나면서 웃음을 그치지 않았다. 이처럼 두 사람은 문장으로 교유하면서 장난을 치기도 하는 그런 사이였다. 웃고 장난을 치다가 김택영이 떠나고 나면 이건창은 늘 김택영이 읊은 시를 받아 적은 종이를 잘 말아서 보관했다. 그가 지은 시가 훌륭하건, 형편없건 아랑곳하지 않았다. 그리고는 언제나 이렇게 말했다.

"이렇게 힘싱궂고 얄궂은 면이 있어야 김택영답지!"

김택영은 처음에 시로 명성을 드날렸다. 그러나 얼마 안 있어 고문古文을 열심히 공부하더니 중국의 구양수歐陽脩와 귀유광歸有光의 문학 수준에 가까워졌다. 또 김택영은 사마천의 『사기史記』를 많이 읽었기 때문에 서사敍事에도 능했다. 그래서 「숭양기구전崧陽耆舊傳」 등의 작품은 『오대사五代史』에 섞어놓아도 구별이 불가능할 정도의 수준까지 되었다. 개성 선죽동에는 정몽주鄭夢周와 서경덕徐敬德을 추모하기 위해 세워진 숭양서원崧陽書院이 있었다. 개성 출신의 김택영이 여기서 이름을 빌어 개성 출신 가운데 유명한 91명의 행적을 모아 기록한 것이 바로 「숭양기구전」이다. 이건창은 기회가 있을 때마다 자신을 찾아온 김택영을 남촌시사南村詩社 동인同人들을 비롯한 주변 사람들에게 소개시켰다. 그러나 그들은 모두 김택영의 문장이 요즘 유행하는 풍과 다른 것을 흠으로 여겼다. 그럴 때마다 이건창은 김택영을 두둔하며 말했다.

"그렇지 않습니다. 우리와 다를 따름이지, 다른 것이 흠은 아닙니다."

이건창의 말 한마디에 김택영의 문장을 마뜩잖게 여기던 사람들의 논란이 잠재워졌다. 이처럼 이건창은 김택영을 돕기 위해 노력했다. 그러나 이건창의 노력과는 달리 그것이 김택영에게 큰 도움이 되지는 못했다. 그래도 김택영은 효심과 청렴으로 추천을 받아 관직에 나아가기도 했다. 또 조정에서 어떤 사안에 대한 대책對策을 논의할 때마다 꼭 참여시켜야 할 인물로 선발되기도 했다. 그래서 이건창은 김택영이 진사 시험에 합격하지 못해서 벼슬이 없을 뿐이지, 선비들 사이에선 이미 명성이 높은 인물이라고 평가했다.[24]

이건창은 1882년 경기 암행어사로 나가서 경기도 일대를 둘러보던 중에도 김택영을 찾아갔다. 그런데 김택영이 서울로 출타 중이었기 때문에 이건창은 그를 만나지 못했다. 이에 이건창은 「천마산天磨山에서 김택영을 그리워하며」라는 시를 읊었다.

높고 가파른 천마산
을씨년스러운 촉막주蜀莫州
강산은 옛 나라고려 그대로건만
비바람은 가을 끝사락을 보내고 있네.
오래된 절에선 단풍잎 지고
빈 성에선 폭포 쏟아져 내리는데
오랜 벗은 서울로 가버려
함께 노닐지 못함에 서글퍼지네.

巉嶭天磨鎭, 蕭條蜀莫州.
江山餘故國, 風雨送殘秋.
古寺楓林落, 空城瀑布流.

故人京雒去, 惆悵不同游.[25]

　　이건창의 이 시는 1918년 장지연張志淵이 우리나라의 역대 한시漢詩를 모아 엮은 『대동시선大東詩選』에도 실려 있다. 천마산은 개성에 있는 산이다. 촉막주는 개성의 옛 이름이다. 단순하게 보면 개성에 가서 김택영을 만나지 못한 안타까움을 드러낸 시로 보인다. 그러나 개성이 어디인가! 바로 고려의 도읍이었다. 개성에서 망한 고려를 떠올리며 이건창은 김택영을 못 만난 안타까움에다 장차 조선의 모습이 망한 고려의 모습이 되어 버릴까 하는 근심스러운 마음을 담아 시를 지었다. 을씨년스러운 촉막주, 가을 끝자락을 보내는 비바람, 오래된 절의 지는 단풍잎, 빈 성에 울리는 폭포수 소리, 서울로 떠난 오랜 벗, 함께 노닐지 못한 서글픔 모두 천마산처럼 높고 가파른 세계정세 속에서 힘들어질 조선의 앞날이 보이는 듯해서 이건창은 더욱 서글퍼졌던 것이다.

　　두 사람의 교유는 과거 시험장에서 시작되었다. 이건창이 과거 시험에 필요한 문장에 뛰어나다는 소문을 들은 김택영이 두 살이나 아래인 이건창을 직접 찾아가 글을 논하면서부터였다. 그 후 이어지는 인연 속에 김택영은 이건창이 자신에게 해주는 시와 문장에 대한 조언을 받아들였다. 이건창 또한 이러한 김택영을 주변 사람들에게 소개시켜 주었다. 문장으로 교유하고 문장으로 서로 아끼는 두 사람이 되었던 것이다. 어려서부터 천재로 소문났던 양반집 가문의 이건창과 개성의 상인商人 집안의 김택영이 사회적 지위와 명망이 다름에도 스스럼없는 교유를 이어갈 수 있었던 것은 그만큼 이건창이 사람을 차등 없이 대하는 열린 사고를 갖고 있었음을 뜻한다. 특히 이건창이 관직 생활 중에 김택영과 가진 교유는 한여름 한줄기 소나기 같은 느낌이었다. 그래서 주변의 불편한 눈길에도 불구하고 이건창은 김택영과의 교유를 이어갔고, 이러한 인연으로 훗날 김택영은 이건창의 문집을 간행하게 되었다.

5. 거듭되는 국내외 재앙, 실력만이 살길

대원군의 실각으로 고종의 친정이 시작되었다고는 해도 고종의 정치적 영향력은 대원군이 섭정할 때와 크게 달라지지 않았다. 대원군 대신 상대적으로 민비閔妃의 정치적 영향력이 커졌기 때문이다. 당시 민비를 중심으로 정권을 장악한 민씨의 일가친척들은 대원군이 일관되게 펼치던 쇄국정책과는 정반대로 제멋대로 권력을 휘두르며 개화정책을 추진해 나갔다.

그러자 호시탐탐 서양 세력과 함께 개항을 요구하며 조선을 침략할 기회만 엿보던 일본은 그때를 놓치지 않고, 1875년 운요호와 제2정묘호丁卯號를 부산에 입항시켰다. 이는 조선에 개항을 요구하기 위해 일본이 고의적으로 빌미를 제공한 것이다. 이를 알아채지 못한 조선은 불법으로 조선에 입항한 일본에 항의했다. 그러나 일본은 조선의 항의 따위는 아랑곳하지 않고 무력시위도 불사하였다.

그러던 9월 20일 일본은 운요호를 이용해서 강화도 초지진으로 침범해 왔다. 그러자 강화 해협을 수비하고 있던 조선 수비병은 초지진으로 들어오는 운요호를 향해 포격을 가했다. 그로 인해 양측 간에 충돌이 일어나면서 이른바 '운요호사건'이 일어났다. 그러나 일본군은 물러가기는커녕 도리어 초지진과 영종진永宗鎭에 무차별 포격을 가하면서 강화도에 올라섰다. 결국 변변한 무기도 갖추지 못한 조선 수비병은 일본군에 패하고 말았다. 당시 영종진에 오른 일본군은 죄 없는 백성들을 대상으로 약탈은 물론 살상과 방화까지 저지르다 물러갔다. 고의로 운요호사건을 일으킨 일본은 적반하장으로 나왔다. 일본은 노골적으로 침략야욕을 드러내며 조선에 운요호사건에 대한 사죄와 배상을 요구하는 한편, 일본의 배들이 조선 영해를 자유롭게 항해토록 할 것과 강화 부근을 개항할 것 등을 요구해왔다. 그러던 1876년 1월 10일 청나라 이홍장李鴻章이 조선의 영의정 이유원李裕元에게 밀서를 보내 일본의 개항 요구를 통상과 화친和親의 이익으로 유혹하며 받아들이라고 하였다. 이에 사람들은 모두 이홍장은 중국의 명신名臣이므로 그가 하는 말은 믿을 만하다고 여겼다. 그러나 이건창만은 홀로 "이홍장은 큰 거간꾼이다. 거간꾼은 오직 시세時勢를 따를 뿐이다. 우리가 스스로 믿는 것 없이 이홍장을 믿는다면 후에 반드시 나라가 팔려버릴 것이다"라고 하였다.[26]

이건창은 개화를 하되 자주적이어야 한다며 외세에 의존하는 개화에 반대했다. 그런데 이홍장이 개입을 한 것이다. 이홍장의 개입은 한마디로 중국의 개입이라 할 수 있다. 이에 이건창은 중국 측 영향력이 행사된 것에 대해 비판적인 태도를 취했다.[27] 그러나 이홍장의 계략에 말려든 민씨 일가가 뒤에서 조약이 맺어지도록 일을 벌였다. 결국 이홍장의 화친 유혹을 지지하며 대세적으로 개항을 해야 한다고 믿은 우의정 박규수朴珪壽와 역관 오경석吳慶錫 등이 민씨 정권을 설득하였다. 이에 민씨 정권은 못 이기는 척 대원군 지지 세력과 유림들의 척사 주장을 물리치고, 1876년 2월 27일 일본의 요구대로 강화수호조약, 일명 조일수호조약 또는 병자수호조약丙子修護條約을 체결하였다. 조약이라고는 하나 조선은 일본의 강압에 의해 조약을 맺게 되었다. 그 결과 두 나라가 맺은 조약은 일방적으로 일본에 유리하게 작성되면서 명백한 불평등조약이 되었다. 이건창이 이홍장의 개입을 우려하던 일이 현실이 되었던 것이다.

이처럼 중국 이홍장의 개입과 일본의 강압에 의해 맺어진 강화수호조약은 일본의 조선 식민지화 작업의 시발점이 되었다. 그로부터 조선의 문호 개방이 시작되면서 한반도는 열강의 이권쟁탈전의 장이 되게 되었다. 그 피해는 고스란히 백성들의 몫이 되었다.

이어서 1882년에는 임오군란壬午軍亂이 일어났다. 1881년부터 유입된 일본식 신식 군대인 별기군別技軍이 창립되면서 기존에 대궐을 지키던 무위영武衛營 소속의 훈련도감 군인들은 구식 군대로 취급되면서 별기군과 차별대우를 받았다. 그에 내한 구식 군인들의 불만이 팽배해진 상태에서 급료까지 10개월 이상 밀려 있었다. 그런데도 조정에서는 연일 잔치나 벌이고 있었다. 그러던 어느 날 구식 군인들에게 밀린 급료 가운데 한 달 치가 곡식으로 내려왔다. 그런데 급료로 내려 준 쌀가마니 안에는 겨와 함께 엄청난 양의 모래가 섞여 있었고, 양 또한 반 가마니 밖에 안 되었다. 결국 이에 대한 불만이 변란으로 커졌다. 그러자 다급해진 고종은 대원군에게 군란을 일으킨 군인들을 진정시켜줄 것을 요구했다. 그에 따라 대원군이 다시 정권을 잡게 되었다. 이때 대원군은 군사 제도를 개혁하고, 민씨 친척 일가를 제거하고, 새로운 인물 등용을 단행하는 한편, 서민을 위한 정치 개혁을 실시하면서 예전에 누리던 자신의 세력을 되찾고자 했다. 그러나 군란을 진정시키겠다는 명분을 내세운 청나라와 일본이 조선으로 앞다투어 출병했다. 그리고 대원군이 청나라군에게 납치되면서 잠시 정권을 되찾았던 대원군 정권은 다시 무너지고 말았다. 그러자 1884년 개화당開化黨의 김옥균·박영효朴泳孝·홍영식洪英植 등이 일본의 도움을 받아 조선의 각종 제도를 혁파하고, 서양의 선진문물을 받아들일 수 있는 독립 정부를 세우겠다며 갑신정변을 일으켰다. 그러나 이들의 정변은 기존의 개화 노선을 변경한 민비를 중심으로 한 수구당守舊黨과 청나라 군사의 반격으로 사흘 만에 실패하면서 삼일천하로 끝이 났다.

어수선함이 계속 이어지던 속에서 1894년에는 전라북도 고부군수古阜郡守 조병갑趙秉甲의 끊임없는 착취와 횡포에 시달리다 못한 농민들이 동학東學의 지도자 및 교도敎徒들과 합세해서 무장봉기를 일으키고 거센 저항을 시작했다. 그들은 조병갑을 넘어 모든 관료들의 비리 척결을 외침과 동시에 일본과 서양세력을 모두 물리친다는 척왜양이斥倭攘夷를 주장하였다.

고부군수 조병갑의 도 넘은 가렴주구에 대한 저항으로 동학농민운동이 시작된 것이다. 이토 히로부미를 저격한 안중근도 동학농민토벌에 나섰다는 것은 익히 알려진 사실이다. 그렇다면 동학농민에 대한 이건창의 생각은 어떠했을까?

나이 42세에 동학농민운동을 맞이한 이건창은 이것을 동학란으로 보았다. 그래서 그는 처음부터 강경 진압해야 한다는 입장에 섰고, 그에 대한 내용을 담아 상소를 올렸다. 이건창은 본래 사람을 신분에 따라 차별하지 않았다. 그의 가문은 양반임에도 불구하고 몸소 화문석을 짜서 장터에 내다 팔며 생계를 유지한 일도 있다. 그래서 이건창은 상인 집안의 김택영과도 거리낌 없이 교제를 했다. 그리고 누구보다 백성들의 어려움을 이해하고 선정을 베풀던 이건창이다.

그렇다면 이건창이 처음부터 동학란을 진압하는데 강경한 입장을 취했던 이유는 무엇일까? 일반적으로 동학란은 정부군과 일본군, 그리고 양반 중심의 민병대와 동학농민이 맞선 것으로 알려져 있다. 그런데 이건창은 자신이 양반이어서 동학농민의 저항을 동학란으로 본 것은 아니다. 그는 가렴주구를 견디다 못한 농민들이 반란을 일으킨 사실은 충분히 이해했다. 그러나 그는 격변하는 해외 정세 속에 갈팡질팡하는 판에 국내에서의 소란까지 이어지면 나라를 제대로 추스를 경황이 없을 것으로 판단했다. 특히 이건창은 동학란으로 인해 죄없이 피해를 보는 주변 백성들의 안위를 먼저 걱정했다. 이에 이건창은 동학란을 강경하게 진압해야 한다는 입장에 섰다. 결국 전국적으로 거세게 일어나던 동학란은 조선의 관군과 일본군에 의해 수많은 농민과 동학도가 학살당하면서 멈췄다.[28] 그러나 이건창은 당시 올린 상소의 내용 문제로 그해 8월 전라도 보성寶城에 유배되었다.[29]

이어서 갑오개혁이 있었다. 실세였던 개화파 내각에 의해 정치, 경제, 사회 등 모든 분야에 걸쳐 근대식으로 제도를 개혁하던 갑오개혁은 1894년 7월부터 1896년 2월 사이에 총 세 차례에 걸쳐 이루어졌다. 그사이 이건창은 1894년 11월 새로운 관제로 만들어진 법무아문협판法務衙門協辦에, 1895년 4월에는 특진관特進官에 제수되었으나 모두 나아가지 않았다. 1895년 11월 다시 경연원시강經筵院侍講에 제수되었다. 그러나 이건창은 절[寺]에 의탁해서 여생을 마칠 수 있도록 자신에게 내려준 시강 벼슬을 속히 거두어 줄 것을 간청하였다. 만약 끝까지 시강 벼슬을 거두지 않는다면 자신은 죽음을 택할 수밖에는 없다는 내용의 상소문을 올리고 끝내 나아가지 않았다. 급기야 제도 개혁의 일환으로 1895년 겨울에는 단발령까지 내려졌다.

단발령이 내려지자 이건창은 보문도普門島로 피해 들어가 「공곡가인가空谷佳人歌」를 지어 자신의 뜻을 드러냈다.[30] 그에 앞서 단발령 소식을 처음 접했을 때 이건창은 난발령을 피해 살 곳을 찾아 분주하게 다니느라 쉽게 집으로 돌아가지도 못했다. 단발을 할 생각에 그는 잠도 이루지 못할 정도로 탄식했다. 그는 진즉에 죽었어야 하는 데 죽지 않고 살아 있어서 머리를 깎게 되었다며 단발령을 피하고자 해도 갈 곳이 없어 하루종일 말없이 벽만 보고 있었다. 이에 더해 지금처럼 만사가 그릇된 적은 없었다고 여겼다.[31] 이처럼 이건창은 단발령에 강한 거부감을 드러냈다. 그러나 이건창은 단발이 대세임을 인지했다. 이미 임금도 단발을 했고, 나라에서 단발령까지 내린 마당에 신하가 머리털을 그대로 보존하고자 한들 뜻대로 될 리 없었기 때문이다.

신체발부수지부모 불감훼상身體髮膚受之父母, 不敢毁傷, 곧 몸은 부모로부터 물려받은 것으로 감히 손상시켜서는 안 된다고 평생을 익혀왔다. 평생 몸에 밴 습관과 평생 익힌 것을 하루아침에 버리는 일은 말처럼 쉬운 일은 아니기 때문에 그는 단발령에 강한 거부감을 드러냈다.

이건창은 바뀐 복식제도에 대해서도 거부감을 드러냈다. 그중 '심의深衣'[32]를 금지하는 것에 대한 거부감이 심했다. 심의란 선비들이 입던 두루마기 모양의 하얀 베옷으로, 너른 소매에 깃·소맷부리·하단 등의 가장자리를 검은 비단으로 두른 옷이다.

예부터 선비들은 왼쪽 섶을 오른쪽 섶 위로 여미는 우임右衽의 심의를 입은 것과 달리 오랑캐들은 오른쪽 섶을 왼쪽 섶 위로 여미는 좌임左衽을 입었는데, 서양 옷이 바로 좌임이었다. 이건창은 선비들이 오랜 세월 착용해온 심의까지 없애서 일흔 살이 된 노인이 새로 바뀐 의복을 입는다면 배우가 춤을 추는 것처럼 우스꽝스러울 것이라고 생각했다. 이건창은 단발령과 바뀐 복식제도에 대해 전형적인 유학자의 모습을 고수하고 있다.

개화정책을 지지하던 이건창은 왜 단발령과 복식제도의 변화에 이토록 강한 거부감을 드러냈던 것일까? 이건창은 무조건적인 대원군의 쇄국정책도, 일방적인 민씨 정권의 개화정책도 마다했다. 당시 그는 국제 정세의 혼란 속에서 군사력의 취약과 재정의 고갈로 국가가 존망 위기에 처해 있다고 판단했다. 따라서 부국강병을 통해 백성들의 삶이 풍요로워지고 나라가 부강해지는 방편의 하나인 개화정책 자체를 거부하지는 않았다. 그런데도 그는 개화파 사람들이 자신을 영입하려고 하자 모두 거절했다. 개화정책 방향이 달랐기 때문이다. 이건창은 부국강병으로 나아간다는 전제하에 시의에 합당한 조치로 개항은 하되, 내실을 기한 상태에서 조선이 자주적으로 개항에 임하길 바랐다.[33] 그러나 그는 자주적 개항과는 별도로 단발 및 복식제도 등의 변화까지 할 필요는 없다는 생각을 고수하였다. 유구한 역사를 지내오면서 지켜온 전통을 말살해서는 안 된다고 본 것이다. 이건창은 부강의 실익實益도 없이 외국문물의 단순한 모방에 그치는 단발이나 복식제도 개혁에 대해 초지일관 반대 입장을 고수하였다.[34] 부강의 실익도 없을 뿐더러 오래도록 지켜온 전통을 말살해버리는 결과만 갖고 온다고 판단했기 때문이다. 전통에는 민족의 정신이 담겨 있으므로, 정신을 수호하자는 의미이다. 이러한 점에서 이건창이 단발과 복식제도의 변화에 반대한 이유는 다른 도학자들이 무조건 단발과 복식제도의 변화를 거부한 것과는 엄연히 구분된다.

이에 앞서 1895년 을미사변이 일어났다. 있을 수도, 있어서는 안 되는 변고였다. 바로 일본이 조선의 궁궐인 경복궁에 자객을 보내 조선의 국모를 살해하는 사건이 일어난 것이다. 이는 조선을 점령하려는 자신들의 목적을 이루는 데 있어 가장 큰 걸림돌인 민비를 없애야 자신들의 목적을 달성할 것이라고 여긴 일본 측의 간악한 생각에서 빚어진 일이다.

이건창은 일제가 자신들의 세력 확장에 장애물이던 민비를 살해하고, 단발령 실시와 노비제도 폐지 등 일련의 개혁적 법령을 공포한데 이어 민비 폐위 조칙이 내려졌을 때 평생의 벗 문원紋園 홍승헌洪承憲, 1854~1914과 기당綺堂 정원하鄭元夏, 1855~1925와 함께 연명 상소를 올려 진상 규명 촉구 및 나라의 적을 칠 것을 주장하였다.[35]

이처럼 여러 가지 커다란 사건들로 인해 소용돌이 중심에 선 조선의 운명은 바람 앞의 촛불이었다. 그사이 외부적으로는 1894년부터 1895년까지 청일전쟁이 일어났고, 이 전쟁에서 일본이 승리를 거두었다.

내 집 담에 내가 낙서를 하면 다른 사람은 와서 똥칠을 한다는 말이 있다. 이처럼 조선이 외부적 상황에 제대로 대처하지 못하고 내부적 사정이 더욱 악화된 이유는 내부적 악재들이 팽창했기 때문이다. 고인 물은 썩는다고 500년 동안 지속되면서 속으로 쌓여있던 왕조국가의 폐단에다가 썩을 대로 썩은 조정 관료들의 몰염치한 수탈과 끊임없는 비리 등이 바로 그것이다. 잘못인 줄 뻔히 알면서도 개선하려고 노력하는 관료는 찾아보기 어려웠다. 안일한 관료들의 행태는 결국 500년간 지속되어 온 조선을 망하는 지름길로 안내했다. 이를 통해 백성들의 삶은 끊임없이 나락으로 떨어지며 피폐해졌다. 나라야 어찌 되든 사신들의 삶만 평온하게 유지되면 될 것으로 생각하던 관료들의 삶 또한 자신들의 생각과는 다르게 더 이상 평온을 유지할 수 없는 상황이 되어 버리고 말았다. 어리석은 관료들이 백성들과 자신들의 삶이 공동운명체라는 것을 알지 못한 결과이다.

그사이에서 이건창의 갈등과 고뇌는 깊어졌다. 오랜 고뇌 끝에 그는 세계정세의 흐름상 개항은 불가피하다고 판단했다. 그러나 실력을 갖추지 못한 상태에서 타의에 의한 개항은 조선을 소용돌이 속으로 몰아넣는 결과를 가져올 것이라 생각했다. 그래서 그는 개항을 해도 흔들리지 않을 만큼 내부적으로 실력을 갖춘 후 우리의 자의에 의해 자주적으로 개항할 것을 주창했던 것이다. 이러한 이건창의 견해는 개항에 무조건 반대하는 척사파나 개항에 무조건 찬성하는 개화파와는 분명하게 구별되는 독특한 견해이다. 그러나 이건창이 주창한 자주적 개항은 아쉽게도 이론으로 끝나고 말았다.[36] 흑백 논리에 맞춰 모 아니면 도라는 생각이 팽배해 있던 세상에서 균형적 감각을 갖고 나름 중도의 입장에서 국익을 취하려는 이건창을 지지하는 세력이 많지 않았던 때문으로 보인다. 또 내부적으로 실력을 갖춘 후 우리의 자의에 의해 자주적 개항을 할 수 있게 되기까지는 너무나 긴 시간이 필요했다. 따라서 급변하는 세계정세 속에서 이건창의 자주적 개항 이론은 처음부터 한계에 부딪힐 수밖에 없었다. 그에 따른 이건창의 심적 갈등 또한 적지 않았을 것이다. 이것이 그의 명을 재촉하는 데 제법 영향이 있었을 것으로 보인다.

실력만이 조선이 살길임을 인지하고, 자주적 개항을 강조하던 이건창은 갑오개혁 이후 더 이상 개선의 여지가 보이지 않는 정치 상황을 보면서 정치권에서 완전히 이탈했다.

6. 불의와 타협을 거부한 충청우도 암행어사

한편 이건창은 1875년 연경에서 돌아온 후 국내외 정세에 대한 고민이 깊어가던 때에 충청우도 암행어사로 나가게 되었다. 우리는 암행어사 하면 가장 먼저 박문수를 떠올린다. 그래서 박문수는 암행어사의 대명사가 되었다. 그러나 구한말 박문수와 쌍벽을 겨룰 암행어사 이건창이 있었다는 사실을 알고 있는 사람은 드물다.

어사御使[37]란 임금의 심부름을 하는 관원을 일컫는 말이다. 어사에는 두 종류가 있다. 하나는 일반어사이고, 또 하나는 암행어사이다. 두 어사의 확연한 차이점은 일반어사는 임명권자가 이조吏曹이고, 암행어사는 임명권자가 임금이라는 것이다. 또 일반어사의 모든 거동은 세상에 공개되지만, 암행어사의 모든 거동은 비밀에 부쳐진다는 것이다.

암행어사하면 저절로 마패馬牌가 떠오른다. 마패는 10cm 지름으로 만든 구리 재질의 둥근 패로, 암행어사의 신분을 나타내는 인장을 가리키는 말이다. 마패는 처음에는 나무 등의 재질로 만들었는데 파손이 쉬워 구리 재질로 바꾸었다. 마패에는 한 마리부터 다섯 마리까지의 말이 그려져 있다. 이는 암행어사가 암행을 떠날 때 역참驛站에서 사용할 수 있는 역마驛馬의 숫자를 표시한 것이다. 당연히 말의 숫자가 많을수록 지위가 더 높다.

여기서 잠시 암행어사의 역할에 대해 알아보도록 하자. 암행어사는 대체로 과거에 급제한 지 오래지 않고 나이가 젊은 당하관堂下官 중에서 선발했다. 관직에 나온 지 오래지 않았기 때문에 세상 더러움에 물들지 않아 청렴결백하고, 나이가 젊어 관료들의 비리를 눈감아 주지 않는 패기가 있었기 때문이다. 처음 암행어사제도가 시작되었을 때는 임금이 직접 어사를 지명했다. 그러나 후대에 오면서 조정의 대신大臣들이 몇 사람의 적임자를 추천하면 임금이 낙점落點하는 방식을 취했다.

임금이 암행어사를 임명할 때는 대궐로 들어온 암행어사들에게 암행어사 임명장인 봉서封書, 암행어사의 임무를 적은 사목事目, 암행어사임을 확인시켜주는 마패 및 암행어사가 변사자의 시신을 검사할 때 사용할 유척鍮

尺: 놋쇠로 만든 자을 직접 수여하는 게 원칙이다. 암행어사의 역할은 첫째, 임금이 내린 명령과 조정의 금지령 전달 여부 파악, 둘째, 지방 관료들의 업무 상태 및 부조리 감시, 셋째, 흉년 때 선정을 베푼 수령과 탐관오리 파악 및 탐관오리들과 지방토호의 밀착 관계 파악, 넷째 환과고독鰥寡孤獨, 곧 늙어서 아내가 없는 남자, 늙어서 남편이 없는 여자, 어린데 돌봐줄 부모가 없는 아이, 늙었는데 돌봐줄 자식이 없는 노인들의 어려움과 백성들의 굶주림, 도적 및 전염병 등 파악, 다섯째, 효자·열부를 찾아내 각 고을의 미풍양속 실천, 여섯째, 백성들의 억울함 해결, 일곱째, 은둔 중인 학식이 높은 학자 발굴 등이 있다. 그에 따라 백성들은 보이지 않는 곳에서 자신들의 어려움을 해결해 주는 암행어사를 열렬히 지지했다. 이러한 암행어사 파견은 조선에만 있던 유일한 제도로 중종 때인 1509년에 처음 시작된 후, 고종 때인 1892년을 끝으로 폐지되었다.

익히 알다시피 암행어사는 낡은 도포에 헤진 갓을 쓴 선비의 모습으로 임금이 내려준 사목에 적힌 내용에 따라 암행을 명령 받은 지역으로 가서 암행활동을 펼쳤다. 암행을 나간 어사는 맡겨진 임무를 완수하기 전에는 절대로 돌아올 수 없다. 임무를 마치고 돌아온 암행어사는 돌아온 즉시 임금에게 암행을 하면서 처리한 결과를 서계書啓로 올렸다. 이때 암행하면서 바로잡아야 하는 행정行政이나 군정軍政 절차, 또는 효자·열부, 학식이 높은데 은둔하고 있는 선비, 청백리, 탐관오리 등에 대한 자료를 별단別單으로 함께 올렸다. 별단에는 암행하면서 파악한 문제를 해결할 수 있는 대안책을 적은 시무책時務策 등도 수록하였다. 서계와 별단을 보고하면 임금은 암행어사를 궁궐로 불러 서계와 별단에 대한 내용과 백성들의 삶에 대해 직접 들고 그에 대한 해결 방안을 조치토록 했다. 또 암행어사가 서계로 지방 관료들의 비리에 대해 보고한 것은 이조吏曹:현 행정안전부와 인사혁신처와 병조兵曹:현 국방부에서 재조사를 실시하여 사실 여부를 파악하였다. 그 후 죄의 경중에 따라 죄인을 잡아서 심문하는 나문拿問, 현직에서 파면시키는 파출罷黜, 직첩에서 관직명까지 삭제하는 파직罷職, 먼 곳으로 귀양을 보내는 유배流配 등의 조치를 취했다. 그러나 재조사 결과 암행어사가 올린 서계 내용이 거짓이거나 부풀려졌으면 암행어사가 파직 또는 유배 등을 당하기도 했다.

한마디로 암행어사로 선발되는 사람은 암행어사의 적임자를 추천하는 대신大臣들과 임금에게 신뢰감을 주는 인물임은 물론, 평소 생활이 청렴결백해야 한다. 따라서 이건창이 암행어사로 선발되었다는 것은 그만큼 그가 대신들과 임금에게 신임을 받았고, 생활이 그만큼 청렴결백했음을 증명하는 것이다.

조정에서는 암행어사로 내보기 이전부터 암행어사에 적합한 인물을 선발해두었다가 필요할 때 파견하였다. 이건창 또한 암행어사로 선발된 것은 1874년 1월[38]이지만, 충청우도로 암행을 나간 것은 1877년 가을 26세 때였다. 이건창은 조부가 암행어사 때의 행적으로 큰 명성을 드날린 것을 생각하고, 조부의 만분의 일이라도 흉내라도 낼 수 있기를 바라며 암행 길에 나섰다.

당시 이건창이 충청우도 암행어사로 나갈 때는 극심한 가뭄으로 충청우도지역 백성들이 굶어 죽어가고 있던 때였다. 이건창은 충청우도 암행 중에 부여扶餘를 지나다 시 「우리의 용龍을 베다」를 지었다.

우리네 용을 베어버리면 나라가 멸망할지니

우리나라 우리네 용은 베어서는 안 된다네.

용이여 용이여 신령스럽고도 용맹하다네.

긴 강에서 세월 보내며 큰 비바람 일으켜

거센 파도 솟구치니 건널 수 없다네.

북쪽에서 온 대장군 소징빙蘇定方과

남쪽에서 온 아찬阿飡 각간角干39 김유신이

건너려다 건널 수 없어 부질없이 배회하자

임금은 자온대自溫臺에서 즐거이 잔치 벌이네.

삼천 궁녀 꽃이 핀 듯 아름답고

즐거움 중에 만세萬歲 비는 술만 한 즐거움 없다네.

우리네 용을 베어버리면 나라가 멸망할 지니

나라 멸망시키려면 용을 먼저 베야 한다네.

천하에 백마白馬만 한 게 없으니

풍성한 살집에 가는 털, 기름지고도 살진 고기

한 마리면 많은 부엌에서 요리할 수 있으니

이것을 먹이로 용에게 던져주네.

용이 보자마자 낚아채서 먹고는

자신의 몸과 나라를 잊어버리자

십팔만 군사 힘써 떨쳐 일어나

큰 용을 새끼 붕어 낚듯 낚아채서

끌고 가 강 북쪽에다 던져버림에

용은 이미 죽었고 비바람도 그쳤네

비바람이 그쳤으니 장차 어찌하랴.

궁녀들 어지러이 강물로 뛰어들고

임금은 면벽 수행하러 산천을 나서자

남쪽 군사 춤추고 북쪽 군사 노래하네.

우리네 용을 베어버리면 나라가 멸망할지니

용도 베어졌고, 나라도 멸망했다네.

伐吾龍國乃滅, 吾國吾龍不可伐.

龍兮龍兮神且武.

長江日日大風雨, 波濤汹湧不可渡.

蘇大將軍從北來, 阿孃角干從南來.

欲渡不得空徘徊, 君王宴笑自溫臺.

宮女三千如花開, 樂莫樂兮萬歲杯.

伐吾龍國乃滅, 國將滅兮龍先伐.

白馬之白天下無, 豐肌細毛膩且腴.

一軀可作千庖廚, 以此爲餌投龍側.

龍兮見之攫而食, 忘其身兮與其國.

十八萬軍奮用力, 釣出大龍如小鯽.

持提擲投江之北, 龍旣死兮風雨息.

風雨息兮將奈何, 宮女紛紛墜江波.

君王面璧出山阿, 南軍舞兮北軍歌.

伐吾龍國乃滅, 龍亦伐今國亦滅.[40]

　위의 시는 겉으로 보기엔 이건창이 백마강의 고사를 인용해서 백제 멸망에 대한 소회를 밝힌 듯하다. 신령스러우면서도 용맹한 용이 죽으면서 백제가 멸망했음을 이야기하고 있기 때문이다. 용이란 신령스러운 전설상의 동물이다. 또 임금을 상징하기도 한다. 삼천 궁녀를 거느리고 잔치에 여념이 없던 백제의 의자왕은 나라가 멸망하면서 소정방에 의해 당나라로 끌려갔다. 임금이 잘못되면 나라는 멸망하게 되어 있다. 결국 이건창은 궁궐에서는 연일 잔치나 벌이고 있고, 어지러운 국제 정세 속에서 정신을 차리지 못하고 갈팡질팡하고 있는 조선의 상황이 백제 멸망 때와 별반 다르지 않다는 생각에 조선의 운명을 예언하듯 이 시를 남겼던 것이다. 이건창은 조선이 자주적으로 개항을 할 수 있는 실력을 갖춘 후 개항을 함으로써 용도 살리고, 나라도 건재하도록 해야 한다고 생각했기 때문이다. 그런데 나라를 지켜주던 수호신인 용이 당나라 군사들이 미끼로 던져주는 백마에 정신이 팔려서 자신의 본분을 잊어버리고 결국 죽음까지 당하게 되었다. 따라서 위의 시는 직분을 망각하고 개항과 쇄국 사이에서 자신들에게 돌아올 이익에 눈이 멀어 결국 자신도 죽고, 나라도 망하는 결과를 초래하면서도 그것을 인지하지 못하고 있는 관료들의 행태에 대한 염려를 담아 지은 것임에 틀림없다.

　이건창이 충청우도에 암행을 나간 시기는 가을이었다. 암행을 나간 지 그리 오래지 않아 추석이 다가왔다. 추석이라 하면 농부가 여름 내내 흘린 땀방울의 결과물을 풍성하게 수확해서 조상에게 감사의 인사를 드리는 명절이다. 그래서 '더도 말고 덜도 말고 한가위만 같아라'라는 말이 있게 되었다. 그러니 최소 추석이 다가오는 즈음만이라도 농촌의 풍경은 넉넉하고 백성들의 삶은 당연히 풍요로워야 한다. 그런데 이건창의 눈에 들어온 추석 풍경은 전혀 그렇지 않았다. 이건창은 자신이 본 당시 상황을 5언 장편시 2수「농촌의 추석」에다 담아냈다.

> 서울의 부귀한 자들이 사는 곳엔
> 사시사철 좋은 명절 많기도 한데
> 시골의 빈천한 사람들에겐
> 추석만한 명절이 없다네.
> 가을 낮에는 맑은 햇살이 있고
> 가을 밤에는 밝은 달빛이 있어
> 풍경은 참으로 절로 아름답건만
> 우리네 위해 준비된 것 아니라네.
> 다만 사방 들녘을 보자니
> 잘 익은 곡식들 주렁주렁 열매 드리웠고
> 올벼는 이미 수확을 끝내고
> 팥과 콩 또한 손으로 훑어내네.
> 안마당에서는 아욱 껍질을 벗기고
> 뒷동산에서는 밤송이를 따고
> 둥근 질화로는
> 부채질에 나무 등걸이 벌겋네.

밥 짓고 탕국 끓여

대가족이 물리도록 먹고 마시네.

한바탕 먹고 나자 의기양양

잡설을 질펀하게 늘어놓으며 하는 말.

작년에는 대흉년이라

거의 죽고 못 살 것 같더니만

올해는 대풍년이니

하늘이 진짜 죽일 뜻은 없었나 보이.

배가 북처럼 불룩해지지 않음 한하고

입이 양쪽으로 더 벌어지지 않음 한스러워

하루 만에 열흘 치 양식을 먹어치움은

쾌히 식탐 많은 도철饕餮[41]에게 보상하려는 뜻이라네.

윗자리에 앉아 있던 동네 어르신

불러서 떠들지 말라며 하시는 말씀

백성들의 삶이란 참으로 힘들고 고생스럽고

사물의 이치는 차고 넘침을 꺼린다네.

지금 취하고 배부르다고 해서

혹 지난날 굶주림과 목마름을 잊어서는 안 되니

이 늙은이 많은 일들 겪고 보니

과식하면 탈이 나더라.2수 중 제1수

京師富貴地, 四時多佳節.

鄕里貧賤人, 莫如仲秋日.

秋日有淸暉, 秋宵有明月.

風景固自佳, 非爲我輩設.

但見四野中, 嘉穀正垂實.

早禾已登場, 豆菽亦採摘.

中庭剝旅葵, 後園摘苞栗.

團團土火鑪, 吹扇紅榾柮.

賁飯作羹湯, 大家劇呫啜.

一飽便意氣, 散漫雜言說.

去年大凶年, 幾乎死不活.

今年大豐年, 天意固不殺.

恨不腹如皷, 恨不口雙裂.

日食十日糧, 快意償饕餮.

父老在上座, 呼語勿亂聒.

民生實艱難, 物理忌盈溢.

莫以今醉飽, 或忘舊飢渴.

吾老頗經事, 過食則生疾. 2수 중 제1수[42]

남쪽 집에선 하얀 막걸리 거르고
북쪽 집에선 누런 송아지 잡건만
유독 서쪽 이웃집에서는
슬프디슬프게 밤새도록 곡을 하네.

곡하는 자 누구인지 넌지시 물었더니

과부가 유복자를 안은 채

남편이 살아 있을 때는

두 사람이 집 한 채를 지키며

문 앞에 있는 한 떼기 땅으로

해마다 약간의 씨리기 죽거리라도 기두었긴만

지난해 가을 이른 서리에

땅을 다 쓸어도 채소죽거리도 없었다네.

쌀겨와 밀기울에 소나무 껍질을 섞었건만

겨울을 나기에도 오히려 부족했다네.

봄이 오면서 부자들에게

볍씨 한 움큼을 얻었지만

아까워 한 알도 삼키지 못하고

갖고 있다가 밭에 곡식으로 심었다네.

기력은 날로 쇠해지고

위장은 날로 오그라들었다네.

굶기는 다 함께 굶었는데

내 어찌나 목석 같이 모질던지.

도리어 남편만 떠나보내고

앞산 기슭에 묻었는데

묻힌 사람의 뼈가 썩어갈 무렵

심은 곡식이 익었다네.

곡식이 익은들 무엇 하랴

눈으로 차마 볼 수 없어 문 닫아걸고

곧 (남편을) 뒤따르고자 결심하였건만

어찌하랴, 배밀이하는 이 아이를.

아이는 아버지를 모를지라도

여전히 남편의 피붙이인 것을.

아이를 안고 영전을 향해 넋두리하다

기절한 지 오래지 않았는데

갑자기 아전들 문 두드리는 소리에 놀라 깨니

세곡을 내라며 호통치네!²수 중 제2수

南里釀白酒, 北里宰黃犢.

獨有西隣家, 哀哀終夜哭.

借問哭者誰, 寡婦抱遺腹.

夫君在世日, 兩口守一屋.

門前一席地, 歲收僅糜粥.

去年秋早霜, 掃地無半菽.

糠麩雜松皮, 過冬猶不足.

春來向富人, 乞禾得滿匊.

一粒惜不嚥, 持爲種田穀.

氣力日以微, 腸胃日以縮.

同是一般飢, 妾何頑如木.

却送夫君去, 去埋前山麓.

埋人人骨朽, 種穀穀頭熟.

穀頭熟何爲, 閉門不忍目.

即欲決相隨, 奈此兒匍匐.

兒雖不識父, 猶是君骨肉.

抱兒向靈語, 氣絶久个續.

忽驚吏打門, 叫呼覓稅粟. 2수 중 제2수⁴³

이건창의 대표작으로 손꼽히는 위의 시는 그가 충청우도에 암행 나갔을 때 충청감사 조병식의 그칠 줄 모르는 가렴주구^{苛斂誅求}로 힘겨워진 농촌 백성들의 삶을 직접 보고 읊은 것으로, 이건창의 백성들에 대한 시선을 분명히 알 수 있는 작품이다.

관료라면 가을걷이를 끝낸 백성들에게 빨리 세곡을 내도록 종용하여 나라 재정이 원활하게 돌아가도록 하는 것에 초점이 맞춰지는 것이 일반적이다. 그러나 이건창은 그렇지 않았다. 암행어사 이건창은 대풍 끝의 추석이라 이집 저집 막걸리도 거르고 송아지도 잡으면서 한창 추석맞이에 들뜬 집들 가운데 유독 울음소리가 들려오는 집에 주목했다. 이에 사람을 시켜 사연을 알아보니 과부가 유복자를 끌어안고 울고 있었다. 과부는 지난해 흉년을 견디지 못하고 굶어 죽은 남편의 영정 앞에서 넋두리를 늘어놓다 기절했다. 그런데 기절한 지 오래지 않아 과부가 화들짝 놀라서 깨어났다. 바로 아전들이 문을 두드리며 하루빨리 밀린 세곡을 내라는 호통 소리에 놀라 깬 것이다.

호통치는 아전들과 유복자를 끌어안고 기절했다 깨어난 과부와의 사이에서 벌어졌을 장면은 독자의 상상에 맡겼다. 한 마디로 이 작품은 이건창의 고도의 작가적 기술이 드러난 작품이다.

이건창은 충청우도를 암행하는 동안 온 마을을 걸어 다니며 백성들을 만나 그들의 아픔과 고통에 대해 두루 물었다. 이건창은 비록 자잘한 일을 처리하는 아전衙前의 일에는 익숙하지 않았지만 백성들에게 도움이 되는 일이라면 모두 찾아내서 자신이 할 수 있는 최대한의 역량을 발휘해 시행토록 하였다.

충청우도 곳곳을 암행하며 대풍년에 맞이한 추석에도 어려운 사람들이 있다는 것을 생생하게 체험하고 돌아온 이건창은 1878년 4월 암행에서 돌아와 임금에게 임무 수행 보고서인 장계狀啓를 올렸다. 당시 이건창이 올린 장계는 그가 올린 별단과 그에 대한 의정부義政府의 계啓 및 사후조치 등과 함께 『충청우도암행어사별단』에 수록되어 있다.

조선 말기 충청우도의 사회적 경제적 실상을 파악할 수 있는 자료 중 하

〈그림 6·7〉
『충청우도암행어사(이건창)별단』
(서울대학교 규장각 소장)

나로 평가되고 있는 이건창의 서계별단書啓別單은 총 12조로 이루어져 있다. 뒤에 좀 더 자세히 설명하겠지만 여기서 간략히 살펴보면 관청 관리들과 결탁해서 실제 경작하고 있음에도 불구하고 토지 대장에서 고의로 누락시켜 은결隱結로 처리된 토지를 조사해서 밝혀낸 것, 지방관들이 흉년이나 춘궁기 때 곡식을 대여했다 추수기에 환수한 환곡還穀을 내다 판 후에 남은 이익금에 대한 조치, 보령保寧 등의 합영合營·합진合鎭에 따른 불편 해결책, 서천군舒川郡의 세미稅米와 군전軍錢의 과다징수 건, 안면도安眠島의 소나무 숲 훼손 건, 서해안의 여러 군郡의 사설어전염세액私設漁箭鹽稅額 등 사회·경제적인 폐막에 관한 건 등이 실려 있다. 그 밖에 학행學行이나 열행烈行 등 공로나 선행을 칭찬하여 드러내는 일과 관련된 내용도 있다.[44]

암행어사별단을 앞서 올린 이건창은 1878년 4월 14일 입시하여 창덕궁의 희정당에서 임금을 뵈었다.[45] 당시 좌부승지左副承旨 김병익金炳翊, 가주서 백시순白時淳, 기주관 윤선주尹善柱, 별겸춘추別檢春秋 홍승헌도 함께 입시하였다.

고종이 이건창을 앞으로 나오게 하고 말했다.

"잘 다녀왔는가?"

이건창이 대답을 했다.

"전하의 염려 덕택에 무사히 잘 다녀왔습니다."

그러자 임금이 이건창에게 물었다.

"그대가 다녀와서 올린 서계와 별단은 내 이미 자세히 보았다. 그런데 그대가 말한, '전 감사와 서로 맞지 않는다'는 것이 대체 무슨 말인가?"

이에 이건창이 답했다.

"'서로 맞지 않는다'고 한 말은 전체 문장 끝부분에 있는데 서로 맞지 않는 사단事端은 서계의 처음 부분에 '전 감사가 재임할 때' 이하 몇 구절에 있습니다."

임금이 다시 말했다.

"나열하고 싶으면 나열하면 되는 것이지 뭐가 서로 맞고 안 맞고를 논하는가?"

이건창이 답했다.

"윗부분에서 진달한 것이 서로 맞지 않는다고 한 말은 바로 제가 직임을 제대로 처리하지 못한 것에 대해 스스로를 꾸짖은 말이고, 아랫부분에 서로 맞지 않는다고 한 것은 조병식의 치적에 대해 말한 것입니다."

그러자 임금이 이건창을 나무라며 말했다.

"나에게 보고하는 문자를 어찌 이렇게 무엄하게 할 수 있단 말인가! 이것을 보자니 그대의 이번 행차는 오로지 자네 멋대로 처리한 것임에 틀림없다."

이에 이건창이 다시 답했다.

"전하께서 이렇게까지 말씀을 하시니 황공하기 그지없습니다."

그러나 임금은 계속 나무라며 말했다.

"만일 자네와 뜻이 맞지 않는 점이 있다면 비록 치적이 있다 해도 죄를 얽어서 나열하고, 자네와 서로 뜻이 맞는다면 비록 치적이 없더라도 포상하여 장려하고자 했다는 것인가? 만약 그렇다면 오직 내가 그대를 믿고 특별히 암행을 보낸 뜻은 뭐가 되겠는가! 이래서야 어떻게 나랏일을 제대로 해낼 수 있겠는가!"

이건창이 아뢰었다.

"더더욱 황공스럽고 두려워 전하를 대할 면목이 없습니다."

임금이 다시 말했다.

"내가 별도로 염탐해 보았더니, 비단 이번 일뿐만 아니라, 서계에 실린 내용 가운데 사실과 어긋난 것이 많다고 들었다. 그러므로 자네가 올린 이 서계는 더 이상 믿고 시행할 수 없게 되어 버렸다. 자네의 죄를 그대로 둘 수는 없다. 그러나 자네의 나이가 어려서 실수한 것이라 생각하고, 이번만 큼은 특별히 감안해서 처리하겠다."

그러자 이건창이 머리를 조아리며 아뢰었다.

"지금 이런 은혜를 받들고 보니, 죽어도 여한이 없습니다."

이건창의 말이 끝나자 임금이 다시 물었다.

"서계에 실린 내용은 정말 그대가 하나하나 몸소 염탐하여 조처한 사항이 맞는가?"

이건창이 간절한 마음으로 답했다.

"소신이 본디 몸이 약하고 병이 많아 더러 아랫사람을 시켜 염탐을 한 것이 있긴 합니다. 그러나 충청감사 조병식의 경우엔 체모가 중하기 때문에 소신이 몸소 여러 방면에서 염탐하였을 뿐 아니라 아전과 군교軍校들에게도 묻고 여러 문서들을 살펴본 후 확실하게 의심의 여지가 없는 것들만 서계에 넣었습니다. 그럼에도 불구하고 끝내 이런 잘못을 저지르는 결과를 빚었으니 송구스럽기 그지없습니다."

이건창의 사죄에도 임금의 나무람은 계속 이어졌다.

"처음에는 자세히 염탐을 했는데, 끝내 잘못을 저지르는 결과를 빚게 되었다는 것은 무슨 뜻인가! 자네가 올린 서계는 남의 말만 듣고 기록한 것을 올렸다는 말이더냐?"

이건창이 답했다.

"전하, 소신이 비록 자질은 형편없습니다만, 어떻게 전하게 올리는 서계를 감히 남이 하는 말만 듣고 올릴 수가 있겠습니까! 전하께서 이렇게까지 말씀을 하시니 정말 몸 둘 바를 모르겠습니다."

그제야 임금은 이건창에게 말했다.

"암행어사 이건창은 우선 물러가 있으라!"

임금의 명에 따라 이건창은 더 이상 아무 말도 못하고 물러났다.

임금이 이건창이 탐관오리들에 대해 올린 서계에 대해 화를 낸 이유는 바로 충청감사 조병식 때문이었다. 조병식은 영의정을 지낸 조두순의 조카이자, 전라도 고부 민란과 동학농민운동의 원인 제공자이자 탐관오리의 대명사인 고부군수 조병갑과 사촌 간이다. 이건창이 처음 충청도에 도착해서 알아보니 조병식은 세도가의 자제로 처음에 진봉물進奉物로 민비 일가와 내통을 하면서 총애를 얻은 후 자신의 권세를 믿고 온갖 만행을 저지르고 있었다. 한마디로 조병식은 민씨의 측근으로 기세가 불꽃 같았다. 그에 반해 이건창은 한 사람의 미약한 청년이었지만 위엄이나 기세가 등등한 세도가 사람이라고 해서 봐주는 일이 전혀 없었다.[46]

본래 이건창의 가문은 선대에 조병식의 가문과 신임당화辛壬黨禍의 일 때문에 대대로 척을 지고 있었다.[47] 이에 더해 이건창의 조부가 경기 암행어사로 나갔을 때 조병식의 생조부生祖父로 당시 양근군수楊根郡守였던 조진강趙鎭剛의 일을 논열한 일로 조진강이 가벼운 질책을 받은 일이 있었다. 그렇지만 이건창이 조병식의 허물을 캐낸 것은 법대로 일을 집행하였을 뿐이지, 결코 가문이나 조부 때의 일 때문이 아니었다. 이건창의 조부 또한 가문의 일로 조진강을 논열한 것이 아니라 법대로 일을 집행하였을 뿐이었음은 물론이다.

한편 조병식은 암행을 나온 이건창의 성품을 수소문해 보고는 그가 조정으로 들어가 자신의 잘못을 고할 것이 두려웠다. 이에 이건창에게 노자에 보태 쓰라며 돈을 주었다. 이건창은 즉시 "어찌 안렴사로서 뇌물을 받는 자가 있겠습니까?" 하고는 물리쳤다. 그러자 조병식은 뒷일이 두려운 나머지 이건창에 대한 비방이 서울까지 전해지도록 계략을 꾸몄다. 당시 물러나 한가로이 지내고 있던 대원군의 빈객들 가운데 조정에 죄를 얻은 자가 많았다. 이런 상황에서 조병식은 어사 이건창이 대원군의 지시를 받고 자신을 쓰러뜨리려 한다는 소문을 냈다. 그러자 재상 민규호閔奎鎬가 조병식의 말을 받아들이고 사람을 시켜 이건창에게 겁을 주며 "화가 장차 이를 텐데 어찌 스스로 풀려하지 않는가?"라고 하였다. 그러자 이건창은 민규호의 말을 못 들은 척하고 공주公州 감영監營으로 달려가 조병식이 몰래 쌓아둔 수많은 재산을 적발하고, 긴급하게 돌아와 아뢰었다.[48] 이건창은 암행에서 돌아온 즉시 권력의 실세 중 한 사람인 조병식의 탐오貪汚를 탄핵하는 서계書啓를 올렸던 것이다. 이때 조병식은 자신의 권세를 이용해서 이건창이 조정에 올린 장계까지 지인들을 시켜 빼돌린 후, 자신이 선정을 베푼 것처럼 꾸미는 일까지 저질렀다. 이 사실을 알게 된 이건창은 거듭 조병식을 탄핵하는 서계를 올렸다.

당시의 논의는 모두 이건창을 훌륭하게 여겼으나 민규호는 힘써 조병식을 비호했다.[49] 이에 더해 충청좌도 어사 이승고李承皐가 서계에 조병식을 충청도에서 선정을 베푼 복성福星이라 칭하고, 조병식의 선정이라며 조목조목 진술하면서 포장襃奬하도록 아뢰었다. 재상 민규호의 비호하는 말과 이승고의 서계 내용만 생각하며 조병식이 선정했을 거라 믿고 있던 고종은 이건창의 서계 내용을 오해했다. 그런데 암행에서 돌아온 이건창을 대면한 후 고종은 이상한 느낌이 들어 조병식에 대해 자세히 조사하라는 명을 내렸다. 이건창의 서계에 조병식이 저지른 장물죄臟物罪에 대해 줄줄이 나열된 것과는 달리 이승고의 서계에는 조병식이 선정을 베푼 치적을 높이 평가했기 때문이다. 시비是非가 전도된 것이 모두 이와 같은 형편이었다.[50] 이에 고종은 사실 관계를 정확히 조사해 보기 위해 공주목사公州牧使 김선근金善根을 사핵관查覈官으로 차출하여 보냈다.[51] 오래지 않아 김선근은 조병식의 장물죄 관련 부분과 선정을 베푼 부분에 대해 조사한 결과, 모두 이건창의 말이 맞다는 내용을 조정에 알려왔다. 그러자 조병식은 자신의 가문과 여러 대 동안 피맺힌 원수를 지고 있는 이건창이 가문의 원수를 갚기 위해 자신을 모함한 것이라며 항변했다.[52] 그러나 의금부에서 조병식이 많은 죄를 저지른 사실을 확인하고 1878년 6월 22일 조병식을 전라도 나주의 지도智島로 귀양 보낼 것을 고종에게 청했다. 고종이 이를 윤허하면서 조병식은 마침내 지도로 유배를 가게 되었다. 이때 조병식은 이건창에게 반드시 피맺힌 원수를 보복하겠다고 말했다.

당시 조병식은 이건창을 협박하고, 회유하는 것도 모자라 충청좌도 어사를 포섭하여 자신의 행적을 위조시킬 정도로 막강한 권력을 가졌던 인물이다. 그러나 이건창은 조병식이 회유하는 이곳에도 굴하지 않았고, 그가 가진 권세에도 휘둘리지 않았다. 이처럼 이건창은 불의와 타협하지 않는 암행어사였다. 그로 인해 이건창은 강직해서 어떠한 이끗이나 권세에도 굴하거나 흔들리지 않는다는 의미의 '강직불요剛直不撓 이건창'으로 명성을 떨치게 되었다.

이건창이 암행어사 직을 충실히 수행한 것은 타고난 성품 탓도 있지만, 병인양요 때 자결한 조부 이시원의 영향이 컸다. 1815년 징시문과에 급제한 후 청요직을 두루 역임한 이시원은 1833년 경기 암행어사로 나가서는 경기지역 곳곳을 두루 다니며 거칠어진 풍속을 교화시키고 백성들의 궁핍함을 해결하기 위해 애쓰며 암행어사로서의 책임을 다한 일로 명성이 자자했던 인물이다. 이러한 조부의 명성에 누를 끼칠 수 없었던 이건창은 자신의 역량을 최대한 발휘해서 암행어사 직분에 충실했다.

그런데 이건창의 탄핵으로 유배된 조병식은 1877년 이건창이 충청우도로 암행을 나가기 몇 해 전인 1874년 7월부터 1876년 3월까지 이건창의 고향에서 강화유수를 지낸 적이 있다.[53] 현재 강화에는 조병식과 관련한 비석 3기가 전해지고 있다. 1876년에 세워진 '유수 겸 진무사 조공 병식 유혜망도 영세불망비留守兼鎭撫使趙公秉式遺惠望島永世不忘碑'의 소재지는 강화군 강화읍 갑곳리 1025이고, 같은 해에 세워진 '유수 겸 진무사 조공 병식 영세불망비留守兼鎭撫使趙公秉式永世不忘碑'의 소재지는 강화군 삼산면 석포리 525-1, 그리고 1880년에 세워진 '유수 겸 진무사 조공 병식 애민선정비留守兼鎭撫使趙公秉式愛民善政碑'의 소재지는 강화읍 갑곳리 1023 강화역사관 비석군이다.[54]

7. 유감없이 발휘한 애민정신

암행을 다녀온 후 이건창이 올린 별단에는 조병식뿐 아니라 충청우도 지역 관료들의 잘잘못에 대한 내용 또한 수록되어 있다. 이건창은 충청우도지역에서 조사한 10가지 은결隱結에 대해 감영監營 등이 제대로 조처해서 정식으로 징세하는 방법을 모색할 것 등을 청하는 계도 함께 올렸다. 아울러 별단으로 암행을 나가서 목격한 민씨閔氏의 열행烈行을 서계하며 정려해 줄 것을 청하기도 하였다.

먼저 이건창이 밝혀낸 충청우도 관료들의 잘못이 어느 정도였는지 대표적인 사례들을 살펴보도록 하자.[55]

전 태안부사前泰安府使 조의현趙儀顯은 굶주린 백성을 진휼하는 초기에 향청鄕廳 직원이 제멋대로 불공정하게 선발해서 진휼하는 데도 내버려 두었다. 또 부호富戶들에게 납입을 보충하도록 권할 때 군교가 뇌물을 받고 조종하여도 내버려 두었으며, 전후로 진휼할 밑천으로 남아 있던 돈 9,511냥 9전 6푼을 모두 개인적으로 써버렸다. 이에 더해 실제 사용하지도 않고 장부에 거짓으로 명목만 기록한 돈이 985냥이고, 안흥安興지역에 배정된 예비비 1,000냥을 착복하기까지 했다. 당시 조의현이 범장犯贓한 액수는 모두 1만 1,036냥 9전 6푼에 달하는데, 탄로난 것만 해도 이처럼 낭자하였다.

전 서천군수前舒川郡守 김준현金駿鉉은 늘 술에 취해 살면서 진휼미 보급을 제대로 챙긴 적이 없었다. 그래서 진휼미가 예상보다 많이 감소한 것도 몰랐고, 세금으로 받은 조미租米는 모두 빈껍데기들뿐이어서 굶어 죽은 백성들의 시체가 들판에 널려 있어 원망하는 소리가 가득했다. 이건창이 어사

출두를 해서 장부를 살펴보니, 서류상 진휼하고 남았다던 돈 815냥은 이미 관에서 모두 써버리고 없었다. 또 250냥을 소금, 장醬, 미역 등의 값으로 지불한 것처럼 거짓 서류까지 작성하였다. 그중 더 놀라운 것은 백성들이 세금으로 낸 세미稅米 150석을 자신이 사사로이 쌀장수에게 진 빚을 갚는 데 다 써버렸다. 그리고 쌀장수에게 천민의 조세租稅를 대신 납부하게 하여 공역公役을 면제시킨 후, 그 천민을 자신의 집에서 부려먹을 수 있도록 양호養戶하게 하는 등 온갖 죄를 저질렀다. 고을 사또가 세금으로 받은 쌀을 사사로이 자신의 빚을 갚는데 쓴 일은 동서고금을 통틀어 없던 일이었다. 법을 바로 세우고 기강확립과 관련된 문제로 그냥 넘어갈 수 없는 일이라 판단한 이건창은 즉시, 고을 사또 김준현을 파직시키고 관아 창고를 봉해버렸다.

전 대흥군수前大興郡守 심영경沈英慶은 기생을 두고 아전과 다툼을 벌이면서 자신의 권력을 이용해 거짓으로 아전의 죄를 꾸미는 사단事端을 만들어 내기도 했다. 이에 더해 변방에 사는 백성들에게 강제로 돈을 빌려주기도 하고, 강제로 빼앗기도 하는 등 드러난 허물만도 한두 가지가 아니었다.

금정찰방金井察訪 김영선金永燁은 월급만 축내고 실적은 하나도 없었다. 그런데 임기가 만료되어 돌아갈 때가 되자 각역各驛의 역속들로부터 800여 냥을 강제로 빼앗았다가 들통이 나자 돌려주었다. 그러나 그의 끝없는 가렴주구는 일일이 기록할 수 없을 정도였다.

석성현감石城縣監 이용기李用基는 백성들이 원하지도 않는 보洑를 만드는 토목공사를 바쁜 농사철에 하는 것도 모자라 백성들로부터 토목공사 비용을 공적 세금을 거두듯 악착같이 거두어들였다.

하나를 보면 열을 안다고, 허물로 인해 장계에 이름이 오른 충청우도 지방관들의 면모를 보면 한 가지 잘못에서 끝나지 않았다. 가렴주구부터 장부 조작에 이르기까지 온갖 죄를 두루 저질렀다.

그렇다고 이건창이 충청우도 관리들의 잘못만 들춰낸 것은 아니다. 당시 이건창은 청양현감靑陽縣監 심기택沈琦澤이 고을 백성들을 상대로 진휼미를 배급한 일과 올바른 송사訟事 처리 등으로 고을 백성들로부터 칭송이 자자하다는 내용과 함께 심기택이야말로 충청우도 최고의 관리임이 분명하다는 상소를 올렸다.

충청우도 관료들의 잘잘못을 낱낱이 파헤친 이건창의 서계로 인해 조의현과 김준현은 의금부에서 심문을 받은 뒤 엄중한 처벌을 받았다. 심영경 또한 의금부에서 심문을 받은 뒤 처리되었다. 김영선은 파출된 뒤 의금부에서 심문을 받고 조처되었고, 이용기는 엄하게 추고되었다. 선정을 베푼 심기택은 높은 자리로 옮겨가는 은전이 시행되었다.

관료들의 비리는 곧장 백성들의 수탈로 이어진다. 조정에서 아무리 좋은 정책을 내려보내도 현장에서 백성들이 느끼는 체감에 한계가 있는 것은 지방 관료들의 수탈 때문이다. 따라서 이건창이 충청우도 관료들의 잘잘못을 낱낱이 파헤친 이유는 암행어사로서의 직분 때문이기도 하지만 그의 마음속 깊이 자리한 애민정신이 유감없이 발휘되었기 때문이다. 철저하게 무장된 애민정신이 없었다면 적당히 눈감고 넘어가도 될 일까지 모두 파헤쳐서 임금에게 보고하고, 그것을 바로잡기 위해 자신이 할 수 있는 모든 역량을 기울이는 일은 결코 하지 못했을 일이다.

당시 이건창은 암행을 다니면서 알아낸 군사 관계 업무와 관련된 관료들의 비행에 대해서도 서계하였다. 문제는 군사 관계자들 가운데 비행을 저지른 사람이 한둘이 아니라는 것이다.[56] 그중 수군절도사 이희눌李熙訥의 비행은 상식을 뛰어넘는 수준이었다. 그는 수군들의 월급을 제때 지급하지도 않고, 추운 날씨에 감기에 걸린 수군들이 치료에 사용할 약초 국궁鞠藭이라도 달라고 호소하게 만들었다. 그런가 하면 의연금義捐金을 낸 전홍규田弘圭의 일을 조정에 아뢰어 보상을 받도록 하고, 그 대가로 전홍규로부터 1,000냥을 받았다. 이에 더해 매관매직을 일삼으며 불린 돈이 엄청났다. 주인을 닮은 그의 종들이 끼친 폐해 또한 상당했지만 이희눌은 자신의 종들이 저지른 일들에 대해서는 들은 척도 안 했다.

마량첨사馬梁僉使 김석철金錫喆은 불법으로 공적 자금을 착복하고, 조정에서 관리하고 있는 소나무를 몰래 팔아 착복했다. 이에 더해 허구한 날 술주정을 부리고 백성들과 아랫사람들에게 자신의 권위를 드러내기 위해 그들이 지은 죄보다 과한 형벌로 다스렸다. 그로 인해 아랫사람들의 원망이 자자했고, 힘써 모아들인 백성들을 다시 다른 곳으로 떠나게 만들었다.

당시 이건창이 올린 군사 관계자들의 비행 또한 모두 사실로 드러나면서, 이희눌은 파면된 후 의금부에서 심문을 받고 처리되었고, 김석철은 파직되었다. 이때 이건창은 은결隱結과 전정田政, 발매發賣한 사환社還의 잉여전剩餘錢 등의 해결책에 대해서도 글을 올렸다. 이에 대한 의정부義政府의 계啓와 사후 조치에 대한 내용[57]을 살펴보도록 하자.

충청우도에는 자신의 땅이 없는데도 억울하게 조세를 내는 허결虛結의 폐단이 너무 심각했다. 그런가 하면 실제 경작을 하면서도 토지 대장에 누락되어 세금을 내지 않는 은결이 제법 많았는데, 대부분 세금을 내지 않으려는 아전들이 자신들의 토지를 고의로 누락시킨 것이었다. 이에 대한 해결책으로 이건창은 이를 한꺼번에 모두 조사하려 하지 말고, 억울하게 조세를 내는 허결의 폐단은 조속히 바로잡도록 하고, 그로 인해 부족해진 조세는 자신이 이미 조사해낸 은결로 대신 채우도록 조정에 건의했다.

그는 토지 대장에 고의로 누락시켜 세금을 내지 않아서 이득을 보는 아전들보다는 억울하게 세금을 내는 백성들에 주목했다. 즉 토지 대장에서 누락된 것을 바로 잡는 것도 시급한 일이기는 하지만, 가진 것 없는 백성들이 억울하게 세금을 내는 일을 바로잡는 것보다는 덜 시급한 일로 본 것이다.

이건창의 이러한 은결과 전정에 대한 해결책에 대해 의정부에서는 이건창의 의견대로 허결로 인한 억울한 백성들의 세금을 면제해주고, 이미 이건창이 조사해낸 은결에서 정식 조세를 받아 보충한다면 공적으로나 사적으로나 참 다행한 일이라는 의견을 냈다. 다만 백성들 입장에서만 모든 일을 따르다 보면 나중에 지나친 일이 생길 수가 있고, 아전들의 말만 따르다 보면 사실과 다르게 되기 쉬우니, 감영과 고을에 각별히 조처하여 효과를 내도록 해야 한다는 의견을 곁들였다. 의정부에서 낸 의견을 보면 이건창은 철저하게 백성들의 입장에서 해결책을 제시했다는 것을 분명하게 알 수 있다.

이건창은 또 전 감사 때 발매한 사환社還, 일명 환곡의 잉여전剩餘錢에 대한 해결책도 제시했다. 하나는 각 고을에 흩어져 있는 잉여전, 곧 사용하고 남은 돈 2만 8,977냥으로 환곡의 발매가發賣價를 낮춰서 백성들에게 조금의 이익이라도 돌아가도록 하는 것이다. 또 하나는 지방 관리가 봄에 백성들에게 환곡을 나누어줄 때의 쌀값을 싸게 쳐서 돈으로 빌려주고, 가을에

쌀로 받아서 이익을 남기는 입본立本을 하는 문제는 도신道臣이 적당히 헤아려 알아서 조처하도록 하자는 것이다. 이건창의 의견에 대해 의정부에서는 이건창의 의견이 참 좋기는 하지만, 지금 호조戶曹에 남아 있는 돈이 없으니 더 이상 사환과 잉여전에 대해 논해서는 안 된다는 의견을 냈다. 이처럼 의정부에서도 백성들에게 이익이 돌아가도록 사환에 대해서 낸 이건창의 의견에는 매우 공감하시만 이선창의 의견을 받아들이기에는 현실적인 어려움이 있다는 것을 토로하고 있다.

그 밖에 이건창은 어살魚살 : 고기 잡을 때 쓰는 도구과 소금가마에 지나치게 많은 세금을 거두는 것에 대한 해결책도 제시했다. 앞서 조정에서는 당진唐津·면천沔川 등 충청우도 여덟 곳에 설치한 어살과 소금가마에서 지나치게 세금을 많이 거두는 폐단의 심각성을 파악하고 대부분 폐지했다. 그런데 이건창이 암행을 나간 해 봄, 내수사內需司 : 조선시대, 왕실 재정 관리를 맡아보는 관아에서 어살과 소금가마에 대해 폐지했던 세를 다시 설치하고 세금을 거두기 시작했다. 그런데 그 액수가 원래 어살과 소금가마의 세액을 관리하던 균역청均役廳에서 거둬들이던 것보다 세 배나 더 많았다. 이에 이건창은 내수사에서 어살과 소금가마에 대한 세를 새로 설치하라고 내린 명을 속히 거둘 것, 세금 또한 거두지 말 것, 그리고 각 궁宮과 각 영營에서 명분 없이 새로 거두고 있는 세금 또한 모두 혁파할 것 등을 건의했다.

세금은 백성들 삶의 질과 직결된다. 기존에 문제가 있어서 혁파한 제도를 다시 부활시켜서 백성들을 괴롭히며 막대한 세금을 거두어들이는 일, 명분도 없이 신설되는 세금은 하루빨리 혁파해야 한다는 것이 이건창의 기본적 생각이었다.

이외에도 수많은 문제의 해결책을 제시했다. 여기서 주목할 것은 이건창이 제시한 모든 해결책은 조정의 입장에서가 아니라, 철저하게 고달픈 백성들의 입장에서 제시되었다는 것이다. 백성들의 입장에 서서 백성들이 당하는 고통에 깊이 공감하지 못하면 밝혀내지 못할 관료들의 비리이고, 제시하지 못할 해결책들이다.

이건창이 철저하게 애민정신을 바탕으로 제시한 해결책은 그동안 가렴주구를 통해 자신들의 주머니를 채우던 권세가들의 이익을 차단하는 결과를 가져오게 되었다. 그에 따라 아무런 죄의식도 없이 제 주머니를 채우던 조병식 같은 당대 권력가들로부터 유무형의 회유와 협박이 이어졌을 것임은 자명한 일이다. 그럼에도 이건창은 그들의 회유를 거들떠보거나 협박을 두려워하지 않고 소신대로 모든 일을 처리했다. 권세가들의 이건창에 대한 미움과 협박에 비례해서 백성들은 '이건창'이라는 이름 석 자만 들어도 입가에 저절로 미소가 지어졌다. 이는 애민정신으로 무장된 이건창이 아니면 비리가 만연했던 당대에 결코 밝혀낼 수 없는 일들을 이건창이 해냈기 때문이다.

8. 모함으로 인한 벽동 유배

물이 너무 맑으면 물고기가 살 수 없고, 사람이 너무 살피면 따르는 무리가 없다고 했다. 물이 너무 맑으면 먹을 게 없어서 물고기가 살 수 없고, 사람이 자신의 주변을 너무 깨끗하게 살피면 콩고물을 얻어먹을 게 없다는 걸 알고 모두 떠나서 주위에 따르는 사람이 없다는 말이다. 당시 청렴강직의 상징이 되어 버린 이건창은 조병식을 탄핵하므로 인해 각종 비리를 저지르고 있던 관리들의 표적이 되었다. 끼리끼리 어울린다고 썩은 사람들끼리 놀던 곳에 이건창처럼 이끗과 권세에도 굴하지 않는 강직불요의 인물을 썩은 사람들이 곱게 둘 리 만무하다. 그로 인해 이건창은 모함을 받게 되었다. 그것은 다름 아닌 이건창이 충청우도로 암행을 나갔을 때 사사로운 감정으로 죄인을 장살杖殺, 곧 형벌로 매를 쳐서 때려죽였다는 것이었다.

조선에는 거화擧火 제도가 있었다. 임금에게 직접 아뢸 말이 있는 사람은 서울의 잠두蠶頭, 일명 남산에서 횃불을 들도록 하는 제도이다. 이건창이 암행을 다녀온 지 오래지 않아 김영진金永振이란 사람이 잠두에서 횃불을 들었다. 그러자 임금이 대궐을 지키고 있던 무위소武衛所의 무관인 지구관知穀官에게 김영진이 거화한 이유를 알아오도록 하였다. 이때 김영진은 다음과 같이 공초하였다.

저의 아비 김학현金鶴鉉은 아무 죄가 없는데 암행어사 이건창이 가혹하게 형벌을 가해 원통하게 죽었습니다. 효성스럽지 못하고 변변찮은 저는 즉시 따라 죽지 못하였는데, 너무나도 원통해서 죽음을 무릅쓰고 애통한 사정을 호소하는 것입니다. 저의 아비는 대대로 향곡鄕曲에서 살았는데, 본래 교궁校宮에 출입한 적이 없었습니다. 그런데 몇 해 전 나라에서 교궁을 잘 관리하라는 명을 내리고 신의 아비를 차임하였는데, 여러 번 사임하였지만 받아들여지지 않아 할 수 없이 수행隨行하면서 부지런히 힘쓰려 하였습니다. 그리고 금년 정월에 또 차임되어 나가 일하였는데, 갑자기 3월 그믐날 어사 이건창이 신의 아비를 잡아들여 형장刑

杖을 치면서 "사족士族이라는 자가 교궁을 출입하다니, 이것이 협잡배가 아니고 무엇이란 말이냐?" 하고는, 별의별 형장을 가하며 낱낱이 조사하였습니다. 그리하여 힘줄이 끊어지고 뼈가 부서지면서 바로 기가 막히더니 며칠을 넘기지 못하고 마침내 보수소保囚所에서 죽었습니다. 그러니 천하에 어찌 이와 같이 원통한 일이 있을 수 있습니까? 이건창 집안은 평소 우리 집안과 대대로 하늘을 함께하고 살 수 없는 원수라는 것은 온 세상 사람들이 환히 아는 바입니다. 그런데 지금 암행어사의 권위를 빙자하여 자신의 사적인 감정을 풀고자 하였습니다. 설사 신의 아비가 교궁을 출입하며 폐단을 저질렀다고 하더라도 안렴按廉하는 지위에 있는 자라면 의당 경계하고 신칙했어야지, 어찌 때려서 죽일 수가 있단 말입니까? 그는 여러 대에 걸친 감정을 일시에 풀어 무고한 사람을 죽인 것입니다. 사람을 죽인 자는 죽어야 한다는 것이 나라의 법입니다. 이에 감히 복수復讐의 의리를 가지고 피눈물을 뿌리며 호소합니다.[58]

이건창이 교궁校宮에 출입한 김학현을 형장으로 다스린 것은 사실이다. 그러나 김학현은 김영진의 말처럼 보수소에서 죽은 것이 아니다. 김학연은 감옥에서 나온 후 자신의 분을 이기지 못해 음식을 먹지 않다가 죽은 것이다. 더욱이 이건창은 사사로운 감정으로 김학현을 형장으로 다스린 것도 아니다. 교궁이란 각 고을에서 공자孔子와 성현聖賢들을 모시고 있는 문묘文廟를 가리킨다. 이곳은 본래 사족士族의 출입이 금지된 곳이다. 따라서 김학현은 사족이므로 드나들면 안 된다. 그러나 형조에서는 김영진이 이야기한 내용이 모두 사실이라고 임금에게 보고했다. 이에 임금은 암행어사로서 사적인 감정으로 사람을 때려죽인 사실은 놀랍고 통탄스러운 일이 아닐 수 없으며, 더욱이 맞아 죽은 사람은 벼슬은 하지 않았지만 선비였다는 사실에 더더욱 놀라움을 금할 수 없다며, 이건창을 먼 변두리 지역의 극변極邊으로 귀양을 보내라는 명을 내렸다.

당시 이건창을 아는 사람이건 모르는 사람이건 모든 사람들은 이건창을 위해 변호해주었다. 다만 조병식을 비호하기 위해 이건창을 간접 협박했던 세상 민규호만 이건창을 살아서 돌아올 수 없는 사지死地로 보내자고 주장했다. 영원할 것 같던 자신들의 권세를 깨끗함으로 처리하던 이건창이 미웠던 것이다. 그러나 오래지 않은 1878년 10월 병으로 죽어가던 민규호는 올곧기 그지없는 이건창을 사지로 보내자고 했던 일을 후회하며 한스러워했다.

결국 억울하게 누명을 쓴 이건창은 1878년 6월 귀양을 가게 되었으니, 바로 평안도 벽동군碧潼郡이다. 압록강 연안에 위치한 벽동군은 군 전체의 80퍼센트가 산림으로 이루어져 있을 정도로 지형이 험한 곳이다. 벽동은 창성昌城과 함께 그곳에서 나는 소가 유별나게 크고 억셈으로 인해 벽창우碧昌牛라는 성어成語가 유래된 곳이기도 하다. 민규호의 의견대로 그곳은 사지나 다름없는 곳이었다.

유배를 간 해 가을 이건창은 그곳에서 자신이 깃들어 사는 집에 대해 「이 집」이란 시를 지었다.

이 몸과 이 집은

각각 하늘 한 귀퉁이에 있었다네.

우연히 기탁한 바에 기탁하게 되었으니

애오라지 나로서 나를 사랑하려네.

처음 이르러서는 망연자실하였다만

익숙해지니 나름 누리며 살 만하네.

골짜기 기운이 맑지는 않아도

구름 노을이 때때로 빼어나다네.

시골 사람들의 자태 곱지는 않아도

우스갯소리 없는 날이 없다네.

이미 내 마음을 편히 가지니

이어서 내 몸까지 편안해지네.

백 년도 안 되는 인생은

준마駿馬가 문틈 사이를 지나듯 쏜살같다네.

하물며 나는 좁은 땅덩어리에서 태어난 데다

드릅나무에나 닿을 메추라기 수준.

그사이에서 무슨 쓸모가 있으랴

분별하면 너무 구차해지나니.

원하는 것은 세상 밖에서 노닐며

유유히 홀로 즐기는 거라네.

此身與此屋, 各在天一隅.

偶然寄所寄, 聊以吾愛吾.

始至猶惝恍, 習處良敷愉.

峽氣雖不淸, 雲霞有時殊.

野態雖不妍, 笑語無日無.

旣以舒吾心, 且以寧吾軀.

人生百年內, 倏如隙中駒.

況我生褊壤, 斥鷃搶枋楡.

何用於其間, 分別太區區.

願游物之外, 悠然以自娛.[59]

이건창은 벽동에 유배된 후 처음에는 억울한 마음에 망연자실하였다. 자신의 의도와는 전혀 무관하게 일은 흘러갔고, 유배까지 되었기 때문이다. 그런데 가만 생각해 보니, 벽동 골짜기 기운이 맑지는 않아도 이따금씩 구름 안개 끼는 모습이 매우 아름답다. 거기다 시골 사람들의 언행은 거칠어도 우스갯소리로 연일 즐겁게 지낸다. 이에 자신의 마음가짐을 편하게 갖고자 생각하니 몸도 절로 편안해지는 느낌이다. 한편 생각해 보면 백 년도 못사는 인생은 문틈으로 준마가 지나가는 것을 보듯이 쏜살같이 지나가고 만다. 이건창이 곰곰이 자신에 대해 생각해 보자니 땅도 좁은 조선에서 태어난 것도 모자라 가진 재주라고는 붕새가 구만리를 날아가는 것과는 달리, 고작 메추라기가 날개를 한껏 펴고 힘껏 날아도 바로 조 앞에 있는 드릅나무까지 밖에는 갈 수 없는 알량한 재주를 가졌을 뿐이다. 이에 이건창은 좁은 땅덩어리에서 자신의 알량한 재주 쓸 곳을 찾느라 짧은 인생을 고민한다는 자체가 너무 구차하고 시간 낭비일 뿐이라는 생각이 들었다. 그래서 그는 세상일에서 벗어나 홀로 유유자적하며 지내는 것에 만족하는 것으로 유배 생활을 유지하려는 마음을 드러낸 것이다.

이 시는 이건창이 나름 유배 생활에 익숙해지자 편한 마음에 지은 것으로 보인다. 그러나 진짜 이건창의 몸과 마음이 편해진 것이 아니라, 정치판의 어지러움 속에서 벗어나 유유자적하는 삶을 추구하고자 하는 자신의 의지를 담은 것임을 알 수 있다. 물론 이건창은 벽동 유배지에서 생각한 자연인으로서의 삶을 추후에도 계속 추구했다. 번잡함에서 벗어나 자연에서 쉬고 싶은 것은 일을 가진 모든 이들의 소망임은 예나 지금이나 다를 바 없는 것 같다.

그런데 정확한 저작 시기는 알 수 없으나 이건창은 유배지 벽동을 배경으로 「모학자전某學者傳」을 지었다.[60] 「모학자전」은 이건창이 지은 여러 편의 인물전 가운데 유일하게 가상假想의 인물에 가탁하여 지은 탁전托傳이다.

모某학자는 성씨를 모른다. 비록 스스로 아무개라고 모칭冒稱한 바가 있지만 믿을 수 없기에 그를 모某라고 한다. 5년 전에 벽동으로 귀양 와서 막 이르렀을 때 선언하며 "나는 보선생某先生의 후손이고, 모공某公의 친척 형제다. 조정을 위해서 성현의 훼철된 서원을 빨리 복구해야 한다는 글을 올렸는데 이 때문에 죄를 얻었다"라고 하였다. 벽동은 예로부터 아주 외지고 누추한 두멧구석이라 군수郡守는 의례 무관武官이었는데, 좌천되어 온 자들이었다. 또 사방에 무뢰배가 많고, 선비가 드물었다. 모학자가 왔다는 소문을 듣고서 누구나 공경했으며, 군수 또한 모학자의 가세家世를 두려워하여 바로 가서 알현하였는데 매우 경건하게 예를 갖추었고, 그를 위하여 숙소를 마련하고 편하게 이바지할 것을 세밀하게 준비해줬다. 그러자 온 고을 사람들이 모두 "모학자에게는 (유배가) 욕이 되겠지만 우리 고을로는 참 다행스러운 일이다"라고 하였다. 유자儒者들은 더 급급해서 모두 폐백을 갖추고 모학자를 알현하여 오직 미치지 못할까 두려워하였다.

모학자는 용모가 매우 단아하고 단장을 잘 했으며 종일 의관을 정제하고 바르게 앉아서 망령된 말을 하거나 웃지 않았다. 독서를 즐겨 하였고 사람들과 이야기를 나눌 때는 반드시 정지程子·주자朱子와 여러 선현의 말씀을 들먹였으며, 또 해서楷書를 매우 정교하게 썼다. 일찍이 스스로 말하기를 "일찍부터 학문에 뜻을 두어 과거를 보시 않고 집에서 모친을 봉양하면서 세상의 명예나 벼슬을 뜬구름처럼 보았는데 지금 불행히도 이런 지경에 이르렀으니, 운명이로다"라고 하였다. 무릇 듣는 자들이 더욱 감탄하면서 "이 사람이야말로 참된 학자다"라고 하였다.

고을 사람들이 돈 백금을 갹출해서 모학자가 급한 일에 쓰도록 하였는데, 모학자는 거듭 사양하다가 마지못해 그것을 받았다. 몇 달 뒤 모 학자가 한 기생을 보고 예뻐하면서 거두어 함께 지내자 어떤 사람이 '학자도 또한 이를 면할 수 없구나'하고 의심했으나 감히 말하지 못하였다. 한참 뒤 읍에 송사가 발생하였는데, 모학자가 몰래 부정직한 자의 돈을 받고 그를 위해 군수에게 강권하여 따르게 했다. 또 고을 안에 임역任役으로 이른바 좌수座首와 별감別監 자리를 모학자가 사람들에게 돈을 받고 군수에게 요구하니 군수가 모두 따르지 않을 수 없었으나 차차 그를 싫어하기 시작했다. 또 얼마 뒤에 모학자가 읍내의 나이 어린 부잣집 자제들을 모아 놓고 놀음의 일종인 마조馬弔나 강패江牌를 시키고 돈을 잃으면 번번이 자기 돈을 꿔주고 세 배로 갚게 하였다. 게다가 기생을 꼬여서 (그들과) 잠자리를 갖게 하고 돈을 받으면 나누어 가졌다. 그러자 온 고을이 매우 떠들썩하게 "모학자는 천하의 무뢰배다"라고 하였다. 군수는 절교하고 다시는 내왕하지 않았으며, 명함과 폐백을 갖추어 뵙기를 청하던 자들도 모두 침을 뱉고 돌아섰다.

전에 돈을 갹출해 준 자들은 다시 가서 빼앗으려 했지만 동네 어른이 만류하여 그만두었다. 그런데 모학자를 자신의 집에 묵게 했던 사람이 그의 하는 짓을 더욱 더럽게 여기며 매일 욕을 하자, 모학자는 견디지 못하고 여관으로 옮겨갔다.

한 해 남짓 지나 나라에 큰 경사가 있어서 모학자는 사면되어 돌아갈 수 있었지만 갈 뜻이 없었다. 어떤 사람이 물어보니 대답하기를, "조정이 이미 나를 사면했으니 반드시 장차 나를 부를 것이다. 나는 임금이 내린 교지를 받들고 빠른 말을 타지 않으면 가지 않을 것이다"라고 하였다. 이와 같이 하기를 또 몇 달 만에 모학자의 자금이 다 떨어져 여관에서 외상으로 먹은 밥값이 많이 밀려 있었는데, 오히려 "내가 부름을 받아 돌아갈 때까지 기다려주면 곧 당신께 곱절로 갚아주겠소"라며 큰소리를 쳤다. 때마침 여관주인이 일이 있어서 외출했다가 하룻밤을 묵고 돌아왔는데, 대문이 활짝 열려 있는 것을 보고 들어가 보니 모학자가 집안의 물건들을 모두 가지고 달아났다.

나이건창는 말한다. "세상에는 씨족을 모칭하고 행동거지를 숨기고 남을 속이는 자들이 많지만 모학자처럼 심한 자는 없었다. 그러나 나는 유독 여기에 분개함이 있다. 사대부가 안으로 문벌에 기대고 독서하며 도의道義를 말하고, 출처가 밝아 씨족을 모칭하거나 행동거지를 숨김이 없는 자일지라도 이름이 조금씩 유명해졌을 때 이곳으로 그를 유혹함에 어느 날 옳지 않은 일이 털끝만큼이라도 있게 되면 이미 자신의 몸에 누를 끼치기에 족하니, 어찌 부끄러워하고 두려워하지 않을 수 있겠는가! 날마다 조금씩 그 속에 빠져들어가서 드디어 하류下流가되어 버리면 지난날 했던 바는 마침내 남을 속이는 행위일 뿐이다. 아아! 모학자는 한 무뢰자일 뿐이다. 달아났으니 이는 그만이거니와 만약에 달아나지도 못하는 자라면 어떻게 해야 하나!"[61]

이건창은 「모학자전」 첫머리에 '모학자某學者는 성씨를 모른다. 비록 스스로 아무개라고 모칭한 바가 있지만 믿을 수 없기에 그를 모某라고 한다'고 하였다. 이건창은 모학자를 통해서 가면을 쓰고 살아가는 인물과 가면인 줄 모르고 속아서 그에게 아첨하는 인물들의 모습, 그리고 가면을 쓴 인물의 실체가 드러나는 과정과 가면이 벗겨진 인물로부터 매몰차게 등을 돌리는 사람들의 다양한 인물상을 그리고 있다. 이에 대해 이건창은 논찬을 가하였다. 모학자는 우리가 일상적으로 볼 수 있는 사기꾼 가운데 한 사람에 지나지 않는다. 그런데 명문가에서 태어나고, 학문과 도덕까지 겸비하여 명성이 자자하던 선비가 세상의 이끗 유혹을 이기지 못해 잘못을 저지르는 것도 안 되는데, 잘못을 저지르고도 뉘우치지 못하고 계속 유혹에 빠져들게 되면 하류배가 되어 버린다. 그렇게 되면 지난날 학문과 도덕으로 얻은 명성은 남을 속인 것과 마찬가지이므로 사대부로서는 마땅히 경계해야 할 일임을 말하고자 그는 모학자전을 지었던 것이다. 오늘날에도 모학자의 '모'에 누군가의 이름을 넣어서 흠이 없다고 자신할 수 있는 사람이 몇이나 될까 싶다. 특히 「모학자전」에서 이건창이 논찬한 부분에서 언급한 하류배의 사대부는 다름 아닌 조병식일 것이다. 그리고 이 글을 쓰는 동안 이건창은 이끗의 유혹을 물리치고 차라리 유배를 당하게 된 것에 대해 자부심을 크게 느꼈을 지도 모르겠다.

이건창은 벽동에서 유배 생활을 한 지 6개월 무렵인 1879년 2월, 유배 생활에 나름 익숙해졌을 때 민씨 세도정치의 중심인물 중 한 사람인 민영익의 도움으로 유배지에서 풀려나 방축향리放逐鄕里: 관직을 삭탈하고 고향으로 내쫓던 형벌되었다. 그로부터 얼마 후인 1882년 임오군란이 일어났고, 일본 측에서는 이 일로 피해를 보았다며 그에 대한 배상 등의 문제를 처리한다는 명목으로 조약을 요구해왔다. 결국 조선은 일본과 제물포조약을 체결하게 되었다. 그 후 조정에서 김옥균을 일본 사절단으로 파견할 때 비공식 사절로 민영익을 함께 보냈다. 당시 민영익은 개화된 일본의 발달된 문물을 보고 돌아왔다. 그런데 제물포조약이 체결된 해에 한미수호통상조약까지 체결되었다. 이에 조정에서는 미국에 대한 답례로 보빙사報聘使를 파견하였는데, 이때 민영익은 국가를 대표하는 전권대신全權大臣으로서 미국에 다녀왔다. 민영익은 귀국 후 미국에서 보고 들은 것을 바탕으로 우정국郵政局을 설치하고, 경복궁에 전기설비를 하는 등 개화문물을 받아들이는 데 앞장섰다. 그러나 일이 여의치 않게 흘러가자 민영익은 홍콩과 상해 등지로 망명했다가 일시 귀국했으나 1905년 을사늑약이 체결되면서 나라가 망했음을 인식하고 다시 중국 상해로 망명을 떠나 그곳에서 생을 마감했다.

기실 이건창과 민영익의 인연은 이러하다. 조선과 일본 사이에 외교적인 일이 빈번해지면서 어윤중과 김옥균이 당대 의론을 주도했다. 민영익은 민비의 외척外戚으로 나이는 어렸지만 명성이 높아 여러 사람이 그에게 의지했다. 그사이에서 평소 개항을 지지하던 강위는 드디어 사람을 얻었다고까지 표현할 정도로 이건창을 조선을 개화시키는 데 주도적 역할을 할 사람으로 보았다.[62] 그래서 강위는 "오늘날 (개항의) 일은 오직 이건창만이 할 수 있는데도 하지 않고 있으니, 어찌하나!"라고 하면서 이건창을 개화파 인사들에게 개화운동에 필요한 인물로 추천하였다. 이에 개화파 인사 어윤중과 김옥균은 민영익에게 사방에 사신 보낼 만한 인물로 이건창을 추천했다. 그로부터 이건창은 종종 국내 안팎 사정에 밝은 어윤중과 김옥균 등과 왕래하고 담론을 나누며 그들과 밀접한 교류를 가졌다.[63] 강위처럼 개화파 인사들 또한 중국 사정에 밝고 문장력까지 탁월한 이건창이야말로 개화를 주도할 인물로 보았다.[64] 이에 민영익은 이건창을 관심 있게 지켜봤고, 그로부터 민영익은 이건창의 재주를 매우 아끼게 되었다. 그래서 민영익은 이건창을 벽동 유배지에서 돌아올 수 있도록 힘을 썼고, 그결과 이건창은 유배지에서 풀려나게 되었던 것이다. 그런데 이때 지도로 유배되었던 조병식 또한 이건창처럼 유배지에서 돌아와 방축향리되었다.

9. 해배解配 직후 가진 매천 황현과의 만남

이건창이 유배지에서 풀려나 강화에 머물고 있던 어느 날, 이건창을 찾아온 손님이 있었다. 바로 매천 황현이다. 황현은 1878년 이건창이 벽동으로 유배를 가기에 앞선 어느 날 집에 머물고 있던 이건창을 찾아왔다. 전라도 구례에 살고 있던 황현은 학사들이 많은 서울에 가면 귀동냥으로 얻어배울 것이 많을 것이라는 부푼 꿈을 안고 구례에서 반 천리 길을 걸어서 서울로 올라왔다. 서울에 도착한 황현이 사람들에게 서울의 학사 가운데 누구를 제일로 치느냐고 물었는데, 어떤 사람이 이건창이야말로 뛰어난 인물이라며 이름 석 자를 알려주었다. 그 말을 듣고 황현은 이건창에게 예물로 줄 시詩를 지어 이건창을 찾아왔다. 그러나 당시 이건창은 충청우도 암행어사 시절 김학현을 장살했다는 죄목으로 조사를 받던 중이었기 때문에 방문을 닫아걸고 모든 사람들과의 만남을 일체 사양하고 있었다. 그래서 자신을 찾아온 황현을 만나주지 않았다. 그 후 오래지 않은 시기에 이건창이 벽동으로 귀양을 가게 되면서 두 사람의 만남은 이루어지지 못했다. 그런데 이건창이 유배지에서 돌아왔다는 소식을 들은 황현은 자신의 일인 양 기뻐하며 시와 문장을 지어 한걸음에 내달려 이건창을 찾아왔다. 그로부터 두 사람의 교유가 잦았는데 이건창을 찾은 황현은 며칠씩 이건창의 집에 머물다 가곤 하였다.

〈그림 8〉 매천 황현 사진, 보물 제1494호
출처 : 문화재청

　이건창은 어느 날 강화 집에서 황현과 당세 선비에 대해 논했다. 황현은 이건창에게 유명한 사람을 직접 만나보면 언제나 명성에 미치지 못하는데 그 까닭이 무엇인지에 대해 물었다. 황현의 질문에 이건창은 선뜻 답을 하지 못했다. 황현이 이건창을 지칭해서 한 질문은 아니었지만, 이건창은 자신 또한 황현의 질문 내용에 해당되지 않는다고 단언할 수 없었기 때문이었다. 이때 이건창은 인재를 구하기 어려운 점과 이름난 사람을 만나보면 명성에 걸맞지 않음이 오래된 것이 오늘날만의 일은 아님을 생각했다. 이어서 그는 현실이 그렇다고 해도 오늘날 군자가 하는 학문은 고작 옛사람의 글을 읽으면서 스스로 만족할 뿐, 다른 사람이나 세속을 살피는 데 근심하거나 힘쓰지 않는다고 생각했다. 그는 진짜 군자라면 어떻게 세속을 살피고 다른 사람을 살피는 일에 힘쓰지 않을 수 있는가에 대한 반문을 가졌다. 이건창은 진정한 선비라면 자신만의 만족을 위해서 학문을 해서는 안 되고, 다른 사람의 어려움이나 세속을 바로잡기 위한 학문을 해야 한다고 생각한 것이다. 이는 관념적觀念的이고, 사변적思辨的인 이론을 중시하는 성리학과는 달리 실천을 중시하는 '지행합일'을 모토로 나라와 백성들을 이롭고 편안하게 하는 이국편민利國便民을 위한 현실적인 학문을 추구하는 양명학자[65]다운 생각이다.

이건창은 훗날 황현에 대해 사람됨이 안온安穩하고 지조가 있으며, 책을 읽으면 이해력이 빨랐을 뿐 아니라 기억력도 뛰어나고, 시詩에 있어서는 더욱 뛰어나 다양한 시법을 구사하였으며, 의론에 있어서는 의기에 대한 자부심이 대단하면서도 바름에 위배되지 않는 인물이라고 회고했다. 다만 황현의 성품이 워낙 조심스럽고 두려움이 많아 고관들과 오래 사귀지 못한 점도 분명하게 인식하고 있었다. 그러나 인재는 인재를 알아보는 법이다. 이건창은 현재 황현은 일개 선비에 지나지 않지만 과거를 치르고 관직에 나아가 황현이 간직한 자질을 세상에 쓸 기회를 갖게 된다면 유명해지는 것은 순식간일 것임을 알아챘다.

한편 유배에서 풀려난 해 12월, 이건창의 죄명이 삭제되었다. 그 후 이건창은 1880년 2월 다시 수찬修撰에 제수되었으나 강화에 머물고 있었기 때문에 경연經筵에 참석할 수 없었다. 그로 인해 이건창은 수찬에서 교차되었다.

그러던 1883년 황현이 관직에 있던 이건창에게 지방에서 실시하던 향시鄕試를 치를 뜻을 내비쳤다. 참고로 과거는 초시初試인 향시에 합격해야 서울에서 복시覆試를 볼 수 있고, 복시 통과자라야 임금 앞에서 보는 전시殿試를 볼 수 있었다. 이에 이건창은 황현에게 잘 해낼 것이라며 격려해주었다.[66] 그 후 황현은 보거과保擧科 초시에 응시해서 당당하게 1등으로 뽑혔다. 그런데 시험관은 황현이 전라도 촌구석 출신이라서 1등으로 뽑을 수 없다는 말 같지 않은 이유를 들어 2등으로 내려버렸다. 이때 과거 시험의 심각한 부패를 절감한 황현은 더 이상 복시나 전시에 응시하지 않고 귀향해버렸다.

그렇다면 당시 과거 시험 부조리는 어느 정도였을까?[67] 1877년에 시행된 정시문과庭試文科에서는 최종 다섯 명을 선발했다. 그런데 과거가 시행되기에 앞서 의주부윤義州府尹 남정익南廷益이 자신의 아들 남규희南奎熙를 급제시키기 위해 조정에 1,000냥짜리 돈꿰미 10만 개를 바쳤다. 그 결과 남규희가 장원으로 급제했다. 그것을 지켜본 금릉위錦陵尉 박영효는 있을 수 없는 일이라며 임금에게 말했다.

"물가가 치솟아 서울에는 쌀이 옥玉처럼 귀해졌고, 도랑에는 굶어 죽은 시체들이 즐비합니다. 그런데 전국의 과거 시험 응시자들을 불러놓고, 남정익처럼 재물로 청탁을 일삼고 있으니, 과거를 판다는 소리까지 있습니다. 그러니 과거 시험을 준비한 선비들은 입을 모아 불만을 토로하고, 원망하는 마음이 그득합니다. 이런 계획을 전하께 올린 사람이 누구인지 궁금하지 않을 수 없습니다."

박영효의 말을 들은 고종은 그제야 잘못을 후회했다. 위에서 좋아하면, 아래에서는 반드시 더 좋아하는 사람이 있게 마련이다. 임금까지 매관매직에 동조하는 정책을 펼치고 있었으니, 아래서의 매관매직이야 더 말할 것이 못 되었다. 권력과 뇌물을 통하지 않고 자신의 재능만으로 정당하게 관직에 나아가는 일이란 예나 지금이나 어렵기는 매한가지였다. 이처럼 매관매직이 대놓고 성행하던 구한말 과거 제도의 부패상을 황현은 몸소 체험했고, 이건창은 그것을 지켜보았던 것이다.

이건창 또한 과거 시험과 관련한 일화가 있다.[68] 1880년 봄, 천연두를 앓던 세자의 병이 완쾌되자 조정에서는 세자가 긴깅해진 깃을 기념하기 위해 증광경과增廣慶科를 설치하였다. 증광경과를 실시한다는 방榜을 서울의 1소와 2소에서 보낸 지 오래지 않아 갑자기 화가 난 고종은 과거 실시를 파하라는 명을 내렸다. 서울에서 과거 실시를 파하면 지방도 당연히 파하게 된다. 그런데 오래지 않아 고종은 또다시 과거를 실시하라며 명령을 반복했다. 그래서 갑자기 과거 시험장을 설치하고 시험 감독관들을 선발하여 시험을 관리하도록 하였다. 그중 경상우도지역의 시험 감독관은 수찬 조병필趙秉弼, 1835~1908이었는데 부친상을 당해 시험 감독관이 병조정랑兵曹正郎 이교하李敎夏, 1842~?로 교체되었다. 그런데 경상우도지역 시험 감독관으로 이건창이 온다는 소문이 돌았다. 그 소문을 들은 여든 살이 다 된 노인들까지 산골짜기에서 시험장으로 모여들었다. 당시 그 노인들이 말했다.

"강화의 판서 이시원이 시험을 주관하던 날에도 과거를 보러 왔었는데, 소문에 이번 시험 감독관이 지난날 시관이었던 판서의 손자라고 하니, 시험을 치러 오지 않을 수 있겠나? 당연히 와야지."

그런데 시험 감독관이 이건창이 아니고, 이교하라는 것을 알게 된 노인들은 실망해서 과거에 응시하지 않고 모두 돌아가고 말았다는 이야기이다. 비록 이건창의 과거 시험 관련 일화에 불과하지만 시험 감독관이 누구나에 따라 과거에 응시하고 안 하고를 판단할 정도였으니, 당대 과거 시험 부조리 수준과 그에 대한 불신이 어느 정도였는지를 알 수 있다.

한편 황현의 남다른 재주를 알아본 이건창, 이건창의 격려를 받으며 치른 과거에서 부조리 때문에 더 이상 과거에 응시할 마음조차 접은 황현, 죽기 직전 황현을 보고 죽으면 여한이 없겠다고 한 이건창, 이건창 사후 꿈속에서도 이건창과의 만남을 이어가던 황현, 두 사람은 일그러진 시대의 아픔을 공감하며 평생지기가 되었다.

10. 세 차례의 사직 상소

1880년 3월 이건창은 다시 홍문관부교리弘文館副校理에 제수되자 조정에 나아갔다. 그러나 이건창은 관직에 나아간 후 1개월 동안 세 차례에 걸쳐 교체를 청하는 상소를 올렸다. 이쯤에서 이건창은 연이어 사직 상소를 올릴 거면서 왜 홍문관부교리직에는 나아갔느냐 하는 의구심이 들 것이다. 당시 이건창이 관직에 나아간 이유는 철종 임금의 비 명순왕후 김씨의 혼전魂殿인 효휘전孝徽殿의 대기大朞:죽은 지 두 돌 되는 제사가 다가왔기 때문에 신하된 자의 도리로써 나아갔던 것이다. 그런 그가 연이어 사직 상소를 올린 이유는 효휘전의 대기도 마쳤으니, 모함으로 벽동에 유배되면서 조상을 욕되게 한 몸이라 관직에 계속 머물러 있을 수 없었기 때문이다. 당시 이건창이 올린 사직 상소를 살펴보도록 하자.

"생각건대, 신이 암행어사로 갔을 때에 온갖 것이 다 잘못되어 나라에 보답한 것이 하나도 없었습니다. 지난번 상소上疏에서 추후로 끌어다가 말씀드려 번거 롭게 한 것이 이미 매우 황송한데, 지금 어찌 감히 다시 말씀드릴 수 있겠습니까.

그러나 전 충청감사 조병식의 일에 이르러서는, 당초에 진술한 것이 비록 신 에게서 나왔으나 결국 안건으로 작성된 것이 그 당시 조사한 결과를 아뢴 사계事 啓啓에도 실려 있고, 온 세상 사람들도 모두 알고 있는 깃이어서 가릴 수가 없습니 다. 지금 그 상소의 내용은 장황하고 번거로워서 자잘한 문부文簿의 말을 주워 모 아 잡되게 속되고 천한 말을 하여 스스로 변명하고 도리어 꾸짖으려고 하였는 데, 이른바 관작이 높고 나이가 많은 사람이 진실로 이와 같이 할 수 있습니까? 신은 이에 저으기 가슴을 치고 매우 슬퍼하는 것이 마치 살고 싶지 않은 자와 같 습니다. 그가 과연 신을 노엽게 하고 신을 욕되게 하려고 한다면 신 한 몸으로도 충분한데, 어찌 신의 선대先代까지 소급하여 멋대로 사실을 날조하고 죄를 얽은 것이 이처럼 지극히 참혹하고 패악할 줄을 생각이나 했겠습니까! 그중에서 여 러 대 동안의 피맺힌 원수를 반드시 보복하겠다고 한 것은 과연 무엇을 지적하 여 한 말입니까? 신이 비록 몽매하지만 일이 돌아가신 조상에 관계되는데 어찌 전혀 들어서 알고 있는 것이 없겠습니까? 신의 집안과 저 사람과는 본래 피를 흘 릴 만한 원한을 맺은 일이 없으니 어찌 보복하려는 마음이 있을 수 있겠습니까?

일찍이 신의 할아비 판서 이시원李是遠이 경기도에 암행어사로 갔을 때 양근군 수楊根郡守 조진강趙鎭剛의 일을 논열한 일이 있었는데, 그 당시 회계回啓는 가볍게 경책하고 그치는 것에 불과하였습니다. 저 사람은 그의 손자로 비록 신에게 달 갑지 않은 점이 있더라도, 피맺힌 원수를 보복하겠다는 말이 어찌 사리에 근사 하겠습니까! 만약 이것 때문에 피맺힌 원수로 삼는다면, 저 사람이 스스로 신을 원수로 여긴 것이지, 신이 저 사람을 원수로 여긴 것이 아닙니다. 남을 원수로 여기는 사람의 마음이 편하겠습니까, 아니면 남에게 원수라고 여겨지는 사람의 마음이 편하겠습니까! 신의 할아비가 저 사람의 할아비를 논핵한 것은 법을 집행한 것뿐이며, 신이 그 손자에 대해서도 사실대로 말한 것뿐입니다. 그렇다면 대를 이어 오며 이루어진 악飜은 곧 저 사람이 스스로 말한 것이며, 신의 집안에서 전후로 도끼를 들고 대궐 밖에 엎드려 성상께 상소를 한 것은 다만 마침 그러한 경우를 만났기 때문입니다. 그런데도 저 사람은 분노가 마음속에 가득 차 있어 울부짖는 말을 마구 지껄여대고 없는 사실을 날조하여 의심하고 어지럽히니 남을 속이려는 저의가 있습니다. 그 또한 매우 무엄한 일입니다. 일이 신의 몸에 속한 것이라면 신은 진실로 말할 것이 없습니다만, 욕이 조상에게까지 미치니 신이 어떻게 따지지 않을 수 있겠습니까!

아, 신의 죄는 신이 스스로 알고 있습니다. 신이 변변치 못하여 이미 일을 그르치고 잘못되게 하였고 신이 불초하여 이런 무고를 당하는 욕을 만났으니, 첫째도 신의 죄이고, 둘째도 신의 죄입니다. 신이 만약 이런 기회를 이용하여 갑자기 한번 숙배肅拜하여 스스로 벼슬에 나가는 계제로 삼고, 다시 조정에서는 염치가 중하고 천지 사이에서는 수치가 큰 것을 알지 못한다면, 어떻게 얼굴을 들고 사람들을 대하며 그들의 도움을 받아 임금을 섬길 수 있겠습니까! 이에 감히 위급하게 호소하여 우러러 성상께 아룁니다. 삼가 바라건대, 성명께서는 굽어살피고 사정을 헤아려주시어 신의 관직을 거두고 영구히 벼슬아치 명부인 사판仕版에서 깎아버리고, 이어 신이 나라의 은혜를 저버리고 조상을 욕되게 한 죄를 다스리시어 법과 기강을 밝히고 저의 분수를 편안하게 해 주소서.

신이 위축된 가운데 어찌 감히 군더더기 말을 하겠습니까마는, 구구한 저의 정성된 마음은 오직 성상께서 성학聖學을 끊임없이 계속하여 밝히시기를 원합니다. 중국 하나라의 시조 대우大禹는 매우 짧은 시간도 아끼셨고, 은나라의 시조 성탕成湯은 날마다 새로워지셨으니 어느 때인들 그렇지 않겠습니까만, 대궐의 한낮이 맑고 궁궐 모서리에 따뜻한 바람이 불어오니, 경전經典을 날줄로 하고 사서史書를 씨줄로 하여 학문에 침잠하고 글 뜻을 깊이 연구하기를 더욱 마땅히 이러한 때에 해야 합니다. 오직 전하께서는 힘쓰고 힘쓰소서."

하니, 답하기를,

"상소를 보고 잘 알았다. 이미 지난 일이니 인혐할 필요는 없다. 끝에 덧붙인 일은 유념하도록 하겠다"라고 하였다.[69]

이건창이 세 차례나 사직 상소를 올린 이유는 분명하다. 충청우도 암행어사 시절 조병식의 죄에 대해 올린 장계에 대한 자신의 충심, 그리고 조병식의 죄를 아뢴 것은 결코 가문의 사사로운 원한 때문이 아니라는 자신의 결백을 고하기 위해서였다. 그러나 무엇보다 무고를 당해 조상까지 소급해서 욕되게 만든 자신의 불효 때문에 관직에 나아갈 수 없다는 것이었다. 그러면서도 이건창은 사직 상소 말미에 잊지 않고 임금에게 학문에 침잠할 것을 간언하였다. 이에 대해 고종은 이건창에게 이미 지난 일에 마음 쓰지 말고 관직에 나와 업무에 임하라는 명을 내렸다. 아울러 이건창이 임금에게 학문에 침잠하라는 간언의 말은 유념하겠다는 답을 내렸다.

이처럼 이건창은 홍문관부교리에 제수되면서부터 다시 관직에 나아가게 되었다. 이건창에 의해 탄핵된 조병식 또한 1880년에 다시 기용되어 행 우승지行右承旨에 제수되었다. 조병식 또한 자신은 부교리 이건창이 예전에 올린 상소로 인해 치욕을 당한 인물이므로 관직에 나아갈 수 없다며 사직 상소를 올렸다.[70] 그러나 고종은 조병식의 사직 상소 역시 받아주지 않으면서 두 사람 모두 다시 관직에 나아가게 되었다.

11. 경기 암행어사, 이건창을 내려보내라

이건창은 충청우도 암행어사에 이어 1882년 가을 경기 암행어사로 나갔다가 1883년 5월에서야 돌아왔다. 경기지역은 조부 이시원이 암행어사로 나가 돌봤던 곳으로, 조부는 당시에 펼친 활약으로 칭송이 자자했다. 그러한 만큼 이건창에게 있어 경기 암행어사라는 직임은 나라를 위해서, 조부의 명성을 잇기 위해서, 또 억울하게 누명을 쓰고 유배되었던 충청우도 암행어사 때의 불명예를 씻기 위해서 주어진 임무에 더욱 충실해야 했다.

당시 경기도로 암행 나가는 이건창에게 고종은 직접 봉서封書를 주면서 "다만 전처럼 잘하라. 내가 이제는 그대를 안다"라고 하였다. 이건창은 고종이 해준 말을 마음에 새기며 경기지역 곳곳을 암행 다녔다.

이건창은 1882년에 일어난 임오군란으로 황폐해진 경기지역 백성들의 삶을 돌아보기 위해 암행을 나갔을 때 광주廣州를 지나다 백성들이 당하는 고통을 보고 시를 남겼다. 바로 「광주의 환곡還穀」이다.

난리 나면 식량이 부족할까 싶어
태평할 때 비축해두었는데

이백 년 동안 태평스러웠는데도

백성들은 날마다 난리를 겪는다네.

봄에 나눠주어 농사철 양식 삼게 하고

가을에 거둬들여 군비에 보태고

이자는 겨우 십분의 일만 떼어 가건만

이째서 백성들 심히 괴롭히는 것이 되었나.

내줄 때는 돈을 곡식의 반값만 쳐주고

거둘 때는 곡식을 남겨두지 않고 가져가니

(아전들은) 돈을 차도 허리에 다 두르지 못하고

곡식을 실은 소는 (무거워) 다리가 부러지네.

거두어들인 곡식도 창고로 들어가지 않고

내보내는 곡식도 백성들은 (쓰인 곳) 알지 못하고

내다 파는 쌀값은 헐한데

거두어들이는 쌀값은 배나 된다네.

쌀을 내줄 때는 흙과 모래까지 섞더니

쌀을 거둘 때는 정밀하게 체까지 사용하고

거둘 때는 다급하게 명령을 내리더니

내줄 때는 자꾸만 기일을 미룬다네.

이 곤경과 어려움 견디기 힘들어

진정 앉아서 속기를 원한다네.

백성들 돈은 아전의 손에서 사라지건만

관청 장부 속에서 공허하게 옮겨 다니고.

돈으로 다시 곡식을 만드는데
곡식을 만들면 다시 이처럼 된다네.
진정으로 나라 곳간이 실해진다면야
백성들 고통 또한 무에 사양하랴만
하루아침에 급한 일 생기면
무엇으로 군사들 이바지하려나.

亂離恐無食, 積儲太平時.
太平二百年, 民日逢亂離.
春分作農糧, 秋收給軍貲.
取息僅十一, 胡遽厲民爲.
糶時錢半穀, 糴時穀無遺.
佩錢不盈腰, 馱穀牛折肢.
糴亦不入倉, 糶亦民不知.
販糶賤售直, 防糴價倍之.
糴米土和沙, 糶米精用篩.
臨糴急發令, 臨糶屢退期.
不忍此困逼, 情願坐受欺.
民錢罄吏手, 官簿虛推移.
將錢復作穀, 作穀更如斯.
苟令國廩實, 民苦亦何辭.
一朝有緩急, 何以供王師.[71]

위의 시는 이건창이 직접 목도한 현장을 읊은 것이다. 이 작품을 통해 그는 환곡제도를 이용해서 착취하던 관리들의 폭정을 여실히 폭로하였다.

조선시대에는 국가 재정을 삼정三政, 곧 전정田政·군정軍政·환곡還穀 제도로 마련했다. 그중 하나인 환곡이란 각 고을에서 가을 수확기 때 갚는 조건으로 봄철 춘궁기 때 백성들에게 곡식을 빌려주었다가 가을에 이자와 함께 나시 받으냐서 생긴 이익을 군량미 마련에 보태기 위해 만든 제도이다.

당시 관리들이 춘궁기에 빌려주는 돈은 백성들이 필요하다며 요구한 돈의 반만 내주었다. 선이자를 뗀 것이다. 그리고 갚을 때는 원래 요구했던 액수만큼의 돈을 모두 갚도록 했다. 또 백성들에게 빌려주는 곡식에는 흙이나 모래를 섞어서 내주고, 거둬들일 때는 체까지 쳐서 알곡만 받아들이면서 생긴 차액으로 관리들의 뱃속을 채웠다. 돈을 빌려줄 때는 백성들이 원하는 때 주지 않고 시간을 질질 끌다가 주었는데, 갚아야 할 때는 약속 날짜가 되기도 전에 독촉하기 일쑤였다. 조정에서 백성들에게 도움을 주고자 베푼 환곡제도가 정작 현장에서는 착취 수단으로 변해 있었다. 조정의 은혜가 백성들의 피부에 직접 와 닿지 않은 이유는 바로 이러한 이유들 때문이었다. 그래서 이건창은 환곡제도가 설치된 이유와 함께 관료들의 부패로 무너진 환곡제도의 실상을 시 한 편에 담아내고 마지막을 하루아침에 나라에 급한 일이 생기면 군사들에게 무엇으로 군량미를 대줄 것이냐는 말로 마무리 지었다.

이건창은 백성들의 아픔을 근심하던 진정한 관료였다. 아무리 좋은 무기가 있고, 아무리 군사들이 훌륭해도 군량미를 제때 보급할 수 없으면 전쟁에서 결코 승리할 수 없다. 그래서 이건창은 봄철 빈민구제와 함께 급한 일이 생기면 군사들에게 대줄 군량미에 대한 대비책으로 마련한 환곡제도의 실상을 담담하게 그리면서도 독자들로 하여금 걱정과 분노를 함께 느끼게 만드는 위의 작품을 지었던 것이다.

이건창의 위의 작품은 자연스럽게 다산茶山 정약용丁若鏞, 1762~1836이 극에 달한 삼정의 문란에 대해 읊은 작품들을 떠올리게 한다. 정약용은 1803년 유배지인 전라도 강진康津에서 한 남자가 죽은 지 삼 년이 넘은 부친의 군포軍布를 포함시킨 것도 모자라 낳은 지 사흘밖에 안 된 아이의 군포까지 내놓으라고 호통을 치던 이정里正 : 지방 동네에서 공공사무를 맡아보던 사람이 집안 유일의 재산인 소까지 빼앗아 가자 자신의 양근陽根을 잘라버렸다는 이야기를 듣고 「애절양哀絶陽」[72]을 지었다. 군정의 폐해를 더 이상 감당할 수 없던 남자가 할 수 있는 일이란 고작 자신의 양근을 잘라 내는 일뿐이었다. 이에 정약용은 「애절양」을 통해 군정 문란의 실상을 거침없이 폭로했다.

19세기 삼정의 문란 가운데 군정보다 더 심한 것이 바로 환곡이었다. 관리들의 농간이 얼마든지 변수로 개입할 소지가 농후했던 환곡제도는 끝내 가혹한 고리대로 탈바꿈했을 정도로 부패해버렸다. 처음에는 백성들을 위해 만들어진 정책이 나중에는 민폐의 근원이 된 것이다. 그래서 정약용은 『목민심서牧民心書』를 통해 강진에서 유배 생활을 하는 10년 동안 촌민들이 관가 창고에서 곡식을 받아 가지고 집으로 오는 것은 보지 못했는데도, 겨울이 되면 5~7석을 관가 창고로 운반해 간다고 폭로했다. 환곡제도가 문란해지면서 봉급을 제때 받지 못한 관리들은 백성들의 재물을 착취하는 것도 모자라 급기야 공적인 관곡을 횡령하기에 이르렀다. 이러한 환곡제도의 문란은 철종 때인 1862년에 일어난 진주 민란의 도화선이 되었다.[73]

그러나 정약용이 목도한 환곡제도의 문란은 이건창 때까지도 전혀 개선되지 않았다. 아니, 오히려 더 심해졌다는 말이 옳다.

이건창은 경기지역을 암행하는 동안 굶주린 13개 읍 백성들에게 진휼미를 풀어 먹도록 하고, 피해가 극심한 광주廣州·개성開城·수원水原지역 백성들의 세금은 줄여주었다. 다만 조정에 상황을 보고해서 허락을 받는 동안 시간이 지체되면 백성들의 피해가 더 커질 것을 염려한 그는 자초지종은 암행이 끝나고 돌아가 서계로 보고할 생각으로, 모든 일을 자신의 판단에 따라 행했다.

암행에서 돌아온 이건창은 경기지역을 샅샅이 암행한 내용을 서계로 올렸다.[74] 그중 대표적인 사례만 몇 개 살펴보도록 하자.

전 남양부사前南陽府使 윤웅렬尹雄烈은 정사를 직접 다스리지 않고 자신을 찾아와 관아에 묵고 있던 손님과 아전에게 맡겼다. 이에 더해 그는 2년 동안 은결과 감결減結 : 조세의 비율을 줄여줌을 조사한 뒤에 남은 곡식의 사용처를 알 수 없게 일 처리를 했다. 더욱이 그는 잘못을 저질러 쫓겨난 벼슬아치나 구실아치로부터 금품을 받고 그들의 잘못이 적힌 서류 장부를 조작해준 일도 있었다. 또 관청에서 소금을 사들일 때 강제로 값을 낮춰 정하면서 바닷가 백성들의 삶을 힘들게 만드는 폐단을 열어놓기도 했다. 음죽현감陰竹縣監 이민성李敏性 또한 관청의 일을 아전에게 맡겨 백성들로부터 세금을 거둘 때 농간을 부리도록 두었다. 이에 더해 시장 상인들로부터 근거도 없는 장세場稅를 거둬들였다. 그 밖에 전전 영종첨사前前永宗僉使 송계헌宋啓憲은 처음에는 선정을 베푸는가 싶더니, 백성들에게 돈을 받고 도지賭地를 빌려주어 농사를 짓게 해준 후, 거두어들일 때는 점점 더 지나치게 거두어들여 백성들로부터 많은 비난을 받았다.

그런가 하면 전 덕포첨사前德浦僉使 최봉선崔鳳善은 쇠잔해진 진鎭에서 근무하며 자신의 녹봉과 가산家産 수백 냥 남짓을 국방을 위해 사용하거나 가난한 군졸과 어려운 백성들에게 진휼로 베풀어, 백성들의 칭찬이 자자했다. 덕진만호德津萬戶 이학준李學浚은 4년 임기 동안 직무에 부지런했고, 재물을 덜어 백성들을 진휼하는 데 힘썼기 때문에 임기가 만료되어 돌아갈 때가 되자 고을 백성들은 그가 유임되기를 바랐다.

이건창이 서계를 올린 내용에 언급된 인물 가운데 윤웅렬과 이민성은 예전에 기록할 만한 노고가 있었다는 이유로 일단 처벌을 기다리도록 하고, 송계헌 등은 엄하게 추고를 받았다. 그리고 최봉선은 지방관으로 등용되었으며, 이학준 또한 승진했다.

이에 더해 이건창은 광주에서 목도한 환곡의 폐단을 바로잡는 방도를 조정에 제안했다. 환곡 폐단 가운데 지방관청의 하급 관리인 이속吏屬이 양반들이 거주하던 반촌班村의 계방契坊에 아는 사람들과 짜고 자기네들끼리 사고파는 화매和買의 폐단이 특히 심했다. 이에 대해 이건창은 수령을 시켜 처벌 조항을 엄하게 세우고 잘못된 폐단을 바로잡을 것을 청했다.

이때 이건창은 환곡 외에 잘못된 폐단을 바로잡는 정책을 제안했다. 그중 몇 가지는 이러하다. 하나는 수령이 4년 임기를 채우지 못하고 자주 갈리는 일이 너무 많으니, 처음부터 알맞은 사람을 선정해서 보내고, 이를 도신道臣이 잘 신칙하여 수령이 자주 갈리는 일이 없도록 하라는 것이다. 수령이 자주 갈리면 그들을 보내고 맞이하면서 드는 비용을 대야 하는 백성들의 고달픔이 크기 때문이다. 또 하나는 조정에서 정해준 액수 외에 수령의 판단으로 백성들에게 더 빌려준 돈이 있으면 제때 갚도록 관리를 잘 해야 한다는 것이다. 이는 조정의 재정과 관련이 있기 때문이다. 또 하나는 수령은 관청의 물품을 착복한 구실아치나 그 무리를 징계하고 국고로 들어가는 공납公納을 다시 거두는 일을 가장 먼저 해야 하는데도 불구하고, 잘못을 저지른 아전을 나무라지 않아 아전이 법을 업신여기고 은혜를 바라는가 하면, 수령은 관청의 물품을 사사로이 써버려서 발생한 포흠逋欠을 조정에서 탕감받을 생각만 하고 도결취잉都結取剩, 상정배봉詳定排捧 등의 세금을 별 어려움 없이 조정에 청구하는 폐단이 있으므로 이를 바로 잡을 것 등을 요구하였다.

그 밖에 각 지방을 다니면서 물건을 파는 보부상保負商들이 떼를 지어 다니면서 온갖 폐단을 일으키고 있으니 폐단을 일으킨 자는 발견하는 대로 징벌하고, 그중 심한 자는 도둑에게 적용하는 치도율治盜律을 시행할 것 등을 청하였다. 이에 더해 선혜청善惠廳에서 주는 적은 급료로 살아가는 파발소擺撥所 마졸馬卒들의 돈을 제 것처럼 빼앗아 가는 경채주京債主를 상부 기관에 일러 처리하도록 하고, 지방 구실아치들이 돈을 빌려준 후 지나치게 거둬들이는 발채撥債를 모두 금하도록 할 것 등을 청하였다.[75]

당시 지방 관료들이 부패를 저지르는 일은 예삿일이 되어 버렸다. 이에 대해 이건창은 조목조목 고종에게 아뢰고 대책까지 말했다. 그러자 고종은 지방 관료들에게 제대로 고을을 다스리지 않으면 이건창을 내려보내겠다는 말을 하였다. 이는 고종이 이건창에 대한 무한 신뢰감을 바탕으로 한 발언이다. 처음 이건창이 관직에 나아갔을 때 고종은 자신과 나이가 같은 이건창을 따뜻하게 대해주었다. 한때 이건창이 최익현이 올린 상소를 문제

삼아 최익현을 벌줄 것을 청하면서 고종은 이건창을 대하기가 껄끄러웠던 것도 사실이다. 그러나 암행어사를 두 번 하는 동안 이건창이 그 어떤 이끗과 세력에 굴하지 않던 모습은 고종에게 더 없이 신뢰감을 주는 인물로 각인되었다. 그래서 지방이 제대로 다스려지지 않을 때마다 고종은 이건창을 내려보내겠다고 한 것이다. 그 말을 들은 지방관들은 그동안 미뤄두거나 대충 처리하던 일들을 신속하고도 정확하게 처리했다. 이건창이 내려오면 자신들의 비리와 무능이 낱낱이 드러날 것이 두려웠기 때문이다. 이건창 같은 인물이 구한말에 단 세 명만 있었어도 500년 역사의 조선왕조가 그리 쉽게 무너지지는 않았을 것이라는 말이 괜히 나온 것이 아니다.

그런데 이건창은 지난 충청우도 암행 후에 유배를 간 데 이어, 경기 암행 후에는 추고推考를 당했다. 추고란 벼슬아치의 죄와 허물을 심문하여 고찰하던 일을 뜻한다. 이건창이 추고를 당한 이유는 이조와 형조에서 임금에게 바치는 서계에 전전 개성유수 조경하趙敬夏의 직책을 정확하게 쓰지 않고, 단지 전 유수라고만 썼으며,[76] 장봉별장長峯別將 장형준張亨浚의 준浚 자를 준俊으로 잘못 쓰는 등 신중하지 못했다는 이유를 들어 이건창을 추고할 것을 청했기 때문이다.[77]

임금에게 바치는 글의 글자와 문구까지 정확했다면 정말 좋았겠지만, 이건창은 이 일로 추고되었다. 이건창의 진심 어린 충언과 백성들을 생각하는 애민정신보다 글자 하나하나에 더 신경을 쓴 이조와 형조의 계도 그렇지만, 이건창의 추고를 허락해준 고종의 심사도 헤아리기 어렵긴 마찬가지이다. 내용보다 형식에 치우친 당대 조정 관료들의 모습과 임금의 판단력에 이건창은 자신의 실수를 뉘우치면서도 허탈하게 여겼을 것으로 보인다. 한편 생각해 보면 글자와 문구의 오류는 핑계일 뿐이고, 기득권 세력의 이득에 방해만 일삼는 이건창에 대한 지방관들의 불만이 조정에까지 파고들어 이조와 형조에서 이건창을 추고하는 계를 올렸을 정황도 없지 않아 있어 보인다.

그런데 황현은 『매천야록』에 이건창이 충청우도 암행어사 때 조병식을 징계하다 도리어 화를 입은 일로, 경기 암행어사로 나갔을 때는 관례를 따르는 데 그쳤다고 기록하였다. 이어서 배를 삼킬 정도의 큰 고기가 빠져나갈 수 없는 정도의 잘못이 아니라면, 이건창 스스로 충청우도 암행어사 때의 일로 겁을 먹고 과감하게 일 처리를 하지 못한 실책이 없지 않다고 했다. 당시 이건창이 암행을 끝내고 돌아와 암행한 결과를 복명復命하자, 임금이 서계를 열람하고 말하기를, "네가 이번에는 사단을 일으키지 않았으니 중히 여길 일이다"라고 하였다.[78]

황현의 기록에 따르면 이건창이 경기지역 암행 때는 자신의 소신대로 매사를 처리하지 않고 현실에 안주한 것으로 보인다. 그런데 이건창이 1882년 경기지역에 암행을 나간 것은 벽동 유배에서 돌아온 지 3년 만이다. 그리고 1883년 5월에 암행에서 돌아왔다. 이때 이건창은 지난번 자신이 유배를 갔을 때 부모님이 걱정하던 모습을 온전히 외면할 수는 없었을 것으로 보인다. 특히 본인이 유배를 떠날 때도, 유배지에 있을 때도 아무런 내색을 하지 않던 모친이 그가 유배에서 돌아왔을 때 "내 피가 다 말라버렸다"라고 한 말을 기억하고 있던 이건창은 자신의 소신만을 내세울 수는 없었을 것이다. 더욱이 평소 모친은 피로가 누적되면 병이 재발하곤 했는데, 결국 병이 재발하면서 1884년 3월 모친은 생을 마감했다. 이때는 이건창이 경기지역 암행에서 돌아온 지 1년도 안 되는 시점이다. 당시 이건창이 관례만 따르고 소신대로 일 처리를 하지 않았는지는 확인되지 않지만, 설령 황현의 말대로 정말 관례를 따르기만 했다고 하더라도 그건 부모님을 생각하는 효심 때문이었을 것임에 틀림없다.

그러나 분명한 것은 이건창은 평소 참된 군자라면 세속을 살피고 다른 사람을 살피는 일에 힘쓰지 않을 수 없다는 생각을 갖고 있던 인물이다. 더욱이 그는 부모님으로부터 매사 할아버지를 생각하면서 처신하고 부모 때문에 소신을 접어서는 안 된다는 가르침을 받았다. 그런 그가 자신의 소신을 접고 현실에 안주하는 일이란 결코 있을 수 없는 일이다. 따라서 황현이 이건창의 경기지역 암행 시절에 대해 언급한 것은 언사가 지나치다고 하겠다.

12. 망중한忙中閑의 교유, 남촌시사南村詩社

19세기 서울 중심의 북쪽 지역인 종로구 재동·가회동·삼청동 등을 아울러 북촌北村이라 불렸는데, 노론老論들이 주로 살았다. 남쪽 지역인 남산 아래의 회현동·필동 등을 아울러 남촌南村이라고 불렸는데, 소론少論 이하 삼색三色 : 소론·남인·북인 당파가 어울려 살았다.[79]

이건창은 1860년대 후반 홍기주洪岐周, 1829~1898, 이중하李重夏, 1846~1917, 정기우鄭基雨, 1846~1917 등 소론계 문인들과 함께 서울의 남산 아래 회현동의 남촌지역을 거점으로 시사詩社를 결성했다. 바로 남촌시사[80]이다. 남촌시사는 줄여서 남사南社라고도 부르고, 종남사終南社, 성남사城南社 등으로도 부른다. 본래 남촌시사는 소론인 자하紫霞 신위申緯, 1769~1845가 사라진 시단의 공백을 동래 정씨東萊鄭氏 문인들로 이어가다가 1860년 이후 이건창 등을 중심으로 큰 세력을 형성한 시단이다. 사실 19세기에 남사가 하나는 아니었다. 1830년대 홍현주洪顯周, 1793~1865가 주도한 남사, 1860년대 서유영徐有英, 1801~1874이 주도한 남사, 이유원李裕元, 1814~1888이 주도한 남사 등이 그것이다. 그러나 남사 가운데 가장 규모와 세력이 크고 장기간에 걸쳐 존속했던 시사는 바로 이건창이 주도적으로 참여한 남촌시사이다. 그 밖에 서울에는 낙산 아래를 중심으로 한 동사東社를 비롯해 여러 시사詩社가 있었는데, 그중 대표적인 시사는 이건창이 참여한 소론 중심의 남촌시사와 노론 중심의 북촌시사北村詩社이다.[81]

이건창 등 소론 인사 중심으로 구성된 남촌시사에 대척되는 북촌시사는 연암燕巖 박지원朴趾源, 1737~1805의 손자인 환재瓛齋 박규수朴珪壽, 1807~1877 주도로 북촌의 노론 지식인들이 모여서 만든 시사이다. 북촌시사는 박규수가 사망한 후에는 운양雲養 김윤식金允植, 1835~1922 등의 문사가 두각을 나타냈다. 북촌시사가 노론계의 양반 권세가들로 고관대작들 중심의 시사였다면, 남촌시사는 미관말직에 있거나 관직에 나아가지 않은 채 문예에 열심이던 소론계의 몰락한 양반들 중심의 시사였다. 고관대작이 중심이 된 북촌시사는 직임에 전념하느라 문예활동에 전념하기 힘들었기 때문에 기대만큼 크게 활성화되지는 못했다. 그에 반해 몰락한 양반 중심의 남촌시사는 조선 말기 문단의 가장 핵심적인 문인 결사로 성장했다. 권력에 있어서나 부귀에 있어서나 남촌시사를 주도한 인물들은 북촌시사 인물들의 배경과는 비교가 되지 않는다. 그러나 문학적인 역량에 있어서는 충분히 대척점에 있었다.

이처럼 남촌시사는 남산에 거주하는 소론계 문사들을 중심으로, 처음에 30여 명의 동인同人으로 출발하였으나, 후에 남촌시사에는 주요 동인의 친인척과 자제들이 새로운 동인으로 참여하였다. 이건창의 동생 이건승, 이중하의 아들 이범세李範世, 1874~1940 등이 그들이다. 이건창의 친척 이학원李鶴遠, ?~? 또한 이건창의 주선으로 동인이 되었다. 그 밖에 지방의 저명한 문사가 상당수 참여하였다. 경기도 광주의 강위, 개성의 김택영, 구례의 황현, 예산의 이남규李南珪, 1855~1907, 구미의 이근수李根洙, ?~?, 하동의 성혜영成蕙永, 1844~?과 김창순金昌舜, ?~? 등이 그들이다. 조선 말기의 저명한 시인 여규형呂圭亨, 1848~1921 또한 덕소 사람으로 이중하와의 친분으로 동인이 되었으며, 이건창과의 교류를 통해 급성장하고, 주요 동인으로 활동했다.

그중 한말사대가 이건창, 강위, 김택영, 황현은 출신지도, 출신 가문도 달랐다. 그러나 이건창으로 인해 김택영과 황현은 문단에서 주목받기 시작했고, 청계천 육교六橋 : 현 광교(廣橋)를 중심으로 거처하던 역관譯官들의 모임인 육교시사六橋詩社에서 맹주盟主로 활약하던 강위는 더욱 주목받게 되었다. 이건창은 집안과의 세교世交로 알고 지내던 강위를 남촌시사 동인들에게 소개하고 그들과 활발하게 어울릴 수 있도록 도왔다. 특히 이건창은 자신을 강위의 시詩 제자弟子로 자처하며, 그의 위상을 높여주면서 자신보다 32세나 많은 그와 나이를 뛰어넘는 교유를 했다. 김택영도 이건창의 소개로 남촌시사 동인이 되었다. 김택영이 구사하던 문장이 당시 유행하는 풍이 아니어서 동인들로부터 그리 환영받지 못하자 이건창은 그의 문장은 우리와 다를 뿐, 그것이 잘못된 것은 아니라며 그를 옹호해주었다. 황현 또한 이건창의 소개로 남촌시사 동인으로 활약하게 되었는데 황현은 한때 서울 남촌의 주동注洞에 거주지를 정해놓고 참여할 정도로 시사 활동에 적극적이었다.

남촌시사가 결성되고 10여 년 동안 왕성하게 활동한 동인으로는 한말 사대가인 이건창, 강위, 김택영, 황현을 비롯해 조선 말기 시분詩文의 대가들인 홍기주, 이중하, 정기우, 이건승, 정범조鄭範朝, 정만조鄭萬朝, 정병조鄭丙朝, 정헌시鄭憲時, 정현오鄭顯五, 서병호徐丙祜, 또는 서광호(徐光祜), 서병수徐丙壽, 또는 서광조(徐光祚), 서주보徐周輔, 여규형, 오한응吳翰應, 이남규, 이학원, 윤영식尹榮軾, 이교영李喬榮, 이교하李敎夏, 홍우헌洪祐獻, 조병건趙秉健, 송영대宋榮大, 윤자덕尹滋悳, 박승학朴勝學, 박준빈朴駿彬, 정기춘鄭基春, 정기회鄭基會, 이기李琦, 박이양朴彝陽, 정인승鄭寅昇, 박제순朴齊恂, 정찬조鄭瓚朝, 이근수, 성대영成大永 등이 있다. 이처럼 남촌시사에 참여한 인물은 대략 50명에 가까웠고, 한말사대가가 모두 어울려 활동하였다.

결성된 후 30여 년 이상 왕성하게 활동하던 남촌시사 참여자들은 일제 강점기를 전후하여 친일적 인사와 민족주의적 인사로 나뉘어 시사 활동을 벌이면서 창작과 연구를 주도했다. 남촌시사 동인들은 주로 정기우의 화수정花樹亭, 일명 화수산장花樹山莊을 거점으로 모이거나 이건창의 목련관木蓮館, 서주보의 천향관泉香館, 정건조의 문행관文杏館, 정원용鄭元容의 석림정石林亭, 이유원의 홍엽정紅葉亭, 일명 雙檜亭, 그리고 노인정老人亭의 시실詩室에서 활동하였다. 그 밖에 근무하는 관청에서도 활동을 가졌다.

이건창과 정기우 외에 남사의 핵심 인물 중 한 사람인 이중하는 이건창보다 여섯 살 위이다. 두 사람은 이건창이 문과에 급제하기 이전인 1863년부터 친해져 평생을 문우文友로 가깝게 지냈다. 둘의 친밀함은 시사가 한창일 때 동인 사이에서도 널리 알려진 사실이다.

1885년과 1887년, 두 차례에 걸쳐 토문감계사土門勘界使로서 청나라 관료들을 만나 국경 문제를 담판 짓기 위해 회담을 벌이던 중 국토 수호에 대한 다짐을 강하게 피력하며 "내 머리는 자를 수 있을지언정, 나라의 영토는 줄일 수 없다[吾頭可斷, 國疆不可縮]"는 말을 남겼던[82] 외교 능력가 이중하는 1912년 세밑에 그리운 사람 17명에 대해 「세모회인시歲暮懷人詩」를 읊었다. 이 시에서 이중하는 회인시 대상 인물들과의 지기知己를 선언하면서 이들이 재주는 있으나 재주를 펼칠 수 있는 때를 만나지 못했다며 그들의 회재불우懷才不遇를 탄식했다.[83] 이중하의 회인시 대상 인물들은 모두 불귀의 객이 된 사람들이었는데, 그중 한 사람이 바로 이건창이다.[84]

이중하가 이건창에 대해 쓴 회인시를 살펴보도록 하자.

문장은 온 나라를 놀라게 했고
풍모는 조정반열에서 늠름했으며
임금이 꺼리는 바 말하는 것으로 이름 높았는데
도중에 하늘이 급히 데려갔다네.
그대 나이 열두 살 때부터
나와 향기로운 우정 맺기를 약속했는데
붕새와 메추리처럼 현격하게 달라
공공蛩蛩과 거공蚷蛩처럼 의지하며 잃을까 두려웠네.

아득한 천추의 업은

달리는 천리마에 붙어가길 바랐건만

아양곡峨洋曲을 누가 다시 화답하랴

적막해라, 백아伯牙가 거문고 줄 끊었다네.

文章驚海內, 風裁凜朝列.

名高道所忌, 半途天遽奪.

自君十二齡, 與我蘭心結.

鵬鷃縱相懸, 蛩蚷惟恐失.

悠悠千秋業, 願附驥步逸.

峨洋誰復和, 寂寞牙絃絶.

〈甯齋侍郎(建昌)〉[85]

　　이중하는 위의 시를 통해 47년이라는 짧은 생을 살다간 평생 지우 이건
창을 그리워하면서 온 나라를 놀라게 한 이건창의 문장과 조정에서 보여
준 늠름한 풍모, 이에 더해 해를 받을까 임금에게 간언하기를 두려워하던
조정 신하들과 달리 임금이 듣기 꺼리는 말도 거침없이 쏟아내며 충간忠諫
으로 이름이 드높았던 이건창을 하늘이 갑자기 데려간 것에 대한 안타까
움을 드러냈다. 이중하는 두 사람의 교유가 시작된 것은 이건창의 나이 12
살 때부터이지만 이건창은 붕새고 자신은 메추리라 두 사람의 수준은 현
격하게 달랐다고 했다. 그래서 이중하는 전설 속 동물 공공蛩蛩과 거공蚷蛩
이 서로 의지하며 꼭 붙어 다닌 것처럼 자신 또한 이건창을 잃어버릴까 두

려워 꼭 붙어 다녔다고 했다. 천년의 업적을 이루기 아득했던 이중하는 파리가 천리마 꼬리에 붙어 천 리를 달리듯 이건창 곁에서 천 리를 가볼까 했다고 했다. 거문고 명인 백아伯牙가 아양곡峨洋曲을 연주하면 그 뜻을 알아채던 종자기鍾子期가 죽자 더 이상 자신의 음악을 이해해줄 사람이 없음을 알고 거문고 줄을 끊어버렸던 것처럼 이중하는 이건창에 대한 애틋함을 담아 위의 시를 남겼던 것이다.

한편 이건창은 1871년 가을, 세거하던 강화를 떠나 서울로 거주지를 옮긴 후부터 남촌시사 활동을 더욱 왕성하게 했다. 남촌시사 동인들은 1874년 이건창이 연경으로 사행을 떠날 때 시를 지어 주었다. 이건창 또한 사행길에 의주義州에 머물면서 동인들이 지어 준 시에 대한 회포를 담아 화답시를 지어 보냈다. 이처럼 이건창은 남촌시사 동인들과 깊은 교유를 가지면서 동인들에 대한 애착을 보였다. 남촌시사 동인들은 서로를 가리킬 때 '마음에 맞는 사람들회심인(會心人)'이라는 표현을 즐겨 썼다. 왕성하게 활동하던 남촌시사 동인들은 『남촌회심록南村會心錄』이라는 동인시집同人詩集을 편찬하기도 하였다.

그런데 남촌시사 동인 가운데 특별한 인물이 하나 있다. 바로 이근수[86]이다. 그는 문학에도 뛰어났고 성격이 활달하여 거리낌이 없던 인물이다. 이근수는 서울에서 수십 년을 지내는 동안 신정왕후神貞王后 조씨趙氏의 조카 되는 문헌文獻 조성하趙成夏로부터 국사國士 대접을 받았다. 임오군란 초에 이근수는 다른 사람과 시국에 대해 논하면서 그 대책으로 몇 조항을 제기한 일이 있다. 그런데 서로 모르는 사이였던 대원군이 이근수가 제기한 대책을 전해 듣고 매우 칭찬하며 큰 소리로, "가히 국사를 의논할 사람은 오직 이근수뿐이다"라고 하였다. 얼마 되지 않아 또 변이 일어나자 대원군과 가까이하던 사람들은 도망쳐 숨었다. 이근수 또한 고향으로 돌아간 후 초시에 합격했는데도 복시에는 나가지 않고, 비분강개하며 술을 마시고, 말을 하다 시국에 대한 이야기가 나오면 눈을 부릅뜨고 화를 내며 꾸짖었다. 그의 벗 이문구李文九 또한 이근수의 말에 동조했다.

고종은 이근수의 근황을 듣고 그를 미워하였다. 고종이 이근수를 미워한 이유는 대원군이 이근수를 높이 인정해주던 것도 한몫했다. 당시는 대원군이 물러난 때라 고종은 대원군과 알력 싸움을 벌이던 때였다. 그런 즈음에 고종은 이근수가 과거 시험을 끝까지 치르지 않은 것에 대해 이근수가 자신보다 대원군을 선택한 것으로 보았다. 한마디로 이근수가 고종의 역린을 건드린 것이다.

이에 경상우도 암행어사 조병로趙秉老, 1816~1886가 1886년 임지로 가기 위해 고종에게 작별인사를 하러 왔을 때 고종은 이근수의 근황을 알려주면서 그의 자만自慢함이 없게 하라고 하였다. 평소 잔인하고 혹독했던 조병로는 임지에 도착하여 그곳에 살고 있는 이근수 등을 포박해 상주尙州 감옥에 가두고, 이근수 일파를 국문鞠問했다. 이때 조병로는 이근수 등을 대꼬챙이로 찌르고 불로 담금질을 하는 등 죄인을 다스리는 다섯 가지 형구, 곧 오독五毒을 모두 갖추고 고문을 했다. 그러자 이근수가 호령하며 말하기를, "선비는 각자 뜻이 있어 때에 따라서는 과업科業을 폐할 수도 있는 것이니 꼭 물을 필요가 없다. 나는 역모逆謀를 하지 않았으니 어찌 일당이 있겠느냐? 죽일 테면 편안히 죽여라. 어찌 죽음을 두려워하겠으며, 어찌 죄 없는 이탁원李卓元, 이문구에게 누명을 씌워 끌어들인단 말인가?"라고 하였다. 그 후 혀를 물고 말을 하지 않자 조병로는 이근수의 목을 매달아 죽였다. 이근수의 시체를 검시檢屍하니 찔린 꼬챙이가 대여섯 개나 나왔다. 이근수는 평소 이건창과 친한 사이였는데, 이건창이 그의 죽음을 애도하여 「추수자전秋水子傳」[87]을 지었다. 추수자는 이근수의 호이다. 그의 친구 이문구 또한 이때 연좌되어 죽었다. 이근수는 얼굴이 검붉고 키가 아주 큰 철면장신鐵面長身으로 늠름한 풍채가 신선이나 검객劍客 같았는데 성격이 곧고 입바른 말을 많이 한 까닭에 터무니없는 화를 당한 것이다. 그 후 조병로는 진주에 도착한 어느 날 저녁 갑자기 비참하고 끔찍하게 죽었다.

결국 고종의 대원군에 대한 증오심이 이근수에 대한 보복으로 이어지면서 이근수는 죽고 말았다. 그런데 이건창은 이근수를 죽인 조병로를 미워했다. 이건창이 조병로를 미워한 이유는 이근수를 잔인하게 죽인 이유가 가장 컸겠지만, 조병로의 부친 조이순趙頤淳과 우의정을 지낸 조두순은 같은 항렬이다. 그렇다면 이건창이 충청우도 암행어사 때 탄핵시켰던 조병식과 조병로 또한 일가친척이 된다. 고종이 미워한 이근수, 이건창이 미워한 조병로의 관계 속에서 이건창은 「추수자전」을 짓게 된 것이다.

이건창은 관직 생활을 하는 바쁜 중에 남촌시사 동인들과 교유하며 왕성한 작품 활동을 전개했다. 이건창은 50명에 가까운 당대 유명한 남촌시사 동인들과의 교유를 통해 문학적으로 성장한 부분도 있지만, 무엇보다 소론계 동인들과의 교유를 통해 조정에서 받은 긴장감에서 벗어나 정신적 안정과 위안을 얻을 수 있었다.

13. 나이를 뛰어넘은 추금 강위와의 교유

강위[88]는 기원杞園 민노행閔魯行, 1782~?과 추사秋史 김정희金正喜, 1786~1856의 문인으로, 중국에 세 번이나 다녀오고, 일본에도 두 번이나 다녀온 인물이다. 이건창 집안과 강위 집안과는 본래 대대로 세교世交가 있었다. 그런데 이건창을 중심으로 한 남촌시사에 강위가 참여하면서 두 사람은 더욱 활발한 교유를 갖게 되었다.

다른 동인들에 비해 나이가 많았던 강위는 남촌시사에서 특별한 위치에 있었다. 강위는 본래 정기우와는 서울로 이전하기 전부터 교유가 있었다. 그리고 강위는 이건창의 소개로 다른 남사 동인들과도 활발하게 어울렸다. 강위 또한 남사 동인의 한 사람이기는 했지만 일반적인 동인이 아니라 시사 동인들로부터 선생 격으로 추대를 받았다. 그래서 이건창, 정기우 등 30여 명에 달하는 남사 동인은 강위를 시단의 맹주로 여겼다. 강위의 남촌 시사 참여 또한 시사 차원의 후원을 적극적으로 받는 계기가 되었다.[89]

함께 남촌시사에서 활동하던 이건창과 강위는 이때 32세나 차이 나는 나이를 뛰어넘는 교유를 가지게 되었다. 이에 앞서 이건창은 1870년 강위의 『청추각수초聽秋閣收艸』의 발문을 지어 주었다. 이에 더해 1874년 10월 이건창이 동지사 서장관으로 청나라에 사행 갈 때 이건창은 자제군관 자격으로 강위를 추천했고, 그로 인해 함께 북경을 오가면서 두 사람의 관계는 더욱 돈독해졌다. 이건창과의 동행 사행에 앞서 강위는 이미 북경에 연행을 다녀온 일이 있다. 그에 대한 이건창의 평을 살펴보도록 하자.

그때 추금은 판서 정건조鄭健朝를 따라 연경에 갔는데, 돌아와서는 중국인과 함께 이야기 나누었던 것을 글로 작성하여 나에게 보여주었다. 모두 예전에 (조정에서) 금기하던 내용이라 나를 놀라고 두렵게 하였다. 군은 한편으로는 읽다가 탄식하기도 하고 웃기도 하였는데 의기意氣가 흘러넘쳤다. 나는 조용히 있었으나, 진실로 그것을 짐작할 수 있었다.[90]

이건창이 강위에 대해 이처럼 높이 평가하게 된 이유 중 하나는 이러하다. 연행을 다녀온 사람들 대부분은 현지에서 나눈 필담筆談을 가볍게 취급했다. 그런데 강위는 여느 사람들과 달리 청나라 주요 인사들과 중국의 실정과 정세에 대해 필담을 나눈 것을 상세히 정리해서 『북유담초北游談草』를 작성했고, 이를 이건창에게 보여주었다.

이에 앞서 1871년 신미양요 때 강화도를 침범한 미군이 광성진을 함락했다는 소식을 들은 대원군은 미국과의 교섭을 거부했을 뿐 아니라, 화친하자는 미국의 제의를 물리치며 강력하게 척화斥和할 것을 주장하였다. 당시 대원군은 서양 오랑캐가 침범했는데 싸우지 않는 것은 화친을 하는 것이고, 화친을 주장하는 것은 나라를 팔아먹는 짓이라는 뜻의 '양이침범洋夷侵犯, 비전즉화非戰則和, 주화매국主和賣國'이라는 표어를 내세우고, 이 내용을 돌에 새긴 척화비를 종로를 비롯한 도회지 곳곳에 세웠다. 그로 인해 당시 외국과의 교류에 대해 긍정적으로 발언하는 것은 금기 사항이었다. 그런데 강위는 조정에서 이러한 일에 대해 언급조차 꺼리던 때라는 것을 익히 알고 있었으면서도 두려움 없이 자신이 연행 가서 견문한 것을 정리해서 주변 사람들에게 보여주기까지 했다. 이 점에 대해 이건창은 강위를 높이 평가했

〈그림 9〉 1880년에 촬영한 추금 강위 사진.
출처 : Terry Bennett, *KOREA : Caught in Time*, 1997

다. 한마디로 이건창은 강위가 세계 정세를 알고자 하는 노력과 세계정세에 대한 뛰어난 안목, 그리고 세계 정세의 실상을 제대로 알리고자 한 점을 뛰어나게 본 것이다.

그렇다면 강위는 이건창에 대해 어떤 평가를 내렸을까? 당시 이건 창은 '외국사外國事', 곧 외국에서 일어나는 일들을 알아야 한다고 생각했는데, 강위 또한 이건창과 생각이 같았다. 그에 따라 강위는 이건창에 대해 많은 기대를 했다. 강위자신은 나이도 있는 데 반해 이건창은 젊고 유능한 데다 전도가 유망하다고 생각했기 때문이었다. 강위가 이건창을 어떻게 평가했는지는 아래 글을 통해 알 수 있다.

나는 당시 약관의 나이로 시종의 반열에 들어 홀로 생각하기를 사냥꾼이 짐승을 만나면 활을 쏘는 것이 마땅하지만 또한 응당 대략 쏘아야 될 놈이 어떤 짐승인지, 짐승은 결국 어떻게 생겼는지를 알아야 한다고 여겼다. 이 때문에 자못 『명사明史』의 외이外夷 명목名目과 근일 중국이 전쟁하고 강화한 자취들에 마음을 기울이고 있었다. 우연히 이것을 추금에게 말하였는데, 추금은 놀라며 나의 손을 잡고서 "사람을 얻었도다. 힘써주시오!"라고 하였다.[91]

이처럼 강위는 이건창을 향해 사람을 얻었다며, 힘써달라고 부탁했다. 이는 강위가 당시 대원군 앞에서 개화에 대한 언급도 못하고, 아부하기에 힘쓰는 사람들과는 달리 이건창이야말로 어지러운 국제 정세 속에서 나라를 개항시켜 부국강병富國强兵으로 이끌어갈 인물이 될 것임을 확신해서 한 말이다.

이건창의 연경 사행의 목적은 동지사 임무 수행이었지만 고종은 무엇보다 국제 정세의 탐문에 관심을 기울였다. 그래서 동지사 일행이 떠나기 전에 고종에게 하직 인사를 할 때 고종은 특별히 이건창에게 정세를 잘 살펴보고 돌아와 고하도록 하였다.

한편 1874년 이건창과의 동행 7개월 전에 강위는 연행을 다녀왔다. 그러나 강위는 연행에서 돌아온 후 가족들도 만나지 않고 수차례 강화도를 다녀왔다. 당시 강위가 강화도를 자주 오간 것은 병인양요와 신미양요 때 공격을 받은 요해처 강화도의 방어태세 점검 및 정보 수집을 위해서였다. 국제 정세에 높은 관심을 표명하던 이건창은 강위가 이처럼 국제 정세에 대비하고자 하는 점을 특히 높이 사서 1874년 자신의 연경 사행 때 반드시 데리고 가고자 하여 그를 자제군관 자격의 동행자로 추천을 했던 것이다. 이러한 이건창의 뜻을 파악한 강위 또한 연행을 다녀온 지 7개월 만에 기꺼이 이건창과 함께 먼길을 동행하기로 했다.

1820년생인 강위는 1852년생인 이건창보다 무려 서른 살도 넘게 나이가 많았으니, 그야말로 아버지뻘이다. 이건창은 그런 강위와 함께 연경을 다녀왔다. 말고삐를 잡고 함께 몇 달 동안 왕복 6천 리 길을 동행하면서 동고동락한 시간은 두 사람이 더욱 가까워지는 계기가 되었다. 훗날 이건창은 당시 강위와 동행한 기쁨을 평생 누리지 못할 지극한 즐거움이었다고 회상했다.

한편 1882년 경기 암행어사로 나갔다가 1883년 5월 암행에서 돌아온 이건창은 그해 동지冬至 때 장흥산방長興山房에서 강위의 『고환당시문집古歡堂詩文集』의 서문序文을 썼다. 이는 1884년 4월 5일 강위가 생을 마감하기 몇 개월 전, 강위의 제자들이 청해서 이루어진 일이다.

당시 이건창이 쓴 강위의 시문집 서문의 일부를 살펴보자.

나는 일찍이 고환당 강위 선생에게서 시도詩道를 들었다. 가만히 선생을 살펴보니 젊었을 때는 빼어난 재주를 많이 가지고 있었고, 장성해서는 더욱 각고면려刻苦勉勵하였다. 그 견해는 모두 하늘의 뜻과 인사人事에 관계된 왕과 제후의 큰 것이고, 당대의 세상사에 더욱 전심하였다. 높은 것은 하분河汾 왕통王通의 「태평책太平策」이 될 만했고, 낮은 것도 미산眉山 소순蘇洵의 「권형책權衡策」만 하였으니 이러한 것이 선생의 뜻이다. 그렇지만 남다른 운명과 곤구困窶한 역행力行으로 어긋남과 이별만이 다가와 늙을 때까지 알아주는 이가 없었다. 오직 시문詩文의 나머지와 유희遊戲의 자취만이 사람들의 입과 귀 사이에 떠다니다 떨어지니, 세상에서는 마침내 시인으로만 선생을 단정하였고, 선생도 또한 스스로 시인으로 짐짓 행세하였다. 아아! 선생이 어찌 단지 시인일 뿐이었겠는가?

그러나 선생의 견해와 의론이 너무도 깊고 넓어서, 그 정신을 쏟은 곳과 지취

指趣가 향한 바는 언제나 지극히 은미隱微한 가운데에 있었다. 사람들이 갑자기 그 것을 듣는다 하더라도 은하수 같았고, 자세히 살펴도 또한 끝내 그 기미幾微를 밝 힐 수 없었다. 그러므로 세상의 천박한 재주를 가진 선비와 헛된 말을 하는 사람 은 이미 선생에게서 감발感發될 수 없었고, 웅준雄駿하고 굉달宏達한 선비들도 또 한 소홀히 여겨 궁구하지 않았다. 그러므로 비록 일찍이 세 번 중국에 들어갔고 두 번 일본을 다녀왔으나, 애오라지 멀리 장관壯觀을 유람한 것으로 여겼기 때문 에 귀국한 뒤에도 알아주는 이 없는 것은 지난날과 같아서 곤궁함은 또 더욱 심 해졌다. 따지자면 마음속의 기이함을 드러내고 눈앞의 즐거움만을 취한 까닭은 신세의 기박하고 곤궁함을 잊으려 함이었는데, 결과적으로는 또 시문과 유희에 불과할 뿐이었다. 이 같은 상황에서 선생이 비록 시인이 되지 않으려 한들 또한 어디로 간단 말인가? 그것이 슬프다!

　나는 선생과 세교世交가 있었고, 그에 더하여 연경으로 행대行臺 : 외방에 나가 대간(臺 諫)의 역할을 하는 사람하는 임무를 수행하기도 했다. 왕복 6천 리를 말고삐 잡고 동행한 것은 평생 누리지 못할 지극한 즐거움이었다. 그러나 (나는) 선생께서 도를 논하 고 정치를 논하며 또 천하 형세를 논하는 데 있어서는 모두 이른바 계발해 줄 만 한 사람이 되지 못했다.

　오직 선생이 시를 논하실 때면 일언일자一言一字라도 암암리에 서로 합치됨이 마치 물이 젖은 것과 같아서 오래되어도 싫증 나지 않았다. 간혹 그 서언緖言을 가져다가 부연하여 열거한 것이 선생과 비슷하면 선생은 때때로 껄껄 웃으시며 몹시 기뻐하시는 듯했다. 아! 나는 선생을 시인으로 여겨 선생을 슬프게 했지만, 선생은 오히려 기뻐하시며 내게 더불어 시를 논할 수 있다고 하셨다. 시 또한 소 홀히 할 수 없는 것이 이와 같도다! (…중략…)

선생의 시가 우뚝해서 일가의 말을 이루고 있음은 굳이 논할 것이 없거니와 그 산문에 이르러서도 시고詩稿와 같다. 「의삼정구폐책擬三政捄弊策」, 「의책자서擬策自序」, 「상황효후시랑옥서上黃孝侯侍郎鈺書」 같은 여러 작품에서 선생의 뜻을 볼 수 있으니, 마땅히 시와 함께 후세에 전해질 것이 분명하다. 세상에서 이 시문집을 읽는 자들이, 시인으로서만 선생을 단정하지 않기를 바란다.

계미년癸未年, 1883 동짓날 영재 이건창이 장흥산방에서 쓰다.[92]

이건창의 서문에 의하면 강위는 단순하게 시인으로만 평가해서는 안 되는 인물로 확인된다. 이는 이건창이 강위에 대해 설핏 알고 쓴 글이 아니기 때문에 믿을 만하다. 이유는 함께 몇 개월 동안 연경에 사행길을 오가면서 나눈 대화에서 강위의 학식과 정세를 살피는 안목을 익히 파악하고 쓴 글이기 때문이다. 강위는 이건창과 함께 연경에 다녀온 것을 포함해 중국과 일본을 다녀오면서 국제 정세를 익힌 인물이다. 강위는 조선이 개항을 위해 일본과 가진 강화講和 초기에 대관大官 신헌申櫶, 1810~1884을 좇아 강화도에 가서 재상에게 개항을 해야만 하는 이유를 담은 편지를 보내 당시 전권대신全權大臣인 그의 결정을 도왔다. 또 강위는 또 통신사를 좇아 일본에 가서 일본에 머물고 있던 중국인과 합의하고, 귀국해서 그 계책을 조정에 아뢰기도 한 인물이다.[93] 따라서 강위가 비록 한미한 신분이긴 했지만 수차례 해외를 다니면서 익힌 견문 수준과 외교 능력은 보통이 아니었다. 그래서 이건창은 강위가 도를 논하고 정치를 논하고 천하 형세를 논하는 데 있어 너무 뛰어났기 때문에 자신은 강위가 개발해줄 만한 재목이 못 된다고 이야기한 것이다. 다만 함께 시를 논할 때면 서로 뜻이 합치되는 것이 물이 젖은 것처럼 오래되어도 싫증이 나지 않았다고 하였다. 시에 대한 두 사람의 의견이 딱 맞았다는 뜻이다.

이처럼 시에 뛰어났던 강위의 작품을 아낀 이건창은 1883년 『고환당시문집』의 서문을 쓴 것에 이어, 1885년에는 강위의 시詩만 엮어서 『고환당수초古歡堂收艸』를 간행할 때 정만조와 함께 교정을 보아 책이 간행되도록 도왔다. 그리고 1889년 『고환당수초』 초간본에다 문文을 포함해서 『고환당수초』를 재간행할 때에도 이건창은 교정을 보았다.

그렇다면 두 사람이 32살이라는 나이 차를 넘는 교유를 이어갈 수 있었던 이유는 무엇일까?

1879년 이건창이 벽동에서 풀려나 고향인 강화에 머무르고 있던 어느 여름날이었다. 이건창은 자신을 일행과 함께 찾아온 강위가 밤새도록 술을 마시고 새벽에 작별인사도 없이 가버리자 그에 대한 자신의 마음을 담아 「강위가 소당小棠 김석준金奭準과 소향小香 백지형白之珩을 이끌고 와서 밤새도록 통음痛飮을 하고 작별 인사도 없이 가버렸다」는 제목의 시를 지었다.

해마다 연이은 벼슬살이에 나 또한 피로해져
청산으로 돌아가 한가히 봄 술을 마시니
기력은 빨리도 막혀 혼연히 노곤해지지만
오래도록 닦아온 문장 수준 감히 높지 않으랴.
연경 저잣거리에서 마시며 즐거웠던 꿈도 희미해지고
광릉에서 거친 파도 구경하던 웅장한 담론도 쓸쓸해지고
청상곡淸商曲에 맞춰 두드리던 옥호玉壺도 부서졌건만

도리어 선생은 나이 들수록 호탕해진다네.[2수 중 제2수]

宦跡年年我亦勞, 碧山歸臥撫春醪.

驥閑氣力渾成憊, 久約文章不敢高.

好夢迷離燕市酒, 雄談歷落廣陵濤.

玉壺碎地淸商戞, 却是先生老更豪.[2수 중 제2수][94]

　이건창이 위의 시를 지은 것은 한참 연상인 강위가 멀리 강화까지 자신을 만나러 온 것에 대한 고마움과 제대로 대접하지 못한 미안함, 그리고 연경에서 함께 술을 마시며 웅장한 담론을 펼치고 청상곡을 듣던 때를 회상하면서 다시 만난 기쁨을 드러내고자 해서이다. 아울러 강위의 수준 높은 시에 대한 칭송과 함께 간다는 말도 없이 떠난 강위의 모습을 보고 세월이 흐를수록 더 호탕해지는 그의 인품을 드러내고자 해서이다.

　이건창이 나이를 뛰어넘어 강위와 교유를 깊이 가진 것은 세교 때문만도, 세계정세에 대한 강위의 뛰어난 안목 때문만도, 그의 탁월한 문장 실력때문만도, 함께 남촌시사에서 활동해서만도 아니다. 강위는 차라리 여항閭巷의 소년들에게 나아가 술과 밥을 얻어먹을지언정 작은 것에 얽매이는 나이 든 학자들이나 귀하고 현달한 사람들에게 굽신거리는 것을 좋아하지 않았다.[95] 또 일본에 갔을 때 일본에서 관직을 내려주려 하자 거절한 사실이 있다. 다른 나라에서 관직을 받는 일을 기쁨으로 생각하지 않는 성품때문이다. 중국 상해에서 심한 추위로 고생할 때 중국 사람이 옷을 벗어주려 하자 고작 추위 때문에 남의 옷을 얻어 입을 것 같으냐며 거절한 일도 있다.[96] 이러한 일련의 예를 통해 강위의 강직한 성품을 알 수 있다. 한 마디로 강위의 이러한 성품이 이건창과 부합되었기 때문에 나이를 뛰어넘은 두 사람의 교유는 오래 지속될 수 있었다.

14. 연이은 부모상 중에 저술한 『당의통략黨議通略』

강위의 시문집 서문을 마친지 오래지 않은 1884년 1월 이건창은 사간 원대사간司諫院大司諫에 제수되었다. 그런데 그해 3월 서울에서 모친상을 당했다. 서울에서 살던 모친은 피로가 누적되면 생기는 병이 재발하면서 생을 마감하였다. 이때 이건창은 누군가의 자식으로 태어나 부모한테 효도를 못하는 사람들 가운데 가난하고 천한 사람이라면 모르겠지만, 자신처럼 끼니를 거를 정도로 가난한 것이 아닌데도 스스로 교만하고 어리석어 평생 모친으로부터 받아먹기만 하고, 모친을 제대로 봉양할 생각을 하지 못한 사람은 없다고 회상했다. 돌아보니 자신은 조정에서 임금을 모시는 시종관侍從官이 되기는 하였지만 높은 명예를 추구하지 않아 모친에게 영광을 전해주지도 못하였다. 뿐만 아니라 자신을 단속하고, 임금에게 간언하는 태도를 취하면서 유배를 가게 되어 모친에게 걱정만 끼치고 그로 인해 병만 보태드렸다. 또 의약醫藥에 대해서도 아는 것이 없어 모친의 병이 깊지 않은 초기에 고쳐드릴 생각도 못했다. 모친이 부친과 함께 안의安義에 계실 때도 두 동생은 모친이 병이 나면 정성을 다해 간호하면서 자식 된 도리를 다했다. 그러나 자신은 멀리 관직에 나가 있다는 핑계로 모친이 병이 났다는 소식조차 듣지 못하고 있다가 돌아가셨다는 소식을 들었던 것이다. 이때 이건창은 임종을 지키지 못한 죄스러움을 안고 모친의 시신을 강화로 반장返葬했다.

이건창이 모친의 삼년상을 마치고 두 해 뒤인 1888년 모친의 회갑이 되었다.[97] 이건창은 불효하기 그지없음에도 구차히 살아서 돌아가신 모친의 회갑을 맞이하게 된 사실을 애통해하며 말했다.

"회갑이 되었건만 모친은 살아 돌아오실 수 없구나. 술이 있고 밥이 있다 한들 모친은 드실 수도 없고, 명주에 비단이 있다 한들 모친은 입으실 수도 없고, 손님과 벗들이 있다 한들 모친이 안 계시니 부를 수도 없고, 글을 짓는다 한들 모친을 위해 축하할 수도 없구나."

이에 이건창은 모친의 생전 행적과 행실을 글로 지었다. 그리고 세상의 군자들로부터 돌아가신 모친이 살아 계신 듯이 모친의 회갑을 축하하는 글을 받아서 모친의 장수를 기원하는 기회를 갖고자 했다. 이처럼 이건창은 모친이 돌아가신 것으로 여기고 싶지 않은 마음을 담아 모친의 대략의 행적과 행실을 「돌아가신 모친 숙인 파평 윤씨 행략先母淑人坡平尹氏行畧」으로 기록하였다.[98] 이건창이 모친의 죽음을 현실적으로 받아들이고 싶지 않았던 것은 자신의 그지없는 불효에 대한 반성과 모친에 대한 깊은 효심이 가슴속에 자리하고 있어서였다.

모친상 중에 이건창은 강화에서 「두메산골에 대한 글」을 지었다. 그의 일부를 살펴보도록 하자.

두메에 사는 사람 어찌 험한 곳 좋아해서랴

거친 곳에 사는 것은 밭떼기와 집이 없어서니

푸른 산은 가난하다고 거부하지 않고

맨손으로 와도 먹거리를 도모하게 해준다네. (…중략…)

이 산에는 호랑이도 표범도 없고

인근 고을에는 도적도 없고

한낮에는 집안에만 앉아 있으니

어찌 생각이나 했으랴, 벼락같이 요란한 소리.

관교官敎가 곧장 들어와

목소리도 내지 않고 얼굴 먼저 붉히고

검은 옷 입은 하리는 어깨의 반을 드러내고는

붉은 끈을 두 손으로 던지네.

할아범은 장인을 때렸다며, 할멈은 도둑질을 했다며[99]

온갖 이치에도 맞지 않는 말을 해대니

외마디인들 어찌 소리 낼 수 있으랴

삶과 죽음이 치고 밟는데 달려 있네.

죄상은 또 차치해두고

재물을 먼저 찾아내겠다지만

옹기 구멍의 들창[100]에다 울타리도 없으니

무슨 수로 감추고 숨길 수 있으랴.

눈 깜빡할 사이에 죄다 쓸어가자

서리 내린 숲에 바람이 낙엽 걷어 간 듯한데

문을 나서면서도 여전히 소리치며

남은 노여움이 풀리지 않은 듯하네.

악귀가 살아서 사람을 때리는데

이웃 마을에서 누가 감히 다가오랴

산의 해도 어둑어둑 지려 하건만

울타리가 쓰러져 전날 저녁과는 다르네.

울부짖던 아이는 반쯤 사색이 되었고

웅크려 앉은 개는 여전히 헐떡거리네.

다시 점검한들 무슨 소용 있으랴

빈방에 남은 거라곤 낡아빠진 거적뿐이네.

기가 막혀 흐느낄 수도 없으니

가슴을 친들 다시 무슨 도움이 되랴.

슬픈 것은 힘써 밭을 간 세월 오래여서

기력도 쇠하고 터럭마저 온통 세어졌다는 것.

이미 늙어버린 것은 다시 젊어지지도 못하고

이미 잃어버린 것은 다시 얻을 수도 없다네.

이 땅에서 살 수도 없고

여기를 떠나갈 곳도 없지만

성안의 많은 부자들은

파산해도 일자리를 얻을 수 있다네.

峽人豈好險, 野居無田宅.

靑山不拒貧, 赤手來謀食. (…중략…)

此山無虎豹, 旁郡無盜賊.

白晝屋中坐, 何意轟霹靂.

官校直入來, 未聲面先赤.

皂衣肩半卸, 紅縧手雙擲.

搞翁與竊嫂, 極口無倫脊.

一辭那可鳴, 生死繫拳踢.

罪狀且姑舍, 財物先搜斥.

甕牖無藩蔽, 何由得藏匿.

頃刻盡掃去, 霜林風捲蘀.

出門尚咆哮, 餘怒猶未釋.

惡鬼生搏人, 隣里誰敢逼.

山日翳將墜, 籬落異前夕.

啼兒色半死, 蹲犬猶喘息.

何用更點檢, 空坑餘弊席.

氣結不能歔, 叩心復何益.

所悲力田久, 氣衰髮盡白.

已老不重少, 已失難再得.

此地不可住, 舍此無所適.

城中多富人, 破産猶得職.[101]

이건창은 두메산골에서 어렵게 사는 사람의 모습을 보고 위의 시를 지었다. 두메산골에 들어와 사는 사람은 농사지을 땅과 집이 없어서이지 결코 험한 두메산골을 좋아해서가 아니다. 이러한 두메산골에는 다행히 호랑이도 표범도 없고, 도둑도 없어 큰소리 날 일이 전혀 없는데 갑자기 벼락치는 듯한 큰소리가 났다. 알고 보니 관교와 하리들이 들이닥쳐서 이런 구실, 저런 구실을 대며 앞뒤 말도 안 되는 말들로 세금을 내놓으라며 노부부를 치고 밟아대는 것이었다. 관교와 하리가 모조리 빼앗아 가고, 집안에 남아 있는 살림살이라고는 다 낡아빠진 거적뿐이다. 하리들의 소란에 놀란 아이는 울다가 사색이 되었고, 영문도 모르는 개는 주인에게 패악질을 해대는 관교와 하리들을 향해 짖어대느라 힘들었는지 웅크리고 앉아 숨을 헐떡이고 있다. 다시 용기를 내보려고 해도 너무 늙어서 그러기도 힘들고, 빼앗긴 물건도 되찾아올 길도 없다. 두메산골에 살기가 너무 힘들어서 다른 곳으로 떠나려 해도 갈 곳이 없다. 어디를 가든 사정은 매한가지였기 때문이다. 그렇지만 성안에 사는 많은 부자들은 파산을 해도 일자리를 얻을 수 있다는 말로 이건창은 냉소적인 회의감을 드러내고 있다.

두메산골에 사는 백성들의 아픔을 지켜보고 깊이 공감하기 전에는 결코 지을 수 없는 작품이다. 이처럼 이건창은 모친의 상중에도 백성들의 현실적 아픔을 그들의 눈높이에서 바라보고 그것을 글로 남겼다. 이는 이건창이 애민의식으로 철저하게 무장한 관료였음을 뜻한다. 나아가 양명학자로서 백성들의 삶과 이익을 위한 현실적인 학문을 추구하는 문장가였음을 의미한다.

모친의 삼년상을 마친 직후 이건창은 다시 관직에 나와 1887년 3월 형조참의刑曹參議에 제수된 데 이어 8월에는 병조참지兵曹參知에 제수되었다.

그런데 1888년 1월 경상도에서 양산군수로 재직 중이던 부친이 갑자기 돌아가셨다. 이건창은 양산까지 한걸음에 달려가 부친의 시신을 강화로 반구返柩한 후, 삼년상을 치렀다. 이때도 이건창은 부친의 임종을 지키지 못했다. 당시 부친의 임종을 지킨 것은 막냇동생 이건면뿐이었다. 이건면이 손가락에서 피를 내어 부친을 살리고자 했으나 효험이 없었고, 그로 인해 이건면은 몸을 상해 부친 탈상 후 5년 뒤에 생을 마감했다. 자신의 불효함은 물론 막냇동생이 일찍 세상을 등진 것도 이건창은 자신의 탓으로 생각했다.[102]

일찍이 이건창의 부친 이상학은 경기도 구리시 동구동에 있는 태조 이성계의 무덤인 건원릉健元陵을 지키는 능령陵令이었다. 당시 박지원의 손자 박규수와 번갈아 가며 좌의정, 우의정을 지낸 인물로 귤산橘山 이유원李裕元, 1814~1888이 있다. 『임하필기林下筆記』의 저자이기도 한 그는 많은 재물을 가졌음에도 불구하고 도무지 만족을 모르는 사람이었다.

이유원에 대해 좀 더 살펴보도록 하자. 이유원은 서울에서 80여 리 떨어진 경기도 양주楊州 가오실[嘉梧谷]에 별장을 두고 있었다. 그런데 이유원이 양주 별장을 오가는 80여 리 밭두둑길이 모두 이유원의 땅이라는 소문이 날 정도로 재산이 많았으며, 사치스럽기가 그지없었다. 한편 이유원의 외아들 이수영李秀榮은 문과에 급제해서 관직에 나아갔으나 일찍 생을 마감했다. 이유원은 대를 잇기 위해 양자를 들였는데, 불미스러운 일로 입양을 파했다. 그 후 이유원은 1885년 일가 중 한 사람인 판서 이유승李裕承, 1835~?의 30세 아들 이석영李石榮, 1855~1934을 양자로 삼았다. 입양된 지 오래지 않아 문과에 급제해서 이유원을 기쁘게 했던 이석영은 바로 우당友堂 이회영李會榮, 1867~1932의 둘째 형이다. 이석영은 이유원으로부터 양주와 평택의 땅을 포함해 엄청난 재산을 물려받았다. 그 후 1910년 경술국치를 당하자 50대 초반이던 이석영은 본가의 형제들과 함께 서간도로 망명을 떠났다. 이석영은 망명을 떠날 때 이유원으로부터 물려받은 양주와 평택의 드넓은 땅을 처분해서 마련한 목돈을 갖고 갔다. 망명지에 도착한 이회영 6형제가 망명지에 독립군을 양성할 학교를 세울 것을 계획하자 이석영은 자신이 가져간 기액을 아낌없이 내놓았다. 그 학교가 바로 신흥무관학교^{新興武官學校}이다. 그 후에도 이석영은 부족한 신흥무관학교 운영 자금 등을 댔다. 한마디로 이유원이 만족을 모르고 모으던 재산은 본인의 뜻과 관계없이 독립운동에 유용하게 활용되었던 것이다.

이유원이 어느 날 양주 가오실에 있는 별장에 있다가 서울로 들어가는 길에 건원릉을 지나다 이상학의 집을 방문하였다. 때마침 이상학의 집에는 선물로 들어온 은어가 있었다. 그래서 이상학은 아랫사람을 불러서 말했다.

"서둘러 은어를 회쳐서 대감을 위한 주안상을 대령하라."

갑자기 이유원이 놀라면서 말을 했다.

"어디서 은어가 났느냐? 회를 치지 말고 냉큼 가져오너라."

그 후 이유원은 아랫사람을 시켜 버들가지를 가져오게 하더니, 손수 버들가지로 은어를 싼 다음 마치 자신의 은어인 양 곁에다 '내수사^{內需司}에서 열어보시오. 신 이유원이 엎드려 바칩니다'라고 썼다. 그리고 그것을 하인을 시켜 궁중 물품 담당 부서인 내수사에 보내 임금에게 진상토록 하더니, 서둘러 떠나버렸다.

본래 천성이 올곧은 것으로 유명했던 부친은 집으로 돌아와 아들 이건창에게 이유원의 행실에 대해 일러 말했다.

"대신이 이래서야 되겠느냐? 이래서야 나라가 제대로 돌아가겠느냐?"

부친은 이 말을 마친 뒤 하루종일 탄식했다.[103] 남의 물건을 아무렇지도 않게 자신의 물건인 양 하는 태도도 웃기지만, 남의 것을 가져다 임금에게 진상까지 하는 모습은 올곧은 부친이 이해할 수 있는 범위가 아니었기 때문이다.

평생 모범적 행실을 보여준 모친과 부친을 연이어 잃은 이건창의 가슴은 먹먹했다. 그러나 이 시기에 이건창의 본격적인 문학수업과 저술작업이 이루어졌다 해도 과언은 아니다. 이때 이건창의 대표 저서 중 하나인 『당의통략黨議通略』이 지어졌다.[104]

『당의통략』은 이건창이 지은 자서自序와 목차, 당쟁의 역사와 전개 과정 서술과 함께 이건창이 분석한 당쟁의 원인을 기록한 「원론原論」 등으로 구성된 본문, 마지막에 재종제 이건방이 지은 발문으로 구성되어 있다. 그중 본문에는 1575년부터 1782년까지의 당쟁의 역사와 심의겸沈義謙과 김효원金孝元의 불화에서 시작된 동인과 서인의 붕당 형성 이후 동인이 남인과 북인으로 나누어지는 과정, 인조반정 이후 서인이 집권한 뒤 훈서勳西·청서淸西·노서老西·소서少西·윤서尹西·신서申西·원당原黨·낙당洛黨·산당山黨·한당漢黨 및 노론과 소론 등으로 나누어지는 과정, 이어서 숙종 대 이후 영조 대까지 수차례 거듭된 환국換局과 정치적 혼란을 수습하기 위한 탕평책 추진 등을 시간 순서대로 서술하고, 마지막에 윤선거尹宣擧와 윤증尹拯의 복관復官까지 다루고 있다.[105] 그리고 「원론」에는 이건창이 파악한 조선의 오래된 당쟁의 원인을 여덟 가지 '도학태중道學太重', '명의태엄名義太嚴', '문사태

번文辭太繁', '형옥태밀刑獄太密', '대각태준臺閣太峻', '관직태청官職太淸', '벌열태성閥閱太盛', '승평태구承平太久'로 분석해서 담았다.[106] '도학태중'은 도학을 지나치게 중히 여기다 보니 무자격자가 도학이라는 이름으로 세상을 호령하고, 타인이 자신의 잘못은 절대로 건드리지도 못하게 하는 것이다. '명의태엄'은 명분과 의리를 지나치게 엄히 여겨 매사를 이분법적으로만 보는 것이다. '문시태번'은 문사가 지나치게 번거로워 문상에 쓴 글귀 하나만으로도 배척당하는 것이다. '형옥태밀'은 형옥이 지나치게 세밀해서 연좌죄로 형벌을 주는 것이다. '대각태준'은 대각臺閣, 곧 사헌부와 사간원이 지나치게 엄준하여 여러 당파를 아울러 복종시키지 못하는 것이다. '관직태청'은 관직에 있는 사람에게 지나친 청렴을 바라서 상대방을 공격하는 빌미가 되는 것이다. '벌열태성'은 벌열, 곧 혈연·지연·학연 등에 대한 집착이 지나치게 성행하여 벌열끼리 관직을 독차지하는 것이다. '승평태구'는 임진왜란, 병자호란 이후 외세 침략 없이 조선의 평화가 지나치게 오래 지속된 것이다.[107] 이건창은 이러한 이유들 때문에 발생한 것이 붕당이고, 그로 인해 파생된 것이 당쟁이라고 보았다. 이건창이 지목한 붕당의 원리를 하나하나 따져보면 매우 일리 있는 이유가 아닌 것이 하나도 없다.

사실 『당의통략』은 이건창 개인의 저술은 아니다. 조부 이시원은 생전에 선인들이 임금에게 올린 상소문과 정승판서를 지낸 인물들의 행장이나 문장 등을 기록해서 100권 분량의 『국조문헌國朝文獻』을 남겼다. 이 『국조문헌』은 조부가 사실만을 기록한 것으로 조부 개인이 별도로 창작한 내용은 없다.[108] 이건창은 관직 생활 중에 휴가를 얻어 고향에 돌아올 때마다 『국조문헌』을 꺼내서 좀이 슬지 않도록 햇볕에 말려두었다. 그런데 모친상과 부친상을 연이어 치르면서 집에 오랜 시간 머무는 동안 이건창은 부스럼의 일종인 창독瘡毒으로 고생을 한 데다 시력까지 갑자기 나빠졌다. 이에 이건창은 눈이 더 어두워지고 기억이 더 혼미해지기 전에 조부가 기술한 글들 가운데 당쟁과 관련된 중요한 내용을 발췌해서 2권의 책으로 만들되, 요점을 제시하고, 중간중간 자신의 의견을 채워 넣어 자신도 읽고, 만든 책을 참고로 동생들이 종종 해오는 질문에 답을 해주기로 했다. 이런 이유로 저술된 책이 바로 『당의통략』이다.[109]

조선 후기에 편찬된 수많은 당론서黨論書 가운데 하나인 『당의통략』은 이건창의 선조 대부분 서인西人으로 활동하다가 서인이 노론과 소론으로 나누어질 때 소론 측에서 활동했던 만큼 소론 위주의 당론서이다.[110] 이건창이 조부의 많은 작품 가운데 당의黨議를 가장 먼저 정리한 데에는 나름대로 이유가 있다. 기실 붕당의 폐단은 조선 초기에는 없던 일이다. 그런데 선조 때인 1575년부터 영조 때인 1755년까지 180년 동안 공사문자公私文字에 기재된 열 가지 중 일곱 여덟은, 누가 옳고 그른지, 누가 득이고 실인지, 누가 바르고 사특한지, 누가 충신이고 역적인지에 대해 제대로 헤아려보지도 않고, 대부분이 당파의 입장에 따라 무조건 배척하고 봤다. 이에 이건창은 훗날 정사正史를 편집해서 간행할 때는 반드시 먼저 붕당의 의론을 발췌하여 사마천의 『사기史記』 「서書」와 반고班固의 『한서漢書』 「지誌」를 모방해서 별도로 1부部를 만든 다음에 다른 것을 정리해야만 붕당에서 벗어난 정확한 정사를 쓰게 되어 혼란이 없을 것이라고 생각했다.[112]

누가 옳고 그른지가 아니라, 내가 속한 당의 사람의 글이나 발언이면 누가 봐도 잘못된 글이요, 문장이라도 무조건 옳다고 밀어붙이고, 나와 소속

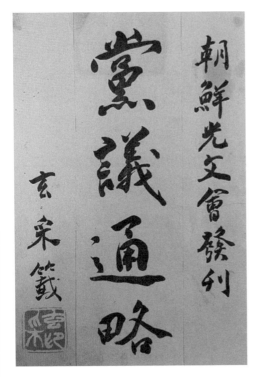

이 다른 당 사람의 글이나 발언이면 그 말이나 글이 누가 봐도 옳은 말이요, 문장이라도 무조건 배척하고 밀어내는 것이 당쟁이다. 유구한 역사를 지내오면서 이어져 온 당파 싸움을 현시대에도 대면하고 있다. 이러한 점에서 『당의통략』을 쓸 때 이건창의 비통한 심정을 일부나마 헤아려볼 수 있다. 하여 이 책은 오늘날 정치인 필독서로 강력히 추천해도 전혀 손색이 없는 책이다.

〈그림 10〉 『당의통략(黨議通略)』[111]

『당의통략』에 대한 평가 가운데 1926년 7월 잡지 『개벽』에 실린 「사화士禍와 당쟁黨爭」에 대해 청오靑吾 차상찬車相瓚, 1887~1946이 쓴 논설의 머리말을 살펴보도록 하자.

이건창이 말하기를, 당쟁의 뿌리가 되는 붕당朋黨은 중국의 동한東漢이나 당나라나 송나라 때도 모두 있었다. 그러나 온 나라가 모두 붕당에 몰두하고 수백 년에 걸쳐 그 옳고 그름을 구분하고 의리의 순종하고 거부함을 판가름함에 있어 명백하지 못한 것은 오직 조선이 유일하다고 하였다. 이처럼 조선의 붕당은 고금의 붕당 가운데 가장 규모가 크고, 지극히 어렵고 매우 오래된 것이라고 했다는 것이다. 이건창의 말처럼 조선의 당쟁은 규모가 매우 크고 지극히 어렵고 또 매우 오래되어 어디 비할 바가 없었다. 조선 500년 역사에서 약 300년이 당쟁의 역사라 해도 과언이 아니었다. 정권政權도 당쟁으로 좌우되고, 왕권王權도 당쟁으로 쇠했다 성했다 하고, 급기야 각종 제도制度와 풍속風俗, 문물文物에 이르기까지 당쟁의 지배를 받지 않는 것이 없었다.[113]

심지어 현인군자賢人君子라 일컬어지며 세상에서 추앙을 받던 사람도 당쟁에 휘말리면 하루아침에 난신적자亂臣賊子로 전락하여 고도절해孤島絶海의 유배객이 되거나 흉검독약凶釖毒藥의 원귀寃鬼가 되기도 하고, 대역부도大逆不道로 부관참시를 당하기도 한다. 그랬다가 또 자신이 속한 붕당이 당쟁에서 승리하면 일시에 충신열사忠臣烈士가 되어 서훈敍勳을 받고 작위를 받는다. 그 어떤 위대한 인물이라도 같은 당파가 아니면 관직에 나아가지 못하게 막고, 자질이 부족한 인물이라도 같은 당파면 영화로운 작록을 쉽게 취하도록 힘써 돕는다. 마침내 임금과 신하가 서로를 의심하고 두려워하고, 선비들은 서로 배척하고, 살육殺戮을 해대서 삼천리 강토 전역에서 억울해서 우는 소리와 원한으로 피를 흘리는 일이 그칠 날이 없다. 당쟁에서 승리하는 것 외에는 국가도 임금도 민족도 친척도 스승도 제자도 다 부질없다고 여긴다. 다만 자기가 속한 당의 주장主張만 관철貫徹되는 것에 만족할 뿐이다. 이러한 당쟁은 한 집을 패하고 나라를 망하게 만드는 원인이 되었다. 임진왜란 또한 당쟁 때문에 의견이 갈려서 결국 제대로 된 대처도 못하고 선조가 의주까지 파천하기에 이르렀던 것이다. 이에 선조는 의주에서 조정에서 당쟁을 조정하지 못해 임진왜란까지 당한 것에 대해 경계하며 "관산關山에 걸린 달을 보며 통곡하노니, 압록강에 부는 바람에도 상심하네. 조정의 신하들은 오늘 이후에도, 또다시 동인이니 서인이니 하려는가!"[114] 라는 시를 지어 신하들에게 보였다.[115] 선조가 당쟁의 폐해를 절박하게 인식하고 이런 시를 남긴 때로부터 250년의 세월이 흐른 영조 때까지도 당쟁은 여전했다. 당쟁의 폐해를 피해 강화로 이주한 선조를 둔 이건창의 가문 또한 당생의 피해자이다. 당쟁의 폐해를 너무 잘 알고 있던 이건창의 조부 이시원의 조부인 이충익은 그래서 손자 이시원이 문과에 급제한 후 관직에 나아가게 되었을 때 손자가 당쟁 때문에 정치적 어려움에 처할까 걱정하는 마음에 손자의 과거급제를 반기지 않았던 것이다. 그렇다고 이건창이 살던 때라고 당쟁이 사라졌는가 하면 결코 아니다. 그래서 이건창은 당쟁에 대해 더 큰 관심을 갖고 『당의통략』을 지었다. 한마디로 이건창은 자기 시대를 자기 시대로 본 것이 아니라, 거대한 역사의 흐름으로 보고 『당의통략』을 지은 것이다.

이건창이 편찬 저술한 『당의통략』은 동시대에 나온 다른 당론서에 비해 자신의 가문이 속한 소론의 당론에 치우치지 않고 비교적 공정하고 객관성을 유지하며 쓴 것으로 평가받고 있다. 그러나 내용을 살펴보면 정말 공정한가에 대해 의문을 갖게 된다. 예를 들어 이건창이 노론과 소론의 분화에 대해 설명하는 과정에서 이사명李師命이나 김익훈金益勳의 보사공신保社功臣에 추록된 사실은 증거가 없다고 표현한 것이라든지, 이성尼城에 살던 윤증尹拯과 회덕懷德에 살던 송시열宋時烈의 시비是非를 '이회尼懷의 흔단釁端'이라고 하면서 통상적으로 노론 측 송시열을 먼저 언급하는 것과는 달리 소론 측 윤증을 먼저 언급한 것 등이 그것이다. 그래서 『당의통략』과 같은 시기에 편찬된 노론 중심의 당론서『동국붕당원류東國朋黨源流』에서는 '대놓고 비방한 것은 아니지만 은연중에 말을 돌려서 공격했다'고 하면서『당의통략』의 객관성에 대한 의구심을 드러냈다.[116]

그럼에도 불구하고『당의통략』이 공정하게 쓰인 것으로 평가받고 있는 이유는 인조 때의 서인 김상헌金尙憲, 1570~1652과 남인 이계李烓, 1603~1642의 일을 언급하면서 김상헌으로 인해 이계가 극형을 받았으나 이는 증거가 불충분하다며 남인 측의 입장에서 서술한 것이라든지, 자신의 선조인 이진유李眞儒 관련 서술에서 비판적 시각을 견지하는 것 등 때문이다. 이건방의 발문에도 나타나 있듯이 이건창 또한 당중黨中의 사람인 까닭에 아무리 공정하려고 해도 어쩔 수 없이 자신의 가문이 속한 소론 측 입장이 반영된 것도 사실이다.[117]

따라서 오늘날 역사학계의 보고寶庫로 평가받고 있는『당의통략』내용 가운데 일부 소론 측 입장을 반영한 것에 얽매여 이 책을 공정하지 못하다고 판단할 것이 아니라, 당시 만들어진 다른 낭론서에 비해 이건창이 최대한 공정하고자 노력한 사실만큼은 충분히 인정해줘야 한다.

15. 부모의 삼년상 직후 다시 시작된 관직 생활

연이어 부모의 삼년상을 치른 이건창에게 조정에서는 1890년 5월 형조참의에 제수하였다. 이어서 그해 8월에는 공조참의工曹參議에 제수되었다. 그리고 1891년 8월에는 돈녕부도정敦寧府都正이 되었고, 그해 10월 이건창은 한성부소윤漢城府少尹이 되었다. 조선이 청나라와 일본과 통상을 시작하면서부터 청나라와 일본의 상인들 가운데 우리나라 사람과 소송을 하는 일이 많아졌다. 수많은 소송을 경조京兆에서 직접 처리하기가 어려워지자 조정에서는 외국인과 우리나라 사람 간의 소송을 전담시키기 위해 별도로 소윤少尹을 두게 되었는데, 이때 이건창이 한성부소윤이 된 것이다. 몇 달 사이에 승진을 거듭하며 한성부소윤에 오른 지 겨우 한 달 남짓 되었을 때 이건창은 화폐 유통의 폐단과 외국인의 조선 가옥 및 토지 구입 금지 등을 청하는 상소를 올렸다.

당시 이건창이 올린 상소문의 일부를 살펴보도록 하자.

삼가 승정원에서 매일 아침 반포하는 조보朝報를 보니, 동전銅錢, 은전銀錢, 엽전葉錢, 당오전當五錢을 교환하여 통용하라는 명이 있으셨습니다. 신은 학술이 천박하고 졸렬하여 옛날의 일을 널리 인용하지 못하는 데다, 사물의 이치에 더욱 어두워 이해利害를 명백히 분별하기에 부족합니다. 다만 신이 살펴 깨달은 점이 있은 이래로, 조정에서 화폐를 변통하는 정사가 있을 때마다 그 폐단을 구명해 보면 백성과 나라에 모두 병이 되지 않은 적이 없었습니다. 폐단은 고치지 않을 수 없다 하지만, 고쳐도 더욱 폐해가 되니 고치지 않는 것이 낫습니다. 화폐만 그런 것은 아닙니다만, 화폐는 그중에서도 분명하게 증험된 것입니다. 문란한 것을 다스리려면 실마리를 찾는 것이 가장 낫고, 일을 해결하려면 근본적인 해결책을 강구해야 합니다. 현재의 폐단은 돈이 적은 것이 걱정이 아니고, 바로 돈이 많은 것이 걱정입니다. 또한 돈이 유통되지 못하는 이유는 (통용되는 돈을) 두 가지로 하기 때문입니다. 두 가지도 오히려 유통되지 못하는데, 하물며 늘려서 네 가지로 하고 또 전에 행하지 않았던 교환交換하는 법까지 쓴다고 하니 더 말할 것이 있겠습니까? 명목名目이 현저히 다르고 조례條例가 너무 번거로워 우리의 어리석은 백성들이 헷갈려 변별하지 못합니다. 우리 백성들이 헷갈리면 외국인으로서 계산에 밝고 통행하는 일에 익숙한 자가 틀림없이 그러한 기회를 이용하여 우리 백성들을 속일 것입니다. 그렇다면 화폐 무게의 결정을 조종하고 원근 지역에서 통용하거나 통용하지 못하게 할 것이니, 그 이익이 또한 반드시 있을 것입니다. 또 당오전을 만든 것이 당초에 어찌 큰 불편이 있었겠습니까마는, 처음에는 지방에서 주조하는 법식을 잘 준행遵行하지 않았고, 중간에는 풀무질하여 금속을 불려 주조하였는데 갈수록 더욱 엉성하고 볼품이 없어져, 마침내 화폐 가치가 줄어들었는데도 더 늘리고서 두려워하고 경계함이 없는 지경에 이르렀습니다. 이것은 모두 유사有司로서 왕명을 받들어 선양하는 이가 적고 법이 제정되지 않았기 때문입니다.

지나간 일을 미루어 보건대, 이번에 은전과 동전이 홀로 통용에 장애가 없을 것인지를 기필할 수 없습니다. 그러므로 만일 법을 제정한다면 전錢은 변화시키지 않아도 되고, 만일 제정하지 않는다면 황금을 녹여 화폐를 만들더라도 백성들이 불편할 것입니다. 어떤 사람이 말하기를, '제도를 변경하여 부강富强하게 된 경우가 많다'라고 하였으니, 지금만 어찌 유독 그렇지 않겠습니까. 오직 이 한마디 말이 바로 온갖 폐단의 근원이 되기에 충분하며 조금도 도움 되는 것이 있음을 보지 못한지 또한 오래입니다. 옛법을 따르고 뭇사람의 마음을 거스르지 않는 것이 실로 우리 임금의 한 가지 문서로 작성된 규칙이며, 온 나라 백성과 신하들이 함께 흠앙하며 두 손 모아 칭송하는 것입니다. 간간이 시험 삼아 해 볼 생각으로 때에 따라 적절하게 조치해야 할 일을 참작하여 쓰셨는데, 변화시킨 것이 다 훌륭하였다고 하더라도, 또한 마땅히 널리 묻고 널리 의견을 채납한 다음 조심하고 삼가 굳게 결정하여 시행해야 합니다. 지금은 널리 의논하지 않았고 너무 빨리 행하였으니, 가까이 조정과 종묘의 안으로부터 이미 억지로 하는 뜻이 없을 수 없습니다. 그런데 하물며 멀리 떨어져 외진 지역의 우매한 백성들에게 어찌 집집마다 다니며 가르쳐 일러 주고 설명해 주어 같지 않은 생각을 같게 할 수 있겠습니까. 신이 지금 임금의 명령이 행해지는 초기에 망녕되이 진술하는 것은 매우 외람됩니다만, 진실로 온 세상의 의논이 모두 '인심이 반드시 배나 분잡하고 소란할 것이고 물가가 반드시 배나 치솟을 것이며 폐단이 틀림없이 이루 다 말할 수 없을 것이다'라고 하기 때문입니다. 이러한데도 유독 밝으신 임금 앞에 한마디도 아뢰지 않으니, 신은 적이 마음으로 애석하게 여깁니다.

삼가 바라건대, 전하께서는 심사숙고하시어 다시 대신이나 여러 유사와 의논하여 헤아려 토론함으로써 행하여도 틀림없이 폐단이 없을 것임을 적확히 본 연후에 행하소서. 그렇지 않다면 예전대로 변화시키지 말고 또한 다시 풀무질하여 금속을 불려 화폐를 주조하지 말도록 하여 너무 심한 폐단만 제거하고자 하시고, 백성들의 의견이 같지 않은 것을 돌아보시고 큰 계책을 헤아려 경영하심으로써 편안하고 고요함을 이루시고 융성한 상태에 올려놓으신다면, 백성과 나라가 모두 다행이겠습니다.

신은 또 직사職事와 관련하여 한번 진술하고자 합니다. 신이 삼가 한성부漢城府의 등록謄錄을 조사해 보니, 각 나라 사람이 집을 영구히 산 것이 400여 곳이나 되며 그 간가間架: 집의 칸살의 얽이는 이루 다 헤아릴 수 없을 정도입니다. 방이나 집을 임대 받거나 사는 것은 장정章程에 실려 있는데, 이미 본부에서 증서를 만들어 교부해 주었고 신도 도임한 뒤에 그 요구에 따라 몇 곳의 집문서를 만들어 주었습니다. 그렇지만 여러 날을 지나며 생각해 보니, 문득 두려워졌습니다. 부자가 많아 끊임없이 집을 사들인다면, 서울에 본디부터 살던 백성들은 어느 곳에 몸을 의탁하여 생활하겠습니까. 지금 각 나라 사람에게 이 사정을 미리 말하기를, '이미 산 집이 적지 않고 우리 백성들이 거주할 곳이 점차 좁아져 점점 곤란해지니, 지금부터는 한정이 있도록 하라' 하고, 이어 우리 백성으로서 오른 값에 집을 사서 중간에서 이익을 꾀하는 자를 좀 더 금지하고 제어한다면, 오히려 뒷감당을 잘할 계획이 될 수 있을 것입니다. 그러나 이것은 참작하여 세밀하고 신중하게 할 일에 해당되니, 신이 마음대로 처리할 수 있는 것이 아닙니다.

삼가 바라건대, 내외 아문衙門으로 하여금 좋은 쪽으로 의처議處하도록 하소서. 그러신다면 더없이 다행스럽겠습니다. (…중략…)"

하니, 답하기를,

"상소를 보고 잘 알았다. 화폐에 대한 일은 그대는 연전에 대신이 연석筵席에서 아뢴 것을 못 보았는가. 아래에서 진술하려고 한 것은 그대도 직책이 있으니, 통솔하는 관서와 함께 강구해야 할 것이다" 하였다.[118]

위의 상소는 『명미당집』에 「논전폐방옥소論錢幣房屋疏」[119]라는 제목으로 실려 있다. 고종은 이건창이 올린 상소를 보고 화폐 유통 폐단과 관련된 일은 대신이 연석에서 이미 말한 내용이라며 넘겼다. 이어서 고종은 이건창이 제시한 외국인 주택 매입 문제에 대해 건의한 내용은 이건창이 통솔하는 관서와 함께 강구하라고 하였다. 이건창이 당시 이러한 상소를 올린 이유는 오늘날에도 여전히 통용되는 문제이다. 당시 이건창은 조보朝報를 보고, 동전銅錢·은전銀錢·엽전葉錢·당오전當五錢을 교환해서 통용하라는 명이 내려졌다는 사실을 알게 되었다. 이에 이건창은 시장에 돈의 가짓수가 적은 게 아니라, 돈의 종류는 많은데 그것이 제대로 융통되지 못하는 것이 문제임을 정확하게 집어냈다. 어려운 백성들을 위한답시고 새로운 제도를 만들어낼 때마다 정작 힘들어지는 것은 어려운 백성들이다. 조정에서는 이런 제도를 변경하는 것에 대해 제대로 의논하거나 장단점에 대한 검토도 없이 급하게 서둘러 시행하고, 그에 대한 문제점이 드러나면 또 제도를 바꾸고, 드러나면 또 바꾼다. 더욱이 바뀐 제도를 멀리 있는 백성들에게 제대로 알릴 시간도 없이 새로운 제도를 만들어 적용시키는 일은 없어야 한다. 그래서 이건창은 어떠한 제도를 시행하기에 앞서 반드시 널리 묻고 의견을 채납한 다음 조심하고 삼가 굳게 결정해서 시행해야 한다고 하였다. 이에 덧붙여 그는 이미 명이 내려졌는데 망령되게 말을 하는 것이 외람되다는 것을 알면서도 아무도 이런 사실을 임금에게 아뢰지 않으므로 이 점을 애석히 여겨 아뢴다고 하였다. '고려공사삼일高麗公事三日'이라는 말이 있다. 고려의 정책이나 법령은 사흘에 한 번씩 바뀐다는 말이다. 정책이나 법령이 자주 바뀐다는 말은 법을 시행하기에 앞서 여러 방면의 전문가들과 토론을 거치며 심사숙고하지 않고 일단 시행부터 하고 본다는 뜻이다. 오늘날 수많은 제도가 시행되는 과정에서 드러나는 문제점을 봐도 이건창의 말이 백번 옳다는 것을 알 수 있다.

외국인의 주택 매입 문제 또한 오늘날 지자체마다 외국인에게 땅이나 건물 등을 규제 없이 팔아대는 일을 상기하면 조만간 국토의 주인이 외국인이 될 수도 있음을 염려하는 이건창의 심정에 십분 공감하게 된다. 처음엔 조선 땅에서 집을 소유한 외국인은 몇 안 되지만, 이를 그냥 두었을 경우 외국인들이 소유하는 주택은 점점 더 많아질 것이다. 또 가진 자들이 주택을 숫자 제한 없이 마구 사들이도록 둔다면 살기 어려운 백성들이 들어가 살 집이 없어지고, 집값 또한 천정부지로 뛸 것이 뻔하다. 애민정신으로 무장된 이건창은 이를 그냥 두고 볼 수 없었다. 그래서 그는 이미 명이 내려졌음에도 불구하고 화폐 유통 문제에다 외국인에게 조선의 가옥과 토지를 매매하는 것을 금지하는 문제까지 아울러 상소를 올렸던 것이다. 이에 조정에서는 문제점을 인식하고 외국인의 가옥 및 토지 매매 금지령을 내렸다.

이건창이 올린 상소 때문에 외국인에게 가옥과 토지 매매 금지령이 내려진 사실을 알게 된 청나라 관원 당소의唐紹儀는 이것은 양국이 맺은 조약에 어긋난다며 성을 냈다. 이에 이건창은 당소의에게 우리나라에서 우리 백성들에게 판매를 금지하는 것인데 양국의 조약과 무슨 상관이 있느냐는 내용의 편지를 보냈다. 그러나 당소의는 여기서 물러서지 않고 조정으로 들어가 청나라 명신 이홍장의 말이라는 평계를 대며 조신 정부를 협박해서 매매 금지령을 완화시키게 만들었다. 결국 외국인에게 가옥과 토지 매매를 금지한다는 법령은 실시가 되자마자 완화되고 말았다. 이건창 또한 여기서 물러서지 않았다. 백성들의 피해가 불 보듯 뻔했기 때문이다. 이건창은 백성 가운데 외국인에게 집을 팔려는 자가 있으면 슬쩍 방문하여 다른 죄목으로 벌을 내렸다. 이에 백성들은 이건창이 어떤 의도로 자신들을 벌하는지를 간파하고 감히 집을 팔지 못했고, 청나라 사람들 또한 따질 말을 찾지 못했다. 그런데 안타깝게도 함흥에서 난민亂民들이 소란을 일으켜 이건창이 그곳의 안핵사按覈使로 나가게 되었다. 그러자 백성들은 멀지 않아 제 살을 깎아 먹는 일인 줄 모르고 "기회는 이때다"라며 옛날처럼 외국인들에게 제멋대로 집을 팔아댔다.

한편 상소를 올린 지 오래지 않은 어느 날 이건창은 강화의 광성진에서 머물고 있었다. 그곳에서 그는 무당이 배에서 풍어제豊漁祭를 지내는 모습을 보았다. 무당이 제물을 갖춰놓고 굿춤을 추면서 바닷속 용신을 불렀다. 그러자 용신이 나타나 자신을 취하고 배부르게 해주었으니 보답으로 연평도 조기와 칠산 앞바다의 준치를 그물로 들어 올리지도 못할 만큼 주겠노라고 답했다. 이어서 그 조기와 준치를 잡아다 팔면 본전을 제해도 삼천만 냥쯤은 남을 것이니, 그 돈이면 밭도 사고 집도 사고 농사를 지으면서 여생을 보내기에 충분할 것이라고 했다. 용신은 그 정도면 더 이상 힘들게 고기잡이를 하지 않아도 되니, 어부에게 더 이상의 바람은 없을 것이라고 생각해서 한 말이다.[120] 그런데 어부의 소원은 풍어로 끝이 아니었다. 어부에게는 한 가지 더 기도를 청할 일이 있었다. 이에 대한 내용은 이건창이 지은 「광성진에서 묵으며 풍어제 지내는 말을 기록하다」라는 시를 통해서 살펴보도록 하자.

> 뱃사람이 듣고서 용신에게 감사하다면서도
> 입으로 또 기도하며 청할 일 있다 하네.
> 임금님은 너그럽고 자애로워 백성들을 구휼하건만
> 고을 곳곳에서 여전히 괴롭히는 벼슬아치들.
> 지난해 조서에 수세水稅를 파한다고 밝혔지만
> 올해는 항구를 막고는 세금 거둘 방법 찾아내느라

삼남三南에다 특별히 조운선漕運船을 보내서

바닷가에 배를 잡아두니 거듭 번거로운 폐단입니다.

또 용신이 내려주어 많은 돈을 얻는다 해도

밭 사고 집을 사도 누군들 견뎌내겠으며

문서에 말斗만 한 붉은 어보御寶를 찍어 내렸으니

말총 채찍으로 이마 내리누르는 일을 어찌한답니까.

용신이 말하기를, 이 일은 나의 직분 아니라

그대가 백 번 절하면서 청해도 소용없으니

언덕 위에서 읊조리는 시인이건창에게 가서 하소연하면

풍요風謠를 채집해 들어가 임금에게 바치리라.

船人聞之謝神賜, 口中又有祈請事.

聖主寬仁恤農商, 郡縣處處猶苦吏.

去歲明詔罷水稅, 今年截港覓抽計.

三南特遣運漕艘, 濱海捉船仍煩獎.

又如神賜得錢多, 買田買宅誰耐過.

紅泥蹋紙字如斗, 馬尾壓頂事如何.

神言此事非我職, 汝雖百拜請無益.

往訴岸上吟詩人, 採入風謠獻京國.[121]

어부가 한 가지 더 기도로 청한 일은 다름 아닌 나쁜 관리를 없애달라는
것이었다. 만선으로 돌아온 후 물고기를 판 돈으로 땅을 사고 집을 산들 끝

도 없이 거두어 가는 세금 때문에 땅이고 집이고 지킬 방법이 없다는 것이다. 너그럽고 자애로운 임금은 백성들 진휼에 힘을 쓰지만 나쁜 관리들 때문에 백성들은 갈수록 살기 힘듦을 이야기하고 있다.

이처럼 이건창은 굿을 보면서 목도한 내용에다 어부들의 고달픈 삶까지 녹여서 시를 지었다. 시를 읽는 독자들이 한바탕 벌어지고 있는 풍어제를 직접 보고 있는 듯한 착각이 들 정도로 생생한 장면 묘사가 매우 두드러지는 작품이다.

부모의 삼년상을 마치자마자 다시 관직 생활을 시작한 이건창은 화폐 유통의 폐단은 물론 외국인의 조선의 가옥 및 토지 매입 금지 등을 요구하는 상소를 올렸다. 이에 더해 그는 세금으로 인한 백성들의 고달픔이 농부에 이어 어부들에게까지 확산되었음을 시를 통해 알리고자 했다. 부모 상중에도 그랬지만 관직에 나아가서도 이건창의 고민은 오직 한 가지, 애민! 그것뿐이었다.

16. 황현을 위해 지은 구안실 기문

황현은 1883년 자신이 치른 과거 시험을 비롯해 온 나라 곳곳에 부정부패가 심각한 지경에 이르렀음을 확인하고 낙향한 후 더 이상 과거에 뜻을 두지 않았다. 그러나 부친의 강경한 뜻에 따라 황현은 어쩔 수 없이 1888년 생원회시生員會試에 응시해서 장원으로 합격했다.

그 후 황현은 1890년 구례에 자신의 서재로 구안실苟安室을 마련했다. 구안실에는 황현의 조부가 손자를 아끼는 마음으로 마련해준 3,000여 권의 서책이 쌓여 있었고, 그곳에서 그는 다양한 학문과 시문詩文 등에 열중했다. 그런데 황현이 이건창에게 구안실에 대한 기문記文을 지어 줄 것을 청했다. 이에 이건창은 1891년 7월 「구안실 기문」을 지어 주었다.

본래 황현의 집안은 남원南原에서 세거世居했다. 그러나 황현 때 남원에서 광양光陽으로, 이어서 1886년 구례의 만수동萬壽洞으로 이사하였다. 구례는 고을 크기도 작은 데다 땅마저 척박한 곳이다. 더욱이 황현의 집은 백운산白雲山에 있었는데, 지세가 매우 험준한 데다 주변은 온통 거친 자갈땅이었다. 그곳에서 나는 곡식으로는 고을 사람들이나 겨우 먹고 살 정도에 불과할 만큼 생산량이 적었다. 다행히 차茶와 목화 생산량이 넉넉해서 그것을 팔아서 곡식과 바꿔 먹을 정도는 되었다. 그 밖에는 더 이상 삶에 보탬이 되는 생산 물자가 없었다. 이에 더해 경상도와 전라도 접경 지역에 끼어 있고, 대로大路가 황현이 사는 곳을 통과하기 때문에 만약 경상도나 전라도 어느 한 지역에 변고가 발생하기라도 하면 황현이 사는 곳은 곧바로 요해처로 활용될 정도였다. 그만큼 그의 집은 지세가 험준한 곳에 자리 잡고 있었다.[122]

이건창이 쓴 「구안실 기문」의 일부를 살펴보도록 하자.

〈그림 11〉 구안실 표지판
출처 : 이은영

〈그림 12〉 구안실 터
〈그림 13〉 구안실 안내판
출처 : 이은영

　　매천의 글을 보면 만수동萬壽洞·백운거白雲渠·구안실苟安室 등의 여러 기문記文을

서술하였는데, 그 풍토는 모두 그 아름다움이 드러나지 않고, 또 세속을 버리고

난을 피할만한 깊은 곳도 아니다. 오직 그는 이른바 "감나무와 밤나무가 마을을

가리고 솔방울 씨가 물을 덮으며 횃대에서 닭이 울고 울타리에서 개가 짖는 것

이 백운 속에 있다"고 하였다. 또 "대나무 숲이 빽빽하여 가끔씩 시를 읊고 글 읽

는 소리를 듣자면 자못 사람으로 하여금 상상의 날개를 펴게 한다"고 하였다. 그

러나 이는 매천의 말에서 의미가 있을 뿐이지, 그곳이 반드시 즐길 만하지 않은

것은 이와 같다.

매천은 남쪽에서 태어나 관례를 치르자 큰 영예가 있었으며, 자신의 능력을 자부하여 세상에 나아가 당대의 사람들과 교유하였다. 웅건하고 거침이 없어 현달한 관직도 그의 눈에 차지 않았으며 학문과 덕행으로 이름난 거유巨儒도 그가 머리를 굽히기엔 부족하였다. 다만 고서古書를 구하여 수천 년간의 사람들과 신기神氣로 서로 왕래하였다. (…중략…)

그의 식견과 논의는 이따금 굳건하고 통쾌하여 화살로 과녁을 뚫는 듯, 톱으로 썩은 나무를 자른 듯하니, 비록 육경六經의 뜻과 성현의 마음 씀에 대한 것은 다만 어떠한지 알지 못하지만 그 장점을 총괄해 보면 한 시대의 기재奇才라 할 수 있다.

상서象犀와 주옥珠玉은 바다와 산의 험준한 곳에서 나오지만 그것을 구해서 보려는 자는 반드시 시장에서 구한다. 어찌 지보至寶:지극한 보배, 곧 황현-저자 주가 있는 곳이 궁벽하고 검소한 곳과 어울리지 않겠는가마는 기운을 살펴보고 알아차리며 값을 정하고 파는 자는 요컨대 많은 사람이 모이는 곳, 번화한 거리가 아니겠는가?

매천의 재능으로 10년을 유람하여 겨우 하나의 진사 자리를 얻고 돌아와 스스로 만수동 백운거로 달아나 그 집을 '구안苟安'이라고 이름 짓는 데 이르렀으니, 나는 조정의 재상들이 그 책임이 없을 수 없으리라 생각한다. 나 같은 사람은 구양공歐陽公:송나라 구양수(歐陽脩)이 이른바 "돈도 없이 팔만 휘두르는 한민閑民"인데도 오히려 의도대로 되지 않을까 슬퍼하지 않을 수 없으니, 진실로 매천이 이 방에서 구차하고 편안히 있기를 바라지 않는다. 매천이 나에게 다시 그 집의 기문을 써달라고 하기에 나는 나의 소감을 서술하여 여기에 응하지만, 또한 회남소산淮南小山의 남은 뜻일 뿐이라고 이르노라.[123]

위의 글은 황현의 구안실이 자리하고 있는 백운산 자락이라는 같은 장소를 두고 이건창과 황현이 다르게 서술하는 것으로부터 시작된다. 황현은 이건창에게 보내는 편지에 자신이 살고 있는 곳이 얼마나 아름다운지를 묘사해서 보냈다. 그러나 이건창이 황현이 살고 있는 백운산 자락에 대해 알아본 바에 의하면 그곳의 풍경은 황현의 서술만큼 아름답지도, 세속을 버리고 난을 피할 만큼 깊숙한 곳도 아니었다. 다만 백운산 자락을 바라보는 황현의 마음이 그러할 뿐이었다.

　　황현의 요구에 의해 구안실의 기문을 써주면서 이건창은 황현이 묘사해서 보낸 것이 사실일까에 대한 의구심이 들었다. 그래서 알아보니 황현이 묘사한 것과는 사뭇 달랐다. 이처럼 이건창은 상대방이 한 말을 그대로 서술하는 것이 아니라, 자신이 객관적 자료를 통해 확인한 뒤에라야 서술했다. 이를 통해 이건창 글에 서술된 내용의 신뢰도가 높은 이유를 알 수 있다.

　　한편 이건창이 보기에 황현은 본인이 자부할 정도로 능력이 뛰어나고, 당대 사람들과 교유도 잘 하고, 품은 뜻이 웅건하고 거침이 없어 현달한 관직도 눈에 차지 않는 사람이었다. 훌륭한 거유巨儒랑 마주 서 있어도 머리를 굽히지 않아도 될 정도로 황현의 학문과 덕행은 뛰어났다. 이에 더해 수천 년 전부터 근래에 이르기까지의 고서古書를 섭렵하며 다양한 인물들을 만나면서 쌓은 식견과 논의는 이따금 화살로 과녁을 뚫는 듯 썩은 나무를 자르듯 굳건하고 통쾌하였다. 그래서 이건창은 황현을 한 시대의 기재奇才라 부를 만하다고 했다.

　　그런데 이건창은 구차하지만 편안한 집이라는 의미의 구안실 기문을 지으면서 황현의 뛰어난 재능을 알아보지 못하고 고작 진사進士나 하게 만든 부패한 조정 재상들의 책임을 상기시켰다. 이건창은 지극히 보배로운 황현은 세속을 버리고 난을 피할 만큼 깊숙한 곳에 있을 것이 아니라, 그의 능력을 알리고 기용될 기회를 가질 수 있도록 사람이 많이 모이는 곳이나 번화한 거리에서 살아야 한다고 했다. 그래서 이건창은 황현이 과거 제도를 포함해 부패한 세상에 대한 환멸 때문에 백운산 자락의 구안실에서 은둔하는 것으로 끝내지 않기를 바라는 마음을 담아 기문을 지었다. 기문의 내용을 통해 이건창이 황현의 재주를 아끼는 마음이 어느 정도였는지를 헤아릴 수 있다.

아울러 이 작품을 통해 이건창과 황현이 오래도록 교유한 이유를 알 수 있다. 황현의 능력을 제대로 알아보고 인정해주는 이건창, 자신이 구안실에 거처하는 이유를 가장 잘 이해해주는 사람이 이건창이라는 믿음으로 기문을 부탁한 황현, 두 사람은 이처럼 서로의 마음이 잘 통하는 지기知己였다. 그래서 1879년부터 시작된 두 사람의 교유는 오래도록 좋은 관계를 유지할 수 있었다.

17. 난민亂民의 소란을 잠재운 함흥 안핵사

한성부소윤이었던 이건창은 1892년 함경남도 함흥에서 난민亂民들이 소란을 일으켰을 때 안핵사로 나갔다. 안핵이란 어떤 사건이나 사실에 대해 세밀히 조사하여 살피는 것을 일컫는 말이다. 그에 따라 안핵사란 지방에 무슨 일이 생기면 그 일에 대해 세밀히 조사하도록 보내는 임시직이다.

함흥에서 난민들이 소란을 일으킬 즈음 곳곳의 기강이 무너지고 습속이 사나워지면서 전국에서 소란을 일으키는 일이 빈번하게 일어났다. 그렇지만 함흥은 태조 이성계가 조선 왕업王業의 기초를 닦은 곳이라 조정에서도 각별히 돌봐주던 곳이다. 그래서 함흥은 다른 지역 선비들과 백성들이 본받을 만한 습속을 갖추고 있었다. 그런데 언제부터인가 가난에 지친 무리들이 생겨나더니 뒤에서 그들을 부추기며 기강을 어지럽히고 변고를 조장하는 인물들이 나타났다. 가난 때문에 벌어진 소란이라서 한편 생각하면 함흥 난민들이 불쌍한 것도 사실이다. 그러나 소란을 일으키는 것도 모자라 사람을 죽이며 인간의 본성을 말살시키는 일까지 발생하자 조정에서는 매우 놀랐다.[124] 더욱이 당시 함흥 난민들이 소란을 일으킨 일이 전국에 파다하게 소문이 나자 조정에서는 함흥 난민들의 소란을 마냥 두고 볼 수만은 없었다. 만약 함흥의 난민을 그대로 방치했다가는 다른 지역까지 난민들의 횡포가 자행될 것이 뻔했기 때문이다. 이에 의정부에서는 난민들이 소란을 일으킬 것을 미리 살피지 못한 함경감사 이원일李源逸을 파면시킬 것을 청했다. 그리고 그곳의 안핵사로 이건창을 추천했다.[125] 이건창이야말로 함흥 난민을 진정시킬 최적의 인물이었기 때문이다.

이건창은 안핵사의 임명을 부여 받은 즉시 함흥으로 가서 난민들의 사정을 엄밀하게 조사했다. 처음 함흥에 도착했을 때 이건창은 저잣거리 사람들에게 난을 일으킨 주모자를 말하도록 했다. 그런데 그들이 저마다 자신을 주모자라고 자칭하는 바람에 진짜 주모자를 찾지 못했다. 이에 이건창은 물고기가 낚싯바늘에 걸리면 빠져나가지 못하는 것과 같은 수법으로 수사를 벌였다. 오래지 않아 이건창은 몰래 사주한 읍호邑豪를 잡아들였고,

그를 신문하자 모두 자복하였다. 알고 보니 함흥 난민들이 소요를 일으킨 이유는 부임한지 오래지 않은 함경감사 이원일의 탐관오리 짓으로 살기가 너무 버거워졌기 때문이었다. 마침내 이건창은 뒤에서 어리석은 백성들을 부추기며 패악질을 일삼던 주모자들을 찾아내고, 함흥 난민들의 소란을 잠재우고 돌아왔다. 그 후 이건창은 안핵한 결과를 계본으로 올렸다.

전前 정언正言 주욱환朱昱煥은 본래 성품이 괴팍하고 음험한 데다 오랫동안 조정에 대한 불만을 품고 있으면서, 기회를 틈타 중군中軍을 내쫓으려 도모하였고, 저잣거리 백성들을 부추겨 각 점포를 모두 철거시켰다. 이에 더해 궁궐의 정문政門으로 곧바로 향할 것이라는 말을 퍼뜨리며 궁궐을 침범할 생각을 품었다. 또 잡인雜人을 제거한다는 논리로 몰래 사람들을 죽일 계책까지 세웠다. 여러 사람의 공술供述을 통해 주욱환이 주모자임이 분명한데도, 조정에서는 그가 관원 명부에 이름이 오른 신분이라는 이유로 이건창이 안핵을 나갔을 때까지 신문하지 않고 있던 정황을 밝혀냈다. 그리고 김광순金光順은 비천한 신분으로 음흉한 자들의 괴수가 되었다가 결정적인 순간에 도망쳤으며, 최익선崔益先은 시장의 소요에 참여하는 한편, 관리를 임명하는 문서에 손을 댄 사항도 밝혀냈다. 이문보李文甫는 주욱환을 따라 결탁하고, 최익선과 서로 연계하였다. 김태주金泰周는 객사에서 연명으로 고소한 후 감영 뜰로 나가 소란을 피웠고, 서종락徐宗洛과 윤민석尹民石은 백성들을 두렵게 만들어 소요를 일으킬 목적으로 흉흉한 소문을 퍼뜨리며 분주하게 돌아다닌 정황도 밝혀냈다. 그 밖에 일 벌이기 좋아하는 전前 별제別提 이준언李俊彦이 난민을 부추기던 세력의 확대를 도운 정황 등을 밝혀냈다.

이건창의 계본에 의해 주욱환은 멀면서도 살기 어려운 원악지遠惡地에 유배되었다. 달아난 김광순은 정해진 기일까지 잡아들이도록 했다. 그리고 최익선은 주욱환을 신문訊問할 때 대질對質해야 하므로 우선 가두어 두었다가 조사가 끝난 뒤 엄중한 형률로 처단하기로 했다. 이문보·김태주·서종락·윤민석은 모두 원악지에 유배되었고, 이준언 또한 먼 곳으로 유배되었다. 그 밖에 본분을 망각하고 불법을 자행한 탐오한 중군中軍 유정劉貞은 백성들의 소요를 야기시킨 죄로 처벌을 받았다. 함흥에서 난민이 소요를 일으키게 만든 장본인인 함경감사 이원일은 백성들을 보살피는 책임을 다하지 못한 죄를 물어 의금부에서 잡아다 처벌했다. 그러나 이건창은 이때 올린 계본의 마지막 말이 격례에 어긋났다는 이유로 또 추고되었다.[126]

이건창은 함흥 안핵사라는 임시직이 자신에게 맡겨지자마자 서둘러 함흥으로 가서 난민의 소요를 잠재우고 돌아왔다. 그리고 뒤에서 소요를 부추긴 사람들을 찾아서 조정에 알렸다. 이는 자칫하면 전국으로 퍼질 수도 있던 난민의 소요를 잠재운 것으로, 조정에서 이건창에게 상을 내려주어도 모자랄 일이었다. 그러나 정작 그에게 돌아온 것은 안핵을 다녀와서 올린 계본의 문구 하나 때문에 추고를 당하는 것이었다. 이는 이건창이 『당의통략』에 당쟁의 원인으로 밝힌 여덟 가지 중 하나인 '문사태번'에 해당된다. 곧 문사가 지나치게 번거로워 문장에 쓴 글귀 하나만으로도 배척을 당하게 된 것이다. 노론 일색의 조정에서 소론 가문의 이건창이 자신이 품은 뜻을 펼치며 성장하기란 처음부터 쉬운 일이 아니었다. 조정의 필요에 의해 이건창을 안핵사로 보내 난민의 소요가 잠재워지자 그는 목적을 달성한 사람들에 의해 문구 하나 때문에 추고를 당하고 말았다.

18. 유배를 부른 상소문

1893년 종4품의 무관직인 부호군副護軍에 재직하고 있던 이건창은 갑자기 손발이 오그라들면서 경련이 일어나는 병에 걸리자 강화 집으로 돌아가 요양을 하며 나날을 보내고 있었다. 그때 이건창은 호서湖西와 호남, 곧 충청도와 전라도지역에 사악한 비적匪賊 떼가 일어나 함부로 날뛰며 계책을 꾸미는가 하면 심부름하는 사람을 보내서 군사까지 일으키는 지경에 이르렀다는 소문을 들었다. 이에 이건창은 놀라고 분한 마음에 즉시 짐을 싸들고 도성으로 들어왔다.[127] 그 후 점점 그릇되어 가는 세상을 보고 더 이상 침묵할 수 없던 이건창은 부호군으로서 양호兩湖의 사비邪匪를 토벌할 것과 아울러 임금에게 권면할 것을 청하는 상소를 올렸다.[128] 이건창이 사비라고 언급한 것은 다름 아닌 동학농민을 가리킨다. 『조선왕조실록』에 실린 이건창의 상소 가운데 사비 토벌과 관련된 부분의 대략을 살펴보자.

요즘 들으니 호남湖南과 호서湖西에서 간사한 무리들이 감히 날뛰며 계책을 꾸미고 심지어 심부름하는 사람을 보내어 군사를 일으키는 일까지 있었다고 하니 놀랍고도 통분합니다.

삼가 지난번에 (사비들에게) 내리신 윤음綸音을 보니 더없이 간곡하였으므로 죄를 용서해 준 덕과 목숨을 살려준 어진 마음에 대해서는 더없이 우러러 흠모하는 마음을 금할 수 없습니다. 그리고 어사御史의 장계를 보면 타이르기도 하고 신칙하기도 하여 저들로 하여금 해산할 생각을 가지게 하였으니, 임금의 명을 욕되게 하지 않았다고 할 수 있습니다. 그러나 신의 어리석은 소견으로 지난날의 역사를 보면 도적을 불러들여 안정시키는 것은 설사 한때의 임시방편은 되지만, 달래서 안정되었다가 다시 배반하는 경우, 그 폐단은 더욱 이루 말할 수 없게 됨을 경계하지 않을 수 없습니다.

또한 신이 듣건대, 백성이 무리를 이루는 경우에는 나라의 법이 반드시 처단하며, 이는 주周나라 제도에서부터 벌써 그렇게 해 왔다고 합니다. 지금 혹 수백 명이나 수십 명의 백성들이 서로 모여서 소란을 일으켰더라도 반드시 난민亂民으로 규정하고 처단해야 할 것인데, 더구나 수만 명이 모여 깃발을 세우고 성을 쌓고 있는 데야 더 말할 것이 있겠습니까?

듣건대 요즘 외국에는 이른바 '민당民黨'이라는 칭호가 있는데, 이 불순한 설은 임금을 안중에도 두지 않은 것이니 그 해독이 홍수나 사나운 짐승보다도 더 심한 것입니다. 어찌 예의의 나라인 우리나라에도 '민당'이라고 불리는 자들이 있으리라고 생각이나 하였겠습니까? 불순한 말로 선동하니 불순한 무리라고 해야 하고, 변란을 꾸미고 있으니 '난당亂黨'이라고 해야 옳을 것인데, 어찌 '민당'이라고 부를 수 있겠습니까? 이름이 바르지 않으면 말이 불순하다는 것은 이를 두고 말하는 것입니다.

그리고 이미 선유宣諭하였을 뿐 아니라 거기에서, '모두 나의 백성이다'라고 하였습니다. 아! 저 불순한 무리들이 감히 조정에 알려서 명백한 명을 받기를 원한다고 하였으니, 백성이라고 인정하였으면 응당 해산해야 할 것입니다. 이미 명백한 명을 받고서도 또, '명백한 명을 받기를 원한다'라고 하고, 이미 백성으로 인정하였는데도 또, '백성으로 인정하기를 바란다'라고 하였으니, 이것은 임금을 협박하고 속이며 조정을 무시하고 희롱하는 것입니다. 어찌 사지가 떨리고 머리털이 곤두섬을 금할 수 있겠습니까?

그러므로 듣는 대로 나열하여 보고하는 것은 비록 일의 원칙으로는 당연한 것이지만, 어찌 토벌할 것을 청하는 말이 없을 수 있겠습니까? 어리석게도 신은 죽을죄를 지었지만, 또한 이와 관련하여 진달할 말이 있습니다.

거룩하도다! 왕의 말씀이여! 지극히 엄중하시니 또한 그들이 원한다고 해서 곧 선포문을 내려서는 안 될 것입니다. 더구나 탐욕스러운 자들을 징벌하는 문제는 더욱 그러합니다. 어느 때인들 그렇게 않겠습니까마는 지금 소란스러운 일이 있는 때에는 더욱 형벌에 관한 정사를 엄하게 함으로써 하소연할 곳이 없이 고통을 당하고 있는 진짜 백성들의 마음을 위로하여야 하며, 이로써 역적들을 위로하고 더욱 교만하게 만들어서는 안 된다고 봅니다.

어진 임금의 사랑은 하늘의 사랑과 같아서 이유가 없이는 하찮은 벌레라도 오히려 차마 죽이지 못하는데, 더구나 지극히 중요한 백성의 생명이야 더 말할 나위가 있겠습니까? 설사 죽을죄를 범하였다고 하더라도 어찌 불쌍히 여기고 신중히 처리하려 하지 않겠습니까?

그러나 형편에는 완만한 것과 급한 것이 있고 일에는 먼저 할 것과 뒤에 할 것이 있으며, 먼저 가르쳐 준 다음에 처벌하는 것은 나라를 편안하게 하는 정사이고, 먼저 싹을 끊어버리고 후에 어루만져주는 것은 난리를 평정하는 방법입니다. 가르치지 않고 처벌하는 것은 포악한 정사에 가깝고, 싹을 끊어버리지 않고 어루만져주기만 하는 것은 나약한 것에 가까운 것이니 그것이 옳지 못한 점에서는 둘 다 마찬가지입니다.

저들은 본래 법적 제재의 그물에서 벗어난 음흉하고 간사한 무리로서 감히 억울함을 호소한다는 핑계를 대고 제멋대로 대궐 문에 와서 시끄럽게 했으니, 응당 신문하고 효수梟首하여 나라의 체면을 엄하게 세워야 할 것입니다. 그런데 조치를 취하는 데서 이미 잘못을 면치 못하였을 뿐 아니라, 오늘에 와서는 극심한 형편에 이르렀습니다. 그러나 지금도 아직 늦지는 않았습니다. 성상의 하유 下諭에서 그들의 괴수를 잡아 바치게 하였으니, 그 날로 즉시 잡아들인다면, 협박에 의하여 추종한 자는 다스리지 않을 수 있을 것입니다. 그렇게 하지 않는다면 이는 모두 세력을 믿고 나쁜 짓을 하며 교화를 거절하는 무리로서 나라의 백성이 아니라는 것이 냉백해집니다.

그러나 신의 생각에는 틀림없이 잡아 바치지 않으리라고 봅니다. 그러므로 즉시 여러 군인들을 토벌에 출동시켜 남김없이 다 죽여 허물어져 가는 법을 보존하고 앞으로 미칠 화단을 없애는 것을 결코 미룰 수 없습니다.

이른바 그 학學이라는 것이 비록 무슨 학인지 알 수 없는 지경에 이르러, 비결 祕訣과 주문呪文으로 속이며 도참설圖讖說에 억지로 맞추었으니, 일종의 요사스럽고 더러운 자들로서 심히 무식하고 윤리가 없습니다. 지난번에 배척할 것을 요청한 여러 상소에서 혹 양자楊子나 묵자墨子에 비교한 것은 이미 사리에 합당치 않았습니다. 저들에게 따지는 말에 '그러면 역시 요堯, 순舜, 공자孔子, 맹자孟子의 도인가?'라고 하니, 저들은 대답하기를, '그렇습니다'라고 하였습니다.

애석합니다. 이것은 어사御史가 돌이킬 수 없이 말을 잘못한 것입니다. 가령 불순한 무리들이 즉시 해산하고 장차 공공연히 다니면서 온 나라에 대고 큰 소리로 '우리의 학學에 대해서는 조정에서 나쁘다고 하지 않는다'라고 한다면, 어리석고 무지한 사람들이 또한 어찌 바른 것과 간사한 것, 충신과 역적을 가려낼 수 있겠습니까?[129]

위의 상소문을 통해 이건창의 동학농민들에 대한 시선을 명확히 알 수

있다. 이건창은 동학농민운동의 주체자들을 사비邪匪로 보고, 『주례周禮』에서부터 유래된 대로 백성이 무리를 만들면 국법을 통해 반드시 죽여야 하는 대상으로 보았다. 더욱이 어윤중이 그들을 일컬어 '민당民黨'이라 칭호한 것은 임금이 없는 외국에나 있는 것인데 엄연히 임금이 있는 조선에서 '민당'이라고 일컬은 것은 그 피해가 홍수나 맹수보다 심하다고 했다. 이에 더해 그들은 순진한 백성들을 불순한 말로 선동하므로, 불순한 무리라고 해야 하고, 변란을 꾸미고 있으니 '난당亂黨'이라고 불러야 옳다고 했다. 특히 이건창은 수십 수백 명도 아닌, 수만 명이나 되는 사람들이 모여서 성까지 쌓고 난을 일으키고 있으므로, 그들을 난민亂民으로 호칭해야 한다고 했다. 그래서 이건창은 그들을 반드시 토벌해야 하는 대상으로 보았다. 더욱이 임금이 이미 난민들도 모두 임금의 백성이라는 말까지 했으니 해산을 해야 마땅한데도 불구하고, 그들은 계속 자신들을 백성으로 인정해주기를 바란다고 하고 있는데, 이는 임금을 협박하고 속이며 조정을 무시하고 희롱하는 것이므로 마땅히 토벌해야 한다고 했다.

또 하나 이건창은 그들에게 엄숙한 형벌을 시행하지 않으면 그들을 더욱 교만하게 만들 뿐이라는 시선을 갖고 있었다. 백성들을 제대로 가르치지 않고 조정에서 형벌을 가하는 것은 폭력에 가깝고, 난을 일으킨 백성들을 토벌하지 않고 마냥 달래주기만 하는 것은 나약한 것에 가까운 것으로 둘 다 옳지 않은 것으로 보았다. 그런데 이미 법적 제재에서 벗어난 그들이 억울함을 호소한다는 핑계로 대궐 문까지 와서 소란을 피우고 있는데, 이는 악을 믿고 교화를 거부하는 무리로써 이미 조선의 백성이 아니므로, 신문하고 효수하여 다른 백성들을 경계시키고 나라의 체통을 엄히 살려야 할 대상으로 보았다.

다만 이건창은 그들이 자신들의 괴수를 잡아 바치라는 임금의 명에 따라 괴수를 잡아들인다면, 괴수의 협박에 의해 억지로 따랐던 사람들의 죄는 묻지 않아도 된다고 했다. 이건창의 생각은 모든 죄는 괴수에게 있고, 괴수의 협박과 선동에 따른 무리들은 어리석어서 그런 것이니 교화시키면 된다는 생각이었다. 그러나 그들이 자신늘의 괴수를 잡아들이지 않는다면 이미 이 나라의 백성이 아니라는 사실이 명백해진다고 했다. 이어서 이건창은 그들이 괴수를 잡아들일 때까지 토벌을 미뤄도 되겠지만, 자신의 판단에 그들은 괴수를 잡아 바칠 무리가 절대 아닌 것으로 보았다. 그래서 이건창은 더 이상 헛되이 시일을 끌지 말고, 즉시 군대를 동원해서 그들을 모두 토벌하여 허물어져 가는 법을 보존하고, 앞으로 다가올 화근을 없앨 것을 요구했던 것이다.

한편 이건창은 사비를 토벌하기 위해 파견된 관리에게는 관리가 단독으로 일을 처리할 수 있는 권한까지 부여해줄 것을 주문했다. 병사兵使를 비롯해 난민을 토벌하는 등 위급한 일로 파견된 관리가 날마다 상황이 달라지는데도 불구하고 매사를 조정에 문의하고 조정의 명령을 받아 처리하느라고 헛되이 나날을 보내는 동안 사비들이 더욱 날뛰게 되는 결과를 빚을 수도 있기 때문이었다. 군사 문제에 대해서도 주문했다. 당시 서울과 지방의 직속 부대 군사들은 교만한 것이 버릇이 되어 상 받는 것만 알고 벌 받는 것은 알지 못하고, 은혜를 입을 줄만 알고 법을 알지 못하고, 토벌을 한다고 나가서는 주둔해 있는 도道의 백성들을 상대로 방자하게 굴고, 심한 횡포를 부리기 일쑤였다. 이러한 군사 문제들을 그대로 방치한다면 전쟁

터에 나가서도 명령을 듣지 않는 군사가 있을 것임은 불보듯 환했다. 이에 이건창은 오장伍長은 그 오伍에 속하는 군사를 죽일 수 있고, 십장什長은 그 십什에 속하는 군사를 죽일 수 있도록 군법을 확고히 해달라고 주문했다. 그리고 군사의 면모를 과단성 있고 군세도록 일신시킬 것을 요구했다.[130] 앞으로 있을지 모르는 난민 진압에 규율 잡힌 힘센 군대가 필요하다는 것을 어필한 것이다.

이건창은 애민정신으로 철저하게 무장된 관료였다. 그러나 무리를 지어 조정을 향해 도발하는 것은 있을 수 없는 요망하고 사악하며 비천하고 더러운 무리이자 지식도 없고 윤리도 없는 나쁜 사람들로 규정했다. 또 사비를 토벌하기 위해 주둔하는 군사들이 주둔지 백성들을 대상으로 저지르는 횡포를 엄히 다스릴 것도 주문했다. 이는 이건창이 관료적 시선에서 조정을 유지할 수 있는 방법에 대한 고민에서 나온 해결책이다. 같은 백성이라도 나라를 혼란하게 만드는 백성들에게는 법을 엄하게 적용하고, 공적인 일로 주둔한 군사들이라도 백성들을 대상으로 횡포를 부리는 것 또한 군율을 엄하게 적용하라는 것이다. 그래야 선량한 백성들의 피해를 줄일 수 있다는 것이 이건창 애민정신의 기본개념이다.

그러나 이건창은 사비를 토벌하는 문제를 제기하는 선에서 그치지 않았다. 그는 궁궐의 지나친 잔치 예식에 대해서도 진언하였다. 특히 여자 악공樂工을 하루빨리 없애야 함을 강조했다. 과도한 잔치 예식을 끊어내야 신하들이 충성스러운 말을 올리고, 잔치에 소용되는 비용으로 군비軍備를 정비하게 된다는 생각이었다. 아울러 절약에 힘쓸 것과 공로가 있으면 상을 주되, 명목 없이 내려지는 은혜는 감격스러워하지도 않게 되므로, 사사로

이 은혜를 베풀지 말 것을 강조했다. 또 자질이 없다는 것이 확인된 사람을 다시 등용해 쓰면서 여론이 떠들썩해지게 만들어서도 안 되고, 여론을 거스르는 인물은 등용해서도 안 된다고 했다. 직분에 알맞은 관료를 처음부터 제대로 가려서 등용해야 함을 강조한 것이다. 또한 언로를 막으면 기세와 절개가 꺾이고 풍속이 천하고 더러워지고, 그렇게 되면 임금은 있으나 바로잡아주는 신하가 없게 된다면서 임금 또한 충언을 간곡하게 받아들일 것을 주문했다. 이에 더해 날마다 근심을 논의할 신하를 접견해서 보필을 받고, 백성을 편안하게 하고, 오랑캐를 소탕할 방책을 강구할 것도 주문했다.[131] 이건창이 상소문으로 올린 주옥같은 한 마디, 한 마디는 모두 오늘날 현실 정치에 적용해도 하나 버릴 것이 없는 내용들이다.

이건창이 이렇게까지 임금을 권면한 것은 1892년 여름 이건창이 승지承旨로서 고종을 소대召對했을 때 고종이 "해야 할 말을 하지 않는 것은 신하의 도리가 아니다. 그러나 신하가 말을 할 수 없게 만드는 것도 임금이 널리 받아들이지 못하기 때문이다"라고 한 말 때문이었다. 이건창은 당시 고종의 말을 듣고 감격해서 '위에서 인도하는데도 오히려 말하지 않고 위반한다면, 그것은 성상의 하교에서 말한 신하의 도리가 아니다'라고 생각했다. 그래서 그는 사비에 대해 상소하면서 임금을 권면하는 내용까지 아울러 올렸던 것이다.[132]

이때 이건창은 상소 끝에 덧붙이기를 바른말을 할 수 있는 길이 오늘날처럼 막힌 때가 없다고 했다. 아울러 자기 몸 하나만 생각하는 사람에게는 물러날 때를 아는 사람이라고 하고, 나라를 걱정해서 말하는 사람에게는 일 만들기를 좋아한다고 지목하는 당시 풍조 때문에 간언을 하는 사람의 기개가 꺾이고, 풍속이 야박해졌으며, 임금은 있어도 바른말을 하는 신하가 없어 서로 바로잡을 수 없게 되었다고 하였다. 예부터 바른말 할 수 있는 길이 막히고서 편안하고 무사한 나라는 없었다는 것이다. 그러나 이건창의 상소를 본 고종은 언로가 막힌 것에 대한 반성 대신 이건창의 말이 옳은지 알 수 없다며 불편한 심기를 드러내는 비답을 내렸다.[133] 그리고 당시 올린 상소문의 내용을 문제 삼아 고종은 그해 8월 23일 이건창을 멀리 찬배하라는 명을 내렸고, 그에 따라 이건창은 전라도 보성寶城에 유배되었다.[134]

이건창이 귀양을 가게 된 것은 어윤중과 민란民亂에 대한 호칭이 '민당'이냐, '난당'이냐 하는 등의 의견 충돌도 한몫했다. 이건창은 동학농민 반란을 토벌해서 나라를 편안하게 할 것을 주장했고, 어윤중은 토죄하지 말고 달래주며 무마시켜야 한다는 의견을 내놓았다. 이때 고종은 어윤중의 의견에 마음을 기울였다. 이건창은 상소문에 '임금의 말은 더없이 엄하고 중한 만큼 난민들이 원한다고 해서 곧바로 선포문을 내려서는 안 될 듯합니다. 더구나 탐오貪汚한 관리들을 징벌하는 문제는 이를 계기로 억적들을 위로하고 더욱 교만하게 만들어서는 안 될 것 같습니다'라고 하였다. 또 말하기를, '시기로는 완만한 때와 급한 때가 있고 일에는 먼저 할 일과 뒤에 할 일이 있으니, 먼저 가르쳐 주고 그다음에 처벌하는 것은 나라를 편안하게 하는 정사이고, 먼저 토죄하고 뒤에 무마하는 것은 난리를 평정하는 방법입니다. 가르치지 않고 처벌하는 것은 포악한 정사에 가깝고, 토죄하지 않고 무마하는 것은 나약한 데에 가까운 것이니, 그 옳지 않은 점에서는 둘 다 마찬가지입니다'라고 했다. 이어서 또 말하기를, '성상의 유시에서 그들의 괴수를 잡아 바치게 하였는데, 신의 생각에는 반드시 잡아 바칠 리는 없다고 봅니다. 그러므로 군대를 출동시켜 남김없이 전멸하는 일을 결코 다시 미루어서는 안 됩니다'라고 했다.

그러자 당시 선포문을 작성한 행 중추부사行中樞副使 김영수金永壽는 이건창의 상소문을 보고 지레 찔렀다. 이에 김영수는 이건창의 상소문을 보니, 자신이 선포문을 자세하고 신중하게 작성하지 않아 마땅하지 않은 글이 되고 밀았다면서, 오남 등의 백성들을 효유하는 윤음을 잘못 지은 죄를 인책하며 자신에게 형벌을 내려 줄 것을 청하는 상소를 올렸다. 그러나 고종은 김영수에게 형벌을 내릴 필요까지는 없다는 답을 내려주어 김영수의 책임을 면해주었다. 그리고 이건창은 유배되었던 것이다.[135]

이처럼 난민에 대해 사리에 맞는 말로 논박한 것은 이건창으로부터 시작되었으며, 당시 식자들은 난민에 대한 어윤중의 조치가 잘못되었다고 비난했다. 그 후 난민 무리가 터져 나오자 세상 사람들은 이건창의 선견지명에 감복했다.[136] 그러나 때는 이미 늦었다.

1893년 8월 이건창이 보성으로 귀양을 떠나던 날 새벽, 파루罷漏를 알리는 쇠북소리와 함께 통행금지가 해제되면서 육중한 성문이 열렸다. 이건창은 죄인의 몸으로 그 성문을 나섰다. 그런데 누군가 이건창과 호송관을 멈춰 세웠다. 보재溥齋 이상설李相卨, 1870~1917이었다. 이상설은 소론의 반향班鄕인 충청북도 진천 출신으로 양명학을 공부하던 중 정제두鄭齊斗 등의 『강화소전江華所傳』[137]을 읽고 이건창을 흠모하고 있었다. 자신이 흠모하던 이건창이 유배를 떠난다는 소식을 들은 이상설은 새벽 동이 트기 전부터 남대문 밖 길목에 주안상을 차려놓고 이건창이 나오기를 기다리고 있다가 이건창이 나오자 넙죽 큰절을 올리고는 아무 말도 잇지 못했다.[138]

이건창은 그렇게 이상설을 뒤로 한 채 보성에서 유배 생활을 하고 있던 때였다. 임금에게 충언을 올리는 것으로 유명했던 또 한 사람 수파守坡 안효제安孝濟, 1850~1916가 추자도楸子島로 귀양 가는 길에 보성에 들렀다. 이때 이건창은 가지고 있던 소합환蘇合丸:정신을 상쾌하게 하고 위장을 맑게 하는 약 20알을 안효제에게 보내주었다. 이에 앞서 안효제는 전 사간원前司諫院 정언正言으로서 임금에게 궁중에서 민비의 총애를 믿고 혹세무민惑世誣民하고 진령군眞靈君에까지 오른 요망한 무당을 속히 처단할 것을 청하는 상소문「청참북묘요녀소請斬北廟妖女疏」를 올렸다. 그때 이건창은 안효제가 올린 상소문을 읽고 그 내용에 깊이 공감하고 극찬하며「독안습유소讀安拾遺疏」를 지어 보내준 일이 있었다.[139] 그런 안효제가 진령군 처단을 충간한 일로 유배 가는 길에 자신이 유배 중이던 보성을 들르자 이건창은 자신에게도 귀했던 약을 안효제에게 보내주었던 것이다. 이건창과 안효제는 안면은 없고, 서로의 명성만 익히 들었던 터였다. 이처럼 이건창은 유배지에서 보이지 않는 끈으로 안효제와 만났다.

그 후 보성으로 유배를 떠난 해 12월 세모歲暮를 맞이하는 이건창에게 지인이 술과 생선을 보내주면서 7언율시를 지어 보냈다. 이에 이건창은 12월 26일 유배지의 자신에게 베풀어준 호의에 대한 감사의 말과 함께 보내준 7언 율시에 대한 감상을 적고, 만나기를 고대한다는 내용의 편지를 보냈다.[140]

한편 이건창은 유배지 보성에서 잘못되어 가는 나라를 바로잡기 위한 해결책을 담아「의논시정소擬論時政疏」[141]를 지었다. 이 상소문에는 이건창의 개화정책에 대한 입장이 담겨있다. 이를 살펴보도록 하자.

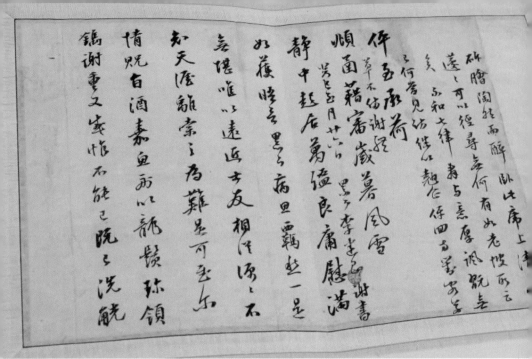

생각하건대 전하께서는 비록 부강富强의 이름은 있으나 부강을 성취한 실적은 보지 못했습니다. (…중략…) 대저 명名은 실實의 빈賓입니다. 실이 앞이고 명이 뒤인 것입니다. 천하의 도가 모두 그러합니다. (…중략…) 이른바 변경개혁이라는 것은 그 실을 변경하는 것이지, 그 이름을 변경하는 것이 아닙니다. (…중략…) 변경이란 이익을 구하는 것입니다. 지금까지 변경이 많았습니다만, 신은 아직 그 이익이 무엇인지 듣지 못하였습니다. (…중략…) 전하께서 진실로 부강에 뜻을 두시고 반드시 실효를 거두고자 하신다면, 신은 명에서 구하지 마시고 실에서 구하실 것을 청합니다. 진실로 명에서 구하지 않고 실에서 구한다면 신은 청컨대 이웃 나라에서 구하지 마시고 우리나라에서 구하기를 청합니다.[142]

이건창이 개화정책을 지지하게 된 것은 연경 사행 때 동행하며 개항의 필요성을 강조한 강위와 나눈 대화 때문만은 아니다. 이건창은 매사를 균형 잡힌 눈으로 볼 줄 아는 이성적인 사람이었다. 그래서 그는 개화정책을 지지했지만, 그가 지지한 개화정책은 무조건적인 개화파들의 일반적 개화정책과는 분명히 달랐다.

이건창은 조선이 국제 정세의 혼란 속에서 취약한 군사력과 고갈된 재정으로 인해 국가 존망의 위기에 처해 있다고 판단했다. 그래서 그는 '부강에 뜻을 두고 일체의 방법을 취하여 변경^{개혁}하는 것', 즉 개화정책은 '시의에 합당한 조치'임을 인정했다.[143]

이처럼 이건창은 개화정책은 나라를 부강하게 하는 실익에 초점을 맞출 것을 주장했다. 그는 당시 조정에서 펼치는 개화정책이란 것은 고작 이웃 나라 제도를 모방해서 단발이나 하고 복식제도나 바꾸고 몇몇 기구나 설치하는 것에 불과하여, 이런 제도 모방으로는 부강의 실익이 없다고 보았다. 이는 서양과 서양문화를 금수처럼 여기고 무조건 배척하고 중화주의적 유교 문화를 고수하겠다는 일부 도학파의 척사론과는 엄연히 구별된다.[144] 그리고 이러한 부강을 실질적으로 추진하는 것은 오직 '임금의 일심^{一心}의 실^實'에 달려 있으므로 임금은 실익에 힘쓰고 사사로움을 물리쳐야 한다는 '무실거사^{務實祛私}'를 주장했다. 이에 더해 이건창은 당시 이루어지던 개화정책이 하나같이 환관과 궁첩 등 왕실 측근 인사들에 의해 비공개적이고 급작스럽게 추진되고 있었기 때문에 이에 대한 비판도 가했다. 바로 개화정책을 펼치는 중심 역할은 임금이 직접 해야 하고, 왕실 측근 인사들을 배제해야 한다는 것이었다. 아울러 정책 결정과 집행을 공개적이고 적법하게 할 것을 주장했다. 그는 비공개적이고 급작스러운 개화정책의 폐해를 '법法의 불행不行'이라고까지 표현했다. 이처럼 이건창은 '실'과 '자주성'을 강조하는 부강론을 펼쳤다.[145]

같은 부국강병이라는 목표를 향한 개화정책이라고 해도 이건창과 민씨 친족 세력이 추구하는 방향과 방법은 완연히 달랐다. 그렇기 때문에 이건창은 1880년대와 1890년대에 개화파에 가담하여 개화정책을 입안하거나 그들의 개화운동에 동참하지 않았던 것이다. 오히려 그는 개화파들의 협력을 거부하고, 그들의 개화정책을 비판적인 입장에서 바라보았다.

한마디로 이건창은 부국강병을 목표로 한 개화정책에는 찬성을 했다. 그러나 외국의 문물제도만 모방하고 개혁을 통한 부국강병의 실익에는 전혀 보탬이 되지 않는 내실이 빠진 외면만의 개화정책을 비판했던 것이다. 이에 더해 그는 왕실 척족 세력을 배제하고 오로지 임금을 중심으로, 대외적으로 자주적 자세를 견지하였다.[146] 이는 조선이 다른 나라와 동등한 위치에 설 만한 실력을 갖춘 다음 조선의 필요에 의해 조선의 주도로 개혁정책을 펼칠 것을 주장한 것이다. 그러나 이건창의 개혁정책은 추종자들의 세력 규합도 제한되어 있었고, 시간적으로도 너무나 요연하고 험난함이 예견되는 정책이었다. 이에 그는 더 이상 자신의 개혁정책을 펼칠 방향을 찾지 못했다.

결국 이건창이 유배지에서 쓴 위의 상소문은 죄인의 몸에다 내용이 과격하다는 자신의 판단에 따라 실제 상소로까지 이어지지는 않았다. 그래서 그는 상소문의 제목을 「논시정소論時政疏」라 하지 않고 '의擬' 자를 넣어 「의논시정소」라고 하였다.

유배 생활을 이어가던 1894년 이건창은 긴 가뭄 끝에 내린 단비 같은 소식을 접했다. 바로 이상설이 24세의 나이로 문과에 급제했다는 소식이었다. 이에 이건창은 전시殿試에 급제한 이상설에게 장장 973자에 달하는 편지를 써서 보냈다. 편지에는 자신이 유배를 떠나오던 날 성문 밖에서 전별을 아쉬워하던 이상설의 모습을 회상하고 그때 자신이 느꼈던 감사한 마음[147]과 관직에 나아갈 때 갖춰야 할 자세 등에 대한 당부가 담겨 있어 이상설에 대한 이건창의 애정을 엿볼 수 있다.

제3장

우국충정에 젖은

은둔 생활

1. 갑오개혁 직후 강화로 귀향, 그리고 강론

이건창은 1894년 봄, 유배지에서 돌아왔다. 그 후 품계가 가선대부에 올랐다. 그런데 그해 6월 이건창은 통곡을 하며 강화로 귀향했다.[1] 바로 앓고 있던 막냇동생 이건면을 잃었기 때문이다. 막냇동생이 죽은 후 이건창은 처음으로 동생이 남긴 문고文藁『정일록正一錄』을 보고, 동생의 죽음을 애도하는 「겸산협고서전謙山篋藁敍傳」을 지었다. 겸산謙山은 동생 이건면의 호이다. 그로부터 1개월 후인 7월 이건창은 공조참판工曹參判에 제수되었다. 공조는 조선시대 행정기관의 하나로 산택山澤, 공장工匠, 교통交通, 건축建築, 도야陶冶 등 공업과 관련된 업무를 보는 곳이다. 그런데 그해 7월부터 갑오개혁이 시작되었고, 11월에 새로운 관제가 편성되면서 이건창은 법무아문협판法務衙門協辦에 제수되었다. 법무아문은 조선시대 사법 행정, 경찰 및 각 재판소의 관리 등을 맡아보던 형조刑曹를 없애고 설치한 관청으로 오늘날의 법무부에 해당된다.

갑오개혁이 일어나자 이건창은 나라가 그릇되어 가고 있음은 잘 알지만 자신이 바로잡기에는 역부족임을 깨닫고 몸에 붙은 지푸라기를 떼어버리듯 관직을 버리고 고향인 강화로 돌아와 명미당에서 은둔 생활을 시작했다. 당연히 새롭게 제수된 법무아문협판에도 나아가지 않았다. 이때 이건창은 혼자가 아니었다. 진사시에 합격하고 정부주사政府主事에 제수되었으나 직첩만 받고 나아가지는 않은 큰동생 이건승과 지우知友를 넘어 맹우盟友가 된 정원하와 홍승헌, 그리고 재종제 이건방이 함께였다. 이건창은 이들과 함께 강화에서 독서를 즐기고 농사일에 마음을 쓰면서 은둔 생활에 들어갔다. 정원하는 조선 양명학의 태두인 정제두의 6대 종손으로 삼사^{三司}의 요직을 두루 지냈고, 홍승헌은 이계^{耳溪} 홍양호^{洪良浩, 1724~1802}의 5대 종손으로 궁내부특진관^{宮內府特進官}과 충청도관찰사 등을 지냈다.[2] 이건승이 양자로 들인 족형 이건회^{李建繪}의 아들 이석하^{李錫夏}와 홍승헌의 딸이 혼인을 맺으면서 이건승과 홍승헌은 사돈지간이 되었다.[3]

1895년 을미시변 때 일제는 자신들의 세력 확상에 장애물이던 민비를 살해하고, 단발령 실시와 노비제도 폐지 등 일련의 개혁적 법령을 공포한 데 이어 민비 폐위조칙을 내렸다. 정원하와 홍승헌은 이때 이건창과 함께 연명 상소를 올려 민비 살해 진상 규명 촉구와 함께 민비를 복위시키고, 발상^{發喪 : 상례에서, 죽은 사람의 혼을 부른 뒤 상제가 머리를 풀고 슬피 곡을 하여 초상난 것을 선포함}할 것과 나라의 적을 칠 것을 주장했던 인물들이다.[4] 당시 이들이 이건창과 함께 올린 연명 상소의 대략은 이러하다.

왕후를 폐비^{廢妃}시킨 것이 신들도 임금의 뜻이 아닌 줄을 압니다. 항간에 전해지기로는 '적이 이미 시해를 하였으나 다만 아직 시해한 자가 일본인인지 우리나라 사람인지 가리지 못할 뿐이다'라고 합니다. 신하로서 그 임금을 시해하였다면 관직에 있는 사람은 죽여도 용서할 수 없으며, 군부^{君父}의 원수는 천하를 함께 하지 않는 것이 춘추의 예^例입니다. 왕비도 또한 군주이거늘 저 각부^{閣部} 대신들만 유독 이 뜻을 알지 못하겠습니까? 어째서 가려 덮어두고 냉담하게 아무 일도 없는 것처럼 합니까? 그 속에는 또한 화를 탐하고 변고를 요행으로 여겨 위를 위협하고 아래를 통제해서 권세를 훔치고 세력을 마음껏 하려는 계획이 있는 것이 아니겠습니까? 요컨대 난을 일으킨 자가 병사라면 병사대로 죽일 수 있고, 신하라면 신하대로 죽일 수 있고, 일본인이라면 일본인대로 또한 죽일 수 있습니다. 평범한 사람들이 죽었을 때도 제 명대로 살지 못하였다면 오히려 원통함을 갖지 않을 수 없는데, 어찌 국모가 시해를 당했는데 끝내 원수를 갚지 못함이 있겠습니까?[5]

이처럼 이들 세 사람은 학문적 노선뿐 아니라, 정치적 노선도 함께 하며 교유하였다. 여기서 이건승에 대해 좀 더 알아보도록 하자. 형 이건창이 1898년에 죽고, 이어서 1905년 을사늑약이 체결되자 이건승은 정원하와 함께 목숨을 끊고자 하였다. 그러나 가족들의 저지로 목숨 끊는 일은 실행에 옮기지 못했다. 그 후 그는 구례의 황현에게 죽느니만 못한 삶을 살고 있다는 내용의 편지를 보냈다. 형을 만나러 강화 집에 와서 며칠씩 머물다 간 황현을 이건승도 익히 본 적이 있었기 때문이다. 이건승은 황현에게 보낸 편지에 '형이 만약 살아 있었다면 제명대로 살지 못했을 것은 자명한 일입니다'라는 분구를 적어 보냈다. 이는 형 이건창이 살아 있었다면 을사늑약을 당한 작금의 현실에 통분하여 자결했을 것임을 언급한 것이다. 이처럼 이건승은 매 순간 형이 살아 있었다면 지금 어떻게 행동했을까를 생각하며 행동했다. 평소 이건승에게 이건창이 어떤 형이었는지를 알려주는 대목이기도 하다.

그 후 이건승은 자신의 죽음이 나라에 아무런 도움도 되지 못한다는 것을 생각하고 살아서 나라를 위해 할 일을 찾았다. 그리고 사재를 털어 강화에 '계명의숙啓明義塾'을 세우고 후학 양성에 힘썼다. 그러나 그마저도 일제의 끊임없는 감시와 비용 부족으로 끝까지 이어가지 못했다. 그런 상황에서 1910년 경술국치를 당하자 이건승은 피눈물을 머금고 압록강 건너 서간도로 망명을 떠났다. 그는 광복이 되기 전에는 살아서 고국의 땅을 밟지 않겠다고 결심했다. 이러한 이건승의 망명길에 동행자가 있었다. 바로 형의 맹우이자 형 생전에 강화에서 함께 강론하며 교유했던 정원하와 홍승헌이다. 서간도로 망명을 떠난 이들 양명학자 세 사람은 모두 망명지에서 생을 마감했다. 망명지에서 이건승은 형이 보싱 유배시에서 소합환을 건네주었던 안효제를 만났다. 안효제는 당시의 인연을 떠올리며 이건창의 동생 이건승과 돈독하게 지냈다. 안효제는 망명지에서 생을 마감하면서 이건승에게 자신의 행장行狀을 부탁했고, 그에 따라 이건승은 그의 행장을 지어 주었다.[6] 이건승은 망명을 떠날 때의 결심대로 1924년 생을 마감할 때까지 단 한 차례도 고국의 땅을 밟지 않았다. 이건승이 망명지에서 죽었을 때 『동아일보』에는 그의 뛰어난 지조에 대한 내용이 기사로 실렸다.[7] 그 형에 그 아우였다.

이건창은 생을 마감하기 전까지 동생들과 맹우들과 함께 양명학 2백 년 전통을 강화에 심어준 정제두의 고풍을 잊지 않기 위해 강론으로 세월을 보냈는데, 강론은 양명학에서 즐겨 쓰는 학습방법이다.[8] 그 밖에 이건창은 고향에서 임진왜란 때의 의병장인 정문부鄭文孚의 『농포집農圃集』 속집續集의 발문跋文을 쓰는 등의 일로 여가를 보냈다.

2. 왕명을 거역하고 자처해서 떠난 유배

고향에서 강론을 일삼으며 은둔하고 있던 이건창에게 조정에서는 1895년 4월 특진관特進官에 제수했다. 이어서 11월에는 경연원시강經筵院侍講에 제수했다. 그러나 이건창은 모두 나아가지 않았다. 그런데 고종의 총애를 받던 이범진李範晉의 천거로 1896년 조정에서는 또다시 이건창에게 외직外職인 황해도 해주부의 관찰사에 제수하였다. 당시 고종은 이건창이 해주부 관찰사직을 사양하는 상소를 올리자 비답을 내리기를 '벼슬을 사양하고 받음에는 스스로 시의時義가 있는 것이니, 경이 지금 굳이 거절하는 것은 마땅치 않다'라고 하였다. 또 '경이 지조가 있다는 것은 내가 이미 잘 알고 있지만 그럼에도 다시 나라의 중책을 맡기는 것이 어찌 까닭이 없겠는가?'라고 하였다. 이에 이건창은 임금이 자신을 지극히 여긴다고 생각했다. 그러나 그는 더 이상 관직에 나아가지 않기로 스스로 맹세하였기 때문에 해주부관찰사로 나아가는 것을 달갑지 않게 여겼다.

이건창은 평소 사악하고 간특한 자들이 높은 자리에 등용되면 군자는 조정에서 그들과 나란히 서지 못한다고 생각했다. 그리고 그는 어떤 사람이 충신인지 아닌지는 평소 언행으로 결정되는 것이지, 관직에 나아가고 안 나아가고에 달려 있는 것이 아니라고 생각했다. 또 그는 임금을 곁에서 모시는 사람이 어진 데다가 관직까지 높으면 그 나라는 반드시 잘 다스려질 것이고, 그렇게 되면 임금과 조정이 편안해져서 나라가 우환을 당할 이유가 없다고 생각했다. 이에 더해 사직社稷을 정말로 중히 여긴다면 나라가 혼란스러워지기 전에 화를 막고, 우환을 없앨 방법을 적극 도모하여 임금이 사직을 떠나는 일이 없게 하는 것을 최상의 방법이라고 생각했다. 최상의 방법이 불가능하면 임금에게 바른말을 하다가 벌을 받음으로써 조정을 떠나 임금이 사직을 떠나는 모습을 직접 보지 않는 것을 차선의 방법이라고 생각했다. 이어서 최상의 방법을 도모할 능력도 부족하고, 차선의 선택을 결행할 용기도 부족하다면, 그런 사람은 본디 사직에 아무런 영향도 미칠 수 없는 사람[9]이라고 생각했다.

그런데 조정에는 어느덧 간특한 자들이 높은 자리를 거의 다 차지하고 있었다. 또 임금은 자신에게 간언하는 말을 꺼리고, 그에 따라 임금에게 직간을 하다 벌을 받는 사람들을 찾아보기 어려워졌다. 나라는 점점 더 어지러워지고 있는데, 일본에서 돌아온 김홍집金弘集, 1846~1896은 청나라 황준헌黃遵憲, 1848~1905이 쓴 『조선책략朝鮮策略』을 조정에 바쳤다. 『조선책략』은 서양 제국과 통상하자는 내용이 담긴 책이다. 이건창은 이러한 책을 조정에 바치고 아무런 대책도 없이 개항에 힘쓰는 간사한 무리들이 득실거리는 조정에 나아가 그들과 나란히 설 마음을 애초부터 가질 수가 없었다.

그러나 이미 조정에서 해주부관찰사에 제수한다는 명이 내려왔으므로 명을 거역할 수는 없었다. 특히 외직은 견책용 성격을 띠고 있기 때문이다. 오늘날 중앙에서 지방으로 발령이 나면 좌천으로 여기는 것과 같은 개념이다. 따라서 그는 견책용으로 제수된 외직에 나아가지 않을 수 없었다. 이에 이건창은 일단 임지로 떠났다. 명을 받은 그날로 강화에서 배를 타고 해주에 도착한 이건창은 관찰사 공관에 머무는 대신 개인적으로 정한 민가에 머물면서 직무도 행하지 않고 대죄하며 말했다.

"외직에 보임된 것은 견책을 받은 것이니 가지 않을 수 없지만, 관찰사는 영예로운 벼슬이니 끝내 감히 받아들일 수가 없습니다."

그 후 이건창은 두 차례나 더 사직 상소를 올렸다. 이건창이 관직에 나아가지 않으려고 한 이유 중 하나는 나라가 위태롭고 임금이 곤욕을 당하면 신하는 죽는 것이 마땅한데 관직 생활을 한다는 것은 있을 수 없는 일이라고 생각했기 때문이다. 그런데 이건창이 관직을 사양한 것은 그것이 외직이어서나, 영예로운 관찰사직이었기 때문이 아니었다. 당시 조정에서는 이건창에게 해주부관찰사 외에 해주재판소판사海州裁判所判事를 겸임하도록 하였다. 이건창은 평소 새로운 정치제도 개혁에 대해 이웃 나라의 제도를 모방하여 몇몇 기구만 설치했을 뿐 국가가 부강해지는 데 있어 실익實益이 없다며 비판했다.[10] 그런데 해주재판소판사는 새로 개편된 관제에 따라 제수된 직임이었기 때문에 이건창은 더더욱 부지로 나아가기를 거부했던 것이다. 이에 앞서 이건창은 1894년 11월 갑오개혁 때 개편된 법무아문협판에 제수되자 나아가지 않은 경력이 있다.

그러자 고종은 이건창에게 엄청난 선택의 기회를 주었다. 바로 관직 생활은 하든지 유배를 가든지 둘 중 하나를 선택하라는 것이었다. 고종은 어떻게 해서든지 이건창을 조정에 나오게 하고 싶어서 이러한 제안을 한 것이다. 이건창이야말로 어려워진 나라에 힘을 보낼 인물이었기 때문이었다. 그러나 이건창은 기꺼이 유배의 길을 택했다.

임금의 명을 거부한 이건창의 마음도 그리 편치만은 않았다. 그는 장부로 태어나 세상에 도움을 주지 못하는 것과 자신의 편안함만 생각하고 관직에 나아가지 않는 것은 초심初心을 등진 것과 다름없다고 여기며 슬퍼했다. 평소 이건창은 자신만을 위한 학문을 해서는 안 되고, 다른 사람의 어

〈그림 1〉 이건창의 유배지 지도
출처 : 김진균[11]

려움이나 세속을 바로잡기 위한 학문을 해야 한다고 생각했다.[12] 그렇다면 지금이야말로 다른 사람의 어려움이나 세속을 바로잡기 위해서 관직에 나아가야 할 때이다. 그러나 이건창은 그 길을 택하지 않았다. 그래서 그는 슬퍼했던 것이다.

한편 고종은 이건창의 뜻을 꺾을 수 없다는 것을 알고 벌을 주기로 했다. 갑오개혁 때 새로 개정된 법에 따라 왕명을 거부한 이건창의 죄를 논하자면 3년 노역형勞役刑에 해당된다. 그러나 평소 이건창의 재주를 아끼던 고종은 3년간 강제 노동을 해야 하는 노역형 대신 2년 유배형에 처하라는 명을 내렸다. 이에 이건창은 1896년 5월 전라도 고군산도古群山島로 유배를 떠났다. 이건창 일생에 있던 세 차례 유배 가운데 마지막 유배이다.

이건창은 왕명을 거역하고 자처해선 떠난 유배 생활에 불평을 늘어놓을 생각은 애초에 없었다. 고종 또한 이건창이 미워서 유배를 보낸 것이 아니었기 때문에 그를 유배지에 오래 둘 마음은 전혀 없었다. 마침내 고종은 한 달여 만에 이건창을 유배에서 풀어주었다.

이건창은 유배지에서 1개월 만에 풀려나 집으로 돌아온 후 고군산도에서 장기瘴氣 : 축축하고 더운 땅에서 일어나는 독한 기운와 폭풍 때문에 힘들었던 기억을 상기하며 이를 「장기와 폭풍」이라는 시로 남겼다.

고군산엔 무엇이 있던가
거기에는 장기瘴氣 머금은 안개 심한데
연기도 아닌 것이 안개도 아닌 것이
봄여름에 더욱 성하다네.

어찌 아침과 저녁만 헷갈리랴

하늘과 땅도 분간할 수 없고

주민들도 움직였다 하면 서로 잃어버리니

친해지고 싶어도 바랄 수 없다네.

맑은 바람에 소나기 멈추어

태양이 붉어지는가 하면 순간 사라지고

먹구름으로 다시 음산해지니

온갖 형상 드러낼까 두렵다네.

옷에 핀 곰팡이 햇볕에 말리지도 못하고

피부에 낀 때는 긁으면 더욱 가려워지고

병든 눈은 나날이 더 어두워져

한낮에도 도깨비에 홀린 듯하네.

집에서 거처할 때를 생각해 보니

창은 오래도록 밝고 환했는데

부질없이 만금 보물 던져버리는 일

골몰하다 바다 물결 따라왔다네.

하필 장기 머금은 바다 한가운데던가

사방을 돌아보니 멍해지네.^{2수 중 제1수}

古輋山何有, 其中多烟瘴.

非烟亦非霧, 春夏尤昏漲.

寧惟錯昏曉, 遂不辨穹壤.

居人動相失, 可親不可望.

淸風斷急雨, 日頭紅暫放.

雲陰復曀曀, 似恐呈萬象.

衣黴曝未乾, 膚垢爬更癢.

沈痾日增瘖, 白晝迷魍魎.

因憶家居時, 窗牖長晃朗.

虛擲萬金寶, 汨沒隨波浪.

何必瘴海中, 四顧始惘惘.²수 중 제1수¹³

고군산엔 무엇이 있던가

거기에는 폭풍도 많은데

단지 바다에서 오는 것만 알겠고

서쪽인지 동쪽인지 분별이 안 된다네.

파도는 그 기세를 도와

밤이 되면 점점 더 세차게 불어

천지가 갑자기 서로 쳐대니

어느 겨를에 자웅雌雄인지를 물으랴.

작은 집은 조각배 같아

한 번 (폭풍 속으로) 들어가면 백 길 높이까지 치솟고

창호지는 용의 울음소리 만들어내고

기왓장은 쑥처럼 날리다 떨어지네.

집이 무너지는 건 그래도 봐줄만 하지만

근심이라면 배가 통행하지 못하는 것

열흘에 겨우 한 척 배라니

백 리나 천 리나 매한가지네.

아득한 진시황秦始皇과 한무제漢武帝를 생각하자니

(뗏목 타고) 힘써 하늘 끝까지 다녀오려 했건만

삼신산三神山에 이를 수 없사

꿈속에서나 보길 기다렸다네.

하찮은 인생이 다시 무슨 말을 하랴

하고픈 말은 봉함하여 뇌신雷神에게 맡겨두려네.2수 중 제2수

古辈山何有, 其中多颶風.

但知海上來, 不辨西與東.

波濤助其勢, 入夜轉汹汹.

天地忽相拍, 誰暇問雌雄.

小屋如小舟, 一墮百丈洪.

窓紙作龍吟, 屋瓦墮飛蓬.

拔屋猶自可, 但愁船不通.

十日纔一船, 百里千里同.

緬思秦漢主, 力可迴蒼穹.

三山不能到, 相待如夢中.

微生復何說, 緘辭托豊隆.2수 중 제2수14

위의 시는 이건창 자신이 자처해서 떠난 유배지 고군산도의 풍경을 읊은 것이다. 이건창이 태어나 자란 곳도 섬이다. 그런데 그와 비교도 되지 않게 고군산도는 장기와 폭풍이 매우 심했다. 바닷가다 보니까 습기가 많아서 햇빛이 잠깐 나오나 싶으면 먹구름이 끼어 곧 컴컴해진다. 습기가 강하다 보니 빨래도 잘 마르지 않고 곰팡이도 많이 핀다. 하필 유배를 와도 이렇게 장기가 심한 곳으로 오게 되었는지 생각했다. 고군산도는 폭풍도 많아 밤이 되면 파도가 더욱 거세지고, 기왓장이 날아다닐 정도였다. 배도 열흘에 한 번 겨우 오가면서 육지와의 거리는 백 리 천 리나 되는 듯 멀게만 느껴졌다.

얼핏 보면 이건창이 고군산도에서의 유배 생활의 어려움을 읊은 것으로 보인다. 그러나 자처해서 떠난 유배지 고군산도에서의 생활을 후회할 이건창이 아니다. 그는 고군산도의 습기와 폭풍이 심한 것을 조선의 현실과 빗대어 고군산도의 풍경을 읊은 것이다. 앞이 안 보이는 조선의 미래, 거센 외세의 물결 속에 놓인 조각배 같은 작은 나라 조선의 앞날이 장차 어떻게 될지 까마득해서 사방을 돌아봐도 멍해지기만 하는데, 하찮은 자신이 할 수 있는 일은 아무 것도 없다. 그래서 그는 하고픈 우국충정의 말은 가슴속에 그대로 봉해두고 다만 개항이라는 비바람을 몰고 강대국들이 조선을 침략해오지 않기만을 바라는 다소 무기력하고 비관적인 모습으로 시를 마무리 지었다.

이건창은 강화에서 은둔 생활을 하는 동안 두드러진 활동을 하지는 않았다. 관직에 나아가지 않고, 양명학 강론에만 힘썼기 때문이다. 다만 이때 이건창의 건강도 점점 더 나빠져 갔던 것으로 확인된다. 그러나 그의 선조는 왕족의 후손이었고, 가문 대대로 나라에서 녹을 받았을 뿐 아니라 자신 또한 전직 관료였다. 그래서 그는 자신의 의지와는 다르게 점점 쇠약해지는 체력의 한계와 간신들이 들끓는 조정에서 자신이 할 수 있는 역할의 한계를 느낀 가운데 시작된 은둔 생활 중에도 속에서 끓어오르는 우국충정을 결코 끊어낼 수는 없었다.

제4장

규성奎星
땅에 떨어지다

1. 스스로 정리한 삶

고종은 이건창이 죄를 짓거나 미워서 유배를 보낸 것이 아니었다. 시무時務에 뛰어난 이건창을 관직에 나오도록 하기 위한 최후 수단으로 유배라는 특단의 조치를 취했을 뿐이었다. 그러나 이에 아랑곳하지 않고 이건창은 흔쾌히 유배의 길을 택했다. 그리고 유배를 떠난 지 1개월 만인 1896년 6월 그는 유배에서 풀려나 고향으로 돌아왔다.

고군산도에서 돌아온 이건창은 그해 겨울 죽음을 앞둔 사람이 자신의 삶을 정리하듯 자신에 대한 자전적 글쓰기를 했다. 「명미당 시문집 서전明美堂詩文集叙傳」이 그것이다. 이건창이 자신의 시문집에 붙일 자서전 성격의 글을 제 손으로 쓴 것은 글을 쓰면서 자신의 삶을 성찰하려는 의도였다. 누군가가 죽은 후 그 사람에 대해 평가하는 글을 쓸 때 글을 쓰는 사람은 죽은 사람에 대해 제대로 알아보지도 않고 효심이 깊었다거나 학문이 뛰어났다거나 하는 상투적인 말로 부화하게 포장하는 일이 대다수이다. 그렇기 때문에 강직했던 이건창은 자신에 대해 누군가 부화한 말로 평가하는 일을 달갑게 여겼을 리 만무하다. 그래서 그는 자신의 삶을 스스로 정리하며 글을 지었다.

세상 사람들이 이건창에 대해 제아무리 문장가로서, 관료로서, 양명학자로서, 인간으로서, 아니면 그 어떠한 수식어로 높고 낮은 평가를 내린다 해도 이건창 스스로 자신을 돌아본 것만 한 평가는 없다.

장문의 글이지만 이건창이 직접 쓴 「명미당 시문집 서전」을 읽어보도록 하자.

이건창李建昌의 자는 봉조鳳朝이고, 조선 공정왕恭靖王:정종(定宗)의 아들 덕천군德泉君의 후손이다. 아버지는 양산군수梁山郡守 상학象學이고, 조부는 이조판서 증 영의정吏曹判書贈領議政으로 시호가 충정忠貞인 시원是遠이며, 증조 위로는 건창이 찬한 충정공지忠貞公誌에 실려 있다. 고종 3년[1866] 서양인들이 강화를 함락시켰을 때 충정공이 순국하시니, 조정에서 정려문을 세우고 '충정지문忠貞之門'이라고 하였다. 이 해는 병인년[1866]이었다.

건창은 나이 15세에 과거에 급제하였고, 고종 7년[1870]에 기거주起居注에 보임되었는데 전례에 따라 옥당玉堂에 뽑혔다. 고종 11년[1874]에는 명을 받아서 사신으로 연경燕京에 갔다가 이듬해 봄에 돌아왔다. 고종 14년[1877] 가을에는 명을 받들고 충청도의 안렴사按廉使가 되었다가 이듬해 여름에 충청도에서 돌아왔다. 안렴按廉의 일과 관련되어 평안도 벽동碧潼으로 유배되었다가 다시 다음 해 봄에 사면되었다. 고종 19년[1882] 가을 통정대부通政大夫에 올랐는데 특명으로 영구히 지제교知製敎의 직함을 띠게 되었으며, 다시 경기도 안렴사로 나갔다가 다음 해 여름에 돌아왔다. 고종 21년[1884]에 모친상을 당하여 서울에서 강화로 운구運柩하여 장례를 치렀는데, 이때부터 고향에 거주하는 날이 많았다. 고종 25년[1887]에 부친이 양산梁山에서 돌아가셔서 달려가 운구하여 돌아왔다. 고종 28년[1890] 한성소윤漢城少尹에 제수되었고, 다음 해에는 명을 받고 함경도로 나가 함흥의 난민亂民을 안핵按覈하였으며, 돌아와서는 승지承旨에 임명되었다. 고종 30년[1893] 가을에는 상소 사건으로 호남의 보성寶城에 유배되었다가 이듬해 봄에 사면되었다. 이 해에 가선대부嘉善大夫의 품계에 발탁되었고 새로운 관제가 시행됨에 협판協辦·특진特進·시강侍講 등의 관직을 누차 제수받았으나 모두 취임하지 않았다. 고종 33년[1896] 봄 해주관찰사海州觀察使를 제수받음에 세 차례 사직소를 올리니, 임금의 명에 의해 전

임관리로서 외직에 보임되었다가, 얼마 후 고군산도古羣山島에 유배되었으나 한 달 남짓하여 사면되었다. 이상이 건창이 벼슬한 대략이다.

건창이 처음 벼슬에 나갔을 때 조정에서 가장 어린 나이였는데, 하루는 임금께서 휘장 안에 앉아 멀리 건창을 보고 사람을 시켜 나이를 물으시고는, 임금이 웃으면서 "나와 나이가 같구나"라고 하시고, 또 태어난 날을 물으시고 "달이 빠르구나"라고 하셨다. 기주관起注官으로 임금을 모실 때마다 임금의 뜻에 맞았으므로 출입할 때마다 따뜻이 대하셨다. 그러나 대원군大院君이 국정을 담당하자 건창은 일찍이 대원군에게 저어된 적이 있고, 또 집안이 대대로 다른 사람들과 거리낌이 많았기 때문에 같은 반열의 관리들이 서로 피하였다. 이로써 옥당玉堂에서 십수 년을 지냈지만 상직上直한 것은 겨우 하루였고, 간혹 다른 관직을 맡았으나 또한 오래 있지는 못했다.

최익현崔益鉉이 상소하여 대원군을 비판하자 온 세상이 들고 일어나 직언이라고 여겼지만, 지평持平이었던 건창은 홀로 "춘추에 이르기를 어버이 된 자는 기휘忌諱한다고 하였으니, 최익현이 비록 곧기는 하지만 처벌하지 않을 수 없다"라고 말하고 장관과 함께 소를 올려 논하였으나 비답을 듣지 못하였다. 조정의 일은 이때부터 말하기 어렵게 되었다.

어사가 되어서는 충정공忠貞公이 처음 어사로서 큰 명성을 세운 것을 생각하여, 그 만분의 일이라도 잇기를 기대하였다. 마을을 걸어 다니며 아픔과 고통을 두루 물었으며, 비록 아전의 일에 익숙하지는 않았지만 아는 바를 다하여 백성에게 이익이 되는 것을 모두 찾아내어 시행하였다. 충청감사 조병식趙秉式은 세도가의 자제였는데 처음에 진봉물進奉物로 총애를 얻어서 겉으로 사소한 수작을 부려 어리석은 백성에게서 명예를 구하고, 탐욕스럽고 잔혹한 짓을 마음대로 하였다. 건창을 두려워하여 노자로 쓰라고 돈을 바쳤는데, 건창이 물리치며 "어찌 안렴사로서 뇌물을 받는 자가 있겠느냐?"라고 하니, 조병식이 크게 두려워하여 비방이 서울까지 닿게 했다. 당시에 대원군이 한가로이 지내고 있었는데 그의 빈객들은 조정에 죄를 얻은 자가 많았다. 이런 상황에서 조병식이 "어사가 대원 군의 지시를 받아 장차 나를 쓰러뜨리려 한다"라고 하였다. 재상 민규호閔奎鎬가 그 말을 받아들여서 사람을 시켜 건창에게 집을 주며 "화가 상차 이를 텐데 어찌 스스로 풀려하지 않는가?"라고 하였다. 건창은 못 들은 척하고 공주公州 감영監營 으로 달려 들어가 조병식이 몰래 쌓아둔 많은 재산을 적발하고, 긴급하게 돌아 와 아뢰었다.

근세에 어사가 논핵論劾할 것이 있으면 먼저 부본副本으로 아뢴 뒤 가하다는 말 을 기다린 후에야 원본을 바쳤는데, 이때 건창은 백간白簡: 탄핵문을 소매에 넣고 바로 들어갔다. 임금은 이미 약간이나마 (이건창을) 비방하는 자들의 말을 들었 고 또 건창이 조병식에게 사적인 유감이 있어서 그를 모함한 것이라고 생각하 였다. 임금이 건창을 불러 보고 힐책하시니 위엄 있는 음성이 두려워 좌우의 신 하들이 모두 벌벌 떨었다. 임금께서 "그대가 안렴한 바는 모두 그대가 보고 들 은 것인가? 아니면 사람들에게 들은 것인가?"라고 하시자, 건창이 "한 도道의 일 은 매우 많은 데다 신은 또 병이 많아서 실로 일일이 직접 다할 수는 없습니다. 높은 관원을 논핵함에 있어서는 조심하지 않을 수 없어서 신이 모두 살피고 조 사한 뒤 아뢰는 것입니다. 모두 문서에 갖추어져 있으니 살펴볼 수 있을 것입니 다"라고 대답하였다. 이에 다른 관리에게 가서 증험하게 하니 모두 건창이 말한 바와 같았다. 조병식은 마침내 처벌을 받았으며, 공주 사인士人으로 건창에게 곤 장을 맞은 자가 출옥한 뒤 스스로 분을 참지 못하여 음식을 먹지 않다가 죽었다.

그 아들이 건창을 고발하여 마침내 살인죄로 극변極邊으로 유배 갔다. 당시 유일하게 민규호만 조병식을 위하여 건창을 사지死地에 보내고자 하였고 그 나머지는 건창을 알건 모르건 모두 탄식하며 건창을 위해 변호하였으니, 건창이 이로써 당세에 명성이 자자했다. 민규호 또한 이윽고 그 일을 후회하여 병들어 죽어가면서 한스러워한다고 하였다.

이보다 앞서 조정에서는 일본과 서양을 배척하고 싸워 지킬 것을 주장하였으나, 사실 그 요령要領을 얻지 못하였다. 건창이 근심거리로 여기며 일찍이 "중국은 외국의 중추中樞이다. 만일 중국에 들어가 잘 엿본다면 외국의 정세를 알 수 있을 것이다"라고 하였다. 중국에 간 뒤에는 탄식하면서 "나는 중국이 이런 지경에 이른 줄은 몰랐다. 중국이 이와 같으니 우리나라도 반드시 중국을 따를 것이다"라고 하였다.

이홍장李鴻章이 우리나라에 밀서를 보내어 통상과 화친和親의 이익으로 유혹하였다. 당시 사람들이 모두 이홍장은 중국의 명신이므로 그 말을 믿을만하다고 여겼는데, 건창만은 홀로 "이홍장은 큰 서간꾼이다. 거간꾼은 오직 시세時勢를 따를 뿐이다. 우리가 스스로 믿는 것 없이 이홍장을 믿는다면 후에 반드시 팔려버릴 것이다"라고 하였다.

어윤중魚允中과 김옥균金玉均은 재민才敏한 것으로 유명했고 중외中外의 사정을 말하기에 능숙했는데, 건창이 간혹 그들과 왕래하며 담론하였다. 일본과의 외교적인 일이 빈번해지자 이들이 당시의 의론을 주도하였으며, 외척外戚인 민영익閔泳翊은 나이는 어렸으나 명성이 있어 여러 사람이 의지하였다. 이들이 민영익에게 '건창은 사방으로 사신 보낼 만하다'라고 하니, 민영익도 건창에게 마음을 기울여 그를 추천하려고 하였다. 건창이 벽동에서 사면된 것은 민영익의 힘이었다.

마침 김홍집金弘集이 일본에서 돌아와 청淸의 황준헌黃遵憲이 지은『조선책략朝鮮策略』을 임금에게 올렸는데, 모두 서양 제국諸國과 통상하자는 내용이었다. 하루는 민영익이 건창을 초대하여 술을 마실 적에 김홍집·박영효朴泳孝·홍영식洪英植 등이 앉아 있었는데, 건창은 민영익이 장차 여러 사람들을 빌어 자기를 꾸짖을 것을 마음속으로 알았다. 이에 먼저 김홍집을 면전에서 꾸짖으며 "황준헌이 예수교가 무해하다고 분명히 말했는데, 당신이 상소에는 도리어 '황준헌이 척사斥邪하였다'라고 하였으니, 기만이 아니고 무엇인가?"라고 하니, 김홍집은 오히려 겸손하게 사죄하였으나, 민영익이 발끈하여 술자리를 파하였다. (민영익이) 입궐하여 임금께 아뢰어 "신이 여러 사람들과 시사時事를 논하였는데 이건창이 억지 주장을 하였습니다. 이 사람은 비록 관직은 낮으나 문학으로 이름이 있으니, 이러한 사람이 이와 같이 한다면 국시國是를 결정할 수 없습니다"라고 하였다. 임금이 이 때문에 더욱 건창을 좋아하지 않았으며, 어떤 이가 또 "건창이 내실은 시무時務에 밝으면서 단지 하지 않을 뿐"이라고 하여 건창이 이로 인해 더욱 곤란을 당하였다.

임오년1882의 군변軍變에 청군淸軍이 출병하여 대원군을 잡아 북쪽으로 가자, 임금이 밤에 예문관제학藝文館提學 정범조鄭範朝를 불러 주문奏文을 기초하게 하면서 "이건창이 글을 잘 짓고 또한 중국의 일에 지식이 많다고 들었으니, 나의 뜻으로 그를 불러 함께 의논했으면 좋겠다"라고 하셨다. 건창이 들어와 정범조에게 이르기를, "천자天子께 올리는 조서는 지을 수 있지만, 이 주문은 지을 수 없습니다. 이 주문은 반드시 성상聖上께서 직접 그 대의大意를 명하셔야만 지을 수 있습니다"라고 하였다. 정범조가 "만약 임금의 생각이라면 어찌하려는가?"라고 하니, 건창이 "'성인은 인륜의 지극함이다'라고 했으니, 오늘 우리 임금의 도는 오직 죄를 짓고 허물을 감추는 것일 뿐입니다"라고 하였다. 정범조가 들어가 이것을 임금에게 고하니, 탄식하고 한참 뒤에 건창을 불러서 "상주문은 반드시 네가 직접 짓고, 난適을 불러온 허물은 모두 내 몸에 귀결시키라. 다만 대원군을 위해 명백히 변석辨釋하여 글을 보는 자로 하여금 글자 한 자마다 눈물짓게 하라"고 하였다. 이어 건창에게 대원군의 행차를 배호陪護하게 하였는데, 청淸의 관원 마건충馬建忠 등이 그것을 듣고 마음속으로 건창을 가게 하고 싶지 않아 임금에게 말하여 만류시키고 기초한 상주문 또한 막아서 쓰지 못하게 되었다.

당시 김윤식金允植·어윤중이 일을 꾸미며 굳이 건창을 끌어들여 자기들의 도움이 되게 하고 싶어서 매번 임금의 뜻을 받들었다고 핑계 대며 통치에 필요한 문자를 물었는데 건창이 그것을 모두 사양하였다. 하루는 재촉하여 불러들여 어윤중이 합문閤門 밖에서 구두口頭로 임금의 말씀을 전하여 "천진天津에 가고 싶은가? 일본에 가고 싶은가? 이곳에서 기무機務에 참여하고 싶은가?"라고 하였다. 건창이 사양하며 "모두 하고 싶지 않으며, 또한 할 수도 없습니다"라고 하였다. 어윤중이 혀를 차면서 "고집스럽구나!" 하고, 들어갔다가 조금 뒤 다시 나와서 "강역疆域 안에서는 그래도 힘을 펼 수 있겠지?"라고 하니, 건창이 마지못해 "알겠습니다"라고 하였다.

이에 경기도로 암행어사를 가라는 명이 있었는데, 임금이 친히 봉서封書를 주시며 "다만 전처럼 잘 하라. 내가 이제는 너를 안다"고 하셨다. 경기도 주변의 13읍이 굶주림에 건창은 진휼미를 베풀어서 백성을 먹이고, 광주廣州·개성開城·수원水原의 세금을 줄여주었으며, 모든 일을 다 편의대로 행하고 번거롭게 임금께 아뢰지 않았다. 별단別單 수십 조條로 조령朝令의 무상無常함과 백성이 곤란을 당하는 상황을 다 진술하니, 요청한 것에 '가可하다'라는 답이 많았다. 후에 근신近臣

중에 지방 수령으로 나가 탐욕스러운 자가 있으면 임금이 사람을 시켜 사사로이 경계하여 "바로잡지 않으면 내 장차 이건창과 같은 어사를 보낼 것이니, 네가 어찌 후회가 없겠는가?"라 하니, 들은 사람들이 탄복하고 부러워하였다. 그러나 건창이 어버이 상을 당하여 복을 마쳤는데도 임금의 부름이 없었다. 임금에게 말하는 자가 있었지만, 임금이 번번이 거절하다가 한참 뒤에 비로소 명하여 소윤少尹으로 삼았다. 통상을 하고부터 청과 왜의 상인늘이 우리나라 사람과 송사하는 일이 많아지자 경조京兆에서 다스릴 수 없어 별도로 소윤을 두어 이를 전담하게 하였다. 전후로 소윤이 되는 자 중에 요직要職에 오르는 자가 많았기 때문에 세상에서는 건창이 장차 높은 벼슬에 등용될 것이라고 하였다.

한 달 남짓 사무를 보고는 상소하여 "정부가 은전과 동전을 사용하기를 청하는데 장차 외국인들이 화권貨權을 잡게 되면 끝없는 폐단이 생길 것입니다" 하고, 또 "각국各國의 사람들이 집을 사는 것이 끝도 없으니 청컨대 우리 백성들이 집 파는 것을 금하기 바랍니다"라고 하였다. 청나라 관원 당소의唐紹儀가 성을 내며 "집을 못 팔게 하는 것은 조약에 어긋난다"라고 하니, 건창이 글로 그것을 힐난하여 "우리가 우리 백성에게 금하는 것인데 조약과 무슨 관계가 있겠소?"라고 하였다. 당소의는 이홍장의 말이라고 핑계를 대고 정부를 협박해서 금령을 완화시키게 했다. 건창이 집을 팔려는 자를 슬쩍 방문하여 문득 다른 죄목을 씌워 벌하니 백성들이 감히 집을 팔지 못하고 청나라 사람 또한 따질 말이 없었다. 마침 함흥咸興 안핵사按覈使로서 나가자 백성들은 다시 옛날처럼 멋대로 팔았다. 함흥에서 저자 사람들로 말미암아 난이 일어났는데 저자 사람들이 모두 자기가 했다고 해서 주모자를 찾지 못하였다. 건창이 "저자 사람들이 감히 난을 일으키지 못할 것인데도 난을 일으켰으니 반드시 믿는 바가 있을 것이다"라 하고, 이에 구거鉤距 : 낚싯바늘 끝에 매다는 작은 갈고리의 술術로 몰래 사주한 읍·호른豪를 잡아서 한번 신문하니 다 자복하였다. 비록 저자 사람들과 난을 일으킨 자들이 이 상황에 이르러 비로소 깨달았지만 죄를 평결한 것이 이미 아뢰어졌다. 감사監司 이원일李源逸이 탐욕스럽고 용렬해서 난을 일으킨 형상을 그 뒤에 덧붙였는데 모두 지은 죄에 상응하는 벌을 받았다.

승정원承政院에 있을 때 일찍이 야대夜對를 하면서 한서漢書를 읽다가 넌지시 풍간하여 "환제桓帝와 영제靈帝 시대에 군자의 도道가 없어져서 말하기를 꺼렸기 때문에 한나라가 마침내 기울어졌습니다"라고 하였다. 임금께서 "말하지 않은 것은 신하의 잘못이나 또한 그 임금도 포용할 수 없었기 때문이다"라고 하셨다. 건창이 경하하여 "성상의 깨달음이 여기에 미치시니 신하와 백성들은 매우 다행스럽습니다"라고 하였다. 충청도와 전라도에서 적당賊黨이 일어나자 건창이 상소를 올려 청하기를 빨리 출병하여 그들을 토벌하여 점점 번지는 회禍를 끊어야 번거롭게 되지 않는다고 하였다. 임금께서 "다만 위무慰撫만 하라"고 하셔서 적당의 마음을 교만해지게 했다. 건창이 또 "선무사宣撫使 어윤중이 사사로이 도적을 일컬어 '민당民黨'이라 하였는데 '민당民黨'이라는 것은 임금을 안중에도 두지 않는 외국에서 들어온 불순한 설이니 회禍가 홍수나 맹수보다 심합니다"라고 하였다. 또 청하기를 성덕聖德을 높이고 성지聖志를 굳게 하여 여령女伶을 없애고 하사품下賜品을 절제하며 군軍의 규율을 엄히 하고 번군藩郡을 택하도록 하였다. 이때 경보警報가 급해졌고 경상감사慶尙監司 이용직李容直이 금金을 실어다 벼슬을 사니 안팎으로 더욱 혼란스러웠기에 상소에서 아울러 말한 것이다.

대제학大提學 김영수金永壽가 스스로 조서詔書를 대찬代撰할 때 위유慰諭하는 말에 잘못된 말이 있었다. 구체적으로 상소하여 치죄를 청했지만 임금께서 평소 김영수를 총애하여 건창을 벌주지 않으면 김영수를 안돈시킬 수 없다고 생각하였다. 도리어 건창에게 중죄를 주려했기 때문에 건창의 소疏를 보류만 시켜놓고 한참 동안 비답을 내리지 않았다. 때마침 상소를 올린 권봉희權鳳熙와 안효제安孝濟가 연이어 왕의 분노를 저촉했고, 어윤중 또한 다른 일로 치죄를 당하게 되자, 이들과 함께 건창을 유배 보냈다. 건창이 양친兩親이 돌아가신 이래로 스스로 의지할 바는 우리 임금뿐이라 여기고 나랏일이 날로 그르쳐지매 비로소 진언進言하여 자신을 바치고자 했다. 그러나 감히 직간直諫을 갑작스레 할 수 없기에 성실함을 쌓아서 신의를 취하기를 바란 것이다. 임금 또한 건창이 다른 마음이 없음을 밝게 헤아리고 잠시 귀양을 보냈다. 다음 해 충청도와 전라도에서 도적이 다시 일어나자 임금과 신하가 모두 건창을 등용할 것을 생각하였으나 난이 진압되어 그렇게 하지 못했다.

왜병倭兵이 대궐을 범하여 국정國政이 크게 변했다. 대원군이 국무國務를 보살피게 되자 김홍집을 재상으로, 건창을 공조참판工曹參判으로, 아우인 건승建承을 정부주사政府主事로 삼았는데, 건창은 병病을 평계로 출사하지 않았고, 건승은 직첩만을 받고 곧 사직하고 돌아갔다. 이보다 앞서 조정이 외교 통로를 열었지만 대원군이 집에 머물면서 옛 의론쇄국책(鎖國策)을 지키니 자못 사류士類들과 더불어 의기意氣를 이었다. 임오년1882 이후 (대원군은) 한참 동안 집에만 갇혀 있다가, 이에 이르러 왜에게 협박을 받았지만 (대원군은) 나아가 마음대로 벼슬을 임명했다. 선비들은 신구新舊 따로 없이 바람에 쓰러지듯 다투어 벼슬자리로 나아갔다. 임금께서 묵묵히 건창만 홀로 머뭇거리는 것을 살피고 마음속으로 좋게 생각하였다. 겨울에 이르러 왜사倭使 정상형井上馨이 임금께 친정親政을 하도록 하였다. 임금께서 이에 건창을 법부협판法部協辦으로 삼고, 한기동韓耆東을 탁지협판度支協辦으로 삼으니 정상형이 갑자기 크게 성을 내며 "대군주大君主께서 어찌 마음대로 관직을 제수할 수 있습니까?"라며 소리 지르기를 그치지 않았다. 임금께서 그 명을 거두니 망명했던 박영효와 서광범徐光範이 비로소 왜로부터 돌아와 나라의 정권을 맡았다. 그 후 관제를 다시 고치고 임금께서 구신舊臣과 귀척貴戚을 염두에 두고 별도로 궁내에 관직을 두고서 특진特進이라고 불렀는데 건창도 참여하였다.

곤녕합坤寧閤의 변란變亂에 건창이 그의 벗인 원임참판原任參判 홍승헌洪承憲 · 정원하鄭元夏와 함께 상소를 올렸는데 대략 "왕후를 폐비廢妃시킨 것이 임금의 뜻이 아닌 줄을 압니다. 항간에 전해지기로는 '적이 이미 시해를 하였으나 다만 아직 시해한 자가 일본인인지 우리나라 사람인지 가리지 못할 뿐이다'라고 합니다. 신하로서 그 임금을 시해하였다면 관직에 있는 사람은 죽여도 용서할 수 없으며, 군부君父의 원수는 천하를 함께 하지 않는 것이 춘추의 예例입니다. 왕비도 또한 군주이거늘 저 각부閣部 대신들만 유독 이 뜻을 알지 못하겠습니까? 어찌하여 가려 덮어두고 냉담하게 아무 일도 없는 것처럼 합니까? 그 속에는 또한 화를 탐하고 변고를 요행으로 여겨 위를 위협하고 아래를 통제해서 권세를 훔치고 세력을 마음껏 하려는 계획이 있는 것이 아니겠습니까? 요컨대 난을 일으킨 자가 병사라면 병사대로 죽일 수 있고, 신하라면 신하대로 죽일 수 있고, 일본인이라면 일본인대로 또한 죽일 수 있습니다. 평범한 사람들이 죽었을 때도 제 명대로 살지 못하였다면 오히려 원통함을 갚지 않을 수 없는데, 어찌 국모가 시해를 당했는데 끝내 원수를 갚지 못함이 있겠습니까?"라고 하고, 이어서 복위復位시키고 발상發喪하기를 청하였다. 내각대신內閣大臣 김홍집金弘集이 상소를 보고 탄식하며 말하기를 "이것은 나를 (사람들을 두렵게 만드는) 여름날의 태양조순(趙盾)[1]이라고 한 것"이라며 물리치고는, (임금께) 아뢰지도 않았다. 자字가 문일文一인 홍승헌과 자가 성조聖肇인 정원하, 이 두 사람은 강화도로 피해 와 건창과 이웃하며 지냈다. 일찍이 함께 출처出處를 논할 적에 두 사람은 오로지 깨끗이 자신을 지키는 것을 의로움으로 여겼다. 건창은 오히려 '천하에는 반드시 하지 못할 날이란 없으며, 군자에게는 반드시 나가지 않고자 하는 마음이란 없다'라고 하였으나, 이때에 이르러 결심하고 스스로 벼슬을 그만두었다.

단발령이 내려지자 건창은 보문도普門島로 피해 들어가 「공곡가인기空谷佳人歌」를 지어서 뜻을 드러냈다. 마침 시강侍講에 제수되자 상소하여 스스로 진술하기를 "절에 의탁하여 남은 목숨을 마칠 수 있기를 애걸하오니, 만약 명命을 얻지 못하고 더욱 재촉하신다면 제게는 죽음이 있을 뿐입니다"라고 하였다. 얼마 되지 않아 임금은 총신寵臣 이범진李範晉의 말을 따라 러시아 공사관으로 이어移御하셨다. 나라의 일이 다시 변하자 벼슬을 내리고 치죄治罪하는 말씀이 차츰 임금으로부터 나왔는데, 이범진이 건창을 천거하여 해주관찰사에 임명하였다. 임금은 건창이 벼슬길로 나오기를 바라여 비답을 내려서 칭찬하며 "벼슬을 사양하고 받음에는 스스로 시의時義가 있는 것이니, 경이 지금 굳이 거절하는 것은 마땅치 않다"라고 하시고, 또 "경이 지조가 있음은 내가 이미 잘 알고 있지만 그럼에도 다시 나라의 중책을 맡기는 것이 어찌 까닭이 없겠는가?"라고 하셨다. 건창이 그것을 읽고 오열하면서 "임금께서 나를 지극히 여기시는구나. 그러나 이미 맹세한 말을 어찌하겠는가?"라고 하였다. 외직에 보임된 것을 듣고 그날로 해주에 도달하여 민가에서 대죄하며 "외직에 보임된 것은 견책이니 가지 않을 수 없지만, 관찰사는 영예로운 벼슬이니 끝내 감히 받들 수가 없습니다"라고 하였다. 임금이 그의 뜻을 빼앗을 수 없음을 알고 내려보내 치죄하게 하였는데, 신법新法으로는 3년 노역형에 해당되었지만 2년의 유배로 고쳐 명령하였다. 그러나 임금은 진심으로 건창을 벌주려 하지 않았기 때문에 기한을 넘기지 않고 건창을 사면해 주었다.

건창이 관직에 나간 이래로 지론대로 일을 하다가 비방과 죄를 얻었지만 끝내 임금의 지우知遇를 받은 것이 이와 같았기에 변고가 일어난 때부터 흠결이 생기지 않을 수 있었고 자못 사론士論에 인정되었다. 그러나 태어나서 세상에 도움을 주지 못하는 것과 편안함을 생각하고 스스로 경영한 것은 초심初心을 등진 것과 다름이 없으니, 자신을 어루만지며 스스로 슬퍼할 뿐이다.

건창은 어려서부터 충정공忠貞公에게서 책을 받아 말보다 글자를 먼저 알았고, 열 살에 사서삼경四書三經을 모두 통달하였다. 충정공이 임종하실 때 정자程子의 '질미명진質美明盡, 원문은 質美者明得盡'이라는 말을 인용하여 건창을 권면한 까닭에 '명미明美'를 당堂의 편액으로 썼다. 과거에 급제한 후로 고시문古詩文을 익혔는데, 일찍이 조선 500년의 제일 문장가가 되기로 스스로 기약하여, 당대 사람들과 나란히 일컬어지는 것을 달갑게 여기지 않았다. 중국에 갔을 때 한림의 명사인 황옥黃鈺·장가양張家驤·서부徐郙 등이 건창을 한 번 보고 감탄하며 "만약 이 사람이 중국에서 태어났다면 마땅히 우리들의 관직을 이건창에게 양보해야 했을 것이다"라고 하며 각자 건창의 시권詩卷에 서문을 지어 주었다.

중년에 당한 우환과 곤액 때문에 성명학性命學:성리학(性理學)에 관심을 두어 스스로 넓히기도 했지만 본업은 문장에서 떠나지 않았다. 득의한 것은 간혹 스스로 고인古人에게 별로 부끄럽지는 않다고 여겼지만, 오래 지나 나아감이 있게 되자 더욱 고인이 이룬 경지에 미칠 수 없음을 알게 되었다. 그러나 이른바 나아갔다는 것도 알고 이해하는 것일 뿐이요, 씩씩하고 예리하며 화려한 기개는 날로 소멸하였다. 세상의 큰 변화를 만나서도 구차히 죽지 못하고, 요堯·우禹임금과 주공周公·공자孔子의 말씀마저 한줄기 실과 같아 끊어질 듯 위태로운 것을 목도하였는데, 하물며 이른바 시고문詩古文에 있어서겠는가? 이런 까닭으로 다시 나아감에 더욱 뜻이 없었으며 또한 나아갈 수도 없었다. 나이 50이 못되어 벼슬과 문장 일체에 스스로 한계를 그었으니, 먼 장래 유유히 많은 날들을 무엇으로 사람 노릇 하겠는가?

고군산도로부터 돌아온 해1896 겨울에 「명미당 시문집 서전」을 위와 같이 쓰다.[2]

이 글은 이건창 개인의 일생은 물론 구한말의 역사를 한 편의 글에서 동시에 살펴볼 수 있다는 점에서 가치를 더한다.

이건창은 스스로 조선 500년 역사에 제일가는 문장가가 되고자 기약하였다. 그러나 그는 글의 마지막에 나이 쉰도 못되어 벼슬과 문장 일체에 스스로 한계를 그었다면서 남은 생애를 무엇으로 사람 노릇을 할 수 있겠느냐고 반문했다. 벼슬과 문장 일체에 스스로 한계를 그었다는 말은 더 이상 관직에 나아가지도 않을 것이고, 문장도 짓지 않겠다는 의미이다. 자신의 삶을 정리하듯 글을 쓰며 이건창은 스스로 벼슬과 문장에 한계를 그었다. 그러나 그는 오늘날 우리들 가슴에 어떠한 이끗과 세력에도 굴하지 않은 강직불요의 삶을 산 조선왕조 500년의 제일가는 양심적 관료요, 자신이 기약한 500년을 넘어 천년의 제일가는 문장가로 각인되어 있다.

2. 죽음을 앞두고 꿈에 나타난 세종과 집현전 학사들

자신의 죽음을 예견한 듯 생을 정리하며 「명미당 시문집 서전」을 집필한 이건창의 건강은 급격히 나빠졌다. 그러던 어느 날 이건창은 꿈에 세종과 집현전 학사들을 보았다. 세종은 집현전을 설치하고 당대 문장에 뛰어난 선비들을 발탁했다. 바로 신숙주申叔舟·정인지鄭麟趾·박팽년朴彭年·성삼문成三問·유성원柳誠源·이개李塏·하위지河緯地 등이 그들이다. 세종은 집현전 학사들을 집안사람 대하듯 대우해주었다. 어느 날 세종이 그들에게 술을 내려주었는데 술에 취한 신숙주가 쓰러지더니 일어나지를 못하고 있었다. 그러자 세종은 자신이 입고 있던 자줏빛 담비 가죽으로 만든 자초구紫貂裘를 벗어서 손수 신숙주의 몸에 덮어주었다. 문종文宗은 동궁東宮 시절 학문에 힘쓰고 선비들을 좋아했다. 그래서 달 밝은 밤이면 집현전에 와서 학사들과 어울려 문장에 대해 논하다 돌아가곤 하였다. 그러던 어느 날 성삼문이 숙직을 하다가 밤이 깊어졌다. 이에 성삼문은 너무 늦은 시각이라 동궁이 집현전에 오지 않을 것이라 생각하고 잠자리에 누웠다. 바로 그때 동궁이 성삼문을 부르는 소리가 들렸다. 사마천의 『사기』에 "선비는 자신을 알아주는 사람을 위해 목숨을 바치고, 여자는 자신을 좋아하는 사람을 위해 화장을 한다"는 말이 있다. 이때 집현전 학사들은 자신들을 인정해주는 세종과 동궁을 위해 목숨을 내놓고 나라의 은혜에 보답하리라 마음먹었다.

그러나 세종이 승하한 뒤 즉위한 문종 또한 2년 만에 승하하고 말았다. 그로 인해 1452년 5월 단종은 13세의 어린 나이로 왕위에 올랐다. 당시 훗날의 세조는 수양대군首陽大君에 봉해졌었다. 한편 수양대군이 왕위에 오르려는 생각이 깊다는 것을 눈치챈 한명회韓明澮와 권람權擥 등이 수양대군을 돕고자 했다. 그들은 우의정 김종서金宗瑞가 안평대군安平大君을 중심으로 반역을 도모하려고 했다는 누명을 씌워 김종서를 몽둥이로 때려죽였다. 이어서 그들은 안평대군과 안평대군을 지지하던 민신閔伸·이양李穰·조극관趙克寬·황보인皇甫仁 등도 죽였다. 죽은 자들은 모두 먼 윗대 조상들이 나라에서 중신을 지낸 인물들이었나. 특히 김종서는 사직신社稷臣으로서 이름이 있었다.

결국 영의정 자리까지 꿰찬 수양대군은 이후 이조와 병조, 그리고 중외병마도통사中外兵馬都統使까지 겸하면서 단종은 이름뿐이고, 실질적 권력은 모두 수양대군이 차지하게 되었으니, 바로 1454년의 일이다. 1456년 마침내 수양대군은 조카 단종을 상왕上王으로 만들어 수강궁壽康宮으로 몰아내고 스스로 왕위에 올랐다. 그 후 세조는 영의정 정인지와 대제학 신숙주에게 녹훈錄勳을 내려주고 부원군에 봉했다. 이로부터 두 사람은 세조의 명신名臣이 되었다. 그러나 박팽년 이하 다섯 사람과 무신武臣 유응부兪應孚는 죽음에 처해졌으니, 이른바 사육신死六臣이다.

처음 세조가 왕위에 오를 때 승지 성삼문은 옥새玉璽를 끌어안고 통곡을 했다. 박팽년은 경복궁 경회루 연못에 빠져 죽으려고 했다. 이때 성삼문이 박팽년에게 말했다.

"상왕께서 무탈하시니 우리들이 죽지 않고 큰일을 할 수 있지 않겠습니까? 일이 어그러진 뒤에 죽어도 늦지 않습니다."

말을 마친 성삼문은 즉시 궁궐 밖으로 나가 자신의 부친인 성승成勝을 포함한 유성원·유응부·이개·하위지, 그리고 김질金礩 등과 함께 단종 복위 계획을 세웠다.

한편 세조는 왕위를 차지한 그해 여름, 세자와 함께 상왕인 단종을 불러 창덕궁 광연전廣延殿에서 연회를 베풀고자 했다. 마침 단종 복위를 함께 도모하던 성승과 유응부가 임금을 호위하는 운검雲劍이 되었다. 이때를 놓칠세라 박팽년 등은 이날 연회 때 단종 복위를 실행하기로 약속했다. 그런데 약삭빠른 한명회가 세조에게 광연전은 너무 좁고 날도 더우니 세자는 연회에 참석시키지 말고, 운검 또한 물리치라고 했다. 이에 세조는 한명회의 말에 따랐다. 그러자 칼을 차고 있던 유응부가 연회장으로 들어가 한명회를 치려고 했다. 그때 성삼문이 지금 여기서 일을 거행했다가 세자가 밖에서 군사라도 일으켜 궁궐로 들어오는 날에는 일의 성패를 가늠할 수 없다면서 훗날 세조와 세자가 한자리에 모여 있는 날을 기약하자며 말렸다. 그러자 유응부는 이런 일은 속히 처리하지 않으면 누설될 염려도 있고, 또 지금 지모와 용맹을 갖춘 신하들이 한자리에 모여 있으니 한자리에서 그들을 모두 죽이고 단종을 복위시킨 후 무사들을 시켜 세자를 잡아들이면 큰 어려움이 없을 것이라고 했다. 그런데 박팽년까지 성삼문의 의견에 동조하며 유응부를 말렸다. 결국 그날 단종 복위 거사는 실행되지 못했다.

그런데 그날 단종 복위 거사가 어그러진 것을 본 김질은 일이 탄로 날까 봐 겁을 먹고는 곧바로 자신의 장인丈人 정창손鄭昌孫에게 달려가 단종 복위 거사 실패를 알렸다. 이에 정창손은 사위와 함께 세조에게 달려가 이들의 반역을 알렸다. 김질은 단종 복위 거사를 밀고한 공적으로 죄를 용서를 받았으나, 박팽년 등은 모두 붙잡히고 말았다. 평소 박팽년의 재능을 아꼈던 세조는 잡혀 온 박팽년에게 말했다.

"내게 항복하면 목숨도 건지고 부귀하게 살도록 해주겠다."

그 말을 들은 박팽년은 큰 소리로 웃으면서 세조를 임금이 아닌 '나리'라고 불렀다. '나리'는 임금을 호칭하는 말이 아니라, 자신보다 신분이나 지위가 높은 사람을 높여 부르는 말이다. 이에 분노한 세조는 무사武士를 시켜 박팽년의 입을 때리게 하고는 말했다.

"너는 이미 나에게 신하라고 칭했는데 이제 와서 어찌 이럴 수 있느냐?"

그러자 박팽년이 말했다.

"저는 나리에게 신하로 칭한 적이 없소이다."

박팽년의 말을 듣고 세조는 그동안 박팽년이 올렸던 문서들을 가져다 살펴보니 모두 '신臣'자가 아닌, '거巨'자로 쓰여 있었다.

화가 난 세조는 마침 자신의 곁에 있던 성삼문을 끌어내려 힐문詰問했다. 성삼문이 세조에게 힐문을 받는 부분부터는 이건창이 쓴 「육신사략六臣事略」을 통해서 살펴보도록 하자.

성삼문이 웃으면서, "김질이 고한 것이 모두 맞소이다"라 하고, 김질을 돌아보며 "네가 오히려 말을 다하지 않았구나. 어째서 '우리들이 곧장 이와 같이 하려 하였다'라고 말하지 않았느냐?"고 하였다. 세조가 "무엇 때문에 반역하였느냐?"고 하니, 성삼문이 목소리를 돋우어 "옛 군주를 복위시키고자 했을 뿐이오. 나리가 평소에 걸핏하면 주공周公을 거론하였는데, 주공이 어찌 나리와 같겠습니까? 나리가 남의 나라를 빼앗고서 도리어 내가 반역하였다고 함은 어째서입니까?"라고 하였다. 세조가 "선위禪位를 받은 날에는 어찌 저지하지 않고, 도리어 나에게 의탁하였다가 날 배반하느냐?"고 하니, 성삼문이 "형세가 중지시킬 수 없었소이다. 중지시킬 수 없다면 죽었어야 마땅하나, 헛되이 죽는 것은 아무런 보탬이 없기에 참고 뒷날을 도모하고자 했을 뿐이외다"라고 하였다.

세조가 "너는 내게서 녹을 받아먹지 않았느냐?"고 하자, 성삼문이 "나는 나리의 녹을 먹은 일이 없소이다. 만일 믿지 못하겠거든, 나의 집을 적몰해 보면 알 수 있을 것이외다"라고 하였다. 세조가 분노하여 쇠로 성삼문을 지지라 하여 다리가 뚫리고 팔이 끊어질 지경이었으나, 안색도 변하지 않은 채 천천히 "나리의 형벌이 참으로 가혹합니다"라고 하였다. 세조 앞에 있는 신숙주를 쳐다보고, 꾸짖어 "숙주야! 예전에 너와 집현전에 있었을 때 세종께서 원손元孫,단종을 안고 뜰에서 달빛을 거닐며 우리들에게 말씀하시기를, '과인이 죽은 뒤 너희들은 모름지기 이 아이를 생각하라' 하신 그 말씀이 아직도 내 귀에 있거늘, 너만 홀로 차마 그것을 잊었느냐?"라고 하니, 세조가 신숙주를 전殿 뒤로 피하게 하였다. 세조가 또 무리가 몇 명인지 물으니 성삼문이 "박팽년 등과 내 아버지뿐이오"라고 하자 다시 물음에 "내 아버지도 오히려 숨기지 않았거늘 하물며 다른 사람이겠소?"라고 하였다. 그때 강희안姜希顔이 연루되지 않았다고 불복하였는데, 세조가 성삼문에게 묻자 성삼문이 "강희안은 우리 계획에 참여하지 않았소. 이 사람은 어진 선비요. 나리가 이미 선조先朝의 사람들을 다 죽이고 오직 이 사람만 남았으니 남겨두어 쓸만하리다"라고 하여 강희안은 마침내 (화를) 면할 수 있었다.

세조가 유응부에게 물어서 "너는 무엇을 하려 하였느냐?"라고 하니, 유응부가 "한칼로 족하足下를 기다려 옛 군주를 복위하려 하였는데 불행히도 간사한 자에게 고발당했으니, 다시 무슨 말을 하겠소? 족하는 어서 나를 죽이시오"라고 하였다. 세조가 살갗을 벗기게 하고 묻자, 유응부가 성삼문을 돌아보며 꾸짖기를 "사람들이 서생書生과는 함께 일을 도모할 수 없다고 말하더니, 과연 그렇구나. 청연

請宴하던 날에 내가 내 칼을 시험해 보려 하였는데, 너희들이 굳이 말려서 오늘의 화를 불렀으니 사람이면서 꾀가 없으면 기르는 짐승과 무엇이 다르랴?"라고 하였다. 이어서 "만약 일에 대해 물으려거든 저 못난 선비들에게 물을 수 있을 것이오"라고 하고, 즉시 입을 닫고는 다시는 대답하지 않았다. 세조가 더욱 노하여 그 배 아래를 지지게 하니, 기름불이 살갗과 살을 지졌지만 유응부는 안색도 변하지 않으면서 석가 조금 식자 잡아서 땅에 던지고는 "다시 불에 달구어 와라"라고 하였다. 이개가 작형灼刑을 당할 즈음에 천천히 "이것이 무슨 형벌이오?"라고 하니, 세조가 답을 하지 못하였다. 하위지가 "이미 우리들을 역적으로 여긴다면 즉시 죽이는 것이 마땅한데 더 이상 무엇을 물으시오?"라고 하였다. 세조의 화가 조금 풀려서 작형은 시행하지 않고 그들을 꺼내어 참수토록 명하였다.

성삼문이 나갈 때 제신諸臣들을 돌아보며 "너희들은 새 임금을 잘 도와 태평성대를 이루어라. 나는 돌아가 지하에서 옛 임금을 뵐 것이다"라고 하였다. 어린 딸이 함거檻車 : 죄인을 실어 나르던 수레를 따르며 울자 성삼문이 고개를 숙이고서 "우리 남자들이야 반드시 다 죽겠지만, 너는 여자니까 살 수 있을 것이다"라고 하였다. 그의 종이 술을 올리자 성삼문이 마시고 시를 지었는데, '현릉顯陵 : 문종의 능의 송백松栢이 꿈에 아른거린다'라는 구절이 있었다. 죽고 나서 그 집을 적몰하였는데 혁제革除 : 세조가 단종의 왕위를 빼앗음한 뒤로부터 받은 녹은 별도로 한 방에 두고서 '아무 달의 녹'이라고 써 두었다. (성삼문을) 박팽년 등의 무리들과 함께 수레에 묶어 찢어 죽이고 조리돌렸다.[3]

한편 남아 있던 인물들이 어떻게 되었는지 좀 더 살펴보도록 하자.

유성원은 그때 마침 관아官衙에 있었는데 일이 발각되었다는 것을 듣고 곧장 집으로 돌아가 아내와 함께 술을 마시며 이별을 하고는 사당祠堂으로 올라가 스스로 목을 베고 죽었다. 집안사람들이 그 까닭을 몰랐는데 잠시 후 관리가 와서 주검을 가져다가 찢어 버리고 갔다. 이에 정인지 등이 상소를 올려 "이들의 모의는 상왕이 반드시 미리 들었을 것이니, 종사에 죄를 얻은 것입니다. 청컨대 일찍 도모하여 후환을 끊으십시오"라고 하였다. 이에 영월로 옮기고 얼마 지나지 않아 마침내 단종을 해쳤다. 후에 신숙주가 59세에 병으로 죽었는데 죽을 즈음에 한숨을 쉬고 탄식하며 말하길, "인생이 마침내 여기서 그치는구나!"라고 하였다 한다.[4]

이 글은 이건창이 문장을 짓지 않겠다고 선을 그은 후에 꿈에서 깨어난 후, 역사적 사실을 기반으로 심혈을 기울여 지은 작품이다. 그렇다면 이건창은 왜 죽음을 앞두고 세종과 집현전 학사들의 꿈을 꾸었던 것일까? 이건창은 위의 글을 신숙주가 59세에 병으로 죽기 선에 "인생이 마침내 여기서 그치는구나!"라고 탄식하는 것으로 마무리 지었다. 사육신의 충절을 드러내는 것으로 그치지 않고, 신숙주의 입을 빌려 변절자가 죽음에 임해 뉘우치는 모습을 그린 것이다. 한 마디로 충절과 변절의 모습을 대조시키면서 충절을 더 강조하는 효과를 거두었다.[5] 당시 개인의 이끗을 탐하느라 권세에 빌붙어 나라까지 팔아넘기려는 인간들이 판을 치는 모습을 생각지 않을 수 없던 이건창은 그들이 죽음에 임하게 되면 신숙주처럼 후회할 것이라는 생각이 깊었던 것 같다. 그래서 그는 꿈에 세종과 집현전 학자들을 만났고, 꿈을 빌어 변절자들에게 무언의 암시라도 남기듯 위의 글을 세상에 남긴 것으로 보인다.

1897년 3월, 이건창은 특명으로 징계를 사면 받았다. 고군산도 유배에서 돌아온 후 나날이 건강이 나빠지던 이건창은 그로부터 1년이 조금 지난 1898년 6월 18일 47세의 나이로 짧은 생을 마감했다. 그는 두 명의 부인을 두었는데, 첫째 부인은 달성 서씨達城徐氏 서장순徐長淳의 따님이고, 둘째 부인은 결성 장씨結城張氏 장인근張仁根의 따님이다. 슬하에 결성 장씨와의 사이에 아들 이범하李範夏를 두었다.

이건창은 본디 성품이 청렴결백하여 악을 미워했다. 시국과 더불어 눈치를 살피며 부앙俯仰하지 않았고, 벼슬길을 탐탁하게 생각지 않아 많은 지략과 능력을 지녔음에도 43세가 되어서야 겨우 가선대부에 올랐을 뿐이다. 그리고 1894년 6월 귀향한 후 다시는 서울에 들어오지 않던 그는 중풍을 앓다가 강화도 집에서 죽었다. 이 소식을 들은 사람은 서로 애도를 표했다.[6] 문운文運을 담당하는 규성奎星이 땅에 떨어진 것이다. 규성이 밝으면 천하가 태평해진다고 하는데, 이건창의 죽음 후 조선은 오래지 않아 회생 불가의 나라가 되고 말았다.

3. 쓸쓸한 무덤

생을 마감한 이건창은 강화군 위량면位良面 건평동乾坪洞 전국산소全局山所 삼역구三區域 : 현 강화군 양도면 건평리 655-27의 경좌庚坐 자리에 만년유택萬年幽宅 한 채를 얻었다. 그의 묏자리 위치는 동생 이건승이 1911년 서간도 망명지에서

편찬한 『속가승續家乘』을 통해
확인된다.

한말사대가이자 여한구가
중 한 사람인 이건창, 조선 말
기 탐관오리와 타협하지 않아
강직불요로 명성을 드날린 이
건창, 그가 태어나서 자라고
은둔기에 거처했던 명미당은
현재 초라하기 그지없는 모습
으로 서 있다.

명미당에는 원래 매화나무
가 있었다. 이름하여 월사매月
沙梅이다. 월사매는 월사 이정
귀李廷龜, 1564~1635가 중국에 사

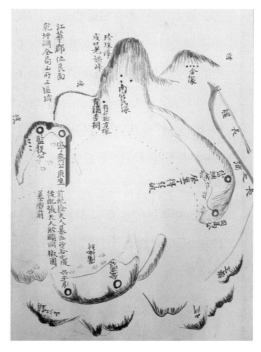

〈그림 1〉『속가승(續家乘)』 속의 이건창 묘소 위치[7]

행을 갔다가 돌아올 때 가져다 심은 천엽백매千葉白梅로, 별칭은 악록선인萼
綠仙人이다. 이 매화는 이건창이 전라도 보성으로 귀양 가기 전에 성균관 반
촌泮村, 곧 동촌東村의 훌륭한 인품의 소유자로 알려진 김씨 집에서 접붙인
묘목을 구해다 자신이 살던 서강西江의 집에다 옮겨 심었던 것이다. 보성에
서 풀려난 후 이건창은 강화로 낙향했다. 이때 이건창은 서강 집의 월사매
를 가져다 고향 집에 심었다. 그로부터 월사매가 강화에 뿌리 내리게 되었
다. 이 월사매는 홍승헌이 충청도 진천으로 나눠가서 초평리草坪里의 맹우
들에게 접붙여 퍼지게 했던 매화이다.[8] 그 후에도 계속 이 월사매는 이건

창을 통해 양명학파 사람들에게 전파되었으며, 양명학파 사람들에게 아
낌을 받았다. 그런데 죽은 줄 알았던 월사매가 을사늑약 직후, 곧 이건창
사후 7년이 지난 시점에 만개하였다. 당시 이건창의 동생 이건승은 을사
늑약의 울분으로 잘 수도 먹을 수도 없어 다 죽게 생겼다가 겨우 살아났
다. 이건승은 이때 죽은 줄 알았던 매화가 다시 살아난 것을 보고 황현에게
「을사년 섣달 그믐날 밤 분한 마음으로 읊은 매화 잡시 절구乙巳歲除憂憤梅花雜
絶」 17수를 지어 보냈다.

이건창 또한 생전에 월사매에 대한 시를 남겼다.

삐죽삐죽 무쇠 같은 나무 용무늬 허물 벗고
밤이 되자 아름다운 구슬 알알이 토해내네.
꿋꿋한 기골은 천지간의 눈雪을 견뎌낼 수 있고
고상한 뜻은 자연의 구름을 쫓지 않는다네.
편지에 묶여온 (매화가 피었다는) 강남의 봄소식에
옥피리 세 곡조를 달빛 아래서 듣네.
동갱산銅坑山[9] 향하지 않고 현묘산玄墓山[10]으로 가
소복素服 입고 고고히 서 있으니 빼어나기 그지없네.

槎枒鐵樹蛻龍文, 夜吐明珠顆顆分.
傲骨能堪天地雪, 高情未逐海山雲.
素書一束江南夢, 玉笛三聲月下聞.
不向銅坑玄墓去, 縞衣孤立逈難羣.[11]

현재 명미당 뒤뜰에는 월사매 대신 오래된 무궁화가 '일편단심'이라는 꽃말에 어울리게 이건창이 백성들을 아끼던 한결같은 마음을 알리듯 기품 있게 서 있다.

이건창의 명미당을 지키고 있는 것이 무궁화 한 그루인 것처럼, 외진 곳에 자리한 그의 무덤은 애기봉분만 한 크기에다 비석 하나 세워져 있지 않다. 그가 살던 집도 그러하니, 무덤의 쓸쓸함이야 더 말할 것이 못 된다. 그의 묘소 앞에 비석이 세워지지 못한 이유는 강화 직산櫻山 : 현 강화군 길상면 길직리에 자리하고 있던 조부 이시원의 묘소가 현 명미당 생가 뒤로 이장된 것이 1985년이고, 조부 묘소의 비석이 세워진 것이 2012년이므로, 그 이전에 이건창 무덤에 비석을 세울 수는 없었기 때문으로 생각된다. 비석은 그렇다고 하더라도 그가 살던 집과 무덤이 영락한 이유는 동생 이건승이 경술

〈그림 2〉 명미당 뒤뜰의 무궁화
출처 : 이은영

〈그림 3〉이건창의 묘소
출처 : 이은영

국치 직후 서간도로 망명을 떠나 그곳에서 약 13년간의 망명 생활 끝에 1924년 생을 마감하면서 이건창이 살던 집과 무덤을 제대로 보살펴줄 사람이 없었기 때문이다. 후손들 또한 일제와 타협하지 않아 영락하고 한미해지면서 더욱 그렇게 되었다. 오늘날까지 그가 살던 집과 무덤이 영락함을 유지하는 이유는 지자체로부터 이익에 관련이 있지 않아 특별한 관심을 받지 못하면서 더더욱 그러해졌다.

이건창이 살던 집과 무덤은 보는 이로 하여금 부끄러움마저 느끼게 한다. 그러나 초라한 명미당이나 쓸쓸하기 짝이 없는 무덤이야말로, 그가 평생 추구하던 행적과 궤도를 같이 한다고 하겠다.

다산 정약용은 초당草堂에서 살았는데, 오늘날 가보면 기와를 얹은 와당瓦堂이 자리하고 있다. 이는 정약용이 추구하던 정신을 훼손하는 일임에 틀림없다. 겉모습보다는 실천을 중시하고, 명名보다는 실實을 중시하고, 애민 정신으로 무장된 삶을 살았던 이건창의 집과 무덤을 국민 혈세로 화려하게 치장하는 것은 그의 정신을 훼손하는 일이라 단언한다.

다만 건물만 덩그러니 있는 명미당에 그가 생전에 아끼던 매화나무와 화초 정도는 가꿔도 되지 않을까 생각한다. 현재 이건창의 묘소는 1995년 3월 1일 인천광역시 기념물 제29호로 지정된 후, 최소한의 관리만 되고 있는 실정이다. 묘소에도 크지 않은 비석 하나 정도라면 세워도 무방할 듯 싶다.

4. 중국에서 간행된 문집

이건창의 호는 영재寧齋를 비롯해 명미당明美堂·담녕재澹寧齋·결당거사潔 堂居士 등이 있다. 그럼에도 이건창의 문집명은『명미당집』으로 되어 있다. 이는 이건창의 당호堂號 명미당에서 빌려온 것이다. 앞서 살펴보았듯이 이 건창이 명미당을 당호로 쓰게 된 것은 그의 조부 이시원이 순절할 때 이건 창에게 유언으로 남긴 '질미자명득진質美者明得盡'이라는 말에서 기인한 것 이다. 이에 더해 이건창 스스로 자신의 문집에 붙일 자서전을「명미당 시 문집 서전明美堂詩文集叙傳」이라고 이름 붙였다. 그러므로 이건창의 문집명을 『명미당집』으로 하는 것에는 어떤 이의가 있을 수 없다.

이건창의『명미당집』[12]은 큰동생 이건승이 망명지 서간도에서 형 이건 창 사후 집안에 있던 초고草稿를 바탕으로 작품을 수집 편차하고 산삭刪削한 후 중국 남통南通에서 출판업에 종사하고 있던 김택영에게 산정刪正을 부탁 하여 만든 정고본定稿本이다. 이건승이 형의 문집을 김택영에게 맡긴 것은 누구보다 형의 문장을 잘 이해하고 있던 인물이 김택영이었기 때문이다. 그래서 이건승은 김택영과 수차례 편지를 주고받으며『명미당집』에 실을 문장의 산삭까지 부탁했다. 이에 김택영은 이본異本을 대조해서 오류를 바 로잡고, 자신이 쓴 서문과 이건승, 김학권金學權, 안종학安鍾鶴, 이엽李燁의 발

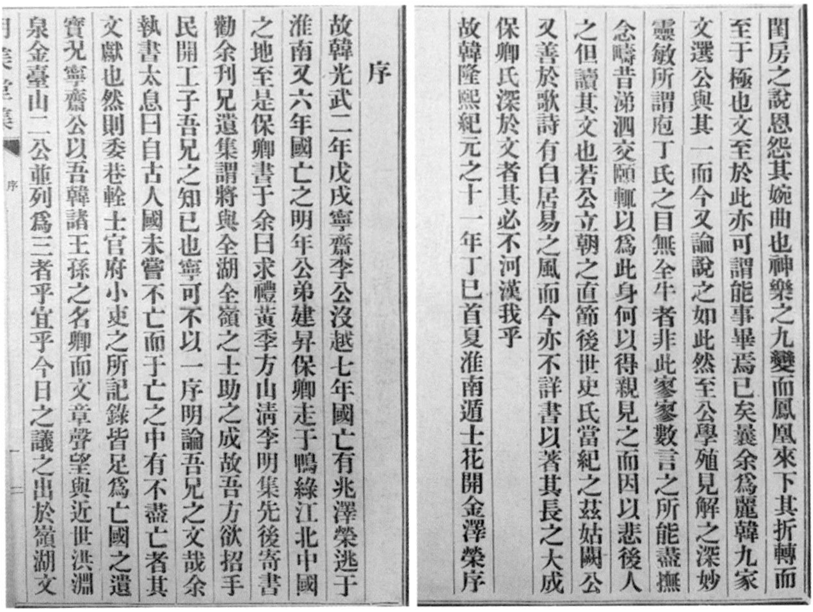
序

故韓光武二年戊戌寧齋李公沒越七年國亡有兆澤榮逃于淮南又六年國亡之明年公弟建昇保卿走于鴨綠江北中國之地至是保卿書于余曰求禮黃季方山淸李明集先後寄書勸余刋兄遺集謂將與全湖全嶺之士助之成故吾方欲招手民開工子吾兄之知已也寧可不以一序明論吾兄之文哉余執書太息曰自古人國未嘗不亡而于亡之中有不盡亡者其文獻也然則委巷輇士官府小吏之所記錄皆足爲亡國之遺寶况寧齋公以吾韓諸王孫之名卿而文章聲望與近世洪淵泉金臺山二公並列爲三者乎宜乎今日之議之出於嶺湖文

閨房之說恩怨其婉曲也神樂之九變而鳳凰來下其折轉而至于極也文至於此亦可謂能事畢焉已矣曩余爲麗韓九家文選公與其一而今又論說之如此然至公學殖見解之深妙靈敏所謂庖丁氏之目無全牛者非此寥寥數言之所能盡撫念疇昔涕泗交頤輒以爲此身何以得親見之而因以悲後人之但讀其文也若公立朝之直節後世史氏當紀之玆姑闕公又善於歌詩有白居易之風而今亦不詳書以著其長之大成保卿氏深於文者其必不河漢我乎

故韓隆熙紀元之十一年丁巳首夏淮南逋士花開金澤榮序

〈그림 4·5〉『명미당집』에 실린 김택영의 서문(序文) 첫 면과 마지막 면[13]

문을 붙여 1917년 12월 남통의 한묵림서국翰墨林書局에서 연활자본鉛活字本으로 20권 8책의 『명미당집』을 간행했다.

일반적으로 문집 간행에 소요되는 경비는 자손이나 문중, 또는 후학들이 십시일반으로 낸다. 그러나 『명미당집』의 출판비용은 일반적인 것과는 달랐다. 영남의 선비 하겸진河謙鎭, 이엽, 안진우安鎭宇, 문박文樸, 윤재현尹在鉉과 호남의 선비 황원黃瑗, 이병호李炳浩, 안종학 등이 이건창의 유고를 인멸시킬 수 없다며 갹출해낸 비용과 서간도의 동생 이건승이 출자한 비용을 합쳐서 간행했기 때문이다. 그래서 이건승은 "나라가 뒤집히는 시대를 만나 인륜과 문학이 꽉 막힌 날, 선생이건창의 문장은 더욱 드러났다. 이것이 어찌 지난날 뜻한 바이겠는가. 공의公議를 내고 뭇사람들의 힘을 모은 것으로, 일세一世 지사들의 마음을 기울이기가 이와 같이 성한 때가 없었다. (…중략…) 이건승은 영호남의 선비들에게 감사하지 않을 수 없고, 김택영이 고심한 것에 대해 거듭 감회가 있다"[15]라고 하였다. 이처럼 『명미당집』은 국경을 초월하고 영호남의 화합으로 만들어진 책이라는 점에서 시사하는 바가 크다.

오늘날 우리가 이건창의 정신이 깃들어 있는 뛰어난 문학작품을 볼 수 있게 된 것은 김택영이 『명미당집』 출간에 심혈을 기울였기 때문이다. 다만 아쉬운 것은 30년 지기 김택영이 이건창의 작품 가운데 당대 문제가 될 수 있는 귀중한 자료들을 과감하게 산제刪除해버렸다는 것이다.[16] 김택영이 신중함을 기한 이유도 충분히 이해는 가지만 당시 산제해버렸기 때문에 오늘날 볼 수 없는 작품들이 있다는 것을 생각하면 안타까움이 큰 것도 사실이다.

『명미당집』 외에 이건창의 대표 저서 가운데 하나인 『당의통략』은 1912년 최남선崔南善, 1890~1957이 이건창의 재종제 이건방이 소장하고 있던 필사본 2책을 저본으로 조선광문회朝鮮光文會에서 간행한 것이다. 그 후 『당의통략』은 1917년 『명미당집』이 간행될 때 함께 수록되어 간행되었다. 그 밖에 『당의통략』과 함께 이건창의 양대 저서로 꼽히는 저서 『독역수기讀易隨記』 1권이 필사본으로 전한다. 『독역수기』는 이건창이 만년에 역학易學을 연구하면서 저술한 책이다. 그러나 출판비용 문제로 1917년 『명미당집』 간행 때 함께 간행되지 못했다.

그 후 『명미당집』은 해방 후인 1978년 아세아문화사亞細亞文化社에서 『당의통략』을 합본하여 『이건창전집李建昌全集』 상·하 2책으로 간행했다. 이어서 1984년 명미당전집 편찬위원회가 선문출판사宣文出版社에서 『명미당전집明美堂全集』 2책으로 간행했다.

최근에는 2018년 성균관대학교 대동문화연구원에서 현재까지 전해오는 이건창의 많은 자료를 폭넓게 조사하여 그중 신뢰할 만한 문헌을 선택하고, 『독역수기』 등을 포함하여 이건창 연구의 권위자인 성균관대학교 한문학과 이희목 교수가 해제를 붙여 『이긴창전집』 2책으로 영인 출간하였다. 책 발간에 앞서 성균관대학교 대동문화연구원에서는 그동안 간행된 『명미당집』에 이건창의 주요 작품 가운데 누락된 작품이 많고, 오탈자를 비롯해 편집상 문제가 많다는 것에 주목했다. 따라서 성균관대학교 대동문화연구원에서 2018년에 영인 출간한 『이건창전집』 2책은 국사편찬위원회, 연세대학교 중앙도서관, 한국실학박물관, 성균관대학교 존경각 등의 소장기관과 박철상 등 개인 소장자들로부터 제공받은 자료를 기저로 이건창의 작품을 총망라하고 문제점을 보완해서 출간했다[17]는 점에서 의의를 가진다.

한편 문집을 간행할 때는 저자의 행장行狀을 수록하는 것이 관행이다. 그러나 『명미당집』에는 이건창의 행장이 수록되어 있지 않다. 본래 김택영은 문집에 첨부할 행장을 자신이 짓고, 이름만 이건창의 재종제 이건방으로 하려고 생각했다. 이에 대해 이건승과 논의한 결과, 이건승은 두 가지 이유를 들어 반대했다. 하나는 이건방도 행장을 지을 능력이 되기 때문에 김택영이 지은 행장에다 이름만 빌려줄 이유가 없다는 것이었다. 또 하나는 이건승 자신 또한 형의 행장을 지었지만, 이미 형이 자신의 일생을 서술한 「명미당 시문집 서전」이 있기 때문에 굳이 문집에다 별도의 행장을 넣을 필요가 없다는 것이었다. 결국 이건승의 반대로 『명미당집』에는 이건창의 행장이 수록되지 않게 되었다.[18] 이건승이 1903년에 지은 이건창의 행장은 이건승이 편찬한 『속가승』에 「영재공행장寧齋公行狀」이라는 이름으로 수록되어 있다.

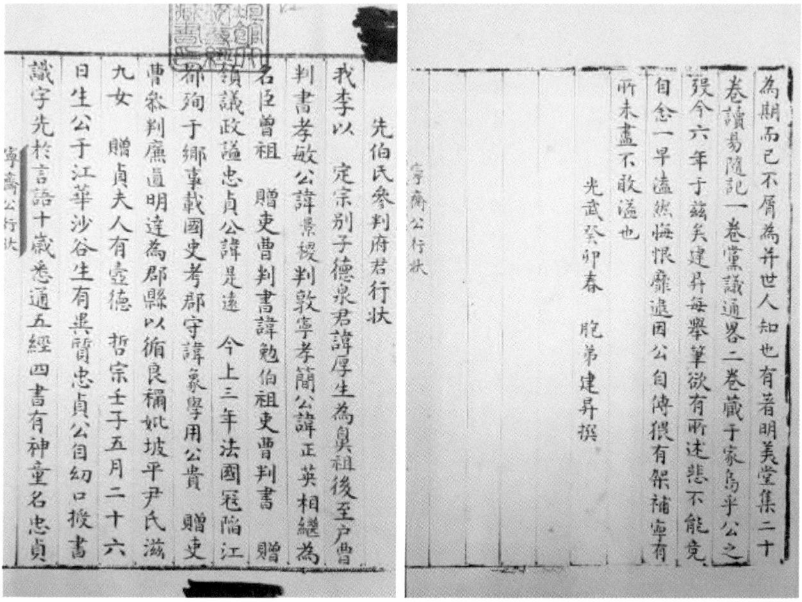
先伯氏參判府君行狀
我李以 定宗別子德泉君諱厚生為鼻祖後至戶曹
判書孝敏公諱景稷判敦寧孝簡公諱正英相繼為
名臣曾祖 贈吏曹判書諱勉伯祖吏曹判書 贈
領議政諡忠貞公諱是遠 今上三年法國寇陷江
都殉于鄉事載國史考郡守諱象學用公貴 贈吏
曹叅判廉直明達為郡縣以循良稱妣坡平尹氏滋
九女 贈貞夫人有壼德 哲宗壬子五月二十六
日生公于江華沙谷生有異質忠貞公自幼口授書
識字先於言語十歲悉通五經四書有神童名忠貞
寧齋公行狀

為期而已不屑為并世人知也有著明美堂集二十
卷讀易隨記一卷黨議通畧二卷藏于家烏乎公之
歿今六年于茲矣建昇每擧筆欲有所述悲不能竟
自念一旦溘然悔恨靡逮因公自傳猥有架補寧有
所未盡不敢溢也
光武癸卯春 胞弟建昇撰
寧齋公行狀

〈그림 6·7〉 이건승이 지은 이건창의 행장(行狀) 첫 면과 마지막 면[14]

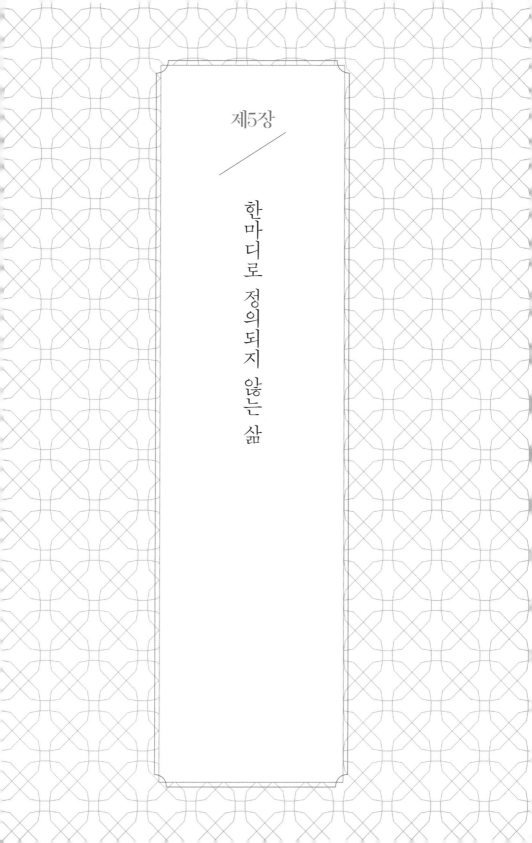

제5장

한마디로 정의되지 않는 삶

1. 천고千古의 독견獨見을 지닌 문장가

이건창은 15세의 나이로 조선 500년 역사상 최연소 문과 급제자가 될 정도로 어려서부터 문장에 뛰어나 명성이 널리 알려졌다. 그는 문과 급제 후 그동안 전념하던 과거 공부를 접고 옛 시문詩文을 익히면서, 스스로 조선 500년 최고의 문장가가 되기로 기약했다. 그래서 그는 당대 문장으로 이름난 사람들과 이름이 나란히 일컬어지는 것을 좋아하지 않았다. 그만큼 자신의 문장에 대한 자부심도 있었지만 그는 자신의 문학적 자질을 갈고 닦기 위해 꾸준히 노력했다.

이건창은 중년에 우환과 곤액을 당하면서 성리학性理學에 관심을 기울이기도 했다. 그러나 자신이 본업으로 생각한 문장을 접는 일은 없었다. 다만 말년에 나라의 운명이 매우 위태로움을 목격한 후, 그는 시詩와 고문古文은 해서 무엇하겠느냐는 생각으로 문장 일체에 스스로 한계를 긋고 더 이상 집필에 힘쓰지 않고, 절필하려는 심정으로 「명미당 시문집 서전」을 지었을 뿐이다.[1] 이처럼 이건창은 평생 조선 500년 최고의 문장가가 되기로 기약하고, 부단히 노력한 결과 관료로서나 양명학자로서보다 문장가로서의 명성이 훨씬 높아졌다.

그렇다면 이건창의 문장력의 근원은 무엇일까?

19세기 후반 격동기를 살았던 이건창은 소론 집안에서 양명학을 가학으로 삼은 조부 이시원으로부터 학문적 영향을 받으며 자랐다. 그는 어려서부터 양명학을 익히면서 자랐고, 그러한 영향은 그의 문학에도 적지 않은 영향을 끼쳤다. 그는 자신의 철학과 정치사상 면에서 일정하게 양명학적 견해를 드러냈다. '심학心學'을 중심으로 한 철학적 언급과 '실심實心', '실리實理', '실사實事'를 중심으로 한 정치사상이 그것이다. 이 철학적 언급과 정치사상은 모두 '나의 심心', '나의 실심實心 · 실리實理 · 실사實事'라는 점에서 '나[我]'로 통합된다. 그리고 이러한 그의 양명학적 견해들은 그의 문학론의 토대가 되었다.[2]

이건창의 문학론은 뼛속 깊이 갖추고 있는 양명학적 사상을 토대로 성령론性靈論을 강조했다. 그에 따라 그는 시詩는 자신의 정감으로부터 우러나와야 함을 강조한 '연정緣情'의 시론을 토대로 '장부어丈夫語'의 실천적 방법론을 사용하면서 대부분 현실주의적 경향을 띠고 있다. 그리고 고문古文, 즉 문장은 주체적인 면이 강조된 '유오심협惟吾心愜'의 문장론을 토대로 '구의構意', '수사修辭', '법法', '다개多改와 다산多刪'의 방법론을 사용하면서 여러 명편들을 남겼다.[3]

이건창은 자신의 글을 진정으로 이해할 수 있는 사람을 만나는 일은 어려우므로, 오직 자신의 글은 자신의 마음에 흡족하면 된다는 이론을 갖고 문장을 썼다. 즉 문장은 자신의 마음에서 우러나서 쓴 것이므로 자신의 마음에만 들면 되는 것이지 천하 후세의 평가를 기다릴 필요가 없다는 것이다. 그러기 위해서 이건창은 자신의 마음에 흡족하면 그 뿐유오심협(惟吾心愜), 곧 남의 평가에 마음을 쓰지 않을 문장을 쓰기 위한 기법으로 다음과 같은 틀을 제공했다. 첫째, 뚜렷한 주제 의식을 통해 전개되는 논지를 펼 것구의(構意), 둘째, '구의'를 바탕으로 말을 조화롭고 아름답게 꾸밀 것해미(諧美)과 말을 깨끗하고 정밀하게 할 것결정(潔精), 셋째, 해미와 결정의 수사修辭를 거쳐 세상에서 통용되는 격식에서 벗어나 '의意'와 '사辭'의 '알맞음'에서 비롯되는 알맞은 형식으로 자유롭게 문장을 쓸 것^{법(法)}, 넷째, 많이 고치고 많이 삭제할 것^{다개다산(多改多刪)}, 곧 한 작품을 많이 수정하고, 수정을 마친 작품들 가운데에서도 많이 삭제해버리는 과정을 통해 몇 작품만 남기라는 것이다.[4]

이러한 틀을 유지하며 그는 타인의 평가에 관심을 기울이지 않고, 자신의 마음에 흡족한 자신만의 문장을 쓰고, 세상에서 정해놓은 문장 작성 격식에서 벗어나 내용에 따라 변화를 자유자재로 구사하는 문장을 썼다. 이에 더해 한 작품을 쓰고 난 뒤 계속 수정을 하고, 수정해서 다듬어 놓은 작품들 가운데 대부분 삭제해버리고 아주 소수의 작품만 남겼다. 즉 그는 글을 짓고 나면 매일 정련^{精練}·개산^{改刪}의 과정을 거쳐 1년에 약간 편이 되게 하고, 이러한 과정을 10년 동안 계속하여 한 권의 분량이 되는 작품만 남겼다. 조금이라도 자신의 마음에 들지 않는 부분이 있으면 계속 고치고, 그래도 맘에 안 들면 아예 버려서 더 이상 개정할 수도 없고 더 이상 산삭할 수도 없게 만든 뒤에야 비로소 흡족하게 여겼다. 이처럼 그가 치열한 정련과 개산의 과정을 고수한 것은 오직 자신의 마음에 흡족한 작품을 짓기 위해서였다.[5] 이건창이 자신만의 문장 기법을 적용시키고 최종적으로 남긴 것이 바로 『명미당집』에 실린 작품들이다.

성령론을 자신의 문학적 토대로 삼아 창작 활동을 펼친 이건창의 작품에는 현실에 대해 남다른 인식이 담기면서 현실주의적 경향이 엿보인다. 이는 그가 소론가 사대부^{士大夫}로서 직접 정치적·사회적·경제적으로 경험한 현실이 반영된 것이다.[6]

이건창은 자신의 문장 기법을 동생에게도 전수해주었다. 1898년 여름 이건창이 중풍을 앓고 있을 때 이건승은 아픈 형을 위해 약을 달이는 화로 곁에서 늘 형의 시문을 보다가 의문 나는 곳이 있으면 형에게 물었다. 이때 이건창은 동생에게 문장의 장점과 단점, 정교함과 조잡함을 지목하여 논하면서 청나라 위희魏禧가 말한 "많이 짓는 것은 많이 고치는 것만 못하고, 많이 고치는 것은 많이 산삭删削하는 것만 못하다"라는 구절을 외웠다.[7] 이는 동생에게 작품을 많이 지으려고 하지 말고, 한 작품을 수없이 다듬고, 그래서 모은 작품들 중에서 다시 추려낸 몇 작품만 남겨야 한다는 말을 빗대어 외운 것이다.

그렇다면 이건창이 최고의 고문가古文家임을 확인시켜주는 대표작은 무엇일까? 수많은 작품이 있지만 하나를 꼽으라면 단연 「백이열전비평伯夷列傳批評」[8]이 되겠다.

「백이열전」은 사마천이 지은 『사기』의 열전列傳 가운데 첫 번째 작품이다. 예부터 많은 사람들이 사마천이 「백이열전」을 첫머리에 놓은 이유가 결코 단순치 않을 것이라고 생각하였다. 그에 따라 다양한 해석들을 지속적으로 내놓았는데, 대다수 사람들은 「백이열전」을 해석하면서 '원怨'으로 주의主意를 삼았다. 즉, 백이에게 원망하는 마음이 있었고, 사마천 또한 원망하는 마음이 있어서 「백이열전」을 첫머리에 놓았다는 것이다.

이건창 또한 「백이열전」에 대한 해석을 내놓았는데, 그는 옛사람들이 내놓은 기존 비평을 그대로 따르지 않았다. 그는 본문에 세밀한 주석을 달면서 사마천이 「백이열전」을 지을 때의 주의와 체재體裁를 중심으로 자구字句, 편장篇章, 문의文意, 법례法例를 살피는 등 자신만의 방법으로 치밀하게 분석했다. 마침내 그는 「백이열전」은 크게 다섯 개의 대절大節로 이루어져 있으나, 네 번째 대절에 두 개의 절이 있기 때문에 총 여섯 개의 대절로 이루어져 있음을 간파해냈다. 이에 더해 매절마다의 자안字眼을 지정함과 동시에 무엇을 '주의主意'로 삼아 글을 읽고 비평해야 할 것인가에 대해서도 언급했다. 결론적으로 그는 「백이열전」은 사기전부史記全部의 총서總序로써 첫머리에 수록된 것이며, '백이전伯夷傳'이라는 이름은 차제借題된 것에 불과하다는 해석을 내놓았다. 그에 따라 「백이열전」을 '원'으로 주의를 삼아 해석한 것은 모두 잘못된 것이라고 하였다.

이건창은 「백이열전비평」을 통해 사마천이 「백이열전」을 『사기』의 첫머리에 제시한 의도가 무엇인지 명백히 드러냈다. 요堯 임금 때 허유許由라는 사람이 있었다. 그는 요 임금이 천하를 물려주려 하자 이를 거절하고 기산箕山에 들어가 은거하던 중, 요 임금이 또다시 자신을 구주九州의 장長으로 삼으려 한다는 소식을 듣고, 이를 더럽게 여겨 영수潁水에 귀를 씻었다고 전해지는 전설적인 인물이다. 이건창은 사마천이 요 임금 때 인물인 허유 같은 전설적인 고사高士가 아닌, 은나라 때의 실제 인물인 백이로부터 열전을 시작한 것은 『사기』 열전에 서술된 인물군상人物群像들에 대한 내용은 신信, 곧 믿을 만한 기록임을 드러내기 위해서라고 결론지었다. 다시 말해서 이건창이 보기에 사마천은 「백이열전」을 통해 후세에 믿을 만한 근거를 제시한다는 의미를 드러내고자 했다는 것이다. 그에 따라 사마천의 「백이열전」은 「사기전부총서史記全部總序」이므로, 그동안 『사기』를 읽은 사람들이 '원'으로 '주의'를 삼은 것은 옳지 않다고 한 그의 지적은 큰 설득력을 가지게 되었다.

이건창은 겉으로 드러난 글자 풀이에 그치지 않고, 사마천이 글을 쓰고 배치한 의도까지 꿰뚫는 놀라운 통찰력으로, 글자 하나하나 세밀히 검토하며 치밀한 논리를 펼쳤다. 그가 마지막으로 내린 「백이열전」이 「사기전부총서」라는 결론은 탁월한 문장비평文章批評의 예가 아닐 수 없다.

「백이열전비평」을 통해서 드러난 이건창의 '천고千古의 독견獨見', 곧 독창적인 비평적 안목은 어디에서 온 것일까? 이는 '자아自我의 각성覺醒'으로부터 출발한 그의 사상적 자세로부터 촉발된 것이자, 가학인 양명학적 기반을 바탕으로 자신만의 개성적인 비평성신이 나왔음이 자명하다. 그의 비평정신은 그가 옛사람의 자취를 그대로 따르며 묵수墨守하거나 이미 정설로 자리 잡은 성설成說을 맹신하지 않고, 자신의 밝은 마음에 물어보는 학문적 자세에서 얻어진 것임에 틀림없다. 한마디로 이건창의 고문가로서의 위치를 확고하게 자리 잡게 해준 「백이열전비평」은 그의 '유오심협'의 문학론에 근거한 치밀하고도 탁월한 문장의 비평정신을 살펴보는 데 있어 중요한 작품이다.

그렇다면 이러한 비평정신을 근본으로 각고의 노력 끝에 세상에 내놓은 그의 문학작품에 대해 사람들은 어떻게 평가했을까?

이건창은 서장관으로 연행을 가는 도중에 강위와 주고받은 기행시紀行詩를 처음 만난 청나라 한림명사 황옥·장가양·서부 등에게 보여주고, 그들로부터 감탄이 나올 정도로 빼어나다는 평을 받았다.[9] 그리고 그들은 만약 이건창이 중국에서 태어났다면 자신들의 관직을 이건창에게 양보했어야 했을 것이라는 말까지 하였다. 이처럼 이건창은 청나라 학사들로부터도 문학적 역량을 인정받았다.

이건창은 김택영에 의해 여한구가麗韓九家 중 최후의 인물로 선정되었다.[10] 이건창은 이로부터 더욱 유명해졌다. 그가 김택영의 여한구가에서 한 자리 차지하게 된 것은 이건창의 천재적 역량도 있었지만 무엇보다 '천고의 독견'을 통해 사물이나 사건을 바라볼 줄 아는 식견과 조선 500년 최고의 문장가가 되기 위한 그의 각고의 노력이 따랐기 때문이다. 이에 더해 왕성순王性淳이 김택영의 여한구가에다 김택영을 포함시켜 집輯한 『여한십가문초』 제10권에 이건창의 작품 총 12편[11]을 실으면서 이건창의 문장가로서의 명성은 더욱 확고해졌다.

『명미당집』을 편찬 간행한 김택영은 이건창의 문학에 대해 어떠한 평가를 내렸을까? 김택영은 이건창의 악부시樂府詩 「고령탄高靈歎」과 「외마행喂馬行」은 중국의 악부시 「공작행孔雀行」과 「장한가長恨歌」 사이에 끼워놓아도 구별하기 힘들 정도[12]라며 극찬했다. 「고령탄」은 단종을 배신하고 세조 즉위를 도운 신숙주가 스스로를 비판하면서 반성하는 모습을 통해 당대 사람들에게 자기 비판과 반성을 촉구한 작품이고, 「외마행」은 중종中宗의 폐비 신씨愼氏를 주인공으로 해서 중종반정中宗反正과 그 이후 전개된 역사에 대한 비판과 반성을 촉구한 작품이다.[13] 김택영은 이건창의 문장에 대해서는 당송팔대가唐宋八大家 중에서도 왕안석王安石·증공曾鞏·구양수歐陽脩의 사이를 왕래하였으며, 특히 기사문記事文에 뛰어나다고 평가했다. 이건창 기사문의 기세에 대해서는 연암 박지원이나 연천淵泉 홍석주洪奭周에게는 미치지 못하지만, 근세의 뛰어난 솜씨[14]라며 칭찬했다.[15] 이건창 문장의 아름다움은 홍석주와 나란히 견줄 만하다고도 했다.[16] 그는 또 이건창의 문장에 대해 명망이 높고, 근세 문장의 대가인 홍석주와 대산臺山 김매순金邁淳과 함께 삼대 문장가라며 칭송했다.[17] 이에 더해 김택영은 늘 이건창을 세상에 드문 기재奇才라고 칭했다.[18] 『명미당집』의 발문跋文을 쓴 이엽은 이건창을 김택영과 함께 구한말 한때를 주름잡은 고문지학^{古文之學}이라고 일컬으면서, 이건창은 사리^{詞理}, 즉 문장의 이치를 주요시했고, 김택영은 신기^{神氣}를 주요시하였는데 두 사람이 서로 주창하고 화답함이 한유^{韓愈}와 유종원^{柳宗元} 같다며 칭찬을 아끼지 않았다.[19]

이건창은 매사에 본인이 직접 보고 들은 것만을 믿었고, 그것만을 글로 적었다. 임금에게 올리는 서계 또한 그러했다. 그는 중청우도에 암행 나갔을 때 이창하^{李昌夏}와 그의 처 민씨^{閔氏} 부부를 반장^{返葬}하는 모습을 직접 목도한 사실을 생생하고 사실적으로 기록하여 임금에게 서계한 일이 있다. 이는 이건창 스스로 본인이 쓴 글에 대한 책임은 본인이 진다는 정신자세를 갖추고 있었기 때문에 가능한 일이다. 그래서 그는 들은 이야기는 들은 것을 기록한다는 내용을 반드시 글에다 밝혔다. 이처럼 그는 자신이 지은 작품에 대해 시시비비가 일어나지 않도록 모든 문장을 정확하게 지었다.

한말사대가 중 한 사람인 황현은 이건창의 죽음에 대한 시를 수 편 남겼다. 그만큼 황현의 마음속에는 이건창의 자리가 컸다. 이러한 황현은 그의 문장에 대해 '문장으로 한 시대를 드날렸다'라고 평가했다.[20] 이에 더해 "가의^{賈誼}와 동중서^{董仲舒}의 자질을 지녔고, 소동파^{蘇東坡}와 황정견^{黃庭堅}의 문재^{文才}를 지녔다"[21]고도 했다. 가의는 전한^{前漢} 문제^{文帝} 때의 대문인으로 재주가 뛰어나 최연소 박사가 되었고, 동중서 또한 전한 문제 때의 대학자이다. 소동파는 송나라 때의 대시인이자 문장가이고, 황정견은 소동파의 제자로 강서시파^{江西詩派}의 시조이다. 이처럼 황현은 이건창의 문재^{文才}에 대해서도 높이 평가했다. 황현은 조선의 문장가로 세 사람을 꼽은 일이 있는데, 세 사람은 바로 김창협^{金昌協}과 박지원, 그리고 이건창이다. 그중 이건창의

〈그림 1〉명미당 이건창 선생 문학비 전면
출처 : 이은영

〈그림 2〉명미당 이건창 선생 문학비 후면
출처 : 이은영

문장은 아결雅潔하다고 극찬했다. 특히 황현은 이건창으로부터 시에 대한 안목을 배웠다고 했으나 이건창의 시보다는 문장을 더 높이 평가했다.

변영만卞榮晩 또한 이건창을 김창협·홍석주·김매순·이남규 및 조긍섭曹兢燮과 함께 고문가古文家로서 높이 평가했다.[22] 그중 이남규는 이건창과 함께 당대 문장을 주도했던 인물이자, 남촌시사 동인이었다.

당시 영남지역 최고의 문인으로 손꼽히던 심재深齋 조긍섭은 이건창의 문장을 김택영과 황현에 견주며 다음과 같이 평가하였다.

집사김택영께서는 우리나라의 근래 작자에 있어서 문장은 영재 이건창을 허여하고, 시는 매천 황현을 추중하면서 스스로 계맹季孟의 사이에다 비겼습니다. 그러나 망령되이 이르건대, 집사의 문장은 사리辭理가 영재보다 조금 못하나 기氣는 나으며, 집사의 시는 신운神韻이 매천보다 매우 뛰어나지만 의意는 혹 미치지 못하며, 종횡으로 변화하고 기환奇幻하고 융수融秀하여 소이연所以然을 헤아릴 수 없는 것에 이르러서는 집사를 상좌上座에 추대하지 않을 수 없습니다. 대개 영재와 매천의 시문은 읽으면 그 심간心肝을 토해낸 것을 보는 것 같으니 일생의 명命을 힘쓴 자가 아니면 할 수 없습니다.[23]

조긍섭은 이건창의 문장은 김택영보다 기氣는 조금 못하지만 사리에 있어서 뛰어나다고 했다. 그러면서도 이건창의 문장을 읽으면 마음속 깊은 생각을 토해내는 것을 보는 것 같은데, 이는 일생토록 천명天命에 힘쓴 자가 아니면 할 수 없는 수준이라고 평가했다. 그러나 위의 글을 통해 김택영은 스스로 문장에 있어서는 이건창에게 뒤진다고 생각하였음을 알 수 있다.

그런데 조긍섭은 김택영에게 보낸 편지에 이건창의 문장에 대해 "영재 이건창의 문장은 더욱 예전에 보았던 것과 같지 않으니, 「수당기修堂記」· 「이택기麗澤記」 두 기문은 문사文辭와 이치理致 둘 다 부족하고, 「유수묘지명 兪叟墓誌銘」은 이치가 문사에 가려져 법으로 삼기에 부족합니다"[24]라고 하였 다. 또 계속해서 "영재는 진실로 한 시대의 진정한 인재이지만 그 박한 곳은 끝내 숨길 수 없습니다. '사람이 천지간에 태어나[人生天地間]'라는 구절은『고 시십구수古詩十九首』중의 고운 말인데, 어찌 일을 기술하는 데에다 삽입한단 말입니까. ―「수당기修堂記」에 보입니다― '천하 후세를 내 감히 알지 못한 다[天下後世吾不敢知]'는 구절은 한결같이 어린아이의 구기口氣와 비슷한데, 어찌 마땅히 남의 묘지명에다 쓸 수 있겠습니까. ―「이행서 묘지명李杏西墓誌銘」 에 보입니다―「견산당기見山堂記」는 한 글자도 반산半山 왕안석과 비슷하지 않음이 없고, 모의摹擬가 지나쳐 천진天眞을 이미 잃었으니, 일곱 개의 구멍 을 뚫다가 혼돈混沌이 죽어버린 것에 가깝습니다"[25]라고 한 사실이 있다.

그러나 이것은 김택영과 가까운 조긍섭이 김택영의 문장을 높여주기 위 해 이건창의 문장을 낮게 평가한 것으로 보인다. 나아가 조긍섭은 이건창 의 문장에 대한 이해도 또한 높지 않았던 것으로 보인다. 이건창이 천고의 독견으로 사물과 사건을 인지하고 자신이 세운 원칙에 따라 글은 지은 사 실을 조긍섭이 조금만 이해했더라면 결코 이건창의 문장에 대해 이러한 언급은 하지 못했을 것이기 때문이다. 또 조긍섭이 이건창의 문장을 낮게 평가한 이유 중 하나는 영남지역 최고 문장으로 이름난 자신과 달리 전국 적으로 문장으로 이름난 이건창에 대한 질투심도 일부 작용한 것이 아닐 까 생각된다.

그렇지만 조긍섭은 이건창의 글에 대해 "긍섭은 영재의 글을 많이 보지는 못하였습니다. 그러나 「원론原論」 및 아우들과 『노사집蘆沙集』을 논한 글 같은 것은 매번 읽을 때마다 저도 모르게 침식을 폐하였습니다. 대개 그 안목의 높음과 사려와 이해의 투철함은 다만 근대에 보지 못할 뿐만이 아닙니다"[26]라고 하였다. 또, "영재의 문장은 비록 기氣가 모자라는 것 같으나 그 일단의 광채가 빛나는 곳은 끝내 쉽게 비칠 수 없습니다"[27]라고 하였다. 대개 이건창의 문장은 기氣가 모자란 듯하지만, 이건창의 문장에서 광채가 빛나는 곳은 아무나 쉽게 도달할 수 없는 경지라는 것을 조긍섭도 인정한 것이다.[28]

한편 서간도에서 망명 생활을 하던 이건승은 『명미당집』이 발간되자 고국의 조긍섭에게 보내주었다. 그것을 읽은 조긍섭은 『명미당집』 뒤에다 이건창은 죽고 나라는 쇠약해져서 앞날이 어찌 될지 모르겠지만 그가 남긴 문장만은 남아서 광채를 높이 드날리고 있다[29]는 내용의 글을 붙였다. 이때도 조긍섭은 이건창의 문재가 뛰어나다는 것을 인정했다.

남인인 조긍섭과 소론인 이건창이 당론에 있어서는 서로 다르지만, 이건창은 당론을 넘어서는 비평 글을 많이 지었는데, 『당의통략』도 그중 하나이다. 이러한 점에서 조긍섭은 이건창을 높이 평가하기도 했다.

이건창은 문장에도 뛰어났으나 시에도 능했다. 그의 시를 평가하는 사람들은 이건창의 시에서 당나라 백거이白居易의 시풍이 느껴진다고 했다. 그러나 이건창 자신은 당나라 시가 아닌, 송나라 시를 배운다고 했고, 만년에는 청나라 학자 목재牧齋 전겸익錢謙益, 1582~1664을 배웠다고 하였다. 그래서 이건창은 점겸익의 문집인 『『유학집題有學』』에 붙인 「제후集後」 제유학집후(題有學集後) 7수 중 제1수」라는 시에 이렇게 읊었다.[30]

40년 동안 힘써 시를 배웠지만

어찌 꿈에라도 두보杜甫가 되길 바라랴.

검남劍南 육유陸游는 너무 넓고, 유산遺山 원호문元好問은 너무 높으니

전겸익 옹으로 스승 삼기 꺼리지 않으리라.7수 중 제1수

四十年來苦學詩, 何曾夢見杜陵爲.

劍南廣博遺山峻, 不諱錢翁是本師.7수 중 제1수[31]

　이건창은 40년 동안 힘써 시를 익혔다고 고백하였다. 원래 꿈꾸던 것은 두보 수준의 시를 짓는 것이었지만 이는 꿈에서도 바랄 수 없는 일이 되어 버렸고, 남송 때의 시인 육유의 시는 너무 넓고, 금金나라 때의 시인 원호문의 시는 수준이 너무 높아서 배우기 어려우니, 나름대로 자신이 시를 배울 만한 전겸익으로 스승을 삼았다는 말이다.[32]

　조긍섭은 문장에 이어 이건창의 시에 대해서도 평가하기를, "그이건창의 시도 또한 스스로 일가를 이루었으니, 비록 골력骨力은 매천보다 조금 뒤지는 것 같지만 그 진정眞情이 유출하고, 풍격風格이 사람을 감동시키는 곳은 아마 매천이 능히 이르지 못할 것입니다. 이것은 사람에게 달린 것이지, 시에 관계된 것이 아닙니다. 요컨대, 두 사람의 시의 성격은 대략 서로 비슷하여 거의 분별하지 못할 것이 있습니다"[33]라고 하였다. 조긍섭은 이건창의 시 또한 황현보다 뒤지는 것 같아도, 진정이 유출하고, 풍격이 사람을 감동시킴에 있어서는 황현이 오히려 이건창에게 이르지 못할 것이라고 하였다.[34]

이건창이 시에도 탁월했다는 사실은 일제 강점기 때 편찬된 15종의 한시선집 가운데 9종『동국풍아東國風雅』,『증보 해동시선增補 海東詩選』,『대동시선大東詩選』,『시학운총詩學韻叢』조선시朝鮮詩,『조선근대명가시초朝鮮近代名家詩抄』,『백가운선百家韻選』,『동시천련운선東詩千聯韻選』,『대동풍아大東風雅』,『팔가정화八家精華』에 그의 시가 수록된 사실을 통해서 확인된다. 15종의 한시선집에 한밀사대가인 강위는 11종에, 김택영은 4종에, 황현은 5종에 실린 것에 비해, 이건창의 시 또한 결코 한시로 이름난 황현에 뒤지지 않는 수준임을 알 수 있다. 특히 1934년에 출판된『대동풍아』에는 230여 명의 시인이 시대순으로 배열되어 있는데, 그중 가장 많은 시가 실린 사람은 73제 총 74수가 수록된 곽종석郭鍾錫이다. 이어서 허훈許薰 52제 총 60수, 정몽주鄭夢周 43제 총 44수, 이헌경李獻慶 29제 총 32수, 그 뒤를 이어 이건창은 28제 총 33수가 실려 있다. 강위는 3제 2수, 황현은 1제 10수, 김택영은 23제 총 25수가 실려 있어 한말사대가 가운데에서도 으뜸이다. 유도승柳道昇, 1866~1945이 쓴 이 책의 서문序文에 의하면 인물 선정은 풍속이 쇠퇴하고 바람직한 시가 사라져가는 시대에 도학, 충의, 문장 측면에서 시로 이름난 이를 선발했다고 하였다. 이를 통해 이건창은 당대에 시로도 인정받았음을 분명히 확인할 수 있다.

이에 더해 1934년 대구에서 출판된『동시천련운선』에는 169명이 지은 시의 대구對句가 수록되어 있다. 이는 수사적 측면에서 주목한 것으로, 곽종석 120구, 이황李滉 62구, 강위 47구, 정현덕鄭顯德 46구, 박문규朴文逵 39구에 이어 이건창이 39구로 뒤를 잇고 있다. 한말사대가 가운데 김택영은 39구, 황현은 32구가 수록되어 있다. 이 또한 이건창의 시 수준을 가늠해

볼 수 있는 자료이다.

참고로 『동시천련운선』 등의 책은 대부분 가까운 사람들을 중심으로 편집된다. 그런데 대구와 영남 유림 가운데 곽종석, 이황 등의 도학자 위주로 편집된 『동시천련운선』에 한말사대가의 작품들이 다수 포함되어 있다는 것은 영남지역에서도 서울을 중심으로 활동하던 이건창을 포함한 한말사대가들의 문장이 인정받았음을 의미한다.

1939년에 출판된 『팔가정화』는 조수삼趙秀三, 신위, 김정희, 이학규李學逵을 비롯해 이건창, 강위, 김택영, 황현 등 8인의 칠언율시만을 선별한 시집이다. 2권으로 이루어진 이 책의 1권에는 강위 260수, 조수삼 25수, 신위 207수, 김정희 55수, 이학규 50수, 2권에는 김택영 98수, 이건창, 96수, 황현 266수가 수록되어 있다.[35] 그 밖에 『강도 고금시선江都古今詩選』 후집後集에도 이건창의 시 44수가 수록되어 있다.[36] 이처럼 이건창의 시가 다양한 시선집에 다수의 시가 수록되어 있다는 것은 그만큼 그의 시가 당대 인물들로부터 높이 평가 받았음을 의미한다.

앞서 살펴본 대로 이건창은 문장이 유독 뛰어난 것이지 그의 시가 부족한 것은 결코 아니다. 유독 뛰어난 문장 덕에 상대적으로 시에 대한 평가를 제대로 받을 기회를 갖지 못했을 뿐이다.

그렇다면 이건창은 문장가로서의 자신을 어떻게 평가했을까? 자신은 문장을 지은 지 몇십 년 동안 입으로는 끊임없이 시를 읊조렸고, 손으로는 멈추지 않고 문장을 지었는데, 나이 들은 지금은 시를 읊조리거나 문장을 짓는 일을 달가워하지 않고, 옛 선현들을 쫓는 일에만 힘썼다고 했다. 시대가 변한 것도 모르고 점점 더 시문에 힘쓰면서, 분하고 원통하고 근심스럽고 괴로워 먹고 자는 것도 잊어버리고, 성심을 다하느라 백발이 되어 버렸다고 했다.[37] 이처럼 수십 년 동안 시를 읊조리고, 문장을 짓는 일에 성심을 다하느라 백발이 되어 버릴 만큼 이건창은 조선 500년 최고의 문장가가되기 위해 각고의 노력을 기울였다.

이러한 노력의 결과물이 『명미당집』을 통해 전해지고 있다. 이건창은 남한테 보여주기 위해 작품을 지은 것이 아니라, 남의 평가보다 자신의 만족에 더 큰 의미를 부여하였다. 따라서 현재 확인되는 이건창이 남긴 작품들은 '천고의 독견'을 바탕으로 자신이 세운 고문 창작론에 꼭 맞는 방법으로 창작된 작품이자, 모두 이건창 자신이 흡족하게 여겨서 남겨둔 작품이다. 그러므로 천하의 후세 사람들이 그의 작품에 대해 왈가왈부할 것은 사실 못 된다.

2. 전근대적 양심을 지닌 관료

조선 500년 최연소 문과 급제자가 되어 19세 때인 1870년부터 관직에 나아간 이건창은 기거주起居注를 시작으로 관직 생활을 시작하였다. 그의 정치적 행보를 살펴보면, 23세 때인 1874년 연경에 서장관으로서 사행을 다녀왔다. 26세 때인 1877년 충청우도지역에 암행어사로 다녀왔고, 27세 때인 1878년 평안도 벽동에 유배되었다. 31세 때인 1882년 경기지역에 암행어사로 다녀왔다. 부모의 삼년상을 연거푸 치른 후 41세 때인 1892년 다시 관직에 나와 한성부소윤漢城府小尹이 되었고, 그해에 함흥에 가서 난민

亂民을 안핵하고 돌아왔다. 42세 때인 1893년 전라도 보성에 유배되었다. 45세 때인 1896년 해주부관찰사에 제수되었으나 세 차례 사직 끝에 전라도 고군산도에 유배되었다. 그리고 1898년 47세의 나이로 생을 마감하였다. 이건창의 정치적 행보를 보면 두 차례의 암행어사와 한 차례 안핵사를 지냈음에도 불구하고, 세 차례나 유배되었다. 암행어사로 선발된다는 것은 그만큼 임금에게 신뢰감을 주는 인물이었으며, 평소 생활이 청렴결백했음을 뜻한다. 따라서 이건창이 두 차례나 암행어사로 선발이 되었다는 것은 그가 임금으로부터 그만큼 신뢰를 받았으며, 그의 생활이 누구보다 청렴결백했음을 증명하는 것이다. 그럼에도 세 차례나 유배되었다는 것은 그만큼 그의 관직 생활이 평탄치 않았음을 의미한다.

이건창의 가문은 소론으로서 여러 세대에 걸쳐 관직 생활을 했기 때문에 당쟁黨爭으로 원한을 맺은 사람들이 많았다.[38] 그로 인해 이건창과 사귀기를 기피하는 사람들 또한 많았다. 이러한 가문의 내력은 이건창의 출세에 적지 않은 영향을 끼쳤다. 따라서 이건창은 옥당玉堂, 일명 홍문관弘文館에서 십수 년을 근무했지만 당직當直을 겨우 한 번 정도 했을 뿐이고, 다른 관직에 임명되었을 때에도 그 자리를 오래 유지하지 못했다.[39]

이건창이 처음 관직에 나아갔을 때는 대원군이 섭정을 하고 있을 때였다. 그런데 이건창은 대원군의 비위에 거슬려 대원군이 섭정하는 동안 자신이 갖고 있는 정치적 역량을 맘껏 펼칠 수 없었다.[40] 이건창이 대원군이나 당시 사람들로부터 그리 후한 대접을 받지 못한 이유는 어린 나이로 과거에 합격한 데다 당파도 다르고, 충실하고 강직한 성격으로 인해 썩은 내가 만연한 세상에서 용납을 받지 못했기 때문이다. 그래서 그는 높은 자리의 관료였음에도 자신이 가진 도덕과 능력에 비해 나라가 기울어가는 시점에 제대로 역할을 발휘하지 않은 채 삼십여 년 동안 주로 한직閑職에 있었을 때가 많았으며, 다른 시간은 사방으로 귀양을 다니느라 편안할 날이 없었다.[41] 또 고종이 친정을 할 때는 최익현의 상소 문제로 고종과의 사이가 껄끄러워지면서 정치적 행보에 있어 유무형의 제약을 받은 것도 사실이다. 최익현이 상소를 올려 대원군을 공격했을 때 사람들은 최익현이 직언直言도 서슴지 않았다며 칭찬 일색이었다. 고종 또한 대원군을 공격하는 최익현의 상소를 반겼다. 그러나 이건창만 홀로 고종이 부친인 대원군을 공격하도록 최익현이 부추기는 것에 대해 춘추대의春秋大義를 들어 최익현이 직언을 했다 할지라도 죄를 주지 않을 수 없다고 했기 때문이다.[42] 그러나 이건창은 자신의 진실성과 정치적 역량으로 인해 끝내는 고종의 지우知遇를 얻었다.

이건창은 여러 이유로 순탄치 못한 중에 관직 생활을 하면서도 많은 활약을 펼쳤다. 따라서 그에 대한 성과도 적지 않다. 그러나 워낙 문장가로서의 명성이 높다 보니 상대적으로 관료로서의 역량은 제대로 평가받지 못했다. 그의 관직의 높음을 이야기하는 것이 아니다. 그가 끼친 정치적 영향을 이야기하는 것이다. 두 차례의 암행어사와 한 차례의 안핵사, 또 세 차례에 걸친 유배 등 그가 보여준 정치적 행보는 그의 꼿꼿한 성격을 그대로 닮아 있다.

그렇다면 관료로서의 이건창에 대해 사람들은 어떠한 평가를 내렸을까? 황현은 이건창의 정치적 행보에 대해 다음과 같이 평가했다.

나라와 종묘사직 걱정하다가

하염없이 눈물을 쏟곤 하였건만

벽동碧潼과 보성寶城으로 귀양 가는 등

가지가지 풍상을 모두 겪었네.

아무리 겁화劫火의 불길 거세도

보배는 끝끝내 태울 수 없는 법

관직은 혹처럼 여기면서도

관두거나 버리진 아니했다네.

이름난 고을이나 높은 자리는

여러 소인에게 던져주고

거룻배를 타고서 바다 건너니 고군산도 유배 – 저자 주

그건 죄가 아니라 영광이었네. (…중략…)

공 정도면 누군들 현달 못하랴

그래도 정승 자리 못 올랐네.

공 같다면 누군들 장수長壽 못하랴

그런데도 결국에는 요절했다네.

내 그런 공의 운명 슬퍼한다면

공은 응당 실소를 금치 못하리.

세상에 뜻 없었단 말이 아니라

뜻 꺾고 영합하기 싫어하였네.

길이 이름 남기면 그만인 거지

굳이 오래 살 거야 뭐가 있으랴.

애달파라, 세상 속 저 웅덩이엔

맹꽁이소인배들 이리저리 날뛰었네.

호탕하게 구름 수레 타고 올라

위에서 굽어보며 끌끌 혀를 차리라.

공은 이를 즐거움으로 여길 테지만

시국時局의 이려움을 어찌하리오.

세상의 어지러운 일들은 눈에 넘쳐나는데

인재 찾기 어렵다는 탄식만 늘어나누나.

무엇을 닦고 무엇을 행하랴

들리느니 모두가 슬픈 일이네.

들에서도 집에서도 통곡의 소리

제각기 부모상을 당한 듯 냈다네.

공을 배척하려 했던 사람들조차

오히려 공의 죽음 슬퍼했다네.

睠念宗國, 攬涕汍瀾.

于潼于寶, 風折霜摧.

刴火炎炎, 玉終不灰.

祝官如瘦, 不割不止.

名藩大蒮, 擲丐羣蟻.

一葦凌海, 匪罪伊祭. (…중략…)

何人不達, 宦末台階.

何人不壽, 竟止于夭.

我自悲公, 公應失笑.

非曰無裳, 實厭褰赴.

不朽則已, 何必耆耈.

哀彼潢汙, 蛙黽跳躑.

浩蕩雲軿, 俯視嘖嘖.

公則樂此, 其奈時艱.

風塵溢目, 益歎才難.

何修何施, 聞無不悲.

野慟寢哭, 如各其私.

欲擠公者, 猶尚咨嗟.[43]

　황현은 위의 시에 이건창의 정치적 행보를 고스란히 드러냈다. 평소 이
건창은 나라와 종묘사직을 걱정하다가 눈물을 쏟곤 하였다. 그만큼 이건
창이 나라 걱정을 많이 했다는 뜻이다. 그런데도 이건창은 벽동과 보성에
유배를 다녀오는 등 온갖 풍상을 겪었다. 이에 더해 그는 뛰어난 정치적 자
질이 있었음에도 불구하고 남들이 추구하는 높은 지위나 영달을 추구하지
않았다. 그래서 그는 1894년 이후 법무아문협판이나 특진관 등의 자리를
지푸라기 버리듯 소인배들한테 던져주고 나아가지 않았다. 도가 행해지지
않고, 언로가 막혀도 무관심한 임금에 대한 실망과 시대적인 문제에 대해
더 이상 자신이 할 수 있는 역할이 없다는 사실을 인지한 이건창은 관직에
대한 생각을 미련 없이 버렸다. 마침내 해주부관찰사직을 세 차례 거부했

다는 죄로 또다시 고군산도에 유배되었다.

유배에서 풀려난 뒤 이건창은 죽었고, 나라는 점점 기울어 맹꽁이 같은 소인배들이 날뛰는 세상이 되자 인재 찾기 어렵다는 탄식이 나오고 있다. 결국 이건창이 살아 있을 때 그를 배척하던 사람들조차도 이건창을 그리며 그의 죽음을 슬퍼하고 있다. 한마디로 황현은 시국의 어려움을 타개할 정치적인 인물로 이건창이 가장 적임자임을 강조한 것이다. 그래서 황현은 이건창의 정치적 성향에 대해 "일찍이 관직에 나아갔다가 고결하게 물러나 당세의 명신名臣이 되었다"고 평가했다.[44]

강위는 국제 정세의 흐름을 정확히 간파하던 사람이다. 이런 강위는 국제 정세에 관심을 가진 이건창과의 대화 끝에 이건창이야말로 격변하는 국제 정세에 걸맞는 전도가 창창한 관료 자질을 갖춘 인물로 평가했다.[45]

강위는 이건창에게 서양세력을 이해하고, 서양은 적대관계가 아니라는 생각을 갖기를 바랐다. 그리고 서양과의 통상을 주도하는 중심에서 이건창이 큰 역할을 해주기 바랐다. 이건창은 서양과의 통상이 필요하다는 점은 인정했지만, 개화 방법론에 있어서 강위가 추구하는 방법론과의 일부 의견이 나뉘면서 일정 부분 보이지 않는 갈등이 있었던 것으로 추정된다.

조긍섭은 관료로서의 이건창을 "살무사만 땅에 가득해 난새 봉새는 떠나버리고, 강하江河가 날마다 동쪽으로 기울어짐 근심하는데, 인물은 가고 나라는 쇠약하니 끝내 어찌하랴, 유독 문장이 남아서 광채가 높이 드날렸네. (…중략…) 지금은 어지러이 온갖 말 시끄러우니, 바른 소리 곧은 도가 소용이 없네. 추연鄒衍이 다시 나오지 않자 소식蘇軾을 내려보냈고, 태사공太史公은 부질없이 안영晏嬰을 그리워했네"[46]라고 평가하였다.

조긍섭은 독을 품은 살무사들만 그득한 땅에 이건창 같은 난새 봉새는 모두 사라져버렸다며, 일본 소유가 되어가는 나라의 쇠약함을 근심할 때 생각나는 정치인이 바로 이건창이라고 했다. 이건창이 죽은 후, 세상이 너무 어지러워지면서 이건창이 하던 바른 소리, 곧은 도道도 모두 무용지물이 되어 버렸다. 그래서 조긍섭은 음행오행설을 창시한 제齊 나라 추연이 언변에 능하여 광대한 담론을 잘 했는데, 더 이상 추연같은 인물이 나오지 않자 소식을 내려보냈으며, 전한前漢의 역사가인 태사공 사마천도 스스로를 제나라의 명재상 안영晏嬰보다 낮다고 생각하여 "만약 안영이 지금 살아 있다면 자신은 안영을 위해 마부가 되어 채찍을 드는 일이라도 할 정도로 안영을 흠모한다"라고 한 말을 상기했다.[47] 조긍섭은 추연 같이 언변에 능하여 광대한 담론을 잘 펼치고 안영같이 뛰어난 정치적 역량을 두루 갖춘 인물이 이건창임을 언급하며, 이건창의 죽음을 몹시 안타까워하고 있다. 안영과 추연은 이건창이고, 소식과 태사공은 조긍섭 자신에 대입시킨 것이다. 이처럼 이건창은 조긍섭으로부터 나라가 어시러운 시대에 가장 필요한 관료로 인정받았다. 그러나 이건창은 이미 이 세상 사람이 아니었다.

일제조차도 이건창이 청렴강직한 관료였다는 사실을 인정했다.

[이건창] 관찰사를 지냈고, 아울러 중추원의관, 암행어사를 수차례 역임하였으며, 함경도 안핵사를 지내고, 관찰사에 임명하였으나 사퇴하였다. 한국에서 청렴강직과 문장으로 그 명성이 높았다.[48]

이건창 사후에 작성된 일제 문건에서도 언급될 정도로 이건창은 여러 관직을 지내는 동안 청렴강직한 관료로 이름이 높았다.

　관료로서의 평가 중에 으뜸은 역시 백성들의 평가이다. 그가 애민 정치를 펼쳐서 백성들로부터 높은 평가를 받았다는 것은 현재 남아 있는 '영세불망비永世不忘碑'를 통해서 확인된다. 이건창은 경기도에 나가 신분을 속이고 암행어사로서의 활동을 펼치던 중 현 서울 송파구 송파마을에 들렀다. 그곳에서 이건창은 장터의 징사꾼들을 만나 그들이 토로하는 고충을 모두 들어준 후 용기를 북돋아 주었다. 당시 이건창은 암행어사로서 신분을 위장하고 다녔기 때문에 송파마을 백성들은 그가 누구인지 몰랐다. 이건창이 떠난 뒤에서야 그곳 백성들은 그가 가렴주구하던 탐관오리들을 과감하게 탄핵시켰던 암행어사 이건창이라는 사실을 알게 되었다. 이에 감동한 송파마을 백성들은 이건창이 백성들의 고충을 들어주고 용기를 북돋우고 간 공덕과 행적을 기리기 위해 그가 머물렀던 장터 입구에 '영세불망비'를 세웠다. 오래도록 이건창이 베풀어준 공덕을 잊지 않겠다는 의미에서 세운 것이다. 그런데 이 비석은 1925년 을축년대홍수 때 떠내려갔고, 그 후 이 비석의 행방은 알 길이 없었다. 그러던 1979년 향토사학자가 그 비석을 발견하면서 현재 송파근린공원이 있는 송파구 송파대로 42길 29에 세워지게 되었다. 이에 더해 송파마을 사람들은 이건창의 행적을 다른 방법으로도 기리기 위해 2002년 송파구 송파동 135번지부터 143번지 3호까지의 도로를 어사길御使길로 제정하였다.[49]

　이건창의 영세불망비가 또 하나 있다. 바로 인천시 옹진군甕津郡 북도면北島面 모도茅島에 있는 불망비이다. 강화도 좌측 아래에 자리하고 있는 장봉도長峯島·신도信島·시도矢島·모도를 합쳐서 북도라고 하는데, 그중 모도는

〈그림 3·4〉
행어사 이공건창 영세 불망비 전·후면
출처 : 이은영

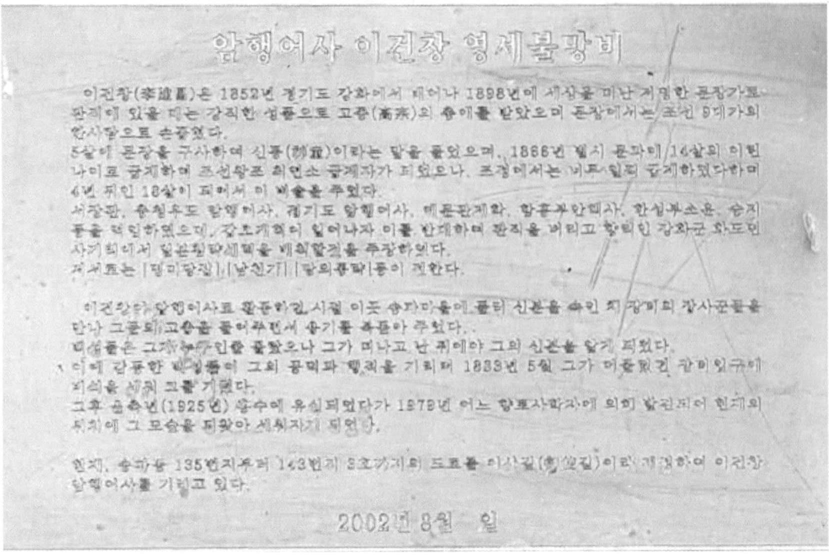

〈그림 5〉 암행어사 이건창 영세불망비 안내판
출처 : 이은영

면적이 0.81km²밖에 안 되는 아주 작은 섬이다. 이건창은 경기도 암행어사 때 작은 모도까지 암행을 나갔었다. 모도 앞바다에서 고기를 잡으면 고기는 안 잡히고 띠만 걸려 나온다고 해서 띠 '모茅'자를 써서 모도라 불린다는 설이 있을 정도로 모도는 어업이 영세한 곳이다. 그곳으로 이건창이 암행을 나가서 보니 섬 백성들의 삶이 너무 가엾어서 차마 눈 뜨고 볼 수 없는 지경이었다. 이에 이건창은 과중한 세금과 부역夫役으로 생활고가 심한 섬 백성들을 위해 조정에 세금과 부역을 면제해줄 것을 청했다. 그로 인해 세금과 부역을 면제받게 된 섬 백성들은 다시 삶의 의욕을 찾게 되었다. 그러자 섬 백성들은 암행어사 이건창의 은혜를 길이 기억하고자 1885년 6월 '암행어사 이공건창 영세불망비暗行御史李公建昌永世不忘碑'를 세웠다. 이 불망비는 이건창 생전에 세워졌으나 이건창은 불망비 존재에 대해 알지 못했다.

〈그림 8〉 모도의 "이건창 영세불망비 안내판"

〈그림 9〉 이건창의 영세불망비가 표시된 모도 지도

이처럼 모도의 '암행어사 이공건창 영세불망비'는 이건창의 애민정신을 확실하게 증명하는 완벽한 자료가 되겠다. 모도처럼 아주 작은 섬까지 이건창이 암행을 다녔다는 사실도 놀랍지만, 작은 나룻배를 타고 곳곳의 섬을 돌며 백성들의 삶을 꼼꼼하게 살핀 이건창의 관료로서의 애민정신은 오늘날 정치인들이 반드시 귀감으로 삼아야 할 것이다.

그런데도 이건창은 관료로서의 자신을 평가하기를 어리석고 성격이 조급해 사람들과 잘 어울리지 못했기 때문에 벼슬을 할 때도 불안했었다고 했다.[50]

앞에서 살펴보았듯이 그는 47년 생애 동안 관직 생활의 진퇴와 유배 등으로 관료로서의 삶은 순탄치 못했다. 이는 소론 가문의 후예로서 누대에 걸쳐 당쟁으로 원한을 맺은 주변의 배타로 기인한 점도 있지만, 주변에 의해 그리된 것이 아니라 강직불요한 성품을 가진 이건창 스스로 택한 정치적 행보 때문이었다. 그는 왕명을 거역하고 자처해서 유배를 떠나기도 했다. 바른 세상에서는 관직에 나아가야 하지만 세상이 바르지 않으면 관직에서 물러나야 한다는 것을 알고 있던 이건창이다. 아는 것을 실천해야 한다는 양명학의 '지행합일'사상을 평생 익힌 이건창으로서는 당연한 행보이다. 문장을 짓되 타인의 평가가 아닌 자신의 마음에 들면 된다는 이론을 갖고 있던 이건창은 정치적인 입장에서도 그 노선을 고수했다. 충신이고 아니고는 관직에 나아가고 안 나아가는 것으로 판가름하는 게 아니라, 평소 그 사람의 행실을 보고 판단하는 것이라 했던 자신의 말처럼 그는 정치적 행보 또한 자신의 뜻에 따랐다. 한마디로 애민정신으로 무장한 이건창은 관직에 나아가서는 충심으로 임금을 바로잡기 위해 애썼고, 물러나서는 우국충정으로 나라를 근심하며 무너져가는 조선왕조 500년을 전근대적 양심으로 바로 세우려는 생각을 지닌 관료 중에 참 관료였다.

3. '지행합일'을 실천한 양명학자

양명학은 왕양명이 '격물치지格物致知'의 뜻을 깨달아 "성인의 도가 자성自性에서 자족自足한 것이다. 밖의 사물에서 구할 것이 아니다"라고 한 말에 따라 자성에서 자족함을 추구하는 학문이다. 따라서 양명학을 가학으로 삼은 가문에서 나고 자랐고, 조부로부터 양명학을 익힌 이건창의 사상은 주변 상황에 자신을 매몰시키는 것이 아니라 자아 각성을 요구하는 학문과 외면의 '명名'이 아닌 내면의 '실實'을 강조하는[51] 양명학으로 점철되어 있다. 그리고 이러한 이건창의 양명학적 사고는 그의 삶 곳곳에서 드러났다. 정치적으로, 문학적으로는 물론, 학문적으로 더욱 그러했다.

주자의 성리학 일변도였던 시대 상황으로 양명학은 주류였던 성리학으로부터 이단으로 취급받았다. 그러나 성리학이나 양명학은 모두 유학儒學의 본질적인 면에서는 크게 다를 바가 없다. 오히려 도학道學이란 측면에서는 통일적 사상체계였다. 그럼에도 불구하고 성리학과 방법론이 다르다고 해서 거부되고, 당색黨色과 관련지어 양명학은 배척되었다. 결국 양명학의 좋은 점에 심취하여 양명학을 깊이 이해한 성리학자들도 당화黨禍를 입거나 사문난적斯文亂賊으로 낙인이 찍힐까 두려워 양명학에 관심이 있다고 밝히는 일은 거의 불가능했다. 그래서 그들은 잠심潛心하며 독학獨學을 하거나, 양명학에 무관심한 척 가식적인 태도를 취해야 했다.[52] 또 성리학자 가운데에는 양명학의 허점을 찾아 비판하기 위해 양명학을 공부했던 인물들도 제법 있었고, 그러다 양명학에 마음을 기울이게 된 성리학자들이 있었던 것도 사실이다.

강화로 이주한 정제두로부터 시작된 조선의 양명학은 원교圓嶠 이광사李匡師, 1705~1777, 연려실燃藜室 이긍익李肯翊, 1736~1806과 신재信齋 이영익李令翊, 1740~?으로, 다시 초원椒園 이충익李忠翊, 1744~1816으로, 또 대연岱淵 이면백李勉伯, 1767~1830으로, 이어서 사기沙磯 이시원과 이지원 형제를 이어 이건창과 이건승, 그리고 이건방에게 이어졌고,[53] 그 학맥은 마지막으로 위당爲堂 정인보鄭寅普, 1893~1950에게까지 이어졌다.

이건창은 1894년 관직에서 물러난 후 강화에서 동생 이건승, 재종제 이건방, 그리고 정원하와 홍승헌과 함께 양명학을 강론하며 세월을 보내다 1898년 생을 마감했다. 그 후 1910년 경술국치를 당하자 먼저 죽은 이건창을 제외한 네 사람은 피눈물을 머금고 조국의 독립을 위해 할 수 있는 일을 찾기 위해 서간도로 망명을 떠나기로 약속했다. 그런데 개성에서 함께 모여 떠나기로 한 홍승헌을 기다리는 동안 이건승은 그곳에서 명나라 황종희黃宗羲, 1610~1695가 난세 지식인의 행동 양식에 대해 쓴 『명이대방록明夷待訪錄』을 읽었다. 그 후 이건승은 뒤늦게 개성에 도착한 이건방에게 고국에서 후학 양성에 힘쓰라며 망명을 만류했다. 이때 고국에 남겨진 이건방에 의해 길러진 제자가 바로 정인보이다.[54] 정인보는 이건승을 만나러 두 차례 서간도를 방문하기도 했고, 서간도의 이건승으로부터 열흘이 멀다 하고 학문을 바로잡아주는 편지를 받기도 했다.[55]

이런 경황에서 정인보에게 전해진 양명학은 국권 상실에도 불구하고 국권 회복의 의지조차 상실한 채 민족의 정기마저 사라져가는 암담한 현실을 타개하고자 하는 정인보에 의해 연희전문학교^현 연세대학교에서 문文·사史·철哲을 아우르는 국학國學으로 발전했다.[56] 정인보는 국학을 통해 힘을 길러야만 약육강식의 논리로 침략을 합리화하는 서구와 일본의 제국주의에 대응할 수 있다고 믿었다.[57] 이렇게 양명학을 국학으로 발전시킨 정인보의 스승이 바로 이건승과 이건방이고, 이건승과 이건방이 존경하던 형이 바로 이건창이다. 그리고 이건창은 1866년 병인양요 때 프랑스군에 의해 강화가 함락되었을 때 전직 관료로서 나라가 위기에 처했는데도 도움이 되지 못했고 누구도 책임지지 않는 현실을 탄식하며 자결한 이시원과 이지원 형제를 조부와 종조부로 두었다.

이처럼 정인보의 국학까지 이어지는 조선의 양명학 마지막 세대 중 한 사람이 바로 이건창이다. 따라서 그에 대한 양명학자로서의 평가는 당연히 따르게 마련이다.

사실 이건창은 관료나 양명학자로보다 문인文人으로서의 명성이 자자했다. 그리고 이건창은 스스로를 양명학자로 자처하지 않았다. 그는 자신이 수용한 양명학을 자신의 삶 속에 고스란히 녹여서 문학으로 정치로 풀어낸 것과는 달리 양명학자로서의 행보를 두드러지게 보인 일이 없다. 그도 그럴 것이 그는 태어나면서 자연스럽게 익힌 것이 양명학이었기 때문에 일부러 양명학자로서의 자취를 드러낼 이유가 없었다. 외면보다 내실을 더 중시하는 양명학을 익혔기 때문이다. 그에 따라 그의 양명학자로서의 세상의 평가 또한 명확하게 확인되는 것은 없다.

그런데 앞에 열거한 이건창·이건승·이건방·홍승헌·정원하·정인보 외에 양명학파에 속하는 인물로 석오石吾 이동녕李東寧, 1869~1940이 있다. 이동녕은 1906년 북간도 용정龍井으로 망명을 떠나 민족교육기관인 서전의숙書甸義塾을 운영하다가 1907년 귀국하였다. 1910년 경술국치를 당하자 그는 이회영의 6형제 가족과 함께 서간도 유하현柳河縣 삼원보三源堡로 다시 망명하였다. 그 후 이동녕은 이석영·이철영李哲榮·이회영·이시영李始榮·이상룡李相龍 등과 함께 한국인 자치기관인 경학사耕學社를 설립하고 독립정신 고취에 힘썼다. 이동녕은 1919년에는 상해 임시 정부에서 국무총리를 지냈으며, 1937년 중일전쟁이 발발하자 한국광복진선韓國光復陣線 결성에 참여하여 항일전선에도 앞장섰다.[58]

임시정부 2대 대통령인 백암白巖 박은식朴殷植, 1859~1925 또한 양명학자이다. 박은식은 비폭력 저항운동의 한 방편으로 『한국통사韓國痛史』와 『한국독립운동지혈사韓國獨立運動之血史』를 저술했다. 경술국치 후 서간도 흥도촌興道村으로 망명을 떠난 이건창의 동생 이건승은 망명지에서 박은식을 처음 만났다. 이건승은 박은식의 역사서에, 박은식은 이건승의 강화학에 관심을 가지며 두 사람은 교유를 이어갔다.

학문적으로 이건창을 흠모하던 진천 출신의 이상설은 1907년 네덜란드 헤이그에서 열린 만국평화회의에 고종의 특사로 파견되었으나 회의장에 들어가려다가 일제의 방해로 외교권이 없는 나라의 대표라는 이유로 출입이 금지되었다.[59] 그 후 귀국하지 못하고 해외를 떠돌며 러시아령 연해주沿海州에서 대한광복군 정부를 선포宣布하는 등 독립활동을 펼치다 1917년 러시아 니콜리스크에서 병사했다.

이건창과의 교유 속에서 양명학의 영향을 직간접적으로 받았을 것으로 추정되는 황현은 1910년 절명시絶命詩를 남기고 자결하였다. 황현의 동생 석전石田 황원黃瑗, 1870~1944은 구례의 월곡 저수지에서 투신자살했다.[60] 그리고 황원은 이건창의 『명미당집』 간행에 소요된 경비의 일부를 댔다. 또 황원은 서간도 망명지의 이건승과도 편지로 교유하였으며, 국내의 이건방과는 편지 및 만남을 통해 교유한 사실이 확인된다. 황현의 아들 황위현黃渭顯, 1891~1966은 구례장터에서 3·1만세운동에 참여한 인물로, 정인보와는 친구 사이이다.[61]

이건승과 함께 망명을 떠난 홍승헌은 1914년에, 이건승은 1924년에, 정원하는 1925년에 모두 망명지에서 생을 마감한 뒤 고국으로 반장되었다. 이건방은 국내에서 서간도의 이건승에게 수시로 독립자금을 보낸 것으로 확인된다.

앞에서 살펴본 것처럼 이건창으로부터 직간접적으로 양명학의 영향을 받은 사람들 대부분이 항일운동에 투신했다는 사실을 통해 이건창의 양명학자로서의 평가는 훗날 양명학자들의 항일 행적으로 평가받았다고 해도 과언이 아니다. 이건창이 살아 있었다면 분명 항일운동에 투신했을 것임은 의심의 여지가 없기 때문이다.

이에 더해 이건창이 『당의통략』을 저술한 것 또한 양명학자 관점에서 쓴 것임에 틀림없다. 양명학은 '명'보다 '실'을 추구하는 학문이다. 따라서 이건창은 '소론가'라는 명분보다 '국익'이라는 '실'을 택하고자 했다. 또 양명학은 아는 것을 행동으로 옮기는 것을 중시하는 학문이다. 그래서 그는 양명학자의 관점에서 거대한 역사의 흐름 속에서 확인되는 붕당 정치의 원인을 밝혀 더 이상 당쟁이 없는 나라가 되기를 바라는 마음으로 『당의통략』을 집필했다. 이처럼 이건창의 삶 곳곳에서 '지행합일'을 실천한 양명학자로서의 흔적들이 확인된다.

4. 고결한 인품의 소유자

한 사람의 삶을 평가하는 데 있어 오래도록 지켜본 벗보다 정확하게 아는 사람은 없다. 그러나 어려서부터 한 집에 기거하며 자란 형제보다 더 확실하게 아는 사람은 없다. 동생 이건승이 기억하는 이건창[62]은 형이자 아버지 같고, 스승 같고, 친구 같은 사람이었다.

한창 젊을 때 이건승은 마구잡이로 놀기를 좋아했다. 그러다 이건승은 악기를 연주하는 즐거움에 빠지기도 했다. 그와 달리 형 이건창은 벗을 사귀어도 늘 글로써 사람을 모으고, 그로 인해 인[C]해지는 길을 갔다. 이에 더해 형은 우아한 문장을 잘 짓는 것으로 이름을 날렸고, 벗들과는 정치나 문학에 대한 이야기들을 나누었다. 형은 집에 있어도 늘 글방에 있는 것처럼 학문에 전념했다. 또 이건승이 병으로 자꾸 여위어 가는 모습을 보고 형은 이건승을 갓난아기 대하듯 돌보며 걱정을 했다. 그럼에도 이건승의 병이 점점 더 깊어지자 끝까지 이건승을 살뜰히 보살펴서 살려낸 것이 바로 형 이건창이었다.[63]

또 이건창은 자신이 지은 작품을 이건승에게 외워서 큰 소리로 읊게 하였고, 이건승을 어리다 여기지 않고 토론 상대로 대접해 주었다. 이렇게 하기를 형의 수염이 하얘지도록 넘어질세라 붙잡아 주고 추울세라 입김으로 따뜻하게 해주고 가르쳐주고 길러주었기 때문에 이건승은 형 이건창을 아버지 모시듯 우러러 모셨다.

동생이 볼 때 형 이건창은 벗을 사귀어도 늘 글로써 사람을 모으고, 그로 인해 인□해지는 길로 나가고, 벗들과는 정치나 문학에 대한 이야기들을 주로 나누고, 집에 있을 때는 언제나 학문에 전념하는 모범적인 사람이었다. 이에 더해 다 컸음에도 불구하고 병든 동생 돌보기를 갓난아기 돌보듯 하고, 수염이 하얘질 때까지 살뜰히 보살펴 준 아버지 같은 형이었다.

이건창은 이건승에게 "선비가 귀하게 여기는 것은 견문과 학식이다. 견문이 비루하고 학식이 얕으면 비록 널리 안다고 해도 아무런 도움이 되지 못한다"[64]며 늘 동생을 권면하는 데 힘썼다. 또 이건승은 1898년 중풍을 앓는 형을 위해 약을 달이면서 형의 시문을 보다가 의문 나는 곳을 종종 물었다. 그때마다 이건창은 번거롭게 여기지 않고 동생이 열심히 질문을 하니 자신의 병이 낫는 듯하다고 했다.[65] 몸이 아플 때 누군가 자꾸 질문을 해오면 귀찮은 게 사실이다. 그런데 이건창은 오히려 동생의 질문 때문에 병이 낫는 듯하다면서 아픈 중에도 동생을 권면하는 스승 같은 형이었다.

이건창은 벗들과 함께 글과 술로 자주 모였는데, 이때 동생이 자리에 함께하는 것을 기뻐하고, 함께하지 않으면 섭섭하게 생각했다. 보통 사람들은 친구들과 만나는 자리에 동생이 함께하면 행동에 제약이 생겨 싫어하지만 이건창은 그렇지 않았다. 또 좋은 글을 보면 꼭 이건승에게 보여주었다. 이처럼 이건승에게 있어 이건창은 친구 같은 형이었다.

그래서 아버지 같고 스승 같고 친구 같은 형을 잃은 이건승은 자신처럼 부족한 사람이 집안의 어른이 되는 것에 대해 통곡을 했다. 그러나 이건승은 형에 대해 세상에 태어나 오래 살지는 못했지만, 죽는 순간까지 몸가짐을 깨끗이 하다가 죽었기 때문에 오히려 천년을 산 것과 다름이 없다고 하였다. 형의 고결한 이름이 길이 전해질 것임을 알았기 때문이다. 그만큼 이건창은 생전이나 사후에나 동생으로부터 인정받는 형이었다.

인간으로서의 이건창에 대한 평가는 황현을 통해서도 알 수 있다.

1898년 황현은 길을 떠났다가 6월 18일 이건창이 생을 마감했다는 소식을 듣고 경악해서 눈물을 흘리며 시를 지었다. 당시는 황현이 전라도 보성에 유배되어 있던 이건창을 찾아가서 만난 후 이별한 지 어언 6년의 세월이 흘렀을 때였다.

> 영재 학사가 갑작스레 세상 떴다는 말에
> 뜨거운 눈물만 까닭 없이 옷자락에 떨어지네.
> 인물 찾기도 어려운데 누가 다시 있어
> 해와 별처럼 고결하여 영원토록 서로 우러르랴.

> 寧齋學士忽云亡, 熱淚無從落我裳.
> 人物眇然誰復有, 日星高潔永相望.[66]

황현은 이건창의 급작스러운 사망 소식에 까닭 없이 눈물이 흘렀다. 까닭이 없다는 말은 말로 토해내지 못할 만큼 이건창의 죽음에 충격을 받았다는 말이다. 이어서 황현은 해와 별처럼 고결한 이건창 같은 인물 찾기가 어렵다는 말로 이건창의 인품이 고결하다고 하였다. 이에 더해 황현은 이 건창에 대해 다음과 같이 평가하였다.

> 내게 따끔하게 충고할 때는
> 자신의 속마음을 다해서 했다네.
> 또 나시 나를 칭찬할 때는
> 입이 다 마르도록 극찬했다네. (…중략…)
> 공이 이 세상에 살아 있을 땐
> 기린이나 봉황을 대하듯 했는데
> 공이 하늘로 돌아갔을 땐
> 중한 홀笏 부러진 듯 안타까웠네.

> 箴我箚我, 盡抽己有.
> 亦復賞我, 舌不容口. (…중략…)
> 逌公在世, 如待麟鳳.
> 公歸于天, 如折鎭圭.[67]

황현의 말에 의하면 이건창은 충고를 할 때는 진심을 담아 따끔하게 약이 되게 하고, 칭찬을 할 때는 아낌없이 해주는 그런 사람이었다. 특히 황현은 자신이 이건창이 살아 있을 때는 상서로운 짐승으로 알려진 기린이나 봉황을 대하듯이 대했고, 이건창이 죽었을 때는 홀이 부러진 듯 안타까웠다고 했다. 이는 황현이 그만큼 이건창을 귀하게 여겼다는 말이다. 궁벽한 산골에 살던 황현을 촌스럽다고 박대하거나 차별하지 않고, 자신의 실력을 끝까지 믿어주고 흉금 없는 대화를 나눠준 사람이 다름 아닌 이건창이었기 때문이다.

이러한 연유 등으로 이건창에게 특별한 애정을 가졌던 황현은 1899년 4월 이건창의 무덤을 찾았다. 그 후 황현은 이건창의 무덤을 한 번 더 찾았다. 이건창이 죽은 지 10여 년이 지난 1909년 황현은 구례에서 서울 화동花洞에 살고 있는 이건방을 찾아가 그와 함께 강화의 이건승의 집을 방문했다. 그리고 세 사람이 함께 이건창의 무덤을 찾았다. 이때 황현은 봉분도 주저앉아 자그마해진 이건창의 무덤 앞에 술을 부으며 말했다.

> 홀로 누운 것 슬퍼할 리 없으리니
> 생시에도 이미 이군삭거離群索居하였던 걸.
>
> 無庸悲獨臥
> 在日已離群.[68]

이군삭거離群索居란 속세와 떨어져 혼자 외롭게 산다는 뜻이다. 이를 통해 이건창은 살아서도 무리에서 이탈하여 홀로 고결하게 살았음을 알 수 있다. 이는 이건창이 주변 사람들과 무리 지어 다니며 부화뇌동하거나 세속의 이익에 휘둘리지 않고 살았던 인물임을 의미한다. 이건창의 무덤을 찾고 1년 뒤에 경술국치를 당하자 황현은 절명시를 남기고 자결했다.

행적에 논란이 많은 김윤식은 자신의 문집에 이건창과 관련한 작품 11

편을 실었다. 그 가운데 김윤식은 평생 스승으로 삼을 만한 벗 열 사람에 대한 애도시를 지었는데, 그중 한 사람이 바로 이건창이다. 김윤식은 열 사람에 대해 "모두 충효의 큰 절개와 청렴공정함과 정직함을 지니고 계신데다 경술經術과 문장을 익히셨기에 혼탁한 세상에 살면서도 때 묻지 않았고 무너지는 물결 속에서도 휩쓸리지 않았다. 그분들의 생사와 궁통窮通은 비록 다르지만 모두 자신의 몸을 깨끗이 하셨다는 점에서 옛날의 군자에 비해도 부끄러움이 없다"[69]고 하였다. 이어서 김윤식은 이건창에 대해 "따스한 옥 깨끗한 얼음 비단 같은 마음, 겉과 속이 빛나고 밝아 티끌에 물들지 않았다네"[70]라고 하였다.

김윤식으로부터 이건창은 혼탁한 세상에 살면서도 때 묻지 않고, 무너지는 물결 속에서도 휩쓸리지 않은 사람으로 기억되었다. 특히 그는 이건창에 대해 겉과 속이 빛나고 밝아 세속의 티끌에 물들지 않았다고 평가했다. 그만큼 이건창은 평생 표리부동한 언행을 하지 않았으며, 세속에 물들지 않는 삶을 살았음을 의미한다. 자신의 행적에는 부끄러움이 많던 김윤식이지만 사람을 알아보는 눈만큼은 정확했던 것 같다.

이건창이 죽었을 때 세상 사람들은 마음이 넓디넓은 이건창이 죽었다며 그의 죽음을 안타까워하며 탄식했다. 이건창이 죽은 후 나라가 망해가고 있다면서 사람들은 눈물을 흘렸다. 평소 이건창의 행실을 지켜본 사람들은 이건창 바라보기를 태산이나 북두칠성처럼 여겼기 때문이다.[71]

그렇다면 이건창은 자기 자신에 대해 어떻게 평가했을까? 인간으로서의 이건창에 대한 주변 사람들의 평가는 크다. 그러나 이건창 스스로는 자신이 타고난 바탕은 고작 중간 정도 될까 싶다고 했다. 또 그는 비록 자신이 타고난 자질은 많이 부족하지만 가정에서 일찍부터 가르침을 받아 다섯 살 때 이미 글을 지을 줄 알았고, 열 살 때 사서육경四書六經을 배웠으며 스무 살 약관弱冠의 나이가 되기 전에 서울에 들어가 문장으로 이름이 알려졌으나 그때의 글은 과거科擧에 필요해서 익힌 과문科文일 뿐이며, 그것도 잘한 것은 아니라고 고백하고 있다.[72]

그는 평소 거처할 때도 번잡한 것을 싫어하고 한가한 것을 좋아했다. 하루 종일 누웠다 일어났다 하면서도 뜰에 나가기를 좋아하지 않았고, 고개를 들었다 숙였다 하면서 생각에 잠기는 걸 좋아하고, 뜰을 구경하러 발을 내디디지도 않았다. 또 그는 자신에 대해 관직에 나아감에 있어서는 작은 지위에도 스스로 만족할 줄 알았다면서 뭇 사람들의 비난이나 수많은 명예 따위에는 관심을 두지 않았다[73]고 했다. 또 스스로에 대해 어떤 일이 닥치면 즉시 기쁨과 성냄의 감정을 드러내고, 많이 편파적이었으며, 평정심이 적었다고 했다. 그로 인해 세상 사람들과 의견이 충돌하거나 맞지 않는 부분이 교대로, 때로는 겹쳐서 일어나기도 했던 것으로 기억하고 있다. 그는 자신의 이런 성격을 후회할 때도 있었지만 고치지 못해 스스로의 정기를 흔들어놓았다고 생각했다.[74]

그런데 이건창이 자신에게 내린 평가를 보면 겸손하기 그지없다. 이 또한 이건창이 조부의 유언을 실천하며 산 결과임은 부정할 수 없는 사실이다. 당대 사람들이 이건창에 대해 평가한 내용을 살펴보면 그가 조부의 유언대로 기질을 깨끗이 가꾸어 사람의 도리를 알고, 아는 것을 실천하는 사람이 되고자 노력하는 삶을 살았음이 확인된다. 한마디로 이건창은 스스로를 갈고 닦은 고결한 인품의 소유자였다.

이건창은 47세의 짧은 생으로 구한말 격변기를 살다간 인물이다. 그는 들어본 적도, 경험해본 적도 없는 세계정세 변화의 격변기를 맞이하는 동안 자신이 평생 간직하고 있던 가치관과 세계관의 전환기를 맞이하며, 고민과 갈등 속에서 살다 갔다. 내부적으로는 개화와 수구 사이에서 온 조정의 관료들과 전국의 백성들까지 갈등의 소용돌이에 휩싸였던 시기였다. 이 시기에 이건창은 개화도 수구도 일방적으로 지지하지 않았다. 그가 고민 끝에 내린 결론은 개화를 해야 한다는 것이었다. 그러나 그의 개화정책은 외부 세력에 휘둘려서 하는 개화에는 반대였다. 그는 조선이 자국의 힘을 길러서 조선의 주도로 자주적 개화를 펼쳐나가는 것을 지향했다. 이것이 다른 개화파들과 사뭇 다른 정책이다. 다만 이건창은 개화를 통해 나라가 부강해지는 것은 원했지만, 외형적 변화만 추구하는 단발이나 복식제도 및 국가의 여러 관제까지 바꾸는 것은 원치 않았다. 이러한 외형적 변화가 백성들을 배부르게 하거나 나라를 부강하게 만드는 것은 아니라는 판단 때문이었다. 명名보다 실實을 중시한 것이다. 아울러 이건창은 단발이나 복식제도 및 관제 등을 우리 민족의 정신이 담긴 전통이라고 보았다. 그래서 그는 개항을 하되, 유구한 역사를 지내오면서 정착된 우리의 풍속과 여러 제도까지 바꿀 필요는 없다는 생각을 고수했다. 이런 점에서 그를 수구로 분류하는 것은 옳지 않다. 그가 생각한 개화의 근본은 애민정신이다. 그는 개화를 하여 외국과의 경제 교류를 통해 백성들을 잘 먹고 잘살게 하는 부국강병에 기준점을 두고 개화를 지지한 것이기 때문이다. 고민이 거듭되는 관직 생활을 하는 동안 이건창은 한말사대가가 포함된 남촌시사 문인들과 많은 교유를 가졌다. 이건창이 그들과 교유를 가진 이유는 문학적 성장의 필요성 때문이기도 했지만 그들로부터 정신적 안정과 위안을 얻어 힘든 정치적 행보를 이어가고자 해서였다. 그러나 그는 갑오개혁 후 언로가 막힌 조정에 더 이상 기대할 것도 없고, 자신의 역량으로 잘못되어 가는 세상을 바꾸기엔 역부족임을 깨닫고는 관직에서 영원히 떠나버렸다.

이러한 점에서 이건창의 정치적 행보는 매우 의미가 크다. 다만 그가 갑오개혁 후 보여준 정치적 행보는 갑오개혁 전과는 다르게 소극적으로 변했다. 잘못되어 가는 나라를 바로잡는 데 더 이상 힘을 기울이지 않고, 거리를 두고 관망의 자세를 유지하며 스스로를 지키는 일에 전념하였기 때문이다. 이를 두고 일부는 비판을 가하기도 한다. 나라를 바로 잡는 일에 좀 더 적극적이지 않았고, 끝까지 힘쓰지 않았다는 것이 그 이유이다. 그러나 개화 아니면 쇄국, 둘 중 하나를 지지하던 사람들 틈에서 이건창이 주장하던 힘을 기른 후, 자주적으로 개항을 하자는 그의 의견에 동조하는 사람을 찾기 힘들었던 것도 그가 관직에서 멀어진 이유 중 하나이다. 그러나 그는 관직에 나아가야 충신인 것이 아니라, 평소 그 사람의 행실을 보고 충신임을 판단해야 한다고 했다. 그의 말처럼 그는 비록 관직에서는 자처해서 멀어졌지만 은둔을 하는 동안에도 우국충정의 자세를 버리지는 않았다. 다만 건강까지 따라주지 않으면서 그가 더 이상 적극적으로 무언가를 도모하기에는 여러 가지로 역부족이었다.

이처럼 관료로서의 이건창도 의미가 있다. 그러나 그는 스스로 조선 500년 최고의 문장가가 되기로 기약하고 엄청난 노력을 기울였다. 그 결과 그는 현재 관료와 양명학자의 범주를 넘어서 사후 한말사대가 중 한 사람인 김택영에 의해 고려와 조선의 문장가 9인 중 한 사람으로 선정되면서 조선의 마지막 문장가로 당당히 평가받고 있다. 기본적으로 그가 지은 시문詩文은 물론, 편지글과 그가 조정에 올린 상소문 등 또한 모두 그의 문학작품에 포함된다. 그가 일상에서 지은 시문과 정치적 행보 중에 올린 상소문에 이르기까지 그의 문학작품에는 철저하게 양명학을 기저로 한 애민정신이 가득 담겨 있다. 한마디로 이건창의 문학작품에는 암행어사 시절 어떠한 이곳에도 굴하지 않고 지켜낸 조선왕조 500년의 근대적 양심, 고려 때부터의 천년과 앞으로의 천년을 이어갈 최고의 문장, 그리고 관료로 남아 개화로 달려갈 것인가, 강화도에서 천년의 문장을 지켜낼 것인가의 갈림길에서 고민하는 모습이 고스란히 깃들어 있다. 그래서 우리는 그의 작품을 한 편 한 편 대할 때마다 공명共鳴되는 마력에서 빠져나오기가 결코 수월하지 않다. 그렇기 때문에 그의 일생과 문학을 "500년의 양심, 천년의 문장, 갈림길에 선 암행어사"라는 한 문장으로 정의 내리기에는 터무니없이 부족하다 하겠다.

영재 이건창 연보

1852년 …… 1세
— 5월 26일, 강화도^{江華島} 사기리^{沙器里}에서 부친 이상학^{李象學}과 모친 파평 윤씨^{坡平尹氏} 사이에서 3남 중 장남으로 태어나다.

1861년 …… 10세
— 사서오경^{四書五經}에 통달하다. 조부로부터 가학^{家學}인 양명학^{陽明學}을 전수받다.

1866년 …… 15세
— 병인양요 때 조부 이시원^{李是遠}과 종조부 이지원^{李止遠}이 음독자결하다. 강화별시^{江華} ^{別試}에서 조선왕조 500년 역사 최연소 문과^{文科} 급제자가 되다.

1868년 …… 17세
— 5월, 가주서^{假注書}에 제수되었으나, 탈이 있어 나아가지 못했다. 이 해에 「과설^{過說}」 을 짓다.

1870년 …… 19세
— 3월, 기거주^{起居注}에 보임되어 처음으로 관직에 나아가다.
— 5월, 두 차례 연생전^{延生殿}에 나아가 『맹자』를 진강하다.
— 9월, 자미당^{紫微堂}에 나아가 『맹자』를 진강하다.
— 윤10월, 문신 겸 선전관^{文臣兼宣傳官}이 되다.
— 11월, 신병으로 문신 겸 선전관에서 체차해줄 것을 청하여 윤허 받다.
— 12월, 전적^{典籍}에 제수되다.
— 12월, 강위^{姜瑋}의 『청추각수초^{聽秋閣收艸}』의 발문^{跋文}을 짓다.

1871년 ······ 20세

— 1월, 홍문관 교리에 제수되었으나, 강화에 머물고 있어 경연經筵에 입번하기 어려워 체직되다.

— 4월, 문신 겸 선전관이 되다.

— 6월, 신병으로 문신 겸 선전관에서 체차해줄 것을 청하여 윤허 받다. 부교리副校理가 되다.

— 7월, 수찬修撰이 되었으나 강화에 있어 속히 올라오지 못해 체차되다.

— 9월, 헌납獻納이 되다. 가을에 온 집안이 서울에서 10리 거리의 호동湖洞으로 거주지를 옮기다.

1872년 ······ 21세

— 1월, 궁궐 제사 때 대축大祝으로서 아마 1필을 받다.

— 2월, 남학교수南學敎授가 되다.

— 5월, 헌납, 수찬이 되다.

— 7월, 봉상시판관奉常寺判官이 되다.

— 9월, 교리가 되다.

— 10월, 지평持平이 되다.

1873년 ······ 22세

— 1월, 헌납이 되다.

— 2월, 교리가 되다.

— 3월, 부인 달성 서씨達城徐氏의 상을 당하다.

— 윤6월, 대종회大宗會의 부찬례副贊禮에 임명되다.

— 7월, 헌납이 되다.

— 8월, 남학교수가 되다.

— 12월, 지평이 되었으나 강화에 있어서 체차되다.

1874년 …… 23세

— 1월, 수찬이 되다. 암행어사에 선발되다.

— 2월, 문신 겸 선전관이 되다.

— 3월, 헌납이 되다.

— 4월, 신병으로 문신 겸 선전관의 체직을 청하여 개차되다.

— 5월, 병조정랑兵曹正郎으로서 혜성彗星을 관찰하다.

— 7월, 동지사冬至使의 서장관書狀官이 되다.

— 8월, 교리에 낙점되다.

— 9월, 작헌례酌獻禮 때 제2실을 집준하다.

— 10월, 사복시정 겸 장령司僕寺正兼掌令이 되다.

— 10월, 동지사 서장관으로서 연경燕京에 가서 청나라 한림명사翰林名士 황옥黃鈺·장가
양張家驤·서부徐郙 등과 교유하다.

1875년 …… 24세

— 4월, 귀국하다. 홍정당興政堂에서 임금을 접견하고 연경에서 보고 들은 것에 대해
아뢰다.

— 7월, 부응교副應敎가 되다.

— 9월, 사서司書가 되다.

— 10월, 어버이 신병으로 사직 상소를 올렸으나 받아들여지지 않다.

— 12월, 영접도감낭청迎接都監郎廳이 되다. 당하집례堂下集禮로서 아마 1필을 받다.

1876년 …… 25세

— 2월, 수정전壽靜殿에서 임금을 접견하다.

— 4월, 종묘의 하향대제夏享大祭에 대축으로서 축문을 읽다.

— 7월, 홍문관응교弘文館應敎가 되다.

— 8월, 어버이 신병을 이유로 사직 상소를 올렸으나 받아들여지지 않다.

— 가을, 옥당玉堂에 숙직宿直하면서 「영주몽유가瀛洲夢游歌」를 짓다.
— 11월, 사헌부장령司憲府掌令이 되다.
— 11월, 죄인 홍국영洪國榮에게 형벌을 시행할 것을 거듭 청하였으나 받아들여지지 않다.

1877년 ······ 26세
— 4월, 장령이 되다.
— 6월, 홍문관수찬弘文館修撰이 되다.
— 가을, 충청우도 암행어사가 되다.

1878년 ······ 27세
— 4월, 충청감사 조병식趙秉式의 탐오貪汚를 탄핵하는 서계書啓를 올리다. 그 밖에 관료들의 잘잘못에 대해서도 서계하다. 충청우도지역에서 조사한 10가지 은결隱結에 대해 정식으로 징세하는 것을 감영監營 등이 조처하게 할 것 등을 청하는 계를 올리다. 별단으로 1877년에 암행 나가서 목격한 민씨閔氏의 열행烈行을 서계하며 정려旌閭해줄 것을 청하는 계를 올리다.
— 6월, 충청우도 암행어사 시절 김학현金鶴鉉을 장살杖殺했다는 이유로 평안도 벽동군碧潼郡에 유배되다.

1879년 ······ 28세
— 2월, 민영익閔泳翊의 도움으로 유배에서 풀려나다.
— 12월, 죄명이 탕척되다.

1880년 ······ 29세
— 2월, 다시 기용되어 수찬이 되었으나 강화에 있어서 경연에 입번할 수 없어 체차되다.

— 3월, 홍문관부교리弘文館副校理가 되자 체차해 줄 것을 청하는 상소를 올렸으나 받아
들여지지 않다.
— 5월, 무고를 당해 선조先祖를 욕되게 하였으므로 관함을 거두어 줄 것을 청하는 상
소를 올리다.
— 8월, 작헌례 때 제4실을 집준하다.
— 9월, 작헌례 때 집준한 공으로 아마 1필을 받다.
— 10월, 사간원사간司諫院司諫이 되다.

1881년 …… 30세
— 4월, 문사낭청問事郎廳이 되다.
— 6월, 장령이 되다.
— 윤7월, 문사낭청이 되다.
— 12월, 병조정랑이 되다.

1882년 …… 31세
— 1월, 진하進賀할 때 선전관宣傳官으로서 아마 1필을 받다.
— 3월, 제향 때 대축大祝이 되다.
— 6월, 부사과副司果가 되다.
— 7월, 대원군大院君의 행차 때 호행관護行官이 되다.
— 8월, 통정대부通政大夫에 오르고, 호조참의戶曹參議가 되다. 특명으로 지제교知製敎의 직
함을 영구히 겸대하다. 경기 암행어사가 되다.

1883년 …… 32세
— 5월, 경기도지역을 암행하고 돌아와 관료들의 잘잘못에 대해 서계하다.
— 8월, 돈녕부도정敦寧府都正이 되다.
— 동지冬至에 추금秋琴 강위姜瑋의 문집인 『고환당시문집古歡堂詩文集』의 서문序文을 쓰다.

암행어사 시절 머물렀던 시장 입구현 송파 마을에 암행 행적에 감동한 백성들이
불망비^{不忘碑}를 세우다.

1884년 ······ 33세
— 1월, 사간원대사간^{司諫院大司諫}이 되다.
— 3월, 서울에서 모친상을 당하자 강화로 반장^{返葬}하다.

1885년 ······ 34세
— 정만조^{鄭萬朝}와 함께 강위의 시집인『고환당수초^{古歡堂收艸}』의 교정을 보아 간행토록
하다. 암행어사 시절 베풀어준 은혜를 잊지 않은 인천시 옹진군^{甕津郡} 북도면^{北島面}
모도^{茅島} 백성들이 이건창의 불망비를 세우다.

1886년 ······ 35세
— 「한구편^{韓狗篇}」을 짓다.

1887년 ······ 36세
— 3월, 형조참의^{刑曹參議}가 되다
— 8월, 병조참지^{兵曹參知}가 되다.

1888년 ······ 37세
— 1월, 양산군수^{梁山郡守}로 재직 중이던 부친의 상을 당하자 양산에서 강화로 반구^{返柩}
하다.

1889년 ······ 38세
— 강위의 시집인『고환당수초』 초간본에 문^文을 포함시켜 재간행한『고환당수초』의
교정을 맡아 간행토록 하다.

1890년 …… 39세

— 5월, 형조참의가 되다.

— 8월, 공조참의工曹參議가 되다.

1891년 …… 40세

— 8월, 돈녕부도정이 되다.

— 10월, 한성부소윤漢城府少尹이 되다.

— 11월, 한성부소윤으로서 전화錢貨의 유통 폐단과 외국인의 조선의 가옥 및 토지 구
입 금지 등을 청하는 상소를 올리다.

1892년 …… 41세

— 3월, 왕명으로 함흥咸興에 가서 난민亂民을 안핵按覈하다.

— 5월, 함흥에서 돌아와 안핵한 일에 대한 계를 올리다. 동부승지同副承旨가 되다. 강녕
전康寧殿에서 임금을 접견하고 건원릉健元陵·현릉顯陵·휘릉徽陵·숭릉崇陵·혜릉惠陵·
원릉元陵·수릉綏陵·경릉景陵을 봉심奉審한 결과를 아뢰다. 우부승지右副承旨가 되다.

— 6월, 효모전孝慕殿의 삭제朔祭와 담제禫祭, 그리고 작헌례와 망전례望殿禮를 행할 때 입
시하다. 원길헌元吉軒에서 임금을 소대召對할 때 참찬관參贊官으로서 『자치통감강목資
治通鑑綱目』을 진강하다.

1893년 …… 42세

— 4월, 부호군副護軍으로서 호남과 호서의 사비邪匪를 토벌할 것 등을 청하는 상소를
올리다.

— 8월, 사비 토벌 상소 내용으로 전라도 보성寶城에 유배되다.

1894년 …… 43세

— 봄, 유배에서 풀려나다. 가선대부嘉善大夫에 오르다.

— 6월, 죽은 막냇동생 이건면李建昇을 위해 「겸산협고서전謙山篋藁敍傳」을 짓다.

— 7월, 공조참판工曹參判이 되다.

— 11월, 법무아문협판法務衙門協辦에 제수되었으나 나아가지 않다. 큰동생 이건승李建昇
과 함께 강화에서 독서와 농사에 힘쓰며 은거 생활을 시작하다. 정문부鄭文孚의 『농
포집農圃集』 속집續集 발문跋文을 짓다.

1895년 …… 44세

— 4월, 특진관特進官에 제수하라는 특령이 내려졌으나 나아가지 않다.

— 11월, 경연원시강經筵院侍講에 제수되었으나 나아가지 않다.

— 12월, 산릉정자각상량문山陵丁字閣上樑文 예차預差에 임용되다.

— 겨울, 단발령斷髮令이 내려지자 보문도普門島로 피신하다.

1896년 …… 45세

— 3월, 해주부관찰사海州府觀察使에 제수되고 겸임 해주재판소판사海州裁判所判事에 제수
되고, 2급봉이 내려졌으나 세 차례나 상소를 올리며 사양하다.

— 4월, 면직되다.

— 5월, 원래 관직으로 보임하라는 명과 함께 2년 유배에 처하라는 명이 내려져 전라
도 고군산도古群山島에 유배되다.

— 6월, 한 달 만에 유배처분에서 풀려나다.

— 겨울, 「명미당 시문집 서전明美堂詩文集敍傳」을 짓다.

1897년 …… 46세

— 3월, 특명으로 징계를 사면 받다.

1898년 …… 47세

— 6월 18일, 생을 마감하다.

1903년 ······ 사후 5년
— 동생 경재耕齋 이건승李建昇이 행장行狀을 쓰다.

1912년 ······ 사후 14년
— 재종제再從弟 이건방李建芳이 소장하고 있던 『당의통략黨議通略』을 최남선崔南善이 광문
사光文社에서 신활자新活字로 간행하다.

1917년 ······ 사후 19년
— 12월, 김택영金澤榮이 중국의 남통주南通州 한묵림서국翰墨林書局에서 김택영의 서문과
동생 이건승과 안종학安鍾鶴 및 중국인 이엽李燁의 발문을 붙여 20권 8책의 『명미당
집明美堂集』을 간행하다.

1925년 ······ 사후 27년
— 대홍수 때 1883년에 백성들이 세운 '불망비'가 떠내려가다.

1978년 ······ 사후 80년
— 『명미당집』과 『당의통략』을 합본하여 아세아문화사亞細亞文化社에서 『이건창전집李建
昌全集』 상·하 2책을 간행하다.

1979년 ······ 사후 81년
— 향토사학자에 의해 1925년 대홍수 때 떠내려갔던 '불망비'가 발견되었으며, 현재
송파 근린공원에 세워지다.

1984년 ······ 사후 86년
— 명미당전집 편찬위원회가 『명미당전집明美堂全集』 2책을 선문출판사宣文出版社에서 간
행하다.

— 성균관대학교 대동문화연구원에서 기존의 간본『명미당집』에 누락된『독역수기讀
易隨記』등의 작품들까지 총망라한『이건창전집』2책을 성균관대학교 출판부를 통
해 간행하다.

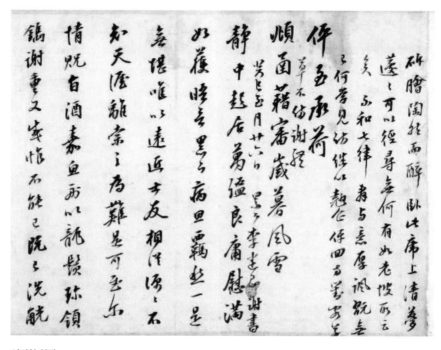

이건창 친필
출처 : 순천대학교 박물관

참고문헌

李建昌,『黨議通略』, 朝鮮光文會, 1912.(성균관대 존경각 소장)

_____,『讀易隨記』, 1918.

_____,『明美堂集』.(국사편찬위원회본)

_____,『明美堂集』, 翰墨林書局, 1917.

_____,『明美堂集』, 保景文化社, 1997.

_____,『忠淸右道暗行御史(李建昌)別單』, 1878.(서울대 규장각 소장)

_____, 韓國學文獻硏究所 編,『李建昌全集』上·下, 亞細亞文化社, 1978.

_____, 성균관대 대동문화연구원 편,『이건창전집』12, 성균관대 출판부, 2018.

金允植,『雲養集』, 한국고전번역원, 2014.

金澤榮,『麗韓十家文鈔』, 경인문화사, 1984.

_____,『韶濩堂文集』, 1922.

朴憲用 편,『江都古今詩選』, 江華 : 江都古今詩選刊行所, 1926.(국립중앙도서관 소장)

李建昇,『續家乘』, 1911.(성균관대 존경각 소장)

_____,『海耕堂收草』.(서울대 규장각 소장)

_____,『耕齋集』.(국사편찬위원회본)

李瀷,『星湖僿說』, 한국고전번역원, 1978.

李重夏,『二雅堂集』, 1975.(국립중앙도서관 소장)

曺兢燮,『巖棲集』, 한국고전번역원, 2015.

黃玹,『梅泉集』, 한국고전번역원, 2010.

『고종실록』.

『태종실록』.

『승정원일기』.

단행본
강화문화원,『강화금석문집』, 예감디자인, 2006.

김정호,『동여도』, 서울대 규장각, 2006.

국사편찬위원회,『韓國近代史資料集成』, 국사편찬위원회, 2001.

국사편찬위원회 편,『명미당 이건창家 자료 해제집』, 국사편찬위원회, 2009.

동학농민혁명참여자명예회복심시의위원회,『동학농민혁명 국역총서』1, 동학농민혁명참
　　　여자명예회복심시의위원회, 2007.

閔泳珪,『江華學 최후의 광경』, 又半, 1994.

민족문화추진회,『(신편 국역)麗韓十家文鈔』, 한국학술정보, 2007.

沙磯·寧齋兩先生記念事業會,『명미당의 생애와 사상』, 沙磯·寧齋兩先生記念事業會,
　　　1983.

이건창 외, 박선무 역,『나의 어머니, 조선의 이머니』, 현대실학사, 1998.

_____, 성균관대 대동문화연구원 편,『이건창전집』1·2, 성균관대 출판부, 2018.

_____, 김영봉 외역,『명미당집』4, 대한정보인쇄, 2016.

_____, 송희준 역,『조선의 마지막 문장−조선조 500년 글쓰기의 완성』, 글항아리, 2008.

_____, 이근호 역,『당의통략』, 지식을만드는지식, 2012.

_____, 李德一·李俊寧 해역,『당의통략(黨議通略)−모략과 음모의 당쟁사』, 자유문고,
　　　1998.

_____,『당의통략−조선시대 당쟁(黨爭)의 기록』, 자유문고, 2015.

이은영,『요동의 학이 되어−서간도 망명 우국지사 이건승·안효제·노상익·노상직·예
　　　대희·조정규와 안창제를 중심으로』, 학자원, 2016.

이희목,『이건창 문학연구』, 성균관대 출판부, 2005.

정만조, 안대회·김보성 역,『용등시화−유배지 등불 아래서 쓰다』, 성균관대 출판부, 2018.

차용주,『한국한문학작가연구』2, 아세아문화사, 1999.

황현, 이장희 역,『매천야록』, 명문당, 2018.

학위논문

金炅基,「李建昌의 詩文學 論」, 동국대 석사논문, 1984.

김효경,「명미당 이건창의 서기류 산문 연구」, 경북대 석사논문, 2000.

박석종,「영재 이건창의 사상연구」, 원광대 석사논문, 2003.

배기표,「秋琴 姜瑋의 海外紀行詩 硏究」, 성균관대 박사논문, 2009.

백외준,「개항 전후 이건창의 대외인식과 해방론」, 고려대 석사논문, 2012.

우현정,「영재 이건창의 장편한시에 관한 일고찰」, 고려대 석사논문, 2006.

이용규,「영제 이건창 사상연구−강화학파를 중심으로」, 동국대 석사논문, 2000.

이원학,「寧齋 李建昌의 詩文學 硏究」, 경기대 석사논문, 1999.

이희목, 「寧齊 李建昌 散文 硏究 – 人物記事를 중심으로」, 성균관대 박사논문, 1992.

_____, 「寧齋 李建昌 硏究 – 思想과 文學을 통해서 본 主體的 自覺」, 성균관대 석사논문, 1984.

任京淳, 「李建昌의 文學論과 詩 연구」, 고려대 석사논문, 1992.

임명룡, 「영재 이건창의 심학사상 연구」, 성균관대 석사논문, 2011.

張璟娥, 「寧齋 李建昌의 우국문학 연구」, 공주대 석사논문, 1998.

趙喆濟, 「李建昌과 朴殷植의 陽明學」, 인하대 석사논문, 1986.

許慶大, 「이건창의 〈위마행〉 연구」, 국민대 석사논문, 1997.

일반논문

고운기, 「19세기 漢文敍事詩의 리얼리티와 近代性 – 李建昌의 「田家秋夕」 분석」, 『人文科學硏究論叢』 17집, 명지대 인문과학연구소, 1998.

김기승, 「이건창의 생애에 나타난 척사와 개화의 갈등」, 『順天鄕人文科學論叢』 6집, 순천향대 인문과학연구소, 1998.

_____, 「이건창 형제의 사상과 애국교육운동」, 『누리와 말씀』 5집, 인천가톨릭대, 1999.

김덕수, 「寧齋 李建昌의 漢詩 批評 硏究 – 『雲山韶濩堂詩選』을 중심으로」, 『韓國漢詩硏究』 제17호, 새문사, 2009.

김도연, 「영재 이건창과 창강 김택영의 고문관」, 『韓國學論叢』 3집, 국민대 한국학연구소, 1981.

金都鍊, 「李建昌의 위마행 평설」 『中國學論叢』 9집, 국민대 중국문제연구소, 1993.

김용태, 「李建昌의 「李卓吾贊」에 대하여」, 『東洋漢文學硏究』 제26집, 東洋漢文學會, 2008.

_____, 「이건창의 「이탁오찬(李卓吾贊)」 다시 읽기」, 『문헌과 해석』 통권49호, 문헌과해석사, 2010.

김정환, 「石田 黃瑗의 抗日 抵抗詩 硏究」, 『古詩歌硏究』 제17집, 한국고시가문학회, 2006.

김호기, 「이건창과 서재필 – 이건창 서구 열강 거부한 민족주의적 개혁론자 : 서구적 개혁 추구한 근대인의 초상 서재필」, 『新東亞』 54권 7호, 東亞日報社, 2011.

閔丙秀, 「李建昌과 그 一門의 文學」, 『東亞文化』 11집, 서울대 동아문화연구소, 1972.

_____, 「李建昌의 送鄭雲齋先生監恩津序」, 『月刊朝鮮』 4, 조선일보사, 1982.

閔泳珪, 「李建昌의 南遷記」, 『史學會誌』 20집, 연세대 사학연구회, 1972.

박은정, 「영재 이건창, 사마천의 마음을 읽다」, 『문헌과 해석』 통권49호, 문헌과해석사, 2010.

박종훈, 「二雅堂 李重夏의 懷人詩 一考」, 『태동고전연구』 제30집, 한림대 태동고전연구소, 2013.

朴浚鎬, 「江華學派 詩世界의 한 局面」, 『漢文學報』 제9집, 우리한문학회, 2003.

_____, 「李建昌의 「淸隱傳」에 대하여」, 『漢文學報』 제11집, 우리한문학회, 2004.

宋錫準, 「寧齋 李建昌의 心學思想」, 『儒學硏究』 2집, 충남대 유학연구소, 1994.

송석준, 「정인보의 양명학」, 『陽明學』 통권 제36호, 한국양명학회, 2013.

송희준, 「明美堂 李建昌의 의식세계의 한 국면 - 「鹿言」을 중심으로」, 『韓國漢文學硏究』 제35집, 韓國漢文學會, 2005.

안대회, 「조선말기의 문예그룹 南社와 南社同人의 문학활동」, 『한국한시연구』 제25권, 한국한시학회, 2017.

양윤모, 「강화학에서 인천학으로」, 『인천역사』 제1호, 인천광역시 역사자료관 역사문화연구실, 2004.

尹敬洙, 「茶山詩 「哀絶陽」에 對하여」, 『外大論叢』 제7집, 부산외대, 1989.

윤종영, 「강화학파의 발자취를 찾아서(下)」, 『문명연지』 제5권 제2호, 한국문명학회, 2004.

李然世, 「李建昌의 文學思想」, 『인천학연구』 제2-1호, 인천대 인천학연구원, 2003.

이은영, 「二雅堂 李重夏의 自靖詩 硏究」, 『국제언어문학』 제34호, 국제언어문학회, 2016.

_____, 「耕齋 李建昇의 亡命 前後 梅花詩 變化 樣相 硏究」, 『한국문학논집』 47집, 근역한문학회, 2017.

李廷燮, 「『黨議通略』小考」, 『書誌學報』 13집, 韓國書誌學會, 1994.

이정식, 「파벌정치이론의 재조명 - 李建昌의 「黨議通略」制讀을 위한 파라다임 摸索」, 『사회과학연구』 5집, 충북대 사회과학연구회, 1992.

_____, 「한글+한자문화 칼럼 - 영재(寧齋) 이건창의 『당의통략(黨議通略)』과 나의 비교정당연구에 엉킨 이야기」, 『한글한자문화』 80호, 전국한자교육추진총연합회, 2006.

李澤徽, 「李建昌의 「黨議通略原論」 註解」, 『社會科學硏究』 4집, 서원대 사회과학연구소, 1991.

이희목, 「寧齋 李建昌 硏究」, 『성균한문학연구』 제10집, 성균관대 성균한문학교실, 1983.

_____, 「영재 이건창의 주체적 자각과 시세계」, 『한국한문학연구』 8집, 한국한문학회, 1985.

_____, 「李建昌의 傳作品硏究 - 新발굴 자료의 소개를 겸하여」, 『大東文化硏究』 25집, 성균관대 대동문화연구원, 1990.

이희목, 「『명미당집(明美堂集)』의 간행과 초고본」, 『安東漢文學』 2집, 安東漢文學會, 1991.

_____, 「영재 이건창의 고문론」, 『동양한문학연구』 16집, 동양한문학회, 1991.

_____, 「寧齋 李建昌의 詠史樂府 研究－「高靈歎」, 「爲馬行」을 중심으로」, 『漢文敎育研究』 14집, 韓國漢文敎育學會, 2000.

_____, 「寧齋 李建昌 詩의 現實主義　樂府詩를 中心으로」, 『漢文學報』 제5집, 우리한문학회, 2001.

_____, 「寧齋 李建昌의 陽明學과 文學」, 『大東漢文學』 제14집, 大東漢文學會, 2001.

_____, 「이건창의 「백이열전비평」 평석」, 『大東文化研究』 제60집 기념호, 성균관대 동아시아학술원 대동문화연구원, 2007.

_____, 「영재 이건창의 「맹민론(孟敏論)」과 역사비평」, 『문헌과 해석』 통권49호, 문헌과해석사, 2010.

任京淳, 「李建昌의 文學論과 詩世界」, 『漢文敎育研究』 제3권 제6호, 博而精, 1992.

임병준, 「암행어사제도의 현대적 의의」, 한국행정학회 학술발표논문집, 2006.

조상우, 「李建昌의 〈答友人論作文書〉를 통해 본 글쓰기 전략」, 『東洋古典研究』 제27집, 東洋古典學會, 2007.

趙彙珏, 「寧齋 李建昌의 生涯와 經世觀」, 『國民倫理研究』 제43호, 韓國國民倫理學會, 2000.

千炳敦·盧炳烈, 「寧齋 李建昌의 정책론－「擬論時政疏」를 중심으로」, 『東洋哲學研究』 제62집, 東洋哲學研究會, 2010.

한영규, 「金澤榮 한시를 바라보는 동시대인의 세 가지 시선」, 『국제어문』 79호, 국제어문학회, 2018.

함규진, 「이건창－천하에 마음을 둘 곳이 없다」, 『인물과 사상』 206집, 인물과사상사, 2015.

홍상훈, 「선비정신의 정화로서 강화학」, 『인천역사』 제2호, 인천광역시 역사자료관 역사문화연구실, 2005.

기타자료

국사편찬위원회, 『駐韓日本公使館記錄』.(한국사데이터베이스)

국사편찬위원회, 『韓國近代史資料集成』.(한국사데이터베이스)

차상찬(車相瓚), 「「士禍와 黨爭」에 대해」, 『개벽』 제71호, 개벽사, 1926.

주석

제1장 _ 양명학을 익힌 소론가에서의 출생과 성장

1 김정호,『동여도』, 서울대 규장각, 2006, 27번 지도 속의 강화.

2 이희목,「寧齋 李建昌 硏究」,『성균한문학연구』제10집, 성균관대 성균한문학교실, 1983, 9면 참조.

3 沙磯・寧齋兩先生記念事業會,『명미당의 생애와 사상』, 沙磯・寧齋兩先生記念事業會, 1983, 130면 참조.

4 이건창 외, 박선무 역,『나의 어머니, 조선의 어머니』, 현대실학사, 1998, 17・25면 참조.

5 『승정원일기(承政院日記)』, 고종 3년(1866) 9월 21일, 좌목〈백성을 사랑하고 선왕의 성헌을 거울삼아 인정을 행할 것을 청하는 고 장신 지종정경 이시원의 상소〉참조.

6 이은영,『요동의 학이 되어－서간도 망명 우국지사 이건승・안효제・노상익・노상직・예대희・조정규와 안창제를 중심으로』, 학자원, 2016, 37~38면 참조.

7 민영규,「李建昌의 南遷記」,『史學會誌』제20집, 연세대 사학연구회, 1971, 256면 참조.

8 위의 책, 63면 참조.

9 沙磯・寧齋兩先生記念事業會,『명미당의 생애와 사상』, 沙磯・寧齋兩先生記念事業會, 1983, 50면 참조.

10 이희목,『이건창 문학연구』, 성균관대 출판부, 2005, 19면 참조.

11 이하 이건창 부친 관련 내용은 이건창, 김영봉 외역,『명미당집』4, 대한정보인쇄, 2016, 172~192면을 기저로 서술하였다.

12 이하 이건창 모친 관련 내용은 이건창 외, 박선무 역,『나의 어머니, 조선의 어머니』, 현대실학사, 1998, 17~22면을 기저로 서술하였다.

13 이때 강화유수(江華留守) 이하 (…중략…) 순절의 길을 택했다. 이희목,『이건창 문학연구』, 성균관대 출판부, 2005, 97면 참조.

14 『승정원일기(承政院日記)』, 고종 3년(1866) 9월 21일, 좌목〈백성을 사랑하고 선왕의 성헌을 거울삼아 인정을 행할 것을 청하는 고 장신 지종정경 이시원의 상소〉의 번역 재인용. 번역에 쓰인 어려운 용어를 쉽게 풀어서 서술하였다. 이하『승정원일기』관련 내용에 동일하게 적용하였다.

15 이시원은 동생 이지원과 (…중략…) 하고 의관을 정제하고. 이희목,『이건창 문학연구』, 성균관대 출판부, 2005, 98면 참조.

16 『승정원일기(承政院日記)』, 고종 3년(1866) 9월 21일, 좌목〈나라를 위해 목숨을 바친 지종정경 이시원의 형제에게 상상(上相)을 증직하라는 전교〉.

17 위의 책, 고종 3년(1866) 9월 22일, 좌목〈증 영의정 이시원 등의 치제에 제문은 문임이 지어 올리게 하라는 전교〉참조.

18 위의 책, 고종 8년(1871) 3월 16일 좌목,〈이비의 관원 현황〉참조.

19 이희목,『이건창 문학연구』, 성균관대 출판부, 2005, 98면 참조.

제2장 _ 강직불요(剛直不撓)로 점철된 관직 생활

1 이희목, 『이건창 문학연구』, 성균관대 출판부, 2005, 19면 참조.

2 황현, 이장희 역, 『매천야록』 상, 명문당, 2018, 114면 참조.

3 이건창, 「過說」, 『명미당집』 권12.(이희목, 「過說」 별도 번역 재인용) "人有悔其過而思所以補之者, 問於師. 師曰 : "善乎問也. 夫人也鮮不有過, 過而知之者甚鮮, 知而悔之者尤鮮, 悔而思所以補之者, 絶無焉. 子能以人所同有者爲耻, 改而就絶無者謀焉? 子之過不待補而補矣, 何言. 雖然, 子尙愼之, 世之人惡異己者, 惡成人之美者, 子昔之過也, 毁者固多矣. 然猶以其所同有也, 毁之而不深, 子今欲補之云耶? 子勿皎皎自以爲潔, 勿嶢嶢自以爲高. 子所以耻其過者, 勿宣於辭. 子所以就其善者, 勿見於色. 君子之道, 闇然而日章, 辭色不足以爲貴. 徒見世之人礪其吻而膏其牙, 攢鋒鏑搾穿擭於曰 : "夫夫也舊有某言有某事, 其過如此, 今之爲也僞也." 夫如是, 子所以補過者未著, 而毁之者且十倍矣. 子尙愼之, 子所以問於我者, 爲己也, 我以爲人者應之, 吾不足以爲子師矣. 噫!"

4 이희목, 『이건창 문학연구』, 성균관대 출판부, 2005, 19면 참조.

5 이건창, 「鎭撫中軍魚公哀辭(幷序)」, 『명미당집』 권15.(이희목, 「鎭撫中軍魚公哀辭(幷序)」 별도 번역 참조) "洋人犯沁之廣城, 王師敗績, 鎭撫中軍魚公在淵死之. 公武科出身, 累官至會寧都護府使. 以廉辦聞, 軀幹長大, 絶人有膂力. 至是, 因大臣建白, 卽日赴任, 甫九日而難作. 賊之犯廣也, 知有備, 不敢遽入, 以大舶上德津, 遙放子母礮. 流丸四注, 公堅坐將臺上, 不少懾, 分遣親校, 率京營兵, 埋伏于城背要害處. 俄而賊之下陸者, 逶邐從城後潛入, 伏兵恇㥘, 望塵而遁. 舶中賊, 又蜂擁而下, 緣壟爬岸, 肉薄爭前. 前後交襲, 而墩堡地勢甚狹, 彼我雜糅, 眉額相擊戞. 公與府千總金鉉暻, 沫血徇師, 誓殊死戰, 無敢旋踵也. 有一卒亡走, 鉉暻直前刵其背. 卒詈語曰, 奈何令我死. 公訖爾曰, 死則固死耳. 汝輩編行伍幾年, 寧不知有一死耶? 是時, 京鄕軍僅三百餘, 精銳者不能半. 然短兵相接, 刀鎗斷折, 至用礮柄以搏之, 飛血如雨, 咫尺不辨, 自朝至晡, 終不少忿. 公以士卒不能徧甲, 故惟衣狹袖衣, 手一劍揮霍其中, 又取大礮丸袖之左, 以右手彈之, 所無不立殪者. 有流丸中其左股, 乃仆, 賊恚公甚, 環立而刃之, 糜爛無完膚. 公之弟在淳布衣也, 徒行赴軍, 願以身殉兄. 是日, 公麾之, 不去翼蔽公. 以戰公死, 乃大號手格殺數賊, 而爲賊所害. 裨將一人, 從者一人, 與金鉉暻, 皆從公死. 鉉暻沁邑人, 平常感慨勃發, 自言 : 當爲國死, 蓋其性然也. 於是, 前起居注李某, 爲之作哀辭. 其辭曰, 孫石鎭兮祖江阰, 背樓檣兮頹沙磧. 驚颸颭兮狂塵射, 日色赭兮雲容墨. 大丸流兮長鎗末, 前茅竄兮後勁覆. 虜肉薄兮欻先登, 氣燂怒兮勢崩騰. 仗孤軍兮絶援兵, 衆寡懸兮不可爭. 偉將軍兮武且剛, 抗義詞兮激忠腸, 淚迸裂兮聲低昻. 誓將士兮同日亡, 舍礮石兮趣刃鋩. 短兵接兮空拳張, 頂踵戞兮膏血淴. 紛格鬪兮殺過當, 天夢夢兮日荒荒. 左股創兮七尺僵, 神將離兮魄逾强. 忽反顧兮瀏眄長, 擲飛刀兮閃寒芒. 免余冑兮縶余馬, 塗肝腦兮棄原野. 日炬閃兮口血瀉, 鬱輪困兮入脩夜. 僕從主兮弟從昆, 馭雲馬兮堅風幡. 齎精誠兮斂煩寃, 荓超忽兮排帝閽. 格上帝兮扈烈祖, 神赫戲兮威靈怒. 揚海旗兮震天皷, 從天兵兮下如雨. 撞大礮兮拉大舶, 臠虜肉兮爲脯腊. 妖祲豁兮海氛淸, 民康樂兮桑且耕. 漢之曲兮汾之陽, 長終古兮思何忘. 播要眇兮擒芬芳, 蠲穀朝兮薦國殤. [附 哀辭後書] 余家沙谷距廣城二十里而近. 力師之始潰, 余家居, 遇沿津之避難者, 詢公何狀, 或言禽, 或言走, 最後乃有言力戰死者. 然其言力戰死, 亦互有果同, 余姑裁擇其可信者, 次爲哀辭一通, 酹酒西向而哭之, 實公死之三日也. 無何武士將劉禮俊等十人, 被

俘而還, 語公戰時事甚詳, 而與余所爲辭合. 禮俊故奇士, 感慨自負, 不出金鉉暾下. 至是, 中流丸, 創甚幾殊, 竟不能死. 及還, 賊與之衣, 禮俊拒不受, 裸行蒲伏至營. 搏顙乞伏法, 且言伏兵亡走罪, 願與己駢戮, 以謝國殤, 留守特有之, 伏兵竟置不問. 禮俊雖不能竟死, 其人與言, 固可無疑也. 余嘗觀史書所載忠臣烈士之事, 其耳目所覩試, 與夫後世之論議, 往往牴牾漫漶, 多不能明言, 甚則吹毛索瘢而甚其後者有之. 每掩卷深思而滋惑焉, 今於魚公之死而得其故矣. 國家不幸, 師出興尸, 其與將帥同立懂者, 旣已爲猿爲鶴, 不可以復作矣. 其餘則巽懦恇㥘, 望風逃竄之徒, 貪生畏法, 慮無所不至. 將以爲彼死事者, 明白無疵類, 則吾屬罪逾重矣. 顧乃往來脣舌然, 疑可否, 以肢惑一世, 使死者不免於自取, 而逃竄者可以誣謗. 司馬遷所謂全軀保妻子之臣, 隨以媒蘖者, 良可痛歎. 向使劉禮俊不還, 則其時設伏之事, 孰爲公明之. 伏兵亡走者, 又孰知而孰言之耶. 卽此一事而可覩也. 烏乎! 公以視事不浹旬之官, 率數百烏合之師, 守萬死不一生之地, 非有宿昔之恩加於軍民也, 非有蟻蟭之援可恃而無恐也. 徒以忠驅義感, 骨騰肉飛, 終日格鬪於礮雷血雨之中, 而所殺傷亦無算. 使公不死, 賊可以少卻, 而師不潰矣. 公一死而公之弟死於兄, 從者死於主人, 褊裨卒伍死於軍. 抗志同日烈烈如此, 微公孰能使之. 且公旣死而師潰矣, 賊可以乘勝長驅, 如無人之境, 而顧逡巡沮躗, 不敢前, 一夕遁去, 彼果何畏而然哉. 謂非公一死之力, 不可也. 太常氏諡公忠壯, 宜哉!"

6   申得求, 「辛未洋警, 鎭撫中軍魚在淵及弟在淳死之, 其妻自縊, 聞甚壯歎聊自逃焉」, 『農山集』 권1.

7   이건창, 「亡妻徐淑人墓志銘」, 『명미당집』 권19. "辛未秋, 盡室寓湖峒, 距京十里而近."

8   「明美堂詩文集叙傳」, 위의 책, 권16.(이희목, 「明美堂詩文集叙傳」 별도 번역 참조) "崔益鉉上疏, 侵大院君, 擧世聳然以爲直. 建昌爲持平, 獨曰, 春秋爲親者諱, 益鉉雖直, 不可以不罪. 邀長官合疏論之, 不報. 朝廷事自此難言矣."

9   『승정원일기(承政院日記)』, 고종 11년(1874) 8월 14일, 〈이비의 관원 현황〉 참조.

10   위의 책, 고종 11년(1874) 10월 28일, 〈희정당에서 일강하고 세 사신을 소견할 때 동지사 이돈상 등이 입시하여 『시전』을 진강하였다〉 참조.

11   이건창, 「次古歡遼野韻」, 『명미당집』 권2.

12   이은영, 「요동의 학이 되어—서간도 망명 우국지사 이건승·안효제·노상익·노상직·예대희·조정규와 안창제를 중심으로」, 학자원, 2016, 103면 참조.

13   이희목, 『이건창 문학연구』, 성균관대 출판부, 2005, 242면 참조.

14   위의 책, 231면 참조.

15   이건창, 「奉呈黃司寇孝侯(鈺)」, 『명미당집』 권2.

16   정만조, 안대회·김보성 역, 『용등시화—유배지 등불 아래서 쓰다』, 성균관대 출판부, 2018, 96면 참조.

17   이건창, 「奉題張侍講子驤(家驤)偶存集」, 『명미당집』 권2.

18   위의 책, 「徐宮庶頌閣(郙)寄便面, 囑書率題」.

19   『태종실록』, 11년(1411) 2월 22일, 기사 〈일본 국왕이 우리 나라에 없는 코끼리를 바치니 사복시에서 기르게 하다〉 참조.

20   김기승, 「이건창의 생애에 나타난 척사와 개화의 갈등」, 『순천향 인문과학논총』 제6집, 순천대 인문학연구소, 1998, 61면 참조.

21   이에 더해 이건창은 (…중략…) 사이에서 엄청난 고민을 했다. 위의 글, 62~64면 참조.

22 위의 글, 64면 인용문 번역 재인용.

23 위의 글, 64면 참조.

24 이건창, 「送金于霖遊燕序」, 『명미당집』 권9 참조.(이희목, 「送金于霖遊燕序」 별도 번역 참조)

25 이건창, 「天磨山, 懷于霖」, 위의 책, 권3.

26 「明美堂詩文集叙傳」, 위의 책, 권16.(이희목, 「明美堂詩文集叙傳」 별도 번역 재인용) "李鴻章眙書于我, 喤以通和之利. 時人皆謂鴻章, 中國名臣, 其言可信, 建昌獨曰, 鴻章大儈也. 儈惟時勢之從而已. 我無以自恃而恃鴻章, 則後必爲所賣."

27 김기승, 「이건창의 생애에 나타난 척사와 개화의 갈등」, 『순천향 인문과학논총』 제6집, 순천대 인문학연구소, 1998, 66면 참조.

28 동학농민혁명참여자명예회복심의위원회, 『동학농민혁명 국역총서』 1, 동학농민혁명참여자명예회복심의위원회, 2007, 47~55면 참조.

29 『승정원일기』, 고종 30년(1893) 8월 23일, 좌목 〈부호군 이건창에게 멀리 찬배하는 형전을 시행하라는 전교〉. "부호군 이건창(李建昌)에게 멀리 찬배(竄配)하는 형전을 시행하라."

30 이건창, 「明美堂詩文集叙傳」, 『명미당집』 권16. "斷髮令下, 建昌避入普門島, 爲空谷佳人歌以見志."

31 「自聞斷髮令, 避地棲遑, 迫除歸家, 雜題無次」, 위의 책, 권5. "窮陰漠漠夜漫漫, 起點孤燈獨自歎. 日月幷非堯甲子, 乾坤無復漢衣冠. 數莖白髮拋何惜, 一寸丹心轉却難. 默誦新安夫子語, 明年太歲是沺灘.(9수 중 제1수) / 亦知不死會當髡, 無奈飛蓬戀故根. 大地爲籠安所適, 終朝向壁只無言. 平原世閥懷雙烈, 中蠱家居念二恩. 靑史千秋心事在, 秪應難與俗人論.(9수 중 제2수) / 太息如今萬事非, 揮戈那得駐斜暉. 支離儘覺生堪祭, 荒忽難憑死可祈. 醇酒婦人求未得, 長齋繡佛許相依. 秪應賢弟傷心久, 兒女何知苦憶歸.(9수 중 제4수)"

32 「深衣」, 위의 책, 권6. "古今器服日趍異, 要從今制存古意. 深衣圖說紛如訟, 大抵其幅十有二. 鉤邊半下苦難詳, 魚腹鳥味尤不類. 豈有丈夫磊落人, 手持刀尺與婦議. 但稱深衣非左袵, 爲屨吾知不爲簀. 嗟我釋褐三十年, 豈曰無衣滿篋笥. 鶴氅繭袍隨涼燠, 團領廣袖耀錦綺. 一朝拉雜摧藏之, 有時披見令人唏. 宰官居士久隨緣, 兩廡特豚非所冀. 豈知垂老着深衣, 彼已恐翻鵜梁刺. 長曳幸免竈窯拜, 小學猶堪婆娑醉. 不妨權借程秀才, 演作優孟楚相戲."

33 이건창은 무조건적인 (…중략…) 반대의 입장을 고수하였다. 김기승, 「이건창의 생애에 나타난 척사와 개화의 갈등」, 『순천향 인문과학논총』 제6집, 순천대 인문학연구소, 1998, 64~66면 참조.

34 위의 글, 66면 참조.

35 이은영, 『요동의 학이 되어-서간도 망명 우국지사 이건승·안효제·노상익·노상직·예대희·조정규와 안창제를 중심으로』, 학자원, 2016, 28~29면 참조.

36 김기승, 「이건창의 생애에 나타난 척사와 개화의 갈등」, 『순천향 인문과학논총』 제6집, 순천대 인문학연구소, 1998, 68면 참조.

37 이하 암행어사 제도와 관련한 내용은 임병준, 「암행어사제도의 현대적 의의」, 한국행정학회 학술발표논문집, 2006, 76~82면을 기저로 서술하였다.

38 한국고전종합DB(http://db.itkc.or.kr/)의 이건창, 『명미당집』 해제 참조.

39 각간(角干) : 삼국을 통일한 김유신(金庾信)의 벼슬이 태대각간(太大角干)이었다. 각간은 신

라 17관등(官等) 가운데 진골(眞骨) 이상만 오를 수 있는 최고 관직을 이르는 말이다.

40 이건창, 「伐吾龍」, 『명미당집』 권2.

41 도철(饕餮) : '도(饕)'는 재물을 탐하는 것이고, '철(餮)'은 음식을 탐하는 것을 가리킨다.

42 이건창, 「田家秋夕」(2수 중 제1수), 『명미당집』 권2.(이희목, 『이건창 문학연구』, 성균관대 출판부, 2005, 46~47면 번역 참조)

43 이건창, 위의 글(2수 중 제2수).(이희목, 위의 책, 48~49면 번역 참조)

44 국사편찬위원회, 『명미당 이건창家 – 자료해제집』, 국사편찬위원회, 2009, 38~41면 참조; 『충청우도암행어사이건창별단(忠淸右道暗行御史李建昌別單)』(서울대 규장각 소장).(이건창(李建昌), 간행년대(高宗15년(1878))의 해제 참조)

45 이날 희정당에서 임금을 접견한 내용은 『승정원일기』, 고종 15년(1878) 4월 14일, 좌목 〈희정당에서 충청우도 암행어사를 소견할 때 좌부승지 김병익 등이 입시하였다〉 참조.

46 황현, 이장희 역, 『매천야록』 상, 명문당, 2018, 199면 참조.

47 위의 책, 200면 참조.

48 이건창, 「明美堂詩文集叙傳」, 『명미당집』 권16. "忠淸監司趙秉式, 巨室子也. 首以進奉得寵, 用外行小數, 干譽於愚民, 貪殘自恣. 畏建昌, 請奉錢爲行資. 建昌却之曰, 焉有按廉而受賂者乎. 畏建昌, 請奉錢爲行資. 建昌却之曰, 焉有按廉而受賂者乎. 秉式卽大恐, 飛謗以達于京師. 時大院君閒居, 其賓客多得罪於朝廷. 秉式乃謂御史受大院君指, 將以傾己. 宰相閔奎鎬入其說, 使人怵建昌曰, 禍且至矣, 盍有以自解. 建昌不爲聞, 馳入公州營, 發秉式隱贓鉅萬, 星夜還以聞."

49 황현, 이장희 역, 『매천야록』 상, 명문당, 2018, 199면 참조.

50 위의 책, 198면 참조.

51 『승정원일기』, 고종 15년(1878) 4월 20일, 좌목 〈전 감사 조병식의 범장에 대한 평가가 다르므로 공주 목사 김선근을 사핵관으로 차출하여 계문하도록 하라는 전교〉 참조.

52 위의 책, 고종 17년(1880) 5월 13일, 좌목 〈무고를 당해 선조를 욕되게 하였으므로 관함을 거두어 주기를 청하는 부교리 이건창의 상소〉 참조.

53 위의 책, 고종 11년(1874) 7월 29일, 좌목 〈이조가 강화 유수에 조병식을 단부하였다〉; 고종 13년(1876) 3월 15일, 좌목 〈이조가 충청 감사에 조병식을 단부하였다〉 참조.

54 강화문화원, 『강화금석문집』, 예감디자인, 2006, 414면 참조.

55 이하 충청우도 관료들의 잘못에 대한 내용은 모두 『승정원일기』, 고종 15년(1878) 4월 26일, 좌목 〈전전 태안 부사 조의현 등의 상벌을 청한 충청우도 암행어사 이건창의 서계에 대해 회계하는 이조의 계목〉을 기저로 서술하였다.

56 이하 충청우도 군사 관련 관료들의 잘못에 대한 내용은 모두 위의 책, 고종 15년(1878) 4월 30일, 좌목 〈수사 이희눌 등의 상벌을 청한 충청우도 암행어사 이건창의 서계에 대해 회계하는 병조의 계목〉을 기저로 서술하였다.

57 이하 충청우도지역의 은결(隱結)과 전정(田政), 발매(發賣)한 사환(社還)의 잉여전(剩餘錢) 등과 관련된 내용은 모두 위의 책, 고종 15년(1878) 7월 19일, 좌목 〈충청우도지역의 조사해낸 은결(隱結)에 대해 정식으로 징세하는 것을 감영 등이 조처하게 할 것 등을 청하는 의정부의 계〉를 기저로 서술하였다.

58 위의 책, 고종 15년(1878) 6월 20일, 좌목 〈사적인 감정으로 죄없는 사람을 죽인 암행어사 이건창에 대해 조사하여 구초를 받아들인다는 형조의 계〉 참조.

59 이건창, 「此屋」, 『명미당집』 권3.

60 이하 「모학자전」과 관련한 내용은 이희목, 『이건창 문학연구』, 성균관대 출판부, 2005, 119~124면을 기저로 서술하였다.

61 이건창, 「某學者傳」, 『명미당집』(국사편찬위원회본).(이희목, 「某學者傳」 별도 번역 재인용) "某學者, 不知誰氏也. 雖有所冒, 不足信, 故某之. 前五年 以謫來陰潼, 始至宣言曰, 我某先生之後, 某公之族兄弟也. 爲朝廷上書, 言先聖先賢祠院之撤者, 宜亟復, 以此得罪. 潼故僻陋, 郡守例武官, 卽以罪來者. 又多四方亡賴, 鮮有士人. 至是聞某學者來, 莫不聳然, 郡守又震其家世, 卽造見, 執禮甚虔, 爲之舍館, 供億甚備. 於是, 一郡中皆云, 某學者乃今, 吾邑幸甚. 其業爲儒者, 尤汲汲, 具刺贄謁某學者, 惟恐其不及也. 某學者, 狀貌甚雅, 善修飾, 終日正衣冠危坐, 不妄言笑. 喜讀書, 與人言, 必稱程・朱氏與諸先生之緒論, 又作楷字甚工. 嘗自道, 蚤于學, 謝科擧, 家居養母, 視世之榮名利祿, 如浮雲, 今不幸至此, 命矣. 夫聞者, 益感嘆曰, 此眞學者也. 邑之人醵錢百金, 爲某學者周急, 某學者屢辭, 不獲已受之. 居數月, 某學者, 見一妓而悅之, 畜與居, 或疑學者亦不免此, 然不敢言也. 久之, 邑有訟, 某學者, 潛受不直者錢, 爲之右郡守, 强徇之. 又邑中任役所謂座首・別監者, 某學者受其錢, 求於郡守, 郡守不能盡從, 稍稍厭之. 又久之, 某學者聚邑中富人子年少者, 使爲馬弔・江牌, 所負錢, 輒以己錢出, 而責三倍. 復誘妓, 使與合, 得錢, 與剖分之. 於是, 一郡中大譁云, 某學者, 天下之亡賴者也. 郡守絶不復通, 其具刺贄請謁者, 皆唾而走. 前醵與錢者, 更謀往奪之, 其長者止之, 乃已. 而館某學者者, 尤穢其所爲, 日罵之, 某學者不堪, 徙於逆旅. 歲餘, 國有大慶, 某學者得赦, 可以歸矣, 而無行意. 有問者, 答曰, 朝廷旣赦我, 必且召我. 我非奉旨乘馹馬, 不去也. 如此者, 又數月, 某學者資已盡, 欠逆旅食債夥, 猶大言, 待我被召歸, 卽重報汝. 會逆旅人有事, 出一宿館, 見外門大開, 入視之, 某學者, 盡携室中物, 遁矣. 李鳳藻曰, 世之冒氏族, 匿行止以欺人者, 多矣, 未有如某學者之甚者也. 然吾獨有慨焉. 士大夫蔭籍門閥, 讀書談道義, 出處較然, 非有冒且匿者, 及名稍盛, 而利有以誘之, 一朝有不難事, 僅如毫髮, 已足累其身, 奈何不能愧畏. 日駸駸入其中, 遂爲下流, 卽前日所爲, 適足以欺人而已. 噫! 某學者, 一亡賴子. 遁則斯已矣, 若不能遁者, 又何哉."

62 배기표, 「秋琴 姜瑋의 海外紀行詩 研究」, 성균관대 박사논문, 2009, 76면 인용문 참조.

63 김기승, 「이건창의 생애에 나타난 척사와 개화의 갈등」, 『순천향 인문과학논총』 제6집, 순천대 인문학연구소, 1998, 63면 참조.

64 위의 글, 64면 참조.

65 沙磯・寧齋兩先生記念事業會, 『명미당의 생애와 사상』, 沙磯・寧齋兩先生記念事業會, 1983, 79면 참조.

66 이건창, 「送黃雲卿序」, 『명미당집』 권9.(이희목, 「送黃雲卿序」 별도 번역 참조) "今歲大比, 雲卿將試于其鄕, 告余行而索序以言. 余卽以雲卿之言, 勉雲卿."

67 이하 과거 시험 부조리 관련 내용은 황현, 이장희 역, 『매천야록』 상, 명문당, 2018, 195면을 기저로 서술하였다.

68 이하 이건창의 과거 시험 관련 일화는 위의 책, 111면을 기저로 서술하였다.

69 『승정원일기(承政院日記)』, 고종 17년(1880) 5월 13일, 좌목 〈무고를 당해 선조를 욕되게 하

였으므로 관함을 거두어 주기를 청하는 부교리 이건창의 상소〉 번역 재인용.

70 위의 책, 17년(1880) 5월 14일, 좌목 〈부교리 이건창의 상소로 인해 치욕을 당했으므로 사직을 허락해 주기를 청하는 행 우승지 조병식의 상소〉.

71 이건창, 「廣州龗」, 『명미당집』 권3.(이희목, 『이건창 문학연구』, 성균관대 출판부, 2005, 40~41면 번역 참조)

72 丁若鏞, 「哀絶陽」, 『茶山詩文集』 권4. "蘆田少婦哭聲長, 哭向縣門號穹蒼. 夫征不復尙可有, 自古未聞男絶陽. 舅喪已縞兒未澡, 三代名簽在軍保. 薄言往愬虎守閣, 里正咆哮牛去皁. 磨刀入房血滿席, 自恨生兒遭窘厄. 蠶室淫刑豈有辜, 閩囝去勢良亦慽. 生生之理天所予, 乾道成男坤道女. 騸馬豶豕猶云悲, 況乃生民思繼序. 豪家終歲奏管弦, 粒米寸帛無所捐. 均吾赤子何厚薄, 客窓重誦鳲鳩篇."

73 19세기 삼정의 문란 (…중략…) 도화선이 되고 말았다. 尹敬洙, 「茶山詩 「哀絶陽」에 對하여」, 『外大論叢』 제7집, 부산외대, 1989, 352~353면 참조.

74 이하 경기 관료들의 잘못에 대한 내용은 모두 『승정원일기』, 고종 20년(1883) 5월 8일, 좌목 〈경기 암행어사 이건창의 서계에 대해 회계하는 이조의 계목〉; 고종 20년(1883) 5월 13일, 좌목 〈전전 영종 첨사 송계헌 등의 상벌을 청한 경기 암행어사 이건창의 서계에 대해 회계하는 병조의 계목〉을 기저로 서술하였다.

75 위의 책, 고종 20년(1883) 6월 2일, 좌목 〈경기 암행어사 이건창의 별단에 대해 회계하는 의정부의 계〉 참조.

76 위의 책, 고종 20년(1883) 5월 8일, 좌목 〈경기 암행어사 이건창의 서계에 대해 회계하는 이조의 계목〉.

77 위의 책, 고종 20년(1883) 5월 13일, 좌목 〈전전 영종 첨사 송계헌 등의 상벌을 청한 경기 암행어사 이건창의 서계에 대해 회계하는 병조의 계목〉 참조.

78 황현, 이장희 역, 『매천야록』 상, 명문당, 2018, 362면 참조.

79 위의 책, 82면 참조.

80 이하 남촌시사 관련 내용은 안대회, 「조선말기의 문예그룹 南社와 南社同人의 문학활동」, 『한국한시연구』 제25권, 한국한시학회, 2017, 5~26면을 기저로 서술하였다.

81 김용태, 「박규수의 북촌시단사 활동-조면호와 신석희의 자료를 중심으로」, 『제7회 실학연구 공동발표회 조선후기 실학사의 재조명』, 사단법인 실학학사, 2017, 78면 참조.

82 이은영, 「二雅堂 李重夏의 自靖詩 硏究」, 『국제언어문학』 제34호, 국제언어문학회, 2016, 178·180면 참조.

83 박종훈, 「二雅堂 李重夏의 懷人詩 一考」, 『태동고전연구』 제30집, 한림대 태동고전연구소, 2013, 112면 참조.

84 위의 글, 117면 참조.

85 이중하, 「歲暮懷人詩」, 『이아당집』 권2.(박종훈, 「二雅堂 李重夏의 懷人詩 一考」, 『태동고전연구』 제30집, 한림대 태동고전연구소, 2013, 130면 번역 재인용)

86 이하 이근수 관련 내용은 황현, 이장희 역, 『매천야록』 상, 명문당, 2018, 376~377면을 기저로 서술하였다.

87 이건창, 「秋水子傳」, 『명미당집』 권16.

88 이하 이건창과 강위와의 교유는 배기표,「秋琴 姜瑋의 海外紀行詩 硏究」, 성균관대 박사논문, 2009, 75~77면을 기저로 서술하였다.

89 안대회,「조선말기의 문예그룹 南社와 南社同人의 문학활동」,『한국한시연구』25집, 한국한시학회, 2017, 19면 참조.

90 배기표,「秋琴 姜瑋의 海外紀行詩 硏究」, 성균관대 박사논문, 2009, 75면 인용문 번역 재인용.

91 위의 글, 76면 인용문 번역 재인용.

92 이건창,「古歡堂詩文集序」,『명미당집』권9.(이희목,「古歡堂詩文集序」별도 번역 재인용.)
"不佞甞聞詩道于姜古歡先生矣. 竊覵先生, 少抱英多, 長逾刻厲. 其所見, 皆天人王伯之鉅者, 而尤溥心當世事. 高可以爲河汾太平之書, 卑之猶眉山權衡策, 此先生志也. 顧畸於命, 竆於力, 仳離偪側, 竆老而無所遇. 惟是咳唾之餘, 遊戲之迹, 飄墮人口耳間, 世遂以詩人斷先生, 而先生亦自詭爲詩人. 噫. 先生豈僅詩人乎已哉. 然先生見解極邃, 議論極博, 而其精神所寓, 指趣所向, 常在於極微之中. 使人驟聞之, 若河漢然, 而諦究之, 又卒莫能硏其幾. 故世之輇儒竆民, 旣無能有發於先生, 而雄駿宏達之士, 又忽焉而不繹. 故雖甞三入中華, 再渉東瀛, 聊以爲遠遊壯觀, 而及歸, 無所遇猶囊日, 困且益甚. 究其所以發胸中之奇, 取眼前之娛, 以忘其身世之畸且竆, 則要亦不過咳唾焉, 遊戲焉而已. 若是則先生雖不欲爲詩人, 又安所適哉. 其可悲也. 不佞於先生, 有世好, 重之以燕臺之役. 往返六千里, 竝轡聯鑣, 爲平生未有之至歡. 然於先生, 論道論政及論天下形勢, 皆所謂無能有發者. 惟先生之論詩, 則一言一字, 冥投默契, 如水得乳, 久而不壓. 間或竊其緖旨, 敷演而擧似於先生, 先生時啞然笑, 若有深喜者. 嗟夫. 不佞以先生之爲詩人悲先生, 而先生猶喜不佞之可與言詩. 詩亦不可少如是哉. (…중략…) 先生詩卓然成一家, 言固無論已, 至其文如詩稿. 擬策自序及上黃孝侯書, 可以見先生之志, 當與詩偕傳無疑. 世之讀是集者, 惟不以詩人斷先生則幾矣. 癸未日南至, 寗齋李建昌, 書于長興山房中."

93 이희목,『이건창 문학연구』, 성균관대 출판부, 2005, 180면 참조.

94 이건창,「古歡携金小棠(奭準)白小香(之珩). 夜過劇飮, 不辭而去」(2수 중 제2수),『명미당집』권3.

95 이건창, 김영봉 외역,『명미당집』4, 대한정보인쇄, 2016, 356면 참조.

96 이희목,『이건창 문학연구』, 성균관대 출판부, 2005, 180면 참조.

97 이건창 외, 박선무 역,『나의 어머니, 조선의 어머니』, 현대실학사, 1998, 23~24면 참조; 이건창,「先母淑人坡平尹氏行畧(撰此在地贈前)」,『명미당집』권17. "及入京, 而母以憊疾復作, 竟棄諸子, 烏乎痛哉. 天下之爲子而不能養者多矣, 然以貧賤則有說焉, 若建昌則家雖貧, 尙不至無食, 徒以驕騃之故, 終身食於母, 而不知哺母. 身爲朝廷從官, 不能建竪令名以貽母, 徒以憂患恐懼重母之疾病. 又不曉醫藥事, 不能治之於未甚. 及在花林, 二弟竭誠救護, 爲人子之職, 而建昌在遠不聞知, 迨至于大故, 則事變急遽, 天奪之魄, 終不料母壽之止於是也. 不孝無狀, 冥頑苟活, 服関而歲再易, 當戊子之年, 盖母以是年生, 國俗所謂還甲之年也."

98 이건창 외, 위의 책, 23~24면 참조; 이건창,「先母淑人坡平尹氏行畧(撰此在地贈前)」, 위의 책. "甲還而母不可還, 雖有酒食, 誰其食之, 雖有紬帛, 誰其服之, 雖有賓朋, 爲誰速之, 雖有辭, 誰爲祝之. 姑叙母事行一通, 以邀惠於世之君子, 賜之詩文以紀述之, 如所以爲壽者, 盖猶不忍以母爲已亡."

99 할아범은 장인을 때렸다며, 할멈은 도둑질을 했다며[媼翁與竊嫂] : 과옹절(媼翁竊) 또는 과
    옹도금(媼翁盜金)이라고 한다. 억울하게 참소를 받았음을 뜻한다. 후한의 제오륜(第五倫)은
    장인이 없었는데도 장인을 때렸다는 참소를 받았고, 직불의(直不疑)는 다른 사람이 잘못 가
    져간 금을 훔쳐갔다는 의심을 받았다. 「제오륜전(第五倫傳)」, 『동관한기(東觀漢紀)』 권18;
    「직물의전(直不疑傳)」, 『한서(漢書)』 권46.

100 옹기 구멍의 들창[甕牖] : 매우 빈한한 선비의 거처를 가리킨다. 『예기』〈유행(儒行)〉에 "선비
    는 가로 10보(步), 세로 10보 되는 1묘의 집이 있는데, 담을 사방으로 두른 집에는 사립문과
    쪽문이 있고, 쑥대로 엮은 방문에다 깨진 옹기 구멍으로 들창을 만든다[儒有一畝之宮, 環堵
    之室, 篳門圭竇, 蓬戶甕牖]"라는 말이 있다.

101 이건창, 「峽村記事」, 『녕미당집』 권4.(이희목, 『이건창 문학연구』, 성균관대 출판부, 2005, 51
    ~54면 번역 참조)

102 이건창, 김영봉 외역, 『명미당집』 4, 대한정보인쇄, 2016, 190면 참조.

103 이상 이유원과 관련된 내용은 황현, 이장희 역, 『매천야록』 상, 명문당, 2018, 156면을 기저로
    서술하였다.

104 이건창, 이덕일·이준영 해역, 『당의통략』, 자유문고, 2015, 6면 참조.

105 국사편찬위원회, 『명미당 이건창家 자료 해제집』, 국사편찬위원회, 2009, 33~34면 참조.

106 이건창, 「原論」, 『明美堂集』 권11. "朋黨之名, 所由來遠矣. (…중략…) 惟我朝爲然, 其亦可謂
    古今朋黨之至大至久至難言者歟. 竊嘗論之, 其故有八. 道學太重, 一也. 名義太嚴, 二也. 文辭
    太繁, 三也. 刑獄太密, 四也. 臺閣太峻, 五也. 官職太淸, 六也. 閥閱太盛, 七也. 承平太久, 八也."

107 이건창, 이덕일·이준영 해역, 『당의통략』, 자유문고, 2015, 483·486·489·492·495·498
    ·510·504면 참조.

108 국사편찬위원회, 『명미당 이건창家 자료 해제집』, 국사편찬위원회, 2009, 34면 참조.

109 이건창, 김영봉 외역, 『명미당집』 3, 대한정보인쇄, 2016, 95~97면 참조.

110 국사편찬위원회, 『명미당 이건창家 자료 해제집』, 국사편찬위원회, 2009, 35면 참조.

111 이건창, 『黨議通略』, 조선광문회, 1912.(성균관대 존경각 소장)

112 이건창, 김영봉 외역, 『명미당집』 3, 대한정보인쇄, 2016, 97면 참조.

113 차상찬(車相瓚), 「「士禍와 黨爭」에 대해, 『개벽』 제71호, 개벽사, 1926, 56면 참조.

114 李瀷, 「秀吉犯上國」, 『星湖僿說』 권23. "痛哭關山月, 傷心鴨水風. 朝臣今日後, 寧復更西東."

115 차상찬(車相瓚), 「「士禍와 黨爭」에 대해, 『개벽』 제71호, 개벽사, 1926, 56면 참조.

116 국사편찬위원회, 『명미당 이건창家 자료 해제집』, 국사편찬위원회, 2009, 35~36면 참조.

117 위의 책, 35~36면 참조.

118 『승정원일기』, 고종 28년(1891) 11월 19일, 좌목 〈화폐 유통에 대한 의견 등을 진달하는 소윤
    이건창의 상소〉 재인용.

119 이건창, 「論錢幣房屋疏」, 『명미당집』 권7.

120 「宿廣城津, 記船中賽神語」, 위의 책, 권4. "旣醉旣飽何錫予, 水宮之寶持與汝. 延平石首七山
    鰬, 只恐船重撑不擧, 歸來計利淸本錢, 緫算恰贏三萬千, 便可一生不操檝, 買田買宅終汝年."

121 「宿廣城津, 記船中賽神語」, 위의 책.

122 「苟安室記」, 위의 책, 권11.(이희목, 「苟安室記」 별도 번역 참조) "梅泉子世居南原, 至梅泉子

而累徙, 自南原而光陽, 自光陽而求禮, 求禮縣寡壤瘠. 梅泉子所居山曰白雲, 尤嵁巖犖确. 穀蔬之産, 僅以給居人, 饒茶茆吉具, 市以易醯, 餘外無所利. 又其地勢雖僻, 介湖嶺之交, 而大路由之, 二方有事, 則玆其爲阨要."

123 이건창, 「苟安室記」, 위의 책.(이희목, 「苟安室記」 별도 번역 재인용) "讀梅泉子文, 如萬壽洞 , 白雲渠 , 苟安室諸記叙, 其風土俱不見其美, 又非遺俗避難之隩區也. 惟其所謂柿栗揀村, 松子覆水, 塒柵鳴吠, 在白雲之中. 又謂竹樹蒙密, 時聞詩書之聲, 頗令人意思僊僊然. 此自梅泉子之言之有味耳, 未必其地之可樂如是也. 梅泉子起南服, 勝冠卽有儁譽, 自負其能, 出游當世. 蹎厲風生, 達官不足以盈其眥, 鬼儒不足以屈其首. 惟求古書, 與數千載之人神氣相往來. (…중략…) 其識解論議, 往往崒絶洞快, 如矢破的, 如鋸取朽, 雖其於六經之旨, 聖賢之用心, 顧未知如何, 而總其所見, 可謂一時之奇才矣. 夫象犀珠玉, 出於海山之阻, 而求觀者必於都市. 豈非以至寶所居, 非僻陋寒儉之與宜, 而望氣而識之, 定價而售之者, 要在稠衆之會, 繁華之衢歟. 以梅泉子之才, 而旅游十年, 僅得一進士歸, 而自逋於萬壽洞白雲渠, 至自名其室曰苟安, 則吾恐朝廷宰相, 不能無任其責. 而卽如余輩, 歐陽公所謂無資撤臂之閑民, 猶不能不悵然而失圖, 誠不願梅泉子之苟安於此室也. 梅泉子求余復記其室, 余爲叙所感者以應之, 亦淮南小山之餘意云爾."

124 『승정원일기』, 고종 29년(1892) 8월 5일, 좌목 〈죄인 주욱환 등을 형신한 뒤에 원익지 징배할 것 등을 청하는 의정부의 계〉 참조.

125 위의 책, 고종 29년(1892) 3월 10일, 좌목 〈함흥의 난민들이 소란을 일으킨 것을 안찰하지 못한 함경 감사 이원일을 견파할 것을 청하는 의정부의 계〉 참조.

126 위의 책, 고종 29년(1892) 5월 17일, 좌목 〈민란을 주창한 전 정언 주욱환을 형신하고 공초를 받아 치계할 것 등을 청하는 의정부의 계〉 참조.

127 이건창, 「請勒邪匪匪附陳勉疏」, 『명미당집』 권7. "伏以臣偶嬰賤疾, 手足拘攣, 歸伏鄕廬, 呻囈度日. 近聞兩湖邪匪, 敢圖猖獗, 至有遣使興兵之擧. 且驚且憤, 擔入入闥."

128 위의 글; 동학농민혁명참여자명예회복심시의위원회, 『동학농민혁명 국역총서』 1, 동학농민혁명참여자명예회복심시의위원회, 2007, 47~55면; 기사 「부호군 이건창이 상소를 올려 호남과 호서에 퍼져있는 동학에 대해 성토하다」, 『고종실록』, 30년(1893) 8월 21일 참조.

129 위의 글, 『고종실록』 번역 재인용; 동학농민혁명참여자명예회복심시의위원회, 위의 책, 47~55면, 부호군 이건창의 상소(副護軍 李建昌 上疏) 참조.

130 위의 글, 『고종실록』 참조.

131 위의 글 참조.

132 위의 글 참조.

133 위의 글; 동학농민혁명참여자명예회복심시의위원회, 『동학농민혁명 국역총서』 1, 동학농민혁명참여자명예회복심시의위원회, 2007, 47~55면 참조.

134 『승정원일기』, 30년(1893) 8월 23일, 좌목 〈부호군 이건창에게 멀리 찬배하는 형전을 시행하라는 전교〉 참조.

135 위의 책, 좌목 〈호남 등의 백성들을 효유하는 윤음을 잘못 지은 죄를 인책하며 형벌을 내려 주기를 청하는 행 지중추부사 김영수의 상소〉.

136 황현, 이장희 역, 『매천야록』 상, 명문당, 2018, 627면 참조.

137 당시 이상설이 읽었다고 전해지는『강화소전』의 실체는 현재 확인되지 않고 있다. 이를 확인해줄 서여(西餘) 민영규(閔泳珪) 선생님 또한 2005년에 작고하셨다.

138 閔泳珪,『江華學 최후의 광경』, 又半, 1994, 51면 참조.

139 이은영,『요동의 학이 되어─서간도 망명 우국지사 이건승·안효제·노상익·노상직·예대희·조정규와 안창제를 중심으로』, 학자원, 2016, 216면 참조.

140 순천대학교 박물관에 소장된〈영재 이건창 친필 간찰〉해제 참조.

141 이건창,『명미당집』권7「擬論時政疏」.

142 김기승,「이건창의 생애에 나타난 척사와 개화의 갈등」,『순천향 인문과학논총』제6집, 순천대 인문학연구소, 1998, 65~66면 인용문 번역 재인용.

143 위의 글, 65면 참조.

144 위의 글, 67면 참조.

145 위의 글, 66면 참조.

146 위의 글, 67면 참조.

147 閔泳珪,『江華學 최후의 광경』, 又半, 1994, 51면 참조.

제3장 _ 우국충정에 젖은 은둔 생활

1 황현, 이장희 역,『매천야록』중, 명문당, 2018, 267면 참조.

2 閔泳珪,『江華學 최후의 광경』, 又半, 1994, 39면 참조.

3 이은영,『요동의 학이 되어─서간도 망명 우국지사 이건승·안효제·노상익·노상직·예대희·조정규와 안창제를 중심으로』, 학자원, 2016, 38·216면 참조.

4 위의 책, 28~29면 참조.

5 이건창,「明美堂詩文集叙傳」,『명미당집』권16.(이희목,「明美堂詩文集叙傳」별도 번역 재인용) "王后之廢, 臣知非聖上意也. 道路相傳, 皆云賊已行弑, 但未辨弑者之爲日本人與我人耳. 臣弑其君, 在官者殺無赦, 君父之讎, 不與共天下, 春秋之例. 小君, 亦君也, 彼閣部大臣, 獨不知斯義乎. 奈何掩匿覆盖, 恝然若無事. 無乃其中, 亦有貪禍倖變, 以售其脅上制下竊權逞勢之計者乎. 要之作賊者, 兵則兵可誅也, 廷臣則廷臣可誅也, 日本人則日本人亦可誅也. 匹夫匹婦之死, 而不得其命者, 猶無不償之寃, 焉有國母被弑, 而讎終不復者乎."

6 이은영,『요동의 학이 되어─서간도 망명 우국지사 이건승·안효제·노상익·노상직·예대희·조정규와 안창제를 중심으로』, 학자원, 2016, 216면 참조.

7 위의 책, 74면 참조.

8 沙磯·寧齋兩先生記念事業會,『명미당의 생애와 사상』, 沙磯·寧齋兩先生記念事業會, 1983, 31·91면 참조.

9 이건창, 김영봉 외역,『명미당집』3, 대한정보인쇄, 2016, 360~362면 참조.

10 김기승,「이건창의 생애에 나타난 척사와 개화의 갈등」,『순천향 인문과학논총』제6집, 순천대 인문학연구소, 1998, 66면 참조.

11 이건창은 총 세 차례 유배되었다. 첫 번째는 1878년(고종 15) 6월 관서(關西, 평안도) 벽동군(碧潼郡)으로, 두 번째는 1893년(고종 30) 8월 전라도 보성(寶城)으로, 세 번째는 1896년(건양 1) 5월 전라도 고군산도(古群山島)로 유배되었다.

12　沙磯・寧齋兩先生記念事業會,『명미당의 생애와 사상』, 沙磯・寧齋兩先生記念事業會, 1983,
　　79면 참조.

13　이건창,「瘴颶」(2수 중 제1수),『명미당집』권6.

14　위의 글.

제4장 _ 규성(奎星) 땅에 떨어지다

1　여름날의 태양(조순(趙盾)) : 춘추시대 노(潞)나라 대부 풍서(酆舒)가 진(晉)나라 가계(賈季)
　　에게 "진(晉)나라의 대부 조순(趙盾)과 조최(趙衰) 중에 누가 더 어진가?"를 물었다. 가계가
　　답하기를 "조최는 겨울날의 태양이요, 조순은 여름날의 태양이다[趙衰冬日之日也, 趙盾夏日
　　之日也]"라고 하였다. 그 주(註)에 "겨울 햇빛은 사랑할 만하고, 여름 햇빛은 사람을 두렵게
　　한다[冬日可愛, 夏日可畏]"고 하였다.『春秋左氏傳 文公 7年』.

2　이건창,「明美堂詩文集叙傳」,『명미당집』권16.(이희목,「明美堂詩文集叙傳」별도 번역 재
　　인용) "李建昌, 字鳳朝, 朝鮮恭靖王子德泉君之後也. 父梁山郡守諱象學, 祖吏曹判書贈領議
　　政謚忠貞諱是遠, 曾祖以上, 載建昌所撰忠貞公誌. 上三年, 洋人陷江都, 忠貞公殉之, 朝廷旌
　　其門曰, 忠貞之門. 是歲丙寅. 建昌年十五歲, 賜及第, 出身七年, 補起居注, 例選玉堂. 十一年,
　　奉命以行人, 如燕, 明年春, 自燕歸. 十四年秋, 奉命按廉湖右, 明年夏, 歸自湖右, 坐事竄關西
　　之碧潼, 又明年春, 赦. 十九年秋, 增秩通政, 特命永帶知製教銜, 復出按廉于京畿, 明年夏歸.
　　二十一年, 遭毋憂, 自京師返葬于江華, 自此鄕居之日為多. 二十五年, 奔父喪于梁山, 以柩歸.
　　二十八年, 起家拜京兆少尹, 明年, 奉命出北道, 按蔽咸興亂民, 歸拜承旨. 三十年秋, 以言事
　　竄湖南之寶城, 明年春, 赦. 是歲, 擢嘉善階, 新官制行, 累授協辦, 特進, 侍講等官, 皆不就.
　　三十三年春, 授海州府觀察使, 三疏辭, 乃命以原官補外, 尋流于古羣山島, 月餘而赦, 此建昌
　　仕宦之大畧也. 建昌始仕, 為朝中最少年, 一日上坐帳中, 望見建昌, 使人問其年, 上笑曰, 是與
　　我同, 又問生日, 曰, 月先矣. 每侍上, 記注稱旨, 出入輒加顧眄. 然大院君當國, 建昌嘗見忤於
　　大院君, 又以家世與人多嫌卻, 故同列交相避. 以此玉堂十數年, 上直纔一日, 間為他官, 亦未
　　嘗久淹. 崔益鉉上疏, 侵大院君, 擧世聳然以為直, 建昌為持平, 獨曰, 春秋為親者諱, 益鉉雖
　　直, 不可以不罪, 遽長官合疏論之, 不報, 朝廷事自此難言矣. 其為御史念忠貞公始以御史樹
　　大名, 冀有以紹其萬一, 徒行閭里, 詢問疾苦, 雖不嫻吏事, 竭其所知, 究利益於民者施之. 忠清
　　監司趙秉式, 巨室子也, 首以進奉得寵, 用外行小數, 干譽於愚民, 貪殘自恣. 畏建昌, 請奉錢
　　為行資, 建昌卻之曰, 焉有按廉而受賂者乎. 秉式卽大恐, 飛謗以達于京師. 時大院君開居, 其
　　賓客多得罪於朝廷. 秉式乃謂御史受大院君指, 將以傾己. 宰相閔奎鎬入其說, 使人恟建昌曰,
　　禍且至矣, 盍有以自解. 建昌不為聞, 馳入公州營, 發秉式隱贓鉅萬, 星夜還以聞. 近世御史有
　　論劾, 先以副本奏, 俟可然後敢進, 至是建昌袖白簡直入. 上旣微聞謗者言, 而又疑建昌有私
　　憾於秉式而誣之也. 召見建昌而詰責之, 威音震疊, 左右股栗. 上曰, 凡汝所按廉, 皆汝耳目之
　　乎, 抑從人聞之乎. 建昌對曰, 一道之事繁, 臣且多病, 實不能一一躬親. 至論劾大吏, 不可以不
　　愼, 臣皆審閱, 然後以聞. 其有文書可覆按也. 乃命他使者往驗之, 悉如建昌言. 秉式卒抵罪, 而
　　公州土人子, 有受杖于建昌者, 出獄, 自恚不食死. 其子告, 建昌遂以殺人故竄極邊. 時獨一奎
　　鎬甘心為秉式, 欲置建昌於死, 其餘知與不知, 皆歎息為建昌訟, 建昌以此聲聞當世. 奎鎬尋
　　亦悔之, 病且死, 自言以為恨. 初朝廷斥倭洋主戰守, 然實不得其要領. 建昌以為憂, 嘗曰, 中國

者, 外國之樞也. 如入中國而善覘之, 則可以知外國之情. 旣入中國, 則歎曰, 吾猶不知中國之至於此也. 中國如此, 吾邦必隨之而已. 李鴻章貽書于我, 喋以通和之利. 時人皆謂鴻章, 中國名臣, 其言可信, 建昌獨曰, 鴻章大儈也. 儈惟時勢之從而已. 我無以自恃而恃鴻章, 則後必爲所賣. 魚允中, 金玉均, 號爲才敏, 能言中外事, 建昌時與之往來談辨. 及倭事之殷, 此諸人主時議, 而戚里閔泳翊, 年少有譽, 爲諸人所歸. 諸人爲泳翊言建昌可使四方, 泳翊亦傾心於建昌, 將引薦之. 建昌之自碧潼, 得赦, 泳翊力也. 會金弘集自倭還, 以淸人黃遵憲所爲朝鮮策進於上, 有悉通西洋諸國之說. 一日, 泳翊邀建昌飮, 弘集及朴泳孝, 洪英植等在坐, 建昌心知泳翊將借諸人以拄己也. 乃先面數弘集曰, 黃遵憲顯言耶穌之敎無害, 而子上疏乃云, 遵憲斥邪, 非護而何. 弘集猶遜謝, 而泳翊怫然, 罷酒. 入言于上曰, 臣與諸人論時事, 而李建昌爲橫議. 此人雖官卑, 有文學名, 此等人如此, 國是不可定. 上以此愈不悅建昌, 而或又謂建昌內實曉時務, 特不爲用, 建昌以此愈益困. 壬午軍變, 淸兵出, 執大院君而北去, 上夜召藝文提學鄭範朝草奏文, 且曰, 聞李建昌善文, 且多識中國事, 可以予意召之與議. 建昌入, 謂範朝曰, 奉天之詔可作, 此奏不可作. 此奏須是聖上面命其大意, 乃可下筆. 範朝曰, 如君意何如. 建昌曰, 聖人, 人倫之至也, 今日吾君之道, 惟負罪引愿而已. 範朝入以告, 上嗟歎良久, 召建昌曰, 文須汝自作, 致亂之咎, 悉歸予躬. 但爲大院君, 明白辨釋, 要使見者, 一字下一淚也. 因命建昌, 陪護大院君之行, 淸員馬建忠等聞之, 意不欲建昌行, 言於上而留之, 所草奏亦沮不用. 時金允植, 魚允中用事, 固欲引建昌以自助, 每稱奉旨, 詢機要文字, 建昌悉辭之. 一日促召入, 允中於閤門外, 口宣上諭曰, 欲往天津乎, 欲往日本乎, 欲在此參機務乎. 建昌謝曰, 皆不欲, 亦皆不能. 允中咄曰, 固ика. 入少頃, 復出曰, 疆域之內, 猶可以宣力乎. 建昌不得已曰, 諾. 於是有畿輔之命, 上親授封書曰, 但如前好爲之. 予今知汝矣. 畿沿十三邑饑, 建昌設賑以哺之, 躅廣州, 開城, 水原之稅皆萬計, 悉以便宜行, 不煩上聞. 別單數十條, 極陳朝令無常, 生民受困狀, 其所請多報可. 後有近臣出宰而貪者, 上使人以私戒之曰, 如不悛, 予將遣御史如李建昌者, 汝其無悔. 聞者爲之歎美. 然建昌遭二喪, 服闋而未有召. 有言於上者, 上輒靳之, 久之, 乃命爲少尹. 自通商來, 淸倭庶民, 多與我人訟, 京兆不能理, 別置少尹以專之. 前後爲此者, 多要人, 於是世謂建昌且顯用矣. 視事月餘卽上疏, 言政府請用銀銅錢, 將使外國之人, 操貨權, 啓無窮之弊. 又言各國人買屋無紀, 請禁我民之賣屋者. 淸員唐紹儀恚曰, 禁賣屋非約也. 爲書詰之, 建昌曰, 我禁我民, 約於何有. 紹儀假李鴻章言, 忧政府使弛禁. 建昌乃密訪賣屋者, 輒加之以他罪而罪之, 民不敢賣屋, 而淸人亦無辭以難. 會以咸興按獄出, 民復恣賣如故. 咸興亂起由市人, 市人皆自當, 不得主名. 建昌曰, 市人必不敢爲亂, 亂必有所恃. 乃用鉤鉅術, 得邑豪陰嗾者, 一訊而服. 雖市人與亂者, 至是乃覺寤, 旣奏. 附論監司李源逸貪庸致亂狀, 俱抵罪. 在銀臺, 嘗夜對, 因讀漢史, 微言桓, 靈之世, 君子道消, 以言爲諱, 漢室遂傾. 上曰, 不言者, 臣下之過也, 而亦其君不能包容之故耳. 建昌賀曰, 聖諭及此, 臣民幸甚. 兩湖賊黨起, 建昌上疏, 請亟發兵剿之, 以絶滋蔓之禍, 不當累煩. 王言, 徒事慰撫, 以驕賊心. 又言, 宣撫使魚允中, 私立賊, 號曰民黨, 民黨者, 外國無君之邪說, 禍甚於洪水猛獸. 又請尊聖德, 堅聖志, 罷女伶, 節賞賚, 嚴師律, 擇藩郡. 時警報方棘, 而慶尙監司李容直董金購官, 中外益汹駭, 故疏中幷言之. 大提學金永壽, 自以代撰綸音, 慰諭失辭. 具疏將請罪, 上素寵永壽, 念不罪建昌, 無以安永壽. 顧又重罪建昌, 故留建昌疏不下, 久之. 會上疏人權鳳熙, 安孝濟相繼觸上怒, 魚允中, 亦以他事當罪, 乃幷竄建昌. 建昌自喪二親來, 自以所依惟吾君, 而國事日非, 始欲以進言自效. 然不敢遽激訐, 冀積誠以取信. 上亦獨其無他腸而薄譴之. 明年, 湖賊復起, 上下皆思用建昌, 而亂已不可爲矣. 倭兵犯闕, 國政大變. 大院君視國務, 金弘集爲相, 以建昌爲工曹參判, 其弟建昇, 爲政府主事, 建昌稱疾不出, 建昇受牒卽辭歸. 初朝廷開外交, 而大院君家居持舊議, 頗與士類, 聯聲氣. 壬午以後則隔閡久矣, 至是爲倭所脅而出, 得專除拜. 士無新舊, 靡然趨之, 爭起爲官. 上默察建昌獨逡巡, 心善之. 至冬, 倭使卉上馨, 請上親政. 上乃以建昌, 爲法部協辦, 韓耆東爲度支協辦, 卉上馨忽大恚曰, 人君主何得自除官. 咆哮不止. 上爲收其命, 而逎臣朴泳孝 , 徐光範, 始自倭還, 專國柄矣. 其後官制復改, 上念舊臣貴戚, 別置官于宮內, 曰特進而建昌預焉. 坤寧閣之變, 建昌與其友原任參判洪承憲 , 鄭元夏上疏, 略曰, 王后之廢, 臣知非聖上意也. 道路相傳, 皆云賊已行弑, 但未辨弑之之爲日本人與我人耳. 臣弑其君, 在官者殺無赦, 君父之讎, 不與共天下, 春秋之例. 小君, 亦君也, 彼閣部大臣, 獨不知斯義乎. 奈何掩匿覆盖, 恝然若無事. 無乃其中, 亦有貪禍倖變, 以售其脅上制下竊權逞勢之計者乎. 要之作賊者, 兵則兵可誅也, 廷臣則廷臣可誅也, 日本人則日本人亦可誅也. 匹夫匹婦之死, 而不得其命者, 猶無不償之冤, 焉有國母被弑, 而讎終不復者乎. 仍請復位發喪. 內閣大臣金弘集見疏, 嘻曰, 是趙盾我也, 却不以聞, 承憲字文一, 元夏字聖肇, 此二人, 避寓江華, 與建昌爲隣, 嘗與論出處, 二人專以靖潛爲義. 建昌尚謂天下無必不可爲之日, 君子無必不欲出之心, 至是乃決意自廢矣. 斷髮令下, 建昌避人普門島, 爲空谷住人歌以見志. 會有侍講之除, 上疏自陳, 乞得依托僧舍, 以終殘喘, 如不獲命, 加以敦迫, 臣則有死而已. 未幾, 上從倖臣李範晉之言, 移蹕于俄國公使館. 國事復變, 命討稍從上出, 範晉膺建昌有海州之命. 上心欲使建昌出, 賜批褒嘉之曰, 辭受自有時義, 卿今不宜苦辭. 又曰, 卿之有守, 朕已稔知, 猶且委界, 豈無所以. 建昌讀之, 嗚咽曰, 上之於我至矣. 然奈已矢言何. 及聞補外, 卽日赴海州, 待罪於民舍曰, 補外, 譴責也, 不敢不行, 觀察, 榮官也, 終不敢承. 上知其不可奪, 命下理, 用新法當輸作三年, 改命流二年. 然上實未嘗以建昌爲罪, 故executiontate解不踰時. 槩建昌仕宦以來, 持論行事獲謗罪, 卒以受人主之知如此, 自頂變始, 得免玷缺, 頗爲士論所與. 然生而無補於世, 與懷安自營者無異, 孤負初心, 撫躬自悼而已. 建昌自孩提, 受書于忠貞公, 識字先於言語, 十歲, 悉通三經四書. 忠貞公將終, 遺書引程子質美明盡之語以勉之, 故以明美, 扁其堂. 自登第, 習爲古詩文, 嘗以朝鮮五百年文章一家自期, 不屑與抖時人稱. 其入中國, 翰林名士黄鈺 , 張家驤, 徐郁等, 一見而歎曰, 使斯人, 生於中國, 當以吾輩之官讓之. 各爲文以序其詩卷. 中歲憂患困厄, 頗游心於性命之學以自廣, 而其本業仍不離於文章. 方其得意, 或自以爲不甚愧古人, 及久而有進, 則滋見古人之不可及. 然其所謂進者, 識解而已, 壯銳英華之氣, 日以消落. 遭宇宙之大變, 苟然不死, 目見姚姒姬孔之一綫殆乎將絶, 況所謂詩古文者乎. 以此益無意於復進, 且亦不能進矣. 年未五十, 而仕宦文章, 一切自畫, 將來悠悠之日, 何以爲人也. 歸自古蕚山之歲之冬, 爲明美堂詩文集叙傳如右."

3　이건창,「六臣事畧」, 위의 책, 권18.(이희목,「六臣事略」별도 번역 재인용) "公笑曰, 礩所告皆是也, 顧礩曰, 汝猶未盡言. 何不曰我等直欲如是. 上曰, 何故反, 公抗聲曰, 欲復舊主耳. 進賜平日動引周公, 周公嘗如進賜. 進賜奪人國家, 顧謂我反, 何也. 上曰, 受禪之日, 何不止之, 反依予而背予, 公曰, 勢不可以止之也. 不可止則當死, 然徒死無益, 故忍而欲圖後耳. 上曰, 汝不食祿於予乎, 公曰, 我不食進賜之祿. 如不信, 籍我家, 可知也. 上怒, 令以鐵灼之, 脚穿臂斷, 顏色不變, 徐曰, 進賜之刑慘矣. 仰視申叔舟在上前, 叱曰, 叔舟. 昔與汝, 在集賢殿時, 英廟抱元孫, 步月於庭, 語臣等曰, 寡人千秋萬歲後, 若曹須念此兒, 言猶在耳, 汝獨忍忘之耶, 上

令叔舟避殿後. 上又問黨與幾人, 公曰, 彭年等及吾父耳, 復問, 答曰, 吾父尚不諱, 況他人乎. 時姜希顏辭連不服, 上以問公, 公曰, 希顏不預吾謀. 此賢士也. 進賜已盡殺先朝人, 獨有此子, 可留用之, 希顏逐得免. 上問象公曰, 汝欲何爲, 公曰, 欲以一劍待足下, 而復故主, 不幸爲奸人所發, 復何言哉. 足下速殺我. 上令剝其膚而問之, 公顧罵成公曰, 人言書生不可與謀事, 果然. 請宴之日, 吾欲試吾劍, 汝等固止之, 以致今日之禍, 人而無謀, 與畜生何異. 仍曰, 如欲問事, 可問彼堅儒, 卽閉口不復答. 上愈怒, 灼其腹, 下油火煎皮肉, 公不爲變, 鐵少冷, 取而投地曰, 更灼熱來. 李公臨刑, 徐曰, 此何刑也, 上無以應. 河公曰, 旣以我等爲逆, 卽應誅之, 復何問也. 上怒稍弛, 不施灼, 命出斬之. 成公將出, 顧謂諸臣曰, 若輩好佐新君致太平. 某歸見故君於地下耳. 幼女隨檻車而哭, 公俯首謂曰, 我男必盡死, 汝女也, 可以生矣. 其奴上之酒, 公飮之, 賦詩有顯陵松柏夢依依之句. 旣死, 籍其家, 自革除後所受祿別置一室, 署曰, 某月之祿. 與朴公等幷車裂以徇."

4　이건창, 위의 글.(이희목,「六臣事略」별도 번역 재인용) "柳公時方在官, 聞事發, 卽還家, 與妻酌酒爲訣, 上祠堂自刎而死. 家人不知其故, 少頃, 吏來取屍磔之而去. 於是麟趾等上疏言, 某等之謀, 上王必預聞, 得罪宗社. 請早圖以絶後患. 乃遷于寧越, 未幾竟害之. 後叔舟年五十九, 以疾卒, 臨沒, 喟然歎曰, 人生會當止此云."

5　이희목,『이건창 문학연구』, 성균관대 출판부, 2005, 110면 참조.

6　황현, 이장희 역,『매천야록』중, 명문당, 2018, 267면 참조.

7　이건승,『續家乘』, 1911.(성균관대 존경각 소장)

8　이은영,「耕齋 李建昇의 亡命 前後 梅花詩 變化 樣相 硏究」,『한국문학논집』47집, 근역한문학회, 2017, 192면 참조.

9　동갱(銅坑) : 동갱산은 등위산의 서남쪽에 있다. 모두 매화나무가 많아 꽃이 피면 온통 눈이 내린 듯했다고 한다.

10　현묘(玄墓) : 원묘(元墓)라고도 쓰며, 지금의 강소성(江蘇省) 소주(蘇州) 오현(吳縣)에 있는 산 이름이다. 이곳은 매화나무가 많아서 꽃이 필 때 풍경이 아름답기로 유명하며, 향설해(香雪海)라는 별칭을 가지고 있기도 하다.

11　이건창,「梅花, 次前韻」,『명미당집』권4.

12　『명미당집』과 관련된 내용은 이희목,『이건창 문학연구』, 성균관대 출판부, 2005, 195~210면; 한국고전종합DB(http://db.itkc.or.kr/)의『명미당집』해제를 기저로 서술하였다.

13　이건창,「序[김택영]」,『명미당집』, 1917.(성균관대 존경각 소장)

14　이건승,「寧齋公行狀[李建昇]」,『續家乘』, 1911.(성균관대 존경각 소장)

15　이건창,「明美堂集跋[李建昇]」,『명미당집』. "値國家鼎革, 人文晦塞之日, 先生之文章益著. 此豈往日之所意哉. 出公議集衆力, 傾一世志士之心, 未有若此之盛也. (…중략…) 建昇不能無謝於嶺湖之士, 而重有感於滄江之苦心."

16　沙磯·寧齋兩先生記念事業會,『명미당의 생애와 사상』, 沙磯·寧齋兩先生記念事業會, 1983, 42면 참조.

17　이건창, 성균관대 대동문화연구원 편,『이건창전집』1·2, 성균관대 출판부, 2018, 5·7면 참조.

18　차용주,『한국한문학작가연구』2, 아세아문화사, 1999, 435~436면 참조.

제5장 _ 한마디로 정의되지 않는 삶

1 이건창, 「明美堂詩文集敍傳」, 『명미당집』 권16 참조.

2 이희목, 『이건창 문학연구』, 성균관대 출판부, 2005, 227~228면.

3 위의 책, 228면 참조.

4 위의 책, 65·71~72·228면 참조.

5 위의 책, 225면 참조.

6 위의 책, 228면 참조.

7 이건창, 「明美堂集跋[李建昇]」, 『명미당집』. "戊戌歲夏, 先生患痱. 建昇每於藥爐側閱先生詩文. (…중략…) 指論得失精粗, 因誦魏冰叔語曰, 多作不如多改, 多改不如多刪."

8 이건창, 『명미당집』 권14 「伯夷列傳批評」; 「백이열전비평」과 관련된 내용은 이희목, 『이건창 문학연구』, 성균관대 출판부, 2005, 78~81·190면을 기저로 서술하였다.

9 민족문화추진회, 『(신편 국역)麗韓十家文鈔』, 한국학술정보, 2007, 299면 참조.

10 이희목, 『이건창 문학연구』, 성균관대 출판부, 2005, 192면 참조.

11 이건창, 「送朴梧西行臺之燕序」, 『명미당집』 권9; 「送鄭雲齋先生監恩津序」, 권9; 「送季弟序」, 권9; 「見山堂記」, 권10; 「潔谷記」, 권10; 「麗澤堂記」, 권10; 「修堂記」, 권10; 「告城隍神文代家人人作(○虎暴日甚, 民請召巫禳之, 不許, 作此文告之, 後旬日, 獲大虎一)」, 권15; 「秋水子傳」, 권16; 「烈婦韓氏旌門銘」(『여한십가문초』에는 「烈女韓氏旌門銘」), 권16; 「兪叟墓誌銘」, 권19; 「李杏西墓誌銘」, 권19.

12 金澤榮, 「雜言九」, 『韶濩堂文集』(정본) 권8. "寧齋高靈歎, 餵馬行二篇, 置之孔雀行, 長恨歌諸樂府中, 可能辨否."

13 한국고전종합DB(http://db.itkc.or.kr/)의 김택영, 『소호당문집』 제8권, 〈잡언 9 무오년(1918) [雜言九 戊午] [주-D015] 고령탄(高靈歎)과 외마행(餵馬行) 참조.

14 金澤榮, 「雜言九」, 『韶濩堂文集』(정본) 권8. "李寧齋記事之文, 氣骨雖不及朴燕岩, 洪淵泉. 然亦一近世之良手也."

15 민족문화추진회, 『(신편 국역)麗韓十家文鈔』, 한국학술정보, 2007, 299면 참조.

16 황현, 이장희 역, 『매천야록』 상, 명문당, 2018, 267면 참조.

17 이건창, 「序[金澤榮]」, 『명미당집』. "況寧齋公, 以吾韓諸王孫之名卿, 而文章聲望, 與近世洪淵泉金臺山二公, 並列爲三者乎."

18 「跋[星州李爀明集]」, 위의 책. "金公常稱李公爲間世奇才."

19 위의 글, "韓之季, 有李寧齋, 金滄江二公, 以古文之學, 幷時一時. 李公主詞理, 金公主神氣, 彼唱此和, 有如韓昌黎, 柳柳州."

20 황현, 이장희 역, 『매천야록』 상, 명문당, 2018, 104면 참조.

21 황현, 「祭寧齋李公文」, 『매천집(梅泉集)』 제7권.(한국고전번역원(http://www.itkc.or.kr/) 번역 재인용) "賈董其姿, 蘇黃其舌."

22 한영규, 「金澤榮 한시를 바라보는 동시대인의 세 가지 시선」, 『국제어문』 79호, 국제어문학회, 2018, 172면 인용문 참조.

23 위의 글, 167~168면 인용문 번역 재인용.

24 曹兢燮, 「與金滄江(丙辰)」, 『巖棲集』 권8.(한국고전번역원(http://db.itkc.or.kr/) 번역 재인

용)"寧齋之文,尤與前日所見不同,修堂麗澤二記,辭理俱短,兪嫂銘,理掩於辭,不足爲法."

25 「與金滄江」,위의 책,(한국고전번역원(http://db.itkc.or.kr/) 번역 재인용)"寧齋固是一代眞才,而其薄處終不可諱."人生天地間",是十九首嬾語,何至揷入於記事?(見修堂記)"天下後世吾不敢知",一似孩童口氣,豈宜加之於銘人?(見李杏西墓誌) 見山堂記無一字不似半山,而摹擬之過,天眞已喪,殆於七竅鑿而混沌死."

26 위의 글.(한국고전번역원(http://db.itkc.or.kr/) 번역 재인용)"兢於寧齋文,見之不多,然如原論及與諸弟論蘆沙集書,每讀,不覺寢食爲廢.蓋其眼目之高,思解之徹,不但近代所未見."

27 「答滄江」,위의 책.(한국고전번역원(http://db.itkc.or.kr/) 번역 재인용)"大抵寧文雖若氣短,然其一段光彩炯然處,終未易及."

28 민족문화추진회,『(신편 국역)麗韓十家文鈔』,한국학술정보, 2007, 300면 참조.

29 曺兢燮,「李耕齋(建升)見致明美堂集一部,因題其後」,『巖棲集』卷4."人亡國瘁竟奈何,獨有文藻光嵯峨."

30 민족문화추진회,『(신편 국역)麗韓十家文鈔』,한국학술정보, 2007, 299면 참조.

31 이건창,「題有學集後」(7수 중 제1수),『명미당집』권5.

32 민족문화추진회,『(신편 국역)麗韓十家文鈔』,한국학술정보, 2007, 299면 참조.

33 曺兢燮,「答滄江」,『巖棲集』권8.(한국고전번역원(http://db.itkc.or.kr/) 번역 재인용)"其詩亦自成一家,雖骨力稍若遜於梅泉,而其眞情流出,風格動人處,又恐梅泉做不能到.此則繫於人而不繫於詩者.要之二家詩性,大略相似,幾有不可辨者."

34 민족문화추진회,『(신편 국역)麗韓十家文鈔』,한국학술정보, 2007, 300면 참조.

35 이건창이 시에도 탁월했다는 (…중략…) 266수가 수록되어 있다. 한영규,「金澤榮 한시를 바라보는 동시대인의 세 가지 시선」,『국제어문』79호, 국제어문학회, 2018, 174~180면 참조.

36 朴憲用 編,『江都古今詩選』하권,江華−江都古今詩選刊行所, 1926, 26-b~36-a면 참조.(국립중앙도서관 소장)

37 이건창,『鹿言』,『명미당집』권13.(이건창, 김영봉 외역,『명미당집』3, 대한정보인쇄, 2016, 364면 참조)"子爲文章,凡幾十年,口不輟哦,手不停編,不屑爲今,力追古先. (…중략…) 勢使之然.子不知此,矻矻逾前,憤悱愁苦,忘食與眠.嘔心鬢白."

38 차용주,『한국한문학작가연구』2, 아세아문화사, 1999, 440면 참조.

39 이건창,「明美堂詩文集敍傳」,『명미당집』권16.(위의 책, 439면 참조)"大院君當國,建昌嘗見忤於大院君.又以家世與人多嫌卻,故同列交相避.以此玉堂十數年,上直纔一日,間爲他官,亦未嘗久淹."

40 민족문화추진회,『(신편 국역)麗韓十家文鈔』,한국학술정보, 2007, 298면 참조.

41 이건창,「跋[竹山安鍾鶴雲卿]」,『명미당집』.(차용주,『한국한문학작가연구』2, 아세아문화사, 1999, 439~440면 참조)"我故韓李寧齋先生,間氣之鍾也.以剛明特達之資,有政事之才,而濟之以文章,天之生斯人也.有是具,則宜需一世之用,以恢弘我廟略,扶持我傾夏,澤被乎當時,名耀乎來史,奈之何甫成童釋褐,而顧以忠鯁不容於時,三十餘年屛處閑兀之日爲多,其餘不西竄則南謫,草草無寧日."

42 이건창,「明美堂詩文集叙傳」,위의 책.(이희목,「明美堂詩文集叙傳」별도 번역 참조)"崔益鉉上疏,侵大院君,擧世聳然以爲直.建昌爲持平,獨曰,春秋爲親者諱,益鉉雖直,不可以不

罪. 遂長官合疏論之, 不報. 朝廷事自此難言矣."

43 황현,「祭寧齋李公文」,『매천집(梅泉集)』제7권.(한국고전번역원(http://www.itkc.or.kr/) 번역 재인용)

44 황현, 이장희 역,『매천야록』상, 명문당, 2018, 104면 참조.

45 배기표,「秋琴 姜瑋의 海外紀行詩 硏究」, 성균관대 박사논문, 2009, 76면 참조.

46 曺兢燮,「李耕齋(建升)見致明美堂集一部, 因題其後」,『巖棲集』卷4.(한국고전번역원(http://db.itkc.or.kr/) 번역 참조) "蚖蛇滿地鷥鳳徂, 江河日日愁東倒. 人亡國瘁竟柰何, 獨有文藻光嵯峨(…중략…) 方今擾擾百喙鳴, 正聲直道歸聾盲. 鄒生不復降蘇軾, 太史徒勞懷晏嬰."

47 한국고전번역원(http://db.itkc.or.kr/), 曺兢燮,「李耕齋(建升)見致明美堂集一部, 因題其後」,『巖棲集』卷4의 [주-D013] 참조.

48 국사편찬위원회,「要視察韓國人擧動 2」,『韓國近代史資料集成』2권, 국사편찬위원회, 2001, 〈要視察外國人ノ擧動關係雜纂 韓國人ノ部 (五)〉(392) 韓國人出發ノ件 [趙澹堤・姜元命의 歸國](1901.08.26). "[李建昌] 觀察使並ニ中樞院議官・暗行御史ヲ數度歷仕セリ按覈使咸鏡觀察使ニ任命アリタルモ辭退セリ韓國人ニ於テ淸廉剛直文章ヲ以テ其名聲高シ."

49 송파구 송파근린공원 내의 〈암행어사 이건창 영세불망비〉 표지판 참조.

50 이건창,「明美堂詩文集敍傳」,『명미당집』권16 참조.

51 이희목,『이건창 문학연구』, 성균관대 출판부, 2005, 228면 참조.

52 沙磯・寧齋兩先生記念事業會,『명미당의 생애와 사상』, 沙磯・寧齋兩先生記念事業會, 1983, 63・50면 참조.

53 이희목,『이건창 문학연구』, 성균관대 출판부, 2005, 221면 참조.

54 이은영,『요동의 학이 되어-서간도 망명 우국지사 이건승・안효제・노상익・노상직・예대희・조정규와 안창제를 중심으로』, 학자원, 2016, 128~129면 참조.

55 위의 책, 40면 참조.

56 송석준,「정인보의 양명학」,『陽明學』통권 제36호, 한국양명학회, 2013, 253면 참조.

57 위의 글, 244면 참조.

58 閔泳珪,『江華學 최후의 광경』, 又半, 1994, 32~34・48~49면 참조.

59 황현, 이장희 역,『매천야록』하, 명문당, 2018, 252~253면 참조.

60 김정환,「石田 黃瑗의 抗日 抵抗詩 硏究」,『古詩歌硏究』제17집, 한국고시가문학회, 2006, 84면 참조.

61 이은영,『요동의 학이 되어-서간도 망명 우국지사 이건승・안효제・노상익・노상직・예대희・조정규와 안창제를 중심으로』, 학자원, 2016, 41면 참조.

62 이건승이 기억하는 이건창에 대한 내용은 이건승,「祭伯氏寧齋先生文」,『耕齋集』(국사편찬위원회 본), 77a~78b면을 기저로 서술하였다.

63 위의 글, 77a~78b면 참조.

64 위의 글, 77b면 참조.

65 이건창,「明美堂集跋[李建昇]」,『명미당집』. "戊戌歲夏, 先生患痱. 建昇每於藥罏側閱先生詩文, 時以所疑擧似於先生. 先生喜曰, 是可以强病."

66 黃玹,「道中聞寧齋捐館已在六月十八日愕然下涕」,『梅集』제3권.

67 黃玹,「祭寧齋李公文」,『梅泉集』제7권.(한국고전번역원(http://db.itkc.or.kr/) 번역 참조)

68 黃玹,「過寧齋墓」,『梅泉集』제5권.(한국고전번역원(http://db.itkc.or.kr/) 번역 재인용)

69 김윤식,「十哀詩」,『운양집(雲養集)』제5권.(한국고전번역원(http://db.itkc.or.kr/) 번역 재인용) "其人皆有忠孝大節廉公正直, 濟之以經術文章, 處濁世而不汙, 立頹波而不靡. 其生死窮通, 雖或不同, 歸潔其身, 無愧于古之君子."

70 위의 글.(한국고전번역원(http://db.itkc.or.kr/) 번역 재인용) "玉溫氷潔錦心開, 表裏光明不染埃."

71 이건승,「祭伯氏寧齋先生文」,『耕齋集』(국사편찬위원회 본), 77a~78b면 참조.

72 차용주,『한국한문학작가연구』2, 아세아문화사, 1999, 437면 참조.

73 이건창,「鹿言」,『명미당집』권13.(이건창, 김영봉 외역,『명미당집』3, 대한정보인쇄, 2016, 365면 참조.) "予於仕進, 自謂知足. (…중략…) 羣譏衆譽, 不挂耳目."

74 이건창, 위의 글.(이건창, 김영봉 외역, 위의 책, 365면 참조.) "予之爲人, 遇事徑情, 喜慍之感, 多偏少平, 紛綸激軋, 交發疊生, 悔而不改, 自搖其精. 子之平居, 喜閑厭煩, 偃仰終日, 足不窺園."

찾아보기

인명·지명·고유명사 ─────────